# Amor é uma Arte

Kathy Strobos

Traduzido por Cristiane May Allgayer

Tradutora: Cristiane May Allgayer



Design de Capa: Cover Ever After

# 1

## TESSA

Eu puxo meu cubo de queijo cheddar do palito de dentes, muito embora minha camisa preta mal permite meus braços se dobrarem nos cotovelos por causa da tinta seca que já endureceu. Mas mesmo que a mancha de tinta verde-limão audivelmente se quebra, nenhum fragmento marca o piso de madeira desgastado desta galeria. Minha melhor amiga, Miranda, do seu jeito típico, emocionalmente exuberante, exagerou um pouco em seu disfarce. A ideia de ontem à noite de se disfarçar como pintoras para ser uma isca para pegar um golpista enganador de artistas parece ser menos brilhante agora.

Miranda e eu nos encolhemos bem no canto desse espaço de paredes brancas, que agora foi convertido em uma galeria de artes descoladas na Lower East Side. Pinturas abstratas com cores brilhantes em neon pontuam as paredes, enquanto esculturas de metal comandam o piso. Uma delas perto de nós parece como um robô feito de uma porta de carro, com tubos de metal para serem pernas e braços. Sua cabeça é um balde pintado. Não é ruim, mas seria mais legal se fosse um robô verdadeiro, preferencialmente um que fizesse a limpeza da casa e carregasse bandejas repletas de xícaras de café, o combustível de foguete que sustenta minha loucura, ser uma advogada atarefada em Nova York.

— Tessa, por que você está vestida como uma artista que não lava suas roupas há dias? — pergunta William Matsumura, namorado da Miranda, assim que se junta a nós. Ele entrelaça seus dedos nos de Miranda, puxando-a para mais perto de si.

— Aquele golpista deve estar por aqui, o que fez uma limpa na Yvette, uma artista emergente que acabei de conhecer — explica Miranda.

— É para aparentar que eu sou uma pintora em ascensão. Queremos que eu aparente ser um bom alvo, e que ele tente aplicar um golpe em mim — digo.

Sugeri ser uma isca ontem à noite quando Miranda estava às voltas em nossa sala de estar, furiosa com esse cara, Jurgen, por ter feito todas aquelas falsas promessas para Yvette e a enganado, fazendo-a dar tanto dinheiro a ele.

Golpistas que caçam mulheres vulneráveis são *os piores*. Ou talvez aqueles que caçam velhinhos ou crianças sejam os piores. Na real, todos eles são maus. Frustrá-los me proporciona um grande prazer.

— Yvette disse que ele daria em cima dela aqui nesse evento de abertura — diz Miranda. — Se ele tentar dar um golpe em Tessa, então poderemos entrar com um processo contra ele.

— É improvável que esse golpista dê em cima de Tessa? — pergunta William.

— Há uma chance. Ela não aparenta ser uma artista deslumbrada prestes a ser descoberta? — pergunta Miranda.

— Ela mais parece estar perdendo as esperanças, sem nem mesmo conseguir se vestir apropriadamente para este evento — diz William, levando uma cutucada do cotovelo de Miranda.

— Devo parecer estar aqui somente pela comida grátis. — Gesticulo com meu garfo no meu prato de papelão, coberto por cubos de queijo e pães.

Ao lado oeste do salão há um grande bar sendo atendido por três bartenders, e uma multidão em volta deles. Eu nem considerei batalhar com toda aquela gente por uma bebida.

— Você vê ele por aí? — pergunto.

— Não. — Miranda balança a cabeça. — Espere. Sim. Lá está ele. Acabou de chegar.

Na porta de entrada há um rapaz alto com uma jaqueta verde de veludo e cabelos ondulados presos em um rabo de cavalo. Ele é o retrato de um poeta romântico estético.

— Objetivamente falando, ele é bonito — digo.

— Com certeza isso ajuda em seus golpes. — Miranda franze a testa. — Yvette disse que ele tem todo esse discurso de "eu não era bom o suficiente, mas você tem o que é necessário, e eu posso te ensinar". Ele é nojento. Que tipo de pessoa tiraria vantagem de toda esperança e vulnerabilidade, prometendo contatos e exposições de arte, ou seja, todas as informações privilegiadas? Ela deu a ele milhares de dólares.

— Você tem que saber em quem confiar — digo.

O olhar de Miranda se encontra com o meu em um silêncio de reconhecimento dessa verdade.

— Prontos, apontar, ação — diz Miranda.

Miranda e William rodeiam a escultura de metal perto do Golpista. Como uma cachorrinha apaixonada, eu persigo minha suposta artista musa, Miranda.

— Eu acompanho sua carreira desde o começo — digo o meu bem decorado discurso, enquanto tentamos atrair a atenção dos ouvidos do Golpista. — Você é uma grande inspiração para mim, especialmente porque não teve sucesso de cara e seguiu tentando.

— Muito obrigada — Miranda diz. — Isso significa muito para mim. É difícil. Eu também não tinha ideia se conseguiria. Você deve acreditar em si mesma e saber o que quer.

— Você tem alguma dica para uma artista iniciante como eu? — pergunto.

Miranda me diz o seu conselho padrão e dá um tapinha no ombro. E então ela gentilmente se desvencilha de mim, dizendo que ela e William vão pegar algo para comer. Por causa do meu prato já cheio, não posso segui-los propriamente. Sou deixada a sós para o sr. Alegadamente Golpista.

Perfeito.

Eu deixo meus ombros se inclinarem e como um pouco mais de queijo. Como se fosse um rato hesitante.

Mas ele não morde a isca.

Ele caminha para outro lado e se junta a outro grupo de tipos artísticos vestidos de preto.

*É tão frustrante.*

Eu dou umas voltas, estudando a arte. Há grupinhos de pessoas amontoadas aqui e ali em volta das esculturas.

Vai parecer suspeito se eu me aproximar do Golpista vestida assim dessa maneira.

Miranda e William são tão lindinhos juntos. Ela está rindo. William olha para ela como se ele a admirasse e não conseguisse acreditar o quão sortudo ele é em estar junto com ela. Isso sim é que são metas de relacionamento.

Há uma multidão de pessoas agora. Eu como meu último queijo e bolachas e jogo fora o prato em uma lixeira ao lado da mesa de bebidas. Miranda e William estão conversando com um colunista que escreveu um review maravilhoso sobre ela. Eu dou uma olhada nas outras pessoas no salão.

Um rapaz loiro, alto e esguio está parado perto de uma das esculturas de metal no meio do salão, sorrindo e conversando com mais dois outros homens. Ele é lindo. Cabelo bagunçado. Maçãs do rosto definidas. Mandíbula forte. Sarado. Com uma camisa branca ajustada, com botões frontais levemente abertos na gola. Ele levanta a cabeça, rindo do que seja lá o que seu amigo falou. Eu sinto um aperto no meu peito. *E com gosto de viver.* Ele se inclina para ouvir seu amigo mais de perto, aquele que poderia ser uma estrela de um drama coreano. Também muito bonito. Mas seu amigo continua olhando para o celular e sorrindo, como se estivesse tendo uma conversa secreta com alguém especial, como uma namorada.

Meu celular apita.

> Miranda: *O Golpista saiu. Nós podemos nos juntar de novo.*

Miranda se junta a mim.

— William está pegando umas frutas para mim.

— Sinto muito não ter dado certo — digo.

Miranda assobia entre os dentes.

— Acontece. Mesmo assim nos deu algumas informações. Eu tinha certeza de que se aproximaria de você, mas ele não fez isso. Nós teremos que tentar outra tática na próxima exposição. — Ela olha ao redor. — Tem um monte de caras bonitões aqui. Talvez nós devêssemos focar nisso agora. Tem certeza de que não tem nenhum pretendente aqui?

— Eu não posso namorar agora — digo. — Vai acontecer tudo de novo, como foi com o Wyatt, onde eu levo um fora porque estou trabalhando o tempo todo. Eu preciso focar no trabalho e ganhar o bônus de verão.

— Só temos que achar alguém que trabalha o tempo todo também. Aí ele não tem como ficar reclamando dos teus horários. — Miranda escaneia o salão. — Com certeza tem alguém aqui que você ache atraente. Você pode pelo menos começar uma conversa e decidir se vale o esforço de continuar tentando.

— Isso é verdade.

Eu procuro novamente pelo rapaz loiro e vejo que ele está bem perto do bar. Estamos mais ou menos há três metros de distância, bem no meio do salão ao lado de uma das esculturas de metal que parece uma aranha, feita com um pneu de carro como corpo e as pernas são latas de sopa coladas juntas.

— Aquele rapaz. — Eu indico com minha cabeça em direção a ele.

— Eu estava cuidando ele — diz Miranda. — Achei que ele fosse teu tipo. Mas ele dispensou duas mulheres. Eu acho que ele quer ficar com os amigos. Ou talvez ele tenha uma namorada.

Sinto uma pontada. Ele provavelmente tem uma namorada. Mulher de sorte. Mas se ele não tiver...

Assistimos quando outra mulher, uma vestindo um terninho de saia estiloso, com vibrações de advogada, se aproxima dele, sorrindo de forma sedutora. Uma breve conversa começa. Ele sorri, mas faz um gesto na direção dos amigos e baixa a cabeça, recusando de leve. Ela se retira, rejeitada. Ela faz um beicinho assim que se junta aos seus amigos.

— Você nunca escolhe o mais fácil, não é mesmo? — pergunta Miranda.

— Não — digo. — Infelizmente.

O amigo de cabelos pretos dele dá um tapinha em suas costas. Ele balança a cabeça, e seu cabelo cai em sua testa. Eu queria poder colocar para trás.

Ele aparenta ser bem próximo a esses amigos, o que é um bom sinal.

— Mas eu gosto de um bom desafio — digo. — Talvez seja a hora da aproximação estilo *As Três Noites de Eva*. Pelo menos dessa maneira ele pode tomar a iniciativa de dar em cima de mim se quiser, e não precisa me rejeitar de cara.

— O que é a aproximação estilo *As Três Noites de Eva*? — William pergunta assim que se junta a nós, alcançando à Miranda um prato com morangos, uvas e pedaços de melão.

— É um filme da década de 40 — explico. — Todas essas mulheres estão dando em cima de um milionário em um restaurante sem ter sucesso. E Eva, interpretada por Barbara Stanwyck, está descrevendo direto ao seu pai todas as investidas falhas delas. Ambos, o pai e ela, são vigaristas. Assim que o milionário se afasta, ela o faz tropeçar e o culpa por ter quebrado o sapato dela. Ela insiste com ele para que a acompanhe até a sua cabine para substitui-lo. E assim, ela conseguiu fisgar ele com sucesso.

— Você vai tropeçar naquele cara? — pergunta William.

— Não. — Eu balanço minha cabeça. — Mas ele vai pensar que conseguiu me pegar. — Eu mexo e alongo meus ombros, me aquecendo. — Porém, eu vou precisar da ajuda de vocês. Só o que precisam fazer é me cortar na frente no bar e pedir uma bebida. Mas tem que fazer isso de maneira agressiva. E então sair fora.

— É impressionante o fato de que isso funcione. — Miranda balança a cabeça em descrença.

Não funciona *sempre*. O alvo tem que ser um cara legal, de alguma maneira observador e não totalmente focado nos amigos. *E alguém que se importe com gentilezas.*

Não é algo sem risco.

— Você não pode simplesmente ir até ele? — pergunta William.

— Normalmente, eu iria — digo —, mas como você mesmo falou, estou vestida como se não tivesse lavado minhas roupas há dias. Se eu fosse até você vestida assim, quando era solteiro, iria conversar comigo?

— Não. — William franze a testa. — Quero dizer, talvez iria.

Outra mulher vestindo terninho se aproxima do Bonitão e dá aquela mexida para o lado no cabelo. Ele conversa com ela por um breve momento e volta para os amigos.

— Ele realmente parece estar rejeitando todas as mulheres que se aproximam dele — diz Miranda.

— Vamos tentar — digo. — Se não der certo, não deu certo.

Lá vamos nós. Eu caminho devagar e fico perto do Bonitão. Nossos olhares se cruzam, e uma atenção definitiva entre nós dois brilha. Ele sorri. Eu desvio o olhar. Mesmo com esse breve olhar... meu pulso aumenta.

Mas eu o ignoro. Felizmente, há ainda uma multidão de pessoas em volta do bar. Eu tento pedir uma cerveja, mas o bartender está ocupado e nem me vê. Aproveitando, eu estou somente tentando quando o bartender não está olhando para mim.

Eu também não aparento ser alguém que vai lhe dar uma gorjeta.

William vem e me corta bem na minha frente, agarrando a atenção da bartender mulher e pedindo duas bebidas. Tento espiar por trás das costas largas do William para fazer meu pedido, mas é como se ele estivesse me bloqueando. A bartender se move para o outro lado do bar. William sai com as suas cervejas na mão.

O rapaz loiro se inclina até mim e diz:

— Aquilo não foi justo. Você estava aqui primeiro.

*E ele é um cara legal, pelo menos é o que esse teste mostra.* Eu dou de ombros como se não me importasse.

— Está tudo bem. Eu consigo a atenção da bartender na próxima vez.

— Eu te ajudo — diz ele.

A bartender volta, e eu sinalizo com mais veemência desta vez. O Bonitão também levanta sua mão para ajudar. Ela pega o meu pedido de uma cerveja.

— Pelo menos me deixa pagar essa para que assim você não pense que todos os caras são uns idiotas — diz ele.

Provavelmente ele acha que não tenho como pagar.

— Eu não sou assim tão julgadora. Não irei tirar crédito de um gênero inteiro com base somente em uma maçã podre. — Mordo meu lábio. Isso é realmente verdade? Algumas maçãs podres podem realmente deixar um gosto amargo. — Eu gosto de dar a cada pessoa a chance de se mostrar. Mas eu aprecio a sua oferta.

Olho para seu rosto, e meu coração treme quando nossos olhares se encontram.

*Por que ele tem que ser assim tão atraente? E por que eu tenho que estar usando essa camisa toda respingada de tinta?*

A bartender me alcança minha cerveja. Eu pago e deixo uma gorjeta na caixinha.

O Bonitão sorri para mim.

— Bem, só queria ajudar você. — Ele se vira, como se fosse retornar para seus amigos.

*Não está interessado.* Pelo menos eu tentei. E não é como se eu quisesse ir atrás de alguém que não está interessado. Eu me viro para voltar aos meus amigos.

Um de seus amigos, que está a alguns metros de distância, mostra o dedão para cima e tem um sorriso enorme e bobo em seu rosto.

Ele suspira.

— Seu amigo parece incrivelmente feliz por você estar conversando com uma mulher — digo.

— Ele está completamente apaixonado pela namorada e quer que todos experimentem a mesma alegria. Especialmente eu. — O Bonitão sorri ironicamente e se volta para mim.

— Isso é que é um bom amigo — digo.

— O melhor. — Seu olhar se suaviza. — Você está aqui sozinha?

— Não, estou com minha melhor amiga e seu namorado. — Eu tenho que levantar minha voz um pouco para ser ouvida entre o burburinho das conversas. — Ela é pintora e vocalista de uma banda, a *The Tempest.*

Isso foi estúpido. Eu queria impressioná-lo, afinal ele está compelido a ficar aqui comigo para fazer seu amigo ficar feliz. Mas se ele me viu com Miranda mais cedo e agora vê William com ela, ele vai pensar que nos conhecemos mesmo. Então eu me viro de frente para Miranda e William, forçando-o a se mover de costas para eles.

O Bonitão inclina sua cabeça.

— Que legal.

— Infelizmente, eu não sou tão legal assim e não sei cantar. — Esse modelito todo manchado de tinta também não parece nem um pouco legal.

Ele chega mais perto e sussurra:

— Eu também não sei cantar.

Meu coração palpita quando sinto sua respiração atingir meu ouvido.

— Vamos combinar de nunca irmos a um caraoquê então.

— Você ainda me parece ser bem legal mesmo assim. — Ele dá um sorriso meio torto. Ele tem um dente lascadinho em uma arcada dentária que, fora isso, é perfeita. Ele tem um rosto com maçãs bem definidas. Nossos olhares se encontram. *Zipt.* Uma sensação elétrica percorre meu corpo. *Não estava esperando nem pouco por isso.*

— Meu nome é Tessa. — Eu ofereço minha mão para cumprimentá-lo. Seu dar de mãos é quente e firme.

— Me chamo Zeke. — Ele não larga a minha mão. Parece estar surpreso também. Nós ficamos parados ali, olhando um para o outro, reconhecendo essa atração. — Estou aqui com amigos também. E colegas de trabalho. Trabalhamos todos juntos. — Ele retira sua mão. — Meu amigo foi para a faculdade com o escultor. Esta é sua primeira grande exposição.

— Isso é legal — digo. — Parece ser impossível ter destaque se você é um aspirante a artista, então isso é grande.

*O sr. Golpista está do meu lado. Ele voltou.*

— Você deve ser uma artista. — O Bonitão gesticula para as minhas roupas.

Merda. O Golpista está bem ali parado. Nem se move para fazer um pedido. Ele está ouvindo tudo. Mas eu não quero *mentir* para o Bonitão. Mas essa também é minha chance de iscar o Golpista.

— Sim — digo —, mas uma das que está lutando ainda.

Explicarei para o Bonitão mais tarde.

— Que tipo de artista você é?

— Pintora.

— Alguma exposição em vista para que eu possa ver o seu trabalho? — pergunta ele.

— Não. — Eu deixo meus ombros caírem. — Não estou nesta fase ainda.

Ai, ai. Eu preciso ser patética para o Golpista, mas eu odeio parecer incompetente. Eu lido com processos advocatícios para as empresas Fortune 500 e ganho. Nunca atrairei o Bonitão desse jeito. E se conseguir, eu o quero?

# 2

## Zeke

Ela não é uma advogada. Ufa. Dylan acha que sou louco sobre meu lema “nunca namore uma advogada”. Sendo que ele era do time “sem mulheres; amor não existe” após sua última separação, antes de ele conhecer sua noiva, então ele não tem direito de falar nada. “Sem advogadas” é o lema. Bastante plausível.

Não que a ocupação dela não estivesse clara vendo a sua camisa cheia de manchas de tinta. Uma escolha estranha para um evento à noite. Mas é melhor do que pérolas e terninhos.

Ela tem olhos azuis hipnotizantes e um cabelo loiro ondulado. *O que estou fazendo?*

Eu vim aqui para curtir com Ben e Dylan, definitivamente não para pegar mulheres. Estou em uma folga. Mas não tem nada de mal fazer amizades com mulheres, conversar sobre como ser artista. Coisa que eu tenho uma experiência pelo menos secundária.

— Meu pai é escritor — digo. — Há tanta rejeição. Eu não seria capaz de aguentar.

— Arte tem muita rejeição. — Tessa suspira. — Ele já publicou algo? O que ele escreve?

— Sim. Suspenses.

— Isso é incrível. Adoro um bom suspense, decifrar pistas e descobrir o culpado.

— É legal — digo. — Especialmente quando ele está no meio da história, e há bilhetes de Post-it por toda a parede do seu escritório. Parece uma cena de crime.

Há alguns metros de distância, o escultor balança sua mão, explicando sua escultura de metal, composta de tubos e partes de carro, como sendo alguma crítica ao capitalismo. Três homens trabalhando com finanças claramente não são seu público-alvo, embora ele tenha tentado vender uma de suas obras para nós.

— Geralmente você consegue descobrir quem é o assassino quando lê? — pergunta ela.

— Não. Você acha que eu teria alguma premonição sendo o filho dele, certo?

— Não necessariamente. Quero dizer, ele tem que iludir os seus leitores fiéis.

— Iludir?

— Deixar eles se questionando. Essa é uma maneira melhor de dizer. — Sua testa franze.

— Mas eu tento descobrir, sim. Eu sou um dos seus leitores beta, e isso é uma das coisas que ele sempre quer saber: "quem você acha que foi?"

— Vocês devem ser bem próximos se ele permite que você leia os manuscritos dele. Alguma vez você quis ser um escritor? — Ela coloca seu cabelo loiro para trás da orelha.

— Nunca.

— Isso é bem definitivo.

— Matemática e história eram minhas matérias favoritas. Inglês, artes... — Eu balanço a cabeça. — Tortura.

— Estou surpresa que você ainda queira conversar comigo, então. — Ela cruza seus braços.

— Eu me expressei errado, não foi? — pergunto. Minha expressão suaviza.

Ela ri, e eu sinto uma onda de orgulho por ter feito ela parecer tão feliz. Gosto do seu sorriso. É aberto e divertido. E como ela está vestida tão casualmente, com essa camisa amassada e com respingos de tinta, com uma minissaia. Não que eu esteja de olho nela. Ou mesmo no mercado. Mesmo com tudo isso, eu apenas a ajudei. E mesmo que haja uma faísca de atração.

Não estou disposto a começar a namorar ninguém. Tenho que impressionar meu chefe, Charles. Meu fundo foi recentemente processado, e a disputa judicial está tomando todo meu tempo extra. Eu não posso perder o foco de novo namorando e levando um fora. Principalmente com alguém sem referências. Não que ter amigos em comum tenha me feito bem quando eu estava namorando a Paisley. Exceto pelo fato de que eles também pareciam tão chocados quanto eu com a traição dela.

Mas eu não sentia essa eletricidade com ninguém desde a Paisley.

Não é que eu queira ser algum tipo de monge. Ben tem razão ao dizer que eu devo voltar à ativa.

Ela balança a cabeça, ainda rindo:

— Na verdade, acho que você falou certo. Pontos extras pela sinceridade autodepreciativa. Mas eu não recomendaria dizer isso a qualquer outro artista que você encontra.

— Vou levar em consideração. Vou continuar dizendo que eu sempre quis trabalhar em uma empresa desde que eu era criança e costumava ficar com minha mãe em seu escritório. Ela é contadora.

Minha mãe moldurou uma foto minha organizando a mesa de estudos em casa como a mesa dela no escritório.

— Ohhh. Essa é definitivamente uma história melhor. Eu gostaria de ver essa foto — diz ela. — Você não tem uma cópia em seu celular?

— Definitivamente não. Mas tenho certeza de que minha mãe ficaria feliz em te mostrar.

Ela dá um golinho em sua bebida, me olhando por cima da borda e então inclina a cabeça.

— Nós já estamos falando sobre conhecer mães?

Eu dou uma risada:

— Para uma troca de fotos constrangedoras? Tô dentro.

Ela se inclina para trás e estreita os olhos.

— São sobre as histórias que acompanham as fotos que eu estou mais preocupada.

Eu me aproximo um pouco mais.

— Agora isso soa como uma provocação. Alguma delas que você queira compartilhar?

— Não no nosso primeiro encontro. — Ela inclina seu queixo de maneira rígida.

— Teremos que marcar um segundo então. Posso pegar seu número?

— Sutil — diz ela.

— Muito sutil?

Até eu achei que foi bem sutil. Ou talvez desesperado. Estou enferrujado.

— Talvez — diz ela —, mas eu te dou meu número.

Eu desbloqueio meu celular e entrego para ela.

Ela digita o número.

— Mesmo assim, não estou prometendo que compartilharei nenhuma história de infância envergonhosa.

— Está guardando para o terceiro encontro?

— Pelo menos isso. — Ela levanta as sobrancelhas.

— Talvez a gente nem tenha um quarto encontro. Leva-se um tempo para construir esse nível de confiança. Mas prometo não dividir elas com ninguém.

Um bêbado tropeça na direção dela, e eu a afasto antes que algo aconteça. Mais perto de mim. Ela parece surpresa. Está bem perto. Eu engulo em seco.

— Aquele homem parece estar um pouco fora de controle. — O cabelo dela tem um aroma fresco e de maçã.

— Obrigada. — Ela olha em volta e o canto de sua boca dá uma levantada. Ela não se afasta.

Está tudo bem por mim. Eu topo dividir o mesmo espaço de ar respirável.

Ela se inclina em minha direção como se fossemos imãs se juntando.

— Quarto encontro. As coisas estão ficando sérias. — Ela dá uma piscadinha. — O que você geralmente faz em um encontro?

— Boa pergunta — digo e desvio o olhar para pensar em uma resposta coerente. Volto o olhar para ela novamente. — Não tenho saído com ninguém ultimamente. Acho que depende do que você gosta de fazer.

— Boa resposta. — Seu sorriso cheio de charme me faz sorrir de volta.

Eu me afasto. Tinha me esquecido que estava em uma zona de não aceleração. E zona de não estacionar. Não estou aqui para ter nenhum encontro.

— Mas eu realmente deveria ir — diz ela. — Preciso de alguma comida com mais sustância.

— Eu vi uma hamburgueria aqui ao lado. Posso te pagar uma janta. Não achei que fosse charmoso, mas estava bem cheio. — Eu termino minha cerveja. Vim diretamente do trabalho e estou faminto. Será somente mais um pouco de conversa. Conversar enquanto se janta é totalmente seguro.

Ela olha ao redor, claramente hesitando.

Espero. Estou surpreso com o quanto eu quero que ela diga sim.

Ela se volta para mim.

— Claro. Mas eu não posso ficar até muito tarde. Tenho que trabalhar amanhã, então preciso estar bem. Deixe-me avisar meus amigos.

Eu expiro, como se estive segurando minha respiração.

— Tudo bem. Eu vou pegar uma mesa.

— Te encontro lá.

Assim que eu me direciono para a porta, há esse cara de jaqueta verde de veludo que me intercepta. Ele tem esse ar de ARTISTA por todo o seu ser. Mas não de uma maneira boa, é como se estivesse tentando fazer sentido nesse mundo, ou criando algo que inspira alguma emoção, ou tentando fazer o mundo um lugar melhor, tipo a *vibe* que a Tessa estava emanando. *Não.* Mais no sentido pretensioso, esnobe, de "sou superior porque não me misturo com lance de vendas". Eu já vi esse tipo antes quando meu pai tinha grupo de conversa sobre livros, só que lá, eles aspiravam escrever o próximo grande romance americano. Eles ficavam bem mais horrorizados quando descobriam que eu era o filho dele e trabalho com finanças.

— O que você achou da exposição? — pergunta o cara.

Talvez ele seja um dos artistas.

— Eu não sei muito sobre arte, mas fiquei impressionado — digo.

Suas sobrancelhas se levantam.

— Você não é um colecionador de arte ou *connoisseur*?

— Não.

*Connoisseur* parece ser uma palavra que ele usaria.

— O que você faz? — pergunta ele.

— Trabalho com finanças.

— Se você estiver interessado em qualquer peça de arte, posso facilitar uma apresentação e negociação por um bom preço — ele diz. — Meu nome é Jurgen.

Eu estava errado. Ele continua sendo metido, mas definitivamente somente no lance de comércio de arte.

— Não obrigado. Se você me der licença, estou de saída.

Passo raspando por ele.

Eu alcanço para Tessa o cardápio assim que ela se senta em minha frente em uma das mesas pequenas e redondas no espaço externo do restaurante. Somos o único casal aqui fora. A maioria das pessoas escolheram sentar-se lá dentro, mas a noite está quente e eu gosto de estar na parte de fora. Esse vai e vem da vizinhança é bom para ver as pessoas. Uma pequena gamela de madeira com plantas falsas nos protege das pessoas que passam pela calçada.

Ben pareceu feliz quando falei para ele que estava saindo para jantar ali ao lado. E na verdade, sinto-me bem com isso. Quero estar aqui com ela. Ela tem uma certa segurança. Ela teria que ter... para usar aquela camisa numa exposição de arte.

Pedimos hamburgueres, dois copos de cerveja e um prato de fritas para compartilhar. O garçom volta com as nossas cervejas imediatamente.

— *Proost* — diz Tessa. Nós brindamos com nossos copos.

— Você sabe falar holandês? — pergunto.

— Minha amiga que mora comigo é metade holandesa, então é assim que brindamos. — E *você* sabe falar holandês?

— Sou descendente de holandeses — digo.

— Sou uma vira-lata. Uma mistura de poloneses, alemães, irlandeses e ingleses.

— Sempre fui fã de vira-latas. Adotei minha cadela no ASPCA[1]. Ela é um amorzinho. — Dou um gole na minha cerveja.

Ela franze o rosto.

— Não acho que as pessoas geralmente me descrevem como um amorzinho.

— Não? — Eu levanto uma das sobrancelhas. — Como as pessoas te descrevem geralmente?

Ela olha para o lado.

— Fiel, uma boa amiga, persistente, trabalhadora, competitiva. Um pouco determinada demais a correr riscos. Sem aversão a riscos. Como teus amigos te descrevem?

— Da mesma maneira. Porém, talvez bem averso a riscos. Agora. — *Desde que a Paisley me traiu.*

---

1. ASPCA: sigla em inglês de "Associação Americana para Prevenção de Crueldade com Animais". [N.T.]

— Agora?

Dou de ombros e desvio o olhar.

— Estou tentando me transferir de departamento no trabalho. Não quero correr nenhum risco que possa atrapalhar isso.

Ela levanta seu copo.

— Sim. Essa é a definição exata de aversão a riscos. Faz sentido não querer correr nenhum risco, então eu não arrisco; enquanto isso, quem gosta de se arriscar, continua disposto a se arriscar.

— Por quê? Pela emoção? — *Ela é outra Paisley? Incapaz de se comprometer por causa do medo de estar perdendo algo ao fazer escolhas?*

Ela franze.

*Sim.* Meu tom deve ter sido um pouco amargo, irrisório.

— Não. A recompensa. Estou apostando contra mim mesma. Pelos meus cálculos, ainda acho que a recompensa vale o risco.

— Você alguma vez esteve errada quanto ao risco?

Ela dá um sorriso aberto.

— Não recentemente.

Nosso garçom nos serve os hamburgueres e um prato cheio de fritas. Ela dá uma mordida em seu hamburguer. Eles são gostosos, com um toque de tostado no pão. Ela geme quando come uma batatinha. Eu quase me sinto mal por pegar uma.

— Isso é impressionante. — Eu levanto minha cerveja em direção a ela. Relembro do que falou antes. — Mas então, fiel, uma boa amiga... Por que não um amorzinho? Por que você é competitiva e assume riscos?

— Algumas vezes esses riscos colocam uma barreira no que pode ser considerado algo de agradável a fazer. Definitivamente você não pode me considerar um amor de pessoa.

— Você está me dando um aviso?

— Estou.

— Isso não é algo de agradável de alguém fazer?

Ela ri e balança sua cabeça, colocando suas mãos no rosto.

— Você é que é o querido aqui. Porque eu estou te avisando e mesmo assim, você quer acreditar que eu sou um amor.

— Estou de boa em ser o querido. Não tenho problemas com a caracterização. A questão é... por que você não está? — Eu me inclino para frente, mais perto dela, do outro lado da mesa.

Ela apoia a cabeça nas mãos cruzadas, com os cotovelos na mesa.

— Por que eu sou uma mulher e não quero ser rotulada como um alvo fácil?

Uma brisa leve balança seus cabelos em volta de seu rosto.

— Por causa que ser rotulada de querida soa como fraqueza? — pergunto.

— Sim.

Eu paro por aí. Ela espera, me olhando. Sinto que parece que é só nós dois aqui esta noite.

— Isso é verdade. As pessoas podem se aproveitar de você — digo, respirando fundo —, porque você baixa a guarda. — *Nunca suspeitei nada da Paisley.* — Mas você não acha que isso acarreta um certo esforço também? Não deixar que os outros te traiam te muda. Não quero viver desconfiando das intenções das pessoas. Muito embora, é mais fácil falar do que fazer.

Nós dois nos concentramos na comida por alguns minutos, terminando nossos hamburgueres.

— Isso é verdade. Gostaria de ressaltar, para deixar claro, que minhas intenções em relação a você são boas — ela diz isso com uma seriedade intensa, e então balança uma batatinha para mim.

— Você tem intenções comigo?

— Não estaria sentada aqui se não tivesse.

*Direta.* Eu cumprimento-a com minha cerveja e então dou o último gole.

— Você quer dar uma volta no Píer 35? Já esteve lá? É ótimo à noite com a vista para as pontes e às luzes da cidade.

— Não, nunca estive lá. É seguro durante à noite? — Ela termina com um gole a sua cerveja.

— Sim, é bem iluminado.

— Tudo bem. Deixa eu dar uma passadinha no banheiro, e te encontro lá fora.

— Está bem — digo.

Ela se levanta e desaparece lá dentro.

Eu mando uma mensagem de texto para Dylan e Ben avisando que estou saindo com ela. Eu mal tinha clicado em "Enviar" antes de Ben aparecer aqui.

— O que aconteceu? — pergunta Ben.

— Parece que está tudo indo bem. — Dylan tenta calá-lo.

— Vamos dar uma caminhada pelo píer. Ela foi ao banheiro.

— O cara ainda tem o jeitinho. — Dylan dá um soquinho no meu ombro. Ben rola os olhos.

— Não é jeitinho. — Eu balanço minha cabeça. — Tem uma vista linda no píer.

— Sim, claro que tem — diz Dylan. — Falo contigo lá pro final desta semana. E não esqueça, se tudo der certo, você pode levá-la como acompanhante ao meu casamento.

Eu balanço minha cabeça.

— Eu acabei de conhecê-la.

— Vamos lá — diz Ben para Dylan. — Vamos deixar o cara sozinho. Esse é um bom primeiro passo. Boa maneira de voltar ao jogo. E ela parece ser bem mais divertida do que a Paisley.

Uma vez que você se separa da sua namorada, esse é o momento em que todos os seus amigos próximos finalmente te dizem que nunca gostavam dela. Que nunca acharam que ela era boa o suficiente para você. Trabalhava demais e não tinha senso de humor.

É compreensível. Mas não tranquilizador. Porque, antes disso, eles falavam que ela era ótima. Embora Ben tivesse perguntado: "você tem certeza de que estão no mesmo ritmo?" Acho que Ben estava tentando me dar uma dica de algo com aquele comentário. Aparentemente, Paisley e eu erámos de escolas diferentes de pensamento sobre relacionamentos e fidelidade.

Eles já estão na esquina, muito embora Ben não resista se virar e me mandar um joinha.

Tessa retorna e sorri.

— Vamos lá? Você não precisa avisar seus amigos? — Ela aponta para a galeria quando passamos por ela. — Você veio com muitos amigos?

— Eu vim, mas eles vieram até nossa mesa quando estavam indo para casa, enquanto você estava no banheiro.

Passamos pelos bares iluminados e lojas fechadas do Lower East Side, atravessando a Rua Delancey. Pessoas circulam pelas ruas, conversando e rindo em direção aos bares próximos. Grafites coloridos decoram as vitrines de metais fechadas das lojas.

— Onde você cresceu? — pergunto.

— Em Manhattan.

— Eu também. mas passei alguns verões na Holanda — digo. Estamos em uma área aberta, com prédios de apartamentos em volta.

— Isso é legal. Em qual escola você fez o ensino médio? — pergunta ela.

Eu ia mesmo perguntar a mesma coisa. O ensino médio em Nova York é tão marcante que sempre que um nova-iorquino nato conhece outro, essa pergunta invariavelmente é feita.

— Na Bronx Science — digo. — E você?

— Na Stuyvesant.

— Ah, então éramos rivais. — E ela é também produto de uma escola de ensino médio privilegiada.

— Não exatamente. Stuy é claramente superior que... — Ela dá de ombros e dá uns tapinhas nas minhas costas. — Mas a Bronx Science é boa também.

Eu bufo.

— Sempre achei que os alunos da Stuy eram bons em provocar, mas não conseguiam cumprir com o que diziam.

— Aquelas são palavras de guerra, meu amigo. — Ela me olha de canto. — Veremos.

— Espere um pouco. Preciso descobrir onde estamos.

Perdi meu rumo falando com ela. Letreiros em chinês aparecem nas lojas. Estamos perto de Chinatown, então estamos na direção certa.

Passamos o metrô da East Broadway e passeamos pela Rua Rutgers. Uma parede de metal isola um jardim comunitário. Prédios baixos com saídas de incêndio enfileiram essa rua, mas assim que chegamos no final, a vista se abre para revelar as torres de tijolos dos conjuntos habitacionais públicos. Uma brisa carrega o cheiro de ar salgado, estamos perto do East River. Enquanto caminhamos por essa via aberta, um grupo de cidadãos idosos estão sentados em cadeiras de metais dobráveis fora dos prédios de tijolos vermelhos, um aparelho de CD tocando uma balada chinesa.

Esperamos pelo farol vermelho para atravessar a rua e então entrar a passarela de metal do FDR Drive. Assim estamos bem ao lado do rio, as ondas batendo suavemente contra o píer.

As torres da Ponte de Manhattan são o cenário.

Um trem passa pela Ponte de Manhattan, e os rugidos estrondosos veem pelo ar. É bem mais alto do que eu lembro.

— É sempre chocante para mim como podemos chegar tão perto do rio — diz ela após o trem passar. — E você está certo. É uma linda vista da Ponte de Manhattan e da Ponte do Brooklyn.

Nós saímos do píer, pela passarela, passamos os jardins e pelas árvores e flores, em direção os balanços gigantes. Um está vago, enquanto casais ocupam os outros três.

— Vamos nos balançar?

Ela concorda. Sentamo-nos um ao lado do outro nas ripas de metal. É estranhamente íntimo, embora quatro pessoas possam provavelmente caber em cada um. No balanço ao lado do nosso, há um casal abraçado. Não acho que posso fazer isso ainda. Não depois do comentário sobre o cara e de ela confiar em mim o suficiente para vir comigo até este píer à noite. Ela empurra-o com seus pés, e nós nos balançamos para frente e para trás.

— Dá uma linda vista para a ponte e para o Brooklyn — diz ela.

— Isso te dá vontade de pintá-la? — pergunto.

Ela olha para mim rapidamente e franze.

— Deveria, não deveria? — Ela se volta para mim. — Olha, eu não sou...

Meu telefone toca. Eu olho para a tela.

— Desculpe, é uma das advogadas da empresa. Tenho que atender isso. Infelizmente. —Eu atendo e cumprimento Brooke.

— Sinto muito te incomodar assim tão tarde — diz Brooke.

— Odeio advogados — digo.

Fico de pé em frente ao balanço, dando alguns passos para frente e saindo para o lado onde minha conversa não pode ser ouvida. Eu me apoio para frente na grade perto do rio. Se Brooke está ligando a essa hora, isso deve ser confidencial.

— Não somos todos ruins — diz ela.

— Você é uma das melhores do grupo — digo. — Eu estava brincando apenas sobre você trabalhar o tempo todo no meu caso e não sair com o Ben. Ele acabou de sair do bar. Pensei que ele estava indo para casa até você. — Eu me viro e olho pata Tessa. Ela se balança se empurrando com somente um pé.

— Ben está mandando um "oi". Mas, sério mesmo, Arthur fará uma reunião amanhã às 8h para apresentar potenciais investimentos aos vários gestores de portfólio. Acabei de receber um convite por e-mail e você não estava incluindo, embora deveria. O Winthrop está.

— Obrigado por avisar. Estarei lá.

Arthur ataca novamente. Hora de encerrar a noite. Eu caminho de volta. A luz ilumina seu rosto e seu cabelo loiro. Sua testa está franzida como se estivesse em um pensamento profundo.

— Tenho que ir. Tenho que trabalhar no meu portfólio amanhã. — Ela se levanta. — Foi um prazer te conhecer. — Ela estica mão para cumprimentar.

*Como se estivesse me conhecido em uma reunião de negócios.*

Caminhamos de volta em direção à rodovia. Ela está caminhando rápido, não com aquele passo lento como estávamos vindo para cá. Cruzamos a FDR Drive em direção à Rua South.

— Espero que possamos nos ver novamente em breve — digo.

O que estou fazendo? Geralmente, sou eu quem é paquerado. Eu não sou o tipo de pessoa que fica dando em cima de mulheres aleatórias. E já estou cogitando um quarto encontro. Eu passo minha mão pelo cabelo. O que estou pensando? Estou pronto para uma nova namorada?

Há um táxi parado ali, com um letreiro pequeno ligado, indicando que está livre.

Ela inclina sua cabeça.

— Espero que sim.

E com isso, ela se despede e entra no táxi.

Sem nem mesmo convidar para dividi-lo. Ela realmente me avisou que não era um amorzinho. Eu olho para o que ela escreveu no meu celular. Sem sobrenome. Será que ela me deu seu número verdadeiro?

*E por que meu estômago de repente dói com a ideia de que ela não tenha?*

# 3

## Tessa

Ao invés de reviver o encontro com Zeke ontem, eu tenho que voltar para o trabalho de ler os e-mails "privados" de nossos clientes. Minha colega de escritório, Lakshmi, está usando seu computador na sua mesa ao meu lado.

Anúncio de recrutamento por advogados talvez explique isso, a cada litígio, os e-mails do autor e dos funcionários do réu são reunidos e revisados por equipes de jovens advogados como eu para determinar se algum dos lados disse algo relevante ao processo, com a esperança de que o outro lado tenha escrito algo que prejudique o processo deles. Mas o que esses anúncios devem realmente ressaltar é que essa é uma chance de ler os pensamentos internos de dois caras discutindo com quem eles querem sair. Desvendar suas vidas amorosas, o que é o que estou fazendo agora, definitivamente não está incluído na descrição do trabalho. Surpreendentemente as pessoas revelam segredos pessoais através de e-mails corporativos. É um lembrete de advertência para não misturar negócios com assuntos pessoais.

— Você não apostou com o Engomadinho que nosso time terminaria a revisão dos documentos primeiro, antes do time dele? — pergunta Lakshmi.

— Sim. — Eu retorno para meu monitor, o qual mostra um texto de e-mail que eu supostamente deveria estar lendo. Mas onde está a diversão se eu não deixar um pouco de competição me estressar? *Sem risco, sem recompensa.*

Lá fora, acima do horizonte da cidade de New York, o céu azul está desvanecendo em um entardecer. Do outro lado, as janelas iluminadas emolduram outras pessoas, todas olhando para telas da mesma forma. Lakshmi olha para mim e levanta uma das sobrancelhas. Minha distração deve ser óbvia.

A mesa de Lakshmi é mais perto da porta, enquanto a minha é perto da janela, já que sou uma sênior há um ano. Ambas têm um formato de L, brancas, com nossos computadores em um aparador contra a parede leste.

Eu encaro a tela, mas ao invés dela, vejo o cabelo loiro desgrenhado de Zeke o qual me deu vontade de bagunçar mais ainda. Aquele arrepio. Ele foi um amor. E o jeito dele escutar, sua cabeça se inclinando, parecendo querer me conhecer melhor.

Isso poderia ser o começo de algo? Já faz tanto tempo.

Mas por que será que ele odeia advogados? Ele foi tão inflexível.

Isso foi bizarro.

Eu estava prestes a contar que era uma advogada. Havia esquecido que tinha dito que era uma artista até que ele me perguntou se eu queria pintar a Ponte de Manhattan.

*Não. Nem um pouco.*

E eu também esqueci completamente que Miranda e eu vimos ele conversando com Jurgen, também conhecido por o Golpista.

Espero que ele tenha conseguido um táxi. Eu fui tão afobada que o deixei lá. Não é muito fácil achar táxis naquela vizinhança.

E quando cheguei em casa, Miranda ficou perplexa: "Artistas em ascensão pegam o metrô."

Mas por que ele estava conversando com o Golpista? Zeke falou que estava com um monte de amigos. *Jurgen é um dos seus amigos?* Eu deveria ter perguntado mais sobre seus amigos, mas eu estava tão focada no momento. Foi bom eu não ter revelado que era advogada. Ele me iludiu em uma falsa sensação de segurança. Inacreditável.

Eu verifico minha lista de empregados do Capital Management, o qual Brooke Smith, a advogada da empresa e meu contato, providenciou:

*Zeger van der Zee — administrador de fundos.*
*Arthur Ross — chefe de Zeger van der Zee.*
*Ben Kim — outro empregado da Capital Management—sem envolvimento com este fundo.*

Volto à análise do documento para determinar se os funcionários deste fundo que estou defendendo escreveram algo relacionado ao fundo ou ao seu risco. Abro o próximo e-mail.

> *Para: Zeger van der Zee*
> *De: Ben Kim*
> *Data: 12 de abril.*
> *Brooke está em Toronto com você?*

*Para: Ben Kim*

*De: Zeger van der Zee*

*Data: 12 de abril.*

*Não, mas ela está trabalhando no litígio do fundo Norte-americano. Se você realmente quer passar tempo com ela, convença algum advogado de defesa a abrir um processo falso de fraude alegando que seu fundo deturpou seu risco. Passei o dia inteiro com ela ontem discutindo sobre os documentos, incluindo se devo ou não armazenar algum fora do servidor. Tempo de qualidade, meu amigo. Ela mencionou que iria encontrar com o advogado externo hoje.*

*Para: Zeger van der Zee*

*De: Ben Kim*

*Data: 12 de abril.*

*Quero sair com ela, não para discutir trabalho.*

Vinte e cinco e-mails a mais para ler, e aí terminarei esse conjunto. Abro o próximo e-mail.

— Esse cara, o tal de Ben, realmente gosta da Brooke — digo. — Ele escreveu para Zeger perguntando se ela estava viajando porque ele não tem visto ela. E Brooke claramente gosta dele também. Ela convida ele para tomar café todos os dias. — Eu marco esses e-mails como irrelevantes para o litígio.

— Eles têm permissão para namorar? — pergunta Lakshmi. — Isso não seria problemático se ela tiver que defender esse fundo?

— Talvez. Aparentemente, não seria bom. Mas dependeria da política de relacionamento da empresa Capital Management. O cliente é o fundo, não o Ben.

Eu marco o próximo conjunto como irrelevante também.

— Espero que eles já estejam juntos agora. Esses e-mails são do mês passado. Ben é tão aberto sobre seus sentimentos sobre ela, então ele deve ter falado para ela já. — Eu clico em outro e-mail. — Aqui está. Ele escreveu para Zeger dizendo que vai chamar ela para jantar. O quê? Uau. A resposta de Zeger é inacreditável.

— Deixe-me ver. — Lakshmi vem empurrando a cadeira até a minha mesa e se inclina para olhar minha tela. Eu viro a tela para que ela consiga ler o e-mail de resposta.

*Para: Ben Kim*

*De: Zeger van der Zee*

*Data: 12 de abril.*

*Assunto: Não*

***Não** saia com uma advogada. Muito competitiva. E elas trabalham o tempo todo. Saia com uma artista. Alguém que seja criativa. Alguém que seja emocionalmente aberta. Não com alguém que discute sobre vírgulas. E distorce a verdade para encaixá-la a sua própria realidade. Eu nunca sairia com uma advogada novamente. Aprenda com meu erro. Brooke parece ser uma ótima pessoa, e eu a estimo muito como advogada, mas não saia com ela.*

— Que droga é essa? Que idiota! — diz Lakshmi.

— Como se advogadas não possam ser criativas — digo.

— Mas nós trabalhamos o tempo todo, sim.

— Que nem as artistas — digo. — De qualquer maneira, Ben colocou Zeger no lugar dele. Sorte da Brooke. — Eu mostro o e-mail de resposta para Lakshmi.

*Para: Zeger van der Zee*

*De: Ben Kim*

*Assunto: 12 de abril.*

*Brooke É ótima. E eu quero sair com a Brooke do jeito que ela é. A carreira dela não a define. E eu também trabalho o tempo todo.*

Exatamente. *Minha carreira não me define.* Acho estranho quando meus amigos me apresentam como advogada porque eu sou muito mais do que isso.

Lakshmi suspira.

— E aqui estou eu que achei que os caras de finanças não eram românticos.

— Provavelmente ele é a exceção. Eu queria ter feito algum tipo de teste decisivo com Wyatt antes que ele tivesse me dado um fora por trabalhar demais. — À direita do meu monitor está pendura uma foto de duas crianças abraçando seus avós e uma carta escrita à mão me agradecendo por ter ajudado no processo de adoção delas. Aquele foi meu caso *pro bono* que estava fazendo após o expediente ao invés de sair com o Wyatt. Não me arrependo. Eu me arrependo de ele ter me dado um fora.

*Não que eu seja amargurada.* Nós namoramos por oito meses e terminamos faz dezoito meses. No dia 1° de novembro. Na data do Balé de Gala de Nova York, ao qual não pude comparecer porque fui contratada para um caso de aquisição hostil.

Ele falou que claramente nosso relacionamento não estava mais dando certo.

Porque relacionamentos devem dar certo *para você.*

O que me mata é que havia sinais de alerta. Eu gostava dele, então acabei deixando minhas emoções interferirem no meu julgamento racional. Que tal isso de advogadas não serem "emocionalmente abertas", sr. van der Zee. Mas talvez ele tenha razão sobre uma coisa. Eu sei como proteger meu coração. Mas isso não se deve por ser uma advogada.

— Você deveria ver isso como sendo uma advogada te salvou do Wyatt — diz Lakshmi. — Agora você pode achar alguém que te aprecie como você é de verdade.

— Um advogada competitiva, viciada em trabalho? — pergunto.

— Parece que há um mercado para elas. Pergunte para a Brooke se o Ben tem amigos.

— Outros que não sejam o Zeger van der Zee.

— Outros que não sejam ele.

— Tem esse monte de e-mails. Como está indo com o seu conjunto?

— Quase terminando — diz Lakshmi.

— De qualquer maneira, conheci uma pessoa ontem à noite.

— Você esteve radiante o dia inteiro. Já estava começando a imaginar coisas. Vocês ficaram?

— Nós trocamos nossos números. Mas aí ele falou que odeia advogadas, então eu fiquei perturbada e saí fora. Mas antes disso, definitivamente rolou uma química. — Eu abro a pasta de arquivos marcada pelo meu time como relevante para estudá-los.

— Isso é incrível. — Lakshmi clica com seu mouse.

— Perigoso.

— Mas muito melhor do que o Wyatt. Se eu me lembro corretamente, você não tinha certeza se estava atraída por ele inicialmente.

— Sua memória está correta, como sempre, advogada — digo. — Eu deveria dar uma pesquisada nesse tal de Zeger e ver como ele é.

— Você deveria focar em derrotar o Engomadinho primeiro — diz Lakshmi.

Eu a saúdo e ligo para a sala de revisões de documentos para verificar como minha equipe está se saindo. Quase pronto.

Eu desligo assim que o Engomadinho, a seleção de vestuário de hoje é um terno azul risca de giz com uma camisa branca bem passada, bate na porta e então enfia a cabeça para dentro do nosso escritório.

— Minha equipe está quase pronta na revisão da metade dos documentos em produção. — Tom, também conhecido por "Engomadinho", dá dois passos para dentro do nosso escritório e se encosta contra a parede, uma mão na cintura, nos encarando. — Espero que vocês não nos atrasem.

— Não será a minha equipe que irá nos atrasar — digo. O sorriso sarcástico em seu rosto me faz querer jogar um balde de água gelada em sua cabeça.

— Você ficou sabendo que eu ganhei o caso bancário da City? — pergunta ele. — Veja se você consegue alcançar isso, Jackowski.

— Eu soube. — Meu tom é neutro de propósito. — Parabéns.

Ele espera por uns instantes, como se estivesse esperando por mais.

Minha assistente aparece na porta.

— O Ken da AJGL está na linha. Ele tem um novo caso que achou que talvez você queira.

AJGL é uma sigla para Advocacia Jurídica Gratuita para a Liberdade, uma organização que providencia serviços legais para nova-iorquinos que recebem baixos salários. A firma White & Gilman tem um acordo com a AJGL para monitorar e indicar casos individuais para os associados da White & Gilman, como eu, para servir como advogada parceira com um dos advogados da AJGL. Geralmente, nosso coordenador *pro bono* posta os casos no nosso site interno, mas Ken e eu temos trabalhado juntos há tantos anos, então ele liga diretamente para mim com casos de possível interesse para mim após ter passado pelo aval do coordenador *pro bono*.

Se tudo der certo, e eu conseguir o bônus de verão, planejo sair do cargo de advogada corporativa daqui seis meses e trabalhar para a AJGL.

— Tenho que atender isso — digo.

— Ainda está fazendo aquele *pro bono*? — pergunta o Engomadinho. — Isso não irá aumentar suas faturáveis.

— Nem tudo é sobre horas faturáveis. — Ele se tornou um advogado somente por causa do dinheiro? Não que eu não goste do pagamento... e a segurança que isso proporciona. — É para o bônus extra de verão. — E com essa lembrança amarga, ele sai.

E ele tem razão. Terei que dizer não para Ken e focar nos meus casos pagos para o bônus. Todo verão, nossa firma advocatícia recompensa um dos top associados em cada área com um bônus extra. E horas trabalhadas para clientes pagos é um os principais determinantes Eu pego o telefone.

— Esse é um caso convincente de habitação para você — diz Ken. — Ela está lutando pelos direitos de sucessão para retomar o controle do apartamento da avó no Harlem. A avó a criou, e ela viveu no apartamento todo esse tempo, até sair para ir para o serviço militar. Mas a avó morreu enquanto ela estava fora e um homem qualquer está alegando ser o sucessor como "cônjuge de direito comum" da avó.

Eu começo a roer uma unha.

*Não.*

Eu não posso dizer não. Não para esse tipo de caso. O rosto manchado de lágrimas da minha melhor amiga dizendo que ela e sua mãe iriam perder o apartamento. É para isso que eu me tornei uma advogada.

— Estou dentro — digo. — Te mando por e-mail os horários em que eu posso vê-la.

Assim que desligo, Lakshmi diz:

— Pensei que você não iria mais pegar esses casos *pro bono* para então conseguir o bônus e pagar o seu débito da faculdade de direito.

— Eu não podia dizer não para esse.

— Você poderia. Principalmente porque quanto mais cedo você quitar esse débito da faculdade, mais cedo vai trabalhar para a AJGL...

— *Xiii.*

Lakshmi sabe meus planos de sair daqui para trabalhar para AJGL, mas ela é a única aqui na firma. Eu gosto do direito corporativo mais do que imaginava, mas se eu trabalhar para AJGL, eu posso literalmente mudar vidas. Como fez a AJGL salvando minha melhor amiga, Tara, e sua mãe de serem despejadas quando estávamos no ensino médio. Mas eu ainda estou dividida, porque renunciar ao salário atual é difícil. Este caso pode ser a última chance de ter certeza que realmente quero sair da White & Gilman. Talvez representar clientes *pro bono* como parte da minha carga de trabalho aqui seja suficiente.

— Quanto mais cedo todos seus casos forem desse tipo — continua Lakshmi —, mas se você não ganhar o bônus...

— Eu vou conseguir o bônus.

— Só estou falando que neste momento, seu foco deveria ser aumentar as horas trabalhadas com casos faturáveis, não *pro bono*.

Eu concordo, reconhecendo seu ponto de vista, e recarrego minha caixa de e-mails. E lá está. Meu time de associados me mandou um e-mail dizendo que a revisão dos documentos está completa da parte deles.

Pego meu bloco de notas e corro da maneira mais digna que posso pelo corredor até o escritório do sócio na esquina, o carpete abafando meus calcanhares, parando para andar cada vez que passo pela porta aberta do escritório de um sócio. Tão pouco digna. Provavelmente eu pareço mais um esquilo correndo, parando para levantar sua cabeça para verificar os perigos. Apenas uma das novas associadas olha para cima de seu cubículo, para fora do escritório dos advogados. Os outros estão acostumados com minhas corridas malucas.

O Tom não.

Eu bato na porta do sócio, e Paul, com uma aparência distinta, cabelos grisalhos em seus cinquenta anos, me sinaliza para entrar. Há quadros de pássaros enfileirados na parede. Tem uma garça. Essa é a única que consigo identificar. Não há nenhuma das típicas espécies de Nova York na parede. Presumo que ilustrações de pombos, cardeais, corvos, gaivotas, pardais e pássaros azuis não transmitiriam a mesma gravidade.

— Terminamos — digo.

— Ótimo trabalho. Então, agora, esperamos pela equipe do Tom terminar. — Ele arruma uma pilha de papéis em sua mesa. — E obrigado por trabalhar até tarde nessas últimas noites preparando o memorando para o cliente com nossos melhores argumentos legais. Aprecio que você tenha feito um esforço a mais para garantir que isso. Jack também estava exaltando seu trabalho em seu recente caso da M&A com ele no almoço com os parceiros ontem. Espero que aproveite seu final de semana.

Jack é o melhor. Eu o adotei como meu mentor, muito embora ele seja um sócio corporativo e sou uma litigante, após termos nos conhecido em uma festa no meu primeiro ano, e ele estava hilário.

Eu me sento em uma poltrona em frente da enorme mesa de cerejeira de Paul.

— Você viu meu e-mail? O demandante admitiu que o fundo era arriscado mais que valia a pena. Ele escreveu “Sem riscos, sem retorno”, em um e-mail e em um post no Facebook. Isso deve nos ajudar nesse caso.

— Compartilhei isso com a Brooke — diz Paul.

— Mas o sr. van der Zee também escreveu um e-mail preocupado que um dos investimentos era muito arriscado, dado que há muitos aposentados investindo no fundo — digo. — Os demandantes irão amar esse e-mail.

— Isso cabe aos demandantes descobrirem. Eles que argumentem seus casos. Nós argumentaremos os nossos. Mas fique preparada para uma refutação.

— Estarei. — Eu me levanto. — O investimento estava dentro dos parâmetros dos critérios de fundos de investimentos, portanto, legalmente, ele está de acordo.

Tom bate na porta.

— Você não devia estar revisando seus documentos? — pergunta ele, com aquele sorriso sarcástico de volta em seu rosto.

Eu o encaro.

— Nós terminamos.

Ele balança seu telefone e sorri. Então balança a cabeça e suspira.

— A paralegal acabou de me mandar um e-mail dizendo que ela esqueceu de mandar um conjunto de e-mails, do teu conjunto.

Eu estreito meus olhos. Suspeito que ele tenha algo a ver com que isso tenha sido "esquecido"?

*Sim. Sim, suspeito.*

Eu não confiava em Tom desde o início, quando nos conhecemos como associados do primeiro ano no escritório de advocacia, mas não fui cautelosa o suficiente. Nós tínhamos trabalhado juntos em um caso naquele outono. Tom tinha me dito que não precisava de ajuda em um final de semana, que ele tinha tudo sob controle. Eu estava no meio de um todos a postos no litígio da M&A, então aquilo serviu para mim. Mas então, Tom tinha reclamado para um dos sócios sobre eu não estar ajudando-o. E esse sócio fez um relatório crítico dizendo que eu não era um parceira de equipe.

— Parabéns em conseguir fazer o trabalho, Tom — diz Paul.

— Vou verificar isso agora — Eu caminho em direção da porta. Assim que passo raspando por Tom, ele se inclina e sussurra:

— Você está vacilando, Jackowski. *Pro bono* demais.

Eu mantenho minha face inalterada. Irrita ele quando não consegue obter um reação de mim. Ele inclina sua cabeça um pouco mais perto de mim

— Tenha um ótimo final de semana — digo. E ele franze.

*Rá.*

Mas aí ele sorri e diz:

— Valeu! Eu ganhei nossa aposta.

Eu estremeço. Isso significa que meu time revisará os documentos que chegarão na segunda.

— Depressa — diz Paul. — Tempo é nossa essência, e agora estamos para trás.

— Sim, estou indo. — A porta de fecha atrás de mim.

Eu murmuro um "oi" para os assistentes executivos sentados nos cubículos perfilados no corredor, do lado de fora das portas dos advogados. O barulho de impressoras imprimindo, um telefone tocando e um tom apressado perguntando: "Como posso ajudar?" formam o ruído de fundo dos meus pensamentos.

Odeio perder. Especialmente em frente de um sócio.

Eu retorno para nosso escritório vazio. Lakshmi deve estar em reunião com sua equipe. Tom voltou aos seus truques sujos de novo. Há vinte e-mail ainda para terminar. Eu clico no arquivo para abrir o primeiro deles. É outro conjunto de e-mail de Zeger.

*Para: Zeger van der Zee*
*De: Ben Kim*
*Data: 14 de abril.*
*Você acha que Arthur está propositalmente preparando você para o fracasso?*

Humm. Então nem tudo são flores no mundo de Zeger van der Zee.

> *Para: Ben Kim*
> *De: Zeger van der Zee*
> *Não estou pronto para afirmar isso ainda. Eu diria que o Arthur não ficaria infeliz se eu fracassar. E para servir de algo, eu também não recomendo sair com um colega de firma.*

Sem romance com colegas. O sr. van der Zee já pensou que talvez ele seja muito puritano para namorar uma artista?

E isso é para seu chefe. É a sequência do e-mail anterior, preocupado que o investimento do Mexico era muito arriscado para seus investidores. Parabéns a ele por levantar essa questão, mesmo que seu chefe definitivamente não tenha gostado de sua preocupação.

> *Para: Arthur Ross*
> *De: Zeger van der Zee*
> *Eu dei uma olhada no investimento do México. O lado positivo é bom e acho que podemos mitigar o risco.*

Bom trabalho em retroceder, Zeger.

Acabo com esse conjunto de e-mail e notifico ao Paul. Clico em um dos documentos que Ken me mandou sobre o caso da habitação e o reviso. E agora eu posso finalmente verificar como se parece esse sr. van der Zee. Provavelmente ele se parece como um clone do Engomadinho. Tipo uma Engomadinho que provavelmente consegue ficar em pé sozinha. Bonito se você não precisar de um pouco de humanidade.

Faço uma pesquisa no Google no nome Zeger van der Zee. Sua foto aparece no meu monitor. E meu queixo cai.

É o Zeke da noite anterior.

*Não.*

# 4

## Tessa

Olho fixamente para a fotografia de Zeger van der Zee no meu monitor, com os pensamentos completamente confusos.

Como pode ser o mesmo cara?

— Estou ferrada — digo enquanto Lakshmi volta para o nosso escritório, deixando cair um bloco de notas em sua mesa.

— Alguma coisa errada? — Ela se joga na cadeira e liga o computador.

— O cara que conheci ontem à noite.

— Aquele que você realmente gostou?

— É Zeger van der Zee, mas acho que ele usa o apelido de Zeke. — Meus ombros caem, e eu me afundo no encosto da cadeira.

— O cara que administra o fundo que estamos defendendo?

— Exatamente o mesmo. Quais são as chances?

Lakshmi balança a cabeça.

— Você realmente sabe como escolher homens que não gostam de advogadas viciadas em trabalho.

— Certo? — Fico incrédula ao ver sua foto no site da Capital Management.

— Vocês não conversaram sobre seus empregos?

Apoio a cabeça em minhas mãos, com uma dor de cabeça.

— Eu estava fingindo ser uma artista para servir de isca para um golpista.

— Claro que estava.

Pelo menos Lakshmi não está mais chocada com os nossos esquemas malucos, da Miranda e eu. Não. Agora ela espera ansiosamente para ouvir sobre nossas aventuras. Ela girou a cadeira para ficar de frente para mim, com um lado da minha mesa em forma de L entre nós.

— Há um homem que está enganando artistas mulheres em dificuldades. Ele finge que tem todas essas conexões. Ele também vende aulas de pintura. Miranda conheceu alguém que deu centenas de dólares para ele. Ele disse que precisava para enquadrar o trabalho dela adequadamente para mostrar ao revendedor. Ela não pediu recibos porque confiava nele.

— Ele enquadrou?

— Sim, mas fez um trabalho tão ruim que eles tiveram que ser reenquadrados. — Suspiro. — De qualquer forma, como o Golpista estava por perto, eu disse que era uma artista. E então estávamos discutindo sobre outras coisas. E eu estava prestes a contar a verdade ao Zeke quando ele disse que odeia advogados.

— Ele disse isso?

— Sim.

Lakshmi apoia o cotovelo na minha mesa e descansa o queixo na mão.

— Isso não é bom. O que você vai fazer?

Inclino-me para frente sobre a mesa, encontrando seu olhar.

— Não sei. Tenho que dizer a ele que sou advogada, por óbvio, mas pessoalmente, para que eu possa avaliar sua reação. O problema é que nós o vimos conversando com o Golpista, então tenho que descobrir primeiro se Zeke está de alguma forma ligado a ele. Porém, Zeke parecia ser um cara legal. — Mas os caras maus devem parecer mocinhos. — De qualquer forma, li seu memorando ontem à noite. Você precisa de mais suporte de caso nas seções quatro e cinco. Enviarei meus comentários por e-mail para você.

— Obrigada. Agradeço seu feedback — diz ela. — E especialmente porque sei que você é muito ocupada.

Meu celular toca. Capital Management. Mas não o número da Brooke. Eu atendo.

— Oi, é o Zeke. Achei melhor ligar, caso você estivesse preocupada se cheguei em casa em segurança.

Eu dou uma risada. *Ele está ligando no dia seguinte!*

Corajoso. Não há jogos do tipo "espere pelo menos dois dias" aqui.

Faço sinal para Lakshmi de que é ele, apontando para a foto dele na minha tela.

— Respeito o fato de você estar me criticando por ter pegado o táxi e não ter compartilhado — digo. — Sinto muito por isso.

— Sem problemas Tinha outro táxi logo atrás. Mas eu não poderia *deixar* de te zoar por isso. — Sua risada profunda mexe com meu estômago. — Você está livre para um encontro na quinta-feira?

Ainda não posso sair em um encontro. Não enquanto estiver trabalhando nesse litígio. E não enquanto ele achar que namorar uma artista é divertido e que namorar um advogada é uma espécie de purgatório. Giro minha cadeira para ficar de frente para a janela, de costas para Lakshmi.

— Não posso. Tenho que trabalhar. — Isso parece muito vago. *Floreie.* — Vou trabalhar como bartender nesta noite.

Às vezes, eu pego os turnos de bartender da Miranda quando ela tem um prazo e minha agenda está livre. É estranhamente relaxante. É como estar em uma festa, mas sem a pressão de ficar puxando papo.

— Há outros dias em que você está livre?

— Não. Tenho que trabalhar.

Gostaria de poder sair com ele em um encontro. O cara na janela do outro lado da rua está arrumando suas coisas para ir para casa. Ele apaga a luz. A maioria das salas desse prédio de escritórios agora está escura. Eles devem olhar para os nossos trabalhando a toda hora e se parabenizar por não serem advogados da White & Gilman.

— Onde você trabalhará como bartender? Posso te fazer companhia. Sua voz é grave e confiante.

— Você me distrairia demais.

— Distração?

— Sim — digo.

— E eu estava começando a achar que você não estava interessada. Especialmente depois da maneira como você saiu ontem à noite.

*Ele está sendo sincero. Eu gosto disso.* Irônico se meu apelo é que não estou me apaixonando por ele. Com a agenda do meu escritório de advocacia, essa coisa de ser difícil de conseguir poderia ser fácil para mim.

— Essa é uma sensação nova para você? — pergunto, com uma inflexão provocadora em minha voz.

— Você acha que seria?

— Possivelmente. — Não posso deixar de sorrir. — De qualquer maneira, estou definitivamente interessada. Só estou ocupada esta semana.

Também prefiro ser sincera, apesar da minha mentira atual de que sou uma artista.

— Devo deixar a bola para você, então? — pergunta ele. — Você tem meu número agora. Se você estiver livre e quiser sair, ligue para mim.

— Deixe-me ver o que posso fazer com relação à minha agenda. Eu gostaria de vê-lo. Estou muito ocupada no momento. — Pilhas de papel se acumulam em meu aparador em frente à janela. E este fim de semana será um curso intensivo sobre direito imobiliário.

— Tudo bem — diz ele.

Eu desligo e me viro para Lakshmi.

— Que fique registrado que os artistas trabalham o tempo todo.

— Essa é a programação da Miranda para este fim de semana?

— Basicamente. Só que ela se apresentará em vez de ser bartender. Mas eu não sei cantar, então não vou entrar nessa.

— Você também não é exatamente uma artista, se bem me lembro daquela aula de arte que tivemos com os associados de verão naquele evento da empresa — diz Lakshmi.

— Apenas detalhes. — Aceno com a mão. — Não é como se eu fosse pintar na frente dele.

Neste momento, tenho que ligar para o Paul e ver se consigo obter autorização para tentar resolver esse caso da Capital Management. Não quero encontrar Zeke como sua advogada. E eu tenho muito trabalho neste fim de semana, especialmente com esse caso de sucessão. Não posso estragar tudo.

— Ainda acho que você deveria ter recusado o caso do Ken. — Lakshmi se vira para me encarar.

— Eu não poderia. Minha melhor amiga no ensino médio e sua mãe quase foram expulsas de sua casa de aluguel controlado por um proprietário inescrupuloso que negou aquecimento e água a elas. O namorado da mãe aconselhou-a a se mudar, e o proprietário enviou-lhes um aviso de que haviam desocupado o local. O contrato de aluguel quase foi rescindido, mas a AJGL as salvou, e então a mãe dela descobriu que o namorado estava sendo pago pelo locador.

— Ah. — Lakshmi inclina a cabeça. — É por isso que você se tornou uma advogada?

— Basicamente, sim. Eu queria ter certeza de que conhecia as leis e como proteger a mim e às pessoas com quem me importava. E, você sabe, defender a justiça e todas essas coisas boas. Por que você se tornou uma advogada?

— Meus pais me deram duas opções: advogada ou médica. Fiz um semestre de biologia e pensei: é o direito.

Eu dou uma risada. Lakshmi pergunta sobre o que é o caso de Ken, e eu explico.

— Uau. Entendo por que você não conseguiu recusar. — Lakshmi se inclina para a frente. — Mas pensei que você tinha que morar no apartamento por dois anos antes da morte do morador principal para ter direitos de sucessão. Ela já não está fora porque não morou lá?

— Não. O serviço militar ativo não é considerado uma realocação.

— A avó se casou com esse cara?

— Não. Mas ele pode mostrar todos esses outros fatores para demonstrar um compromisso emocional e financeiro e interdependência. Ele compartilhava uma conta bancária com ela, depositando seu cheque, e cuidava dela quando estava doente. Ela até deu uma procuração. Ele tem um caso convincente, objetivamente. — Ele tem mais apoio para seu caso do que eu esperava.

— Bem, especialmente se ele cuidava dela. — Lakshmi desliga o computador.

— Ela o conheceu porque ele era o assistente de saúde designado. Acho que ele encontrou uma mulher idosa e frágil com um apartamento com aluguel estabilizado e a usou.

— Às vezes, acho que você é um pouco cínica demais para o seu próprio bem. No entanto, acho que isso o ajuda como advogada.

— Se não, a avó não teria dito que tinha conhecido alguém? Minha cliente Taylor Robinson diz que ela só se referiu a ele como o cuidador.

— Talvez ela não quisesse compartilhar sua vida amorosa com a neta.

— Talvez. Mas acho isso suspeito.

— Não tem fé no amor verdadeiro? — pergunta Lakshmi.

— Não quando há um apartamento com aluguel estável em jogo — digo.

— Espero que você ganhe. — Lakshmi arruma sua bolsa para ir embora.

— Tenho essa intenção. — Meu estômago fica apertado.

*Tenho de ganhar este caso para a Taylor.*

Paul concordou com minha sugestão de propor a resolução do litígio do Capital Management. Então, é segunda-feira de manhã e estou sentada a uma ampla mesa de conferência ao lado dele. À nossa frente estão os advogados da oposição que representam os autores do litígio contra a Capital Management. Os três advogados dos demandantes estão todos com cara de paisagem e não parecem inclinados a me dar atenção, muito menos a concordar com um acordo judicial, ao lerem minha proposta de acordo.

Estamos em nossa maior sala de conferências para lembrá-los de que estão enfrentando a White & Gilman. A parede de janelas tem vista para o horizonte reluzente do centro da cidade. O Engomadinho tinha outro compromisso e não pôde se juntar a nós. Ele pediu a Paul que arranjasse outro dia, mas Paul disse: "essa jogada é da Tessa". Paul é um dos meus parceiros favoritos para trabalhar, porque ele dá muita responsabilidade aos associados. Ele só intervém se for necessário. Seu rosto neste momento poderia ter a seguinte legenda: "isso é uma perda de tempo. Claramente, você deve entrar em acordo".

Eu gostaria de ter esse tipo de desprezo. Meu rosto provavelmente está mais para: "por favor, por favor". Sento-me ereta, com as mãos no colo, e tento aparentar algo como se não aceitarem o acordo, eles seriam idiotas.

O sócio mais antigo do trio oponente coloca minha proposta de acordo virada para baixo e estende os dedos.

— Não vemos nenhuma razão para concordar com essa proposta — diz ele. — O júri vai adorar nossos autores. Nossos reclamantes são idosos que foram levados a acreditar que esse era um investimento seguro para sua renda de aposentadoria.

— Foi exatamente por isso que o reclamante escreveu esse e-mail para seu amigo, incentivando-o a investir no Fundo Norte-americano da Capital Management. Ele escreveu: "pode parecer arriscado, mas não se esqueça: sem risco, não há retorno" — digo, empurrando uma cópia do e-mail para eles do outro lado da mesa. — Sem mencionar que o autor da ação criou uma publicação no Facebook dizendo a mesma coisa. — Entrego minha captura de tela disso.

O rosto do sócio sênior desaba. Os três se reúnem para examinar os dois documentos.

Não há nada parecido como esse momento de "te peguei". Mas mantenho meu rosto imóvel e me recosto em minha cadeira. Assim como Paul.

O sócio sênior olha para cima.

— Falaremos com nossos clientes e entraremos em contato com vocês.

Eu me levanto.

— Por favor, façam isso.

Eles concordaram em fazer um acordo. É uma grande vitória para o nosso cliente, especialmente por causa do e-mail de Zeke questionando se o investimento era muito arriscado. Para ser justa com ele, um gestor de fundos *deveria* fazer essas perguntas. E como o investimento estava dentro dos parâmetros de risco divulgados, não deveria ser considerado um e-mail danoso. Mas nunca se sabe como o júri interpretará isso, especialmente com a interpretação negativa que o advogado do reclamante fizer.

E é uma grande vitória para mim e para minha busca de merecer o bônus extraordinário. Estou em choque porque não teria sido tão inspirador a busca um acordo se não quisesse parar de representar a Capital Management antes de sair com Zeke.

É a primeira vez que sinto essa faísca por alguém. Honestamente, eu achava que essa frase nos romances era exagerada. E sei que ele parece odiar advogados, mas isso não deveria ser um obstáculo ao negócio. Quem escolhe seu parceiro com base em sua carreira? Isso é ridículo.

Explicarei pessoalmente que não sou uma artista quando descobrir como ele conhece Jurgen. Eu só digo isso porque o Golpista estava ao meu lado. Ele deve entender.

# 5

## Zeke

Bato na porta de Brooke. Esse processo é uma tremenda dor de cabeça. Eu deveria estar gastando esse tempo decifrando dados financeiros e visitando empresas para verificá-las como possíveis investimentos para o meu Fundo Norte-americano ou para o novo portfólio de capital de risco que estamos desenvolvendo. Já tenho o suficiente para tentar manter dois chefes felizes. Ou melhor, impressionar Charles e manter Arthur satisfeito, ele nunca será feliz realmente, para que não torne minha vida um inferno completo. Então, Charles pode decidir que precisa de mim *exclusivamente* na parte de capital de risco dos negócios da Capital, e eu posso dar adeus ao Arthur. Em vez disso, meus dias são repletos de reuniões com o departamento jurídico sobre milhões de e-mails escritos há meses e dos quais não me lembro. Não os escrevo para serem analisados palavra por palavra.

Charles ainda não respondeu a minha proposta de incluir a *Comidas en Canasta*, uma empresa que fornece um aplicativo de entrega de refeições na Cidade do México, como um dos investimentos em nosso próximo portfólio de capital de risco. A visita na semana passada à sede da empresa me convenceu. Passarei em seu escritório após a reunião e farei o acompanhamento. A menos que essa sessão de "interrogatório" se estenda até tarde da noite. Como nas últimas vezes.

— Entre — diz Brooke.

— Mais uma vez, obrigado por me avisar sobre o fato de Arthur ter feito aquela reunião sem mim. — Fecho a porta atrás de mim.

Ela estreita os olhos para mim.

— Foi estranho que tanto você quanto Winthrop tinham recomendado a inclusão daquele banco canadense em ascensão ao Fundo Norte-americano.

Eu balanço minha cabeça.

— Acho que nós dois lemos os dados da mesma forma.

Se eu acredito nisso? Não. Arthur deve ter dito ao Winthrop que eu estava analisando os números do banco. É pequeno e não é provável que esteja no radar de ninguém. Só que eu estava no Canadá analisando outra empresa para o Fundo Norte-americano, e os caras que conheci estavam discutindo a mais recente campanha de marketing do banco e seu consequente aumento de participação no mercado. Imediatamente enviei minha análise por e-mail para Arthur e meu associado júnior, Ming. Mas se Brooke não tivesse me contado sobre a reunião, Winthrop, com sua gravata borboleta, teria sido o único a recomendar o banco como um investimento e a receber o crédito.

Sento-me na cadeira em frente à mesa da Brooke. Uma pilha de papéis repousa em um aparador perto da janela, mas sua mesa está livre. Nem mesmo uma pasta. Isso não parece bom. Pelo menos com uma pilha de e-mails impressos, há um fim à vista.

— O processo foi resolvido — diz ela.

Eu dou um sobressalto.

— Está falando sério?

— Muito sério. Você pode agradecer à nossa advogada externa.

— Mas da última vez, você disse que meu e-mail sobre o perfil de risco iria nos prejudicar.

Brooke dá de ombros.

— Eles tinham documentos piores. Nossa advogada externa mostrou isso a eles, e foi o suficiente para convencê-los de que não queriam nos enfrentar no tribunal.

Inacreditável. Posso respirar novamente. Eu me recosto na cadeira.

Ben bate na porta e entra.

— Almoço? Ah, você está de reunião com esse cara. Brooke deveria etiquetar essa cadeira com seu nome. Você sempre está aqui quando eu dou uma passada. Você tem sorte de eu não ser um cara ciumento.

— É toda sua. — Eu me levanto e aceno em direção à cadeira. O escritório é estreito, com cerca de 2,5 por 3,5 metros.

— O caso dele acabou de ser resolvido — diz Brooke.

— Pensei que você estava esperando que essa fosse uma batalha longa e demorada? — Ben pega a cadeira. Fico de pé junto à parede, enquanto ele estica as pernas.

Brooke acena com a cabeça.

— Eu estava.

— Você precisa se curvar diante da Brooke agora — diz Ben. — Você pode parar de reclamar desse processo e se concentrar em impressionar Charles para que possa se afastar de Arthur e se dedicar exclusivamente ao capital de risco.

— Muito obrigado. — Inclino minha cabeça para Brooke. *Com sinceridade.* Estou muito aliviado com o fato de o processo ter sido resolvido.

— Não fui eu. Foi nossa advogada externa. Ela negociou isso. — Brooke gira sua caneta. — Achei que era arriscado, mas concordei que deveríamos tentar.

— Isso é muito importante. Tenho minha agenda de volta. — Encosto-me na parede.

Brooke diz:

— Talvez devêssemos receber os advogados externos para um jantar de congratulações. Eles parecem ser um grupo divertido.

— Combinado. Eu até cobrirei os custos de nosso orçamento — digo.

— Jantar hoje à noite, Brooke? Podemos fazer nossa própria comemoração. — Ben se inclina para a frente. — Agora que não precisamos sair de fininho para evitar o olhar de morte do Zeke.

Eu bufo e me empurro da parede.

— Achei que você não deveria distrair nossa estimada advogada quando ela poderia estar trabalhando no meu caso.

— Deveríamos fazer um encontro duplo neste fim de semana ou no próximo com aquela artista que você conheceu — diz Ben.

Encontro duplo. Sair com uma namorada e amigos. Já faz muito tempo que isso nem parece uma possibilidade. *Mas... o sorriso de Tessa e seus olhos brilhando para mim.* Talvez seja.

— Ela está muito ocupada para sair neste fim de semana. — Abro a porta do escritório da Brooke, pronto para fugir. — E eu queria ter um encontro com ela antes de apresentar vocês dois.

Quando saio do escritório de Brooke, dou de cara com Arthur. Eu me afasto, pois não quero me sobrepor a ele. Isso claramente o incomoda.

Arthur é magro, como se seu corpo fosse uma manifestação física do quanto ele é rígido. Estou surpreso que ele esteja aqui na área jurídica. Ele tende a insistir que qualquer associado júnior vá ao seu escritório. Brooke pode ser uma das vice-presidentes, mas ele é um diretor administrativo.

— Parabéns pela resolução de seu caso. — Arthur franze a testa. — Isso foi um pouco inesperado.

É como se Arthur tivesse incomodado minha vida. Acabei de descobrir isso, mas ele já sabia.

Eu levanto uma das sobrancelhas.

— Você está bem-informado.

— Queria ter certeza de que o caso da Winthrop era prioridade máxima, e Brooke disse que teria mais tempo para se dedicar a ele porque o caso do Fundo Norte-americano foi resolvido. A propósito, marquei nossa próxima reunião de departamento para sexta-feira, às 10h. — Ele passa por mim e entra no escritório de Brooke.

Coitados da Brooke e do Ben.

Sexta-feira. Às dez. Minha assistente acabou de agendar a reunião de atualização do portfólio de capital de risco com Charles para sexta-feira às dez horas. Eu havia dito a Ming, meu associado júnior, para preparar o primeiro rascunho de nossa apresentação. Não vai parecer profissional remarcar isso. O Arthur fez isso de propósito para que houvesse um conflito com meu encontro com Charles? Isso não é muito mesquinho até mesmo para ele? *Pare de ser paranoico.*

Preciso sair, me afastar de Arthur e me reportar apenas a Charles. Administrar o Fundo Norte-americano é um desafio satisfatório, mas não com Arthur monitorando todos os meus movimentos.

Mas Arthur se recusa a desistir de mim. Mesmo que seu favorito seja claramente Winthrop e o pai bem relacionado dele. É porque sei o que eu estou fazendo, e os retornos do Fundo Norte--americano demonstram isso. Um sentimento de orgulho me enche. Os retornos do meu fundo superaram o mercado e alguns fundos administrados por gestores muito mais experientes.

Volto para minha mesa no pregão, mas paro na mesa da minha assistente e peço a ela que planeje o jantar com os advogados. Ela me entrega uma mensagem.

— Charles ligou para falar sobre *Comidas en Canasta*. Organizarei o jantar. Sua agenda está atualizada?

— Sim. Eu te informarei se isso mudar depois que falar com ele. — Ou se uma certa artista loira me chamar de novo para um encontro.

Subo as escadas até o andar acima do nosso, bato na porta de Charles e entro.

— Zeke. Obrigado por ter vindo. — Charles gira em sua cadeira, afastando-se dos três monitores alinhados em sua mesa. — Não tenho certeza se vou investir em *Comidas en Canasta*. Por que você acha que esse aplicativo terá sucesso e os outros aplicativos de refeições não?

— O gerenciamento dele. O CEO estudou na Escola de Administração de Harvard com o CFO e depois trabalhou na *Seamless* nos EUA. Ele conhece o mercado da Cidade do México porque foi lá que ele cresceu.

Charles acena com a cabeça enquanto eu explico melhor por que acho que *Comidas en Canasta* é o investimento certo para essa carteira. Essa é uma das qualidades que admiro nele. Ele é durão, mas justo.

— Tudo bem. Você obtém retornos como os de seus dois últimos investimentos, e posso argumentar que precisamos de seus talentos *exclusivamente* no lado do capital de risco — diz Charles. — Continue assim.

*Sim. Estou de volta ao jogo. A separação com Paisley me atrapalhou, mas agora estou de volta.*

# 6

## Tessa

Miranda decidiu que precisamos de reforços para pensar em como pegar o Golpista e convocou nosso grupo de amigas para se encontrar com Yvette. Enquanto espero a turma se juntar a mim do lado de fora da *Banter & Books* na Avenida Amsterdam, ligo para Zeke. Estou animada porque agora podemos sair juntos. *Será que eu estava imaginando esse frenesi? Ele não pode realmente ser amigo de Jurgen.* Ele atende imediatamente.

— Oi — digo. — Organizei minha agenda, e agora as quintas-feiras estão livres. Você está livre para sair?

— Sem dúvida. Espere um pouco. — Há uma pausa. — Desculpe. Ainda estou no trabalho.

— Ah, você também trabalha muito até tarde?

— Sim, infelizmente — diz ele. — Mas quinta-feira é perfeito. Achei que você gostaria de ir a esse evento. Deixe-me ver onde é. — O clique de um teclado é emitido pelo telefone. — É no Leilão do Centro de Artes Dumbo. Você gostaria de ir?

— Sim. — Essa é uma ótima escolha para um encontro com uma artista. Impressionante. — Minha colega de quarto, Miranda, doou uma peça para eles. — A última pintura de Miranda está em destaque na vitrine da *Banter & Books*. É um rosa e um amarelo hipnotizantes, o sentimento de alegria praticamente salta dos olhos.

— E você mandou alguma?

— Não me pediram.

— Esta é a sua chance de ter obras de arte nela. Você pode pintar algo lá, e depois será leiloado para beneficiar instituições de caridade selecionadas, ao lado de obras de alguns artistas famosos.

*Não.*

Como vou me livrar de pintar na frente dele? Não posso dizer a ele *agora* que não sou uma artista. Preciso ver seu rosto quando perguntar como ele conhece Jurgen.

— Mas você não vai ficar entediado se eu sair para pintar alguma coisa? Eu...

— Definitivamente, não ficarei entediado. Adoraria ver você pintar. Além disso, isso seria ótimo para sua carreira.

Limpo minha garganta.

— Bem, então. Seria ótimo para minha carreira. — Se eu fosse uma artista.

— Talvez você possa até provocar uma batalha de lances.

Se eu contratar pessoas para fazer lances.

— Vamos torcer — digo. Definimos os detalhes e desligamos.

Está tudo bem. Vou perguntar ao Zeke como ele conhece o Jurgen quando nos encontrarmos. Se parecer que ele não vai revelar nada a Jurgen, direi a ele que não sou uma artista e que, na verdade, sou advogada, e assim não precisarei pintar nada. Eu deveria ter confessado por telefone. *Não.* A missão é o que importa aqui. Não sair um cara desses aí.

Miranda acena do fim da rua, com o cabelo ruivo destacado contra a jaqueta verde que está usando. Nós nos cumprimentamos com um abraço.

— Convidei o Zeke para sair — digo.

Ela me dá um *high-five.*

— Mas você precisa se certificar de que ele não é amigo do Golpista. Você não pode arriscar nosso esquema para pegar Jurgen.

— Eu sei. — Não posso decepcionar a Miranda.

— Encontrei sua próxima chance de pegar o Golpista. Yvette disse que ele vai estar no Leilão do Centro de Artes Dumbo.

Eu a encaro.

— Eu também.

— Exatamente. Você pode pegá-lo. Pensei um pouco mais e o problema foi que, da última vez, você parecia não ter *nada* de dinheiro. Dessa vez, você deve se vestir de forma a parecer um bom alvo. E não devemos correr nenhum risco. Você deve conversar com ele. Discuta qualquer obra de arte que ele esteja vendo.

— Esse é um bom plano, mas eu vou com Zeke. Ele quer que eu pinte. Vou dizer a ele que sou advogada antes de ter que pintar — digo. — Mas tenho medo de que ele me deixe assim que descobrir.

— Então você deve contar a ele para não perder seu tempo. Ele não valerá a pena se não gostar de você do jeito que é. Mas, primeiro, precisamos descobrir como Zeke conhece o Golpista. E se eles forem amigos ou irmãos de fraternidade da faculdade e ele sentir alguma lealdade a Jurgen e estragar nosso disfarce? Ele disse que estava lá com amigos. Jurgen pode ser um amigo. Sem dúvida, eu os vi conversando antes de Zeke sair.

Miranda abre a porta da *Banter & Books* e há um aroma de cookies de chocolate. Uma fornada deve ter acabado de sair do forno.

Miranda se aproxima para pegar nosso grupo habitual de cadeiras com braços desgastados e pernas de cabriole com essas almofadas azul-claro perto da janela, um local privilegiado que oferece uma excelente vista da rua ou dos outros ocupantes do café. *Escolha seu veneno.* Nosso outro lugar favorito é a mesa no conservatório dos fundos, mas parece que ela foi reservada para uma festa particular.

— Com os dois juntos, com certeza poderei ter uma ideia se Jurgen e Zeke são amigos — digo.

— Também será uma oportunidade para o Zeke conhecer você — diz Miranda. — Depois que ele a conhecer, tenho certeza de que não se importará com o fato de você ser advogada, embora ele não pareça totalmente racional em relação a isso.

— Tentarei descobrir se eles são amigos, encontrarei uma oportunidade de conversar com o Golpista e depois contarei ao Zeke no final do nosso encontro? — reflito.

— Ele deve entender que você estava em uma missão para despistar um golpista. E você sempre poderá ser uma advogada e uma artista em seu tempo livre. Por exemplo, Bella trabalha em tempo integral como assistente para ganhar dinheiro, mas também é uma autora publicada.

— Exceto pelo fato de eu não saber pintar.

— Tenho certeza de que você pode pintar alguma coisa — diz Miranda. — Talvez não quando você está bêbada, mas se você estiver concentrada. Você deve ter alguns genes artísticos, já que a Kiara é muito bem-sucedida. Sua última exposição de arte recebeu muitas críticas elogiosas.

— Acho que ela herdou todos os genes da pintura. — Minha irmã morreria de rir se soubesse que eu estava fingindo ser uma artista. — O YouTube deve ter alguns tutoriais. Se eu consegui consertar um vaso sanitário seguindo um tutorial do YouTube, devo ser capaz de pintar alguma coisa.

— Não precisa ser bom. É ainda melhor se for ruim, pois se o Golpista demonstrar interesse em orientá-la, saberemos que não é genuíno. Mas não pode ser tão ruim a ponto de ele suspeitar que está sendo enganado. Posso lhe dar algumas dicas hoje à noite. — O telefone de Miranda toca e ela o atende.

Entro na fila do balcão para pedir nossas bebidas. A *Banter & Books* é uma livraria com cafeteria com uma atraente decoração campestre francesa. Estantes brancas revestem as duas paredes laterais. Em toda a cafeteria, há mesas redondas de madeira desgastadas, cercadas por várias plantas altas e verdes, criando pequenas telas de privacidade. Eu inspiro profundamente. É definitivamente eclético, mas suave.

Depois de pedir nossos drinques habituais no balcão e me posicionar com um número, pego uma cadeira de vime de outra mesa, já que seremos cinco no total. Miranda já está sentada, digitando em seu telefone.

— Yvette disse que está a caminho — diz Miranda. — Maddie não pode vir porque ela tem um prazo para escrever uma matéria.

A campainha toca quando Lily e Iris entram pela porta da *Banter & Books*. Nós nos cumprimentamos com um abraço. Parece que não as vejo há muito tempo.

Lily coloca uma pilha de livros na mesa de centro e diz:

— Só preciso responder à mensagem de texto do Rupert. — Ela sorri, como sempre faz ao enviar mensagens de texto para Rupert, seu namorado.

— Como vai o trabalho? — pergunto a Iris enquanto ela tira seu chapéu de abas largas.

— Agitado. E quanto a você? — Iris se senta à minha frente.

— O mesmo — digo.

— Rupert disse que sente um pouco de pena do pobre coitado que temos em nossa mira agora, porque ele não tem ideia do que está enfrentando. — Lily passa a mão pelo cabelo loiro, alisando-o para trás. — Mas não tanto assim. Ele fica feliz em ajudar da maneira que puder.

Rupert é o co-CEO da *Strive Developers*, uma conhecida empresa de desenvolvimento imobiliário, mas não consigo pensar em nenhuma maneira de ele ajudar.

Iris ri.

— Deveríamos ter pedido ao Rupert que se vestisse como o artista em dificuldades.

Eu bufo.

— Sim, da próxima vez, definitivamente precisamos pensar em um papel para Rupert.

— Ele provavelmente seria reconhecido — diz Lily enquanto pega os livros da mesa e os coloca em sua mochila.

Yvette chega em seguida. Ela é magra, com uma pele branca quase translúcida, e seu cabelo liso e loiro claro emoldura seu rosto. Ela olha para Miranda como se fosse uma deusa. O que Miranda é.

Depois que todos estão acomodados com as bebidas, Miranda faz as apresentações.

— Yvette, conheça a equipe: Iris e Lily são nossas assistentes de pesquisa. Iris trabalha com segurança cibernética e Lily é bibliotecária na Biblioteca Pública de Nova York — diz Miranda. — E minha colega de quarto, Tessa, é advogada.

Miranda continua:

— Como mencionei, esse cara, Jurgen, enganou Yvette. Ele disse que queria ajudá-la como aspirante a artista, mas aceitou seu dinheiro. Ela o pagou para emoldurar suas pinturas para uma exposição, mas não houve nenhuma exposição e o trabalho de emolduramento foi um fracasso. Ela teve que remoldurá-los. Pagou a ele três mil dólares.

Lily deixa cair o livro que estava segurando.

— Desculpe. Uau. Isso é loucura. — Ela o pega do chão.

— Muito obrigada a vocês — diz Yvette. — Sinto-me mal por tomar seu tempo. Mas se Jurgen está fazendo isso com outras mulheres, então ele precisa ser impedido.

— Poderíamos processá-lo pelo mau enquadramento no tribunal de pequenas causas — digo. — Você pegou um recibo ou fez um contrato?

— Não — diz Yvette. — Pareceu-me muito indelicado pedir isso quando éramos amigos e achei que ele estava me fazendo um grande favor ao encontrar essa exposição na galeria.

— Sem nenhum documento como prova, será difícil ganhar — digo.

O rosto de Yvette se abate. Miranda balança a cabeça para mim. Entendi. *Fui muito dura.*

Iris levanta uma sobrancelha para mim. Estamos na mesma situação. Simpatizo, mas não tenho certeza se temos um caso aqui.

— Você foi à galeria? — pergunta Iris.

— Ele disse que era uma galeria pop-up administrada por uma vendedora chamada Misty Morano. Eles tinham um site com uma lista de exposições. — Ela mostra a Iris o site em seu telefone.

— Parece que o site não foi atualizado recentemente — diz Iris. — Vou dar uma olhada nisso.

— Até mesmo se ela estiver conectada — acrescenta Lily. — Talvez ele tenha escolhido um site de galeria. Você chegou a falar com eles?

— Não. Jurgen disse que era melhor deixar que ele cuidasse de tudo.

— E o que ele disse que aconteceu com a exposição? — pergunto.

— Ele disse que não conseguiram obter o financiamento e o projeto foi encerrado. — Yvette morde a unha.

— Falei com o policial Johnson — diz Miranda. — Eu o conheci quando meu quadro foi roubado e ele me ajudou, então achei que ele poderia cuidar do caso de Yvette. Mas ele gostaria de ter mais evidências para continuar.

*Eu também.* Esse tal de Jurgen pode ser apenas um péssimo moldureiro. Mas se eu der uma de policial mau, a Miranda vai me matar. Ela disse que Yvette já estava envergonhada o suficiente e inicialmente não quis levar o assunto adiante.

O garçom coloca uma bandeja cheia de bebidas quentes em nossa mesa, e cada um de nós pega a sua.

Faço algumas perguntas básicas, como, por exemplo, como ela conheceu Jurgen e o que ele disse, para tentar deixar Yvette à vontade. Sua perna está balançando para cima e para baixo. Ela não seria uma boa testemunha no banco dos réus. Suas mãos seguram a caneca de chocolate quente como se estivessem ganhando força com ela.

De verdade. Ela é um alvo perfeito. Tão hesitante e insegura. O Golpista definitivamente conhece seu alvo.

E não é eu.

Lily ou Iris devem tentar ser o alvo dele? Elas também não transmitem isso. Especialmente Iris. Ela pode matar você com um simples olhar. Mesmo com seu cabelo castanho-escuro brilhante em um rabo de cavalo, ela irradia confiança. Seus pais são donos de um bar no centro da cidade e, na faculdade, ela trabalhava como garçonete para ajudar e ganhar dinheiro. Ela não tolera nenhuma baboseira.

E Lily está muito ocupada no momento com a horta comunitária que ela ajuda a administrar. É praticamente outro trabalho além de seu cargo de bibliotecária em tempo integral.

— O que aconteceu depois que a exposição de Misty Morano não deu certo? — pergunto.

— Ele me ajudou a vender uma de minhas pinturas da pós-graduação para um colecionador que ele conhecia. Essa foi minha primeira venda para um estranho. Fiquei muito animada. Depois disso, ele vendeu outro quadro para um casal no Brasil. Isso foi muito empolgante, mas nós dois fomos enganados.

— *Enganados*? — pergunto.

Iris se inclina.

— Esse brasileiro entrou em contato com ele. Ele viu a pintura no Instagram de Jurgen e queria saber se poderíamos enviá-la para ele no Brasil, para que ele pudesse presentear sua esposa no aniversário dela. Minha primeira venda internacional. Eu não conseguia acreditar. E eu não deveria ter feito isso. — Yvette suspira, toma um gole de sua bebida e continua. — De qualquer forma, Jurgen me deu o cheque do cara quando veio buscar a pintura. Mas o cheque era muito mais do que o preço da pintura. Então, ali mesmo, ele ligou para o brasileiro. O cara disse que incluiu o preço do frete e a comissão de Jurgen, e que eu deveria dar a diferença a Jurgen, porque ele enviaria a pintura. Enviei ao Jurgen a diferença. Ele levou a pintura. O brasileiro disse que queria a confirmação do frete antes de descontarmos o cheque. Também tivemos que usar sua empresa de frete.

— O cheque brasileiro era falso — diz Iris.

Yvette concorda.

— O cheque era falso.

Lily e Miranda também se inclinam para a frente agora, e ficamos todas em silêncio. Outras conversas estão circulando ao nosso redor, mas estamos absorvendo lentamente essa perda.

— Perdi mil dólares, que foi o custo do transporte, e o quadro desapareceu. Jurgen me pagou sua comissão de duzentos dólares. Ele já havia enviado a pintura, então ela foi perdida. Ele se desculpou muito e se sentiu culpado. Eu me senti muito mal por ele.

— Você já viu a confirmação do frete? — pergunto. — Você tem certeza de que Jurgen a enviou?

— Não.

— Você chegou a falar com o brasileiro?

— Sim. Naquela noite, em meu apartamento. Ele falava português do Brasil e um pouco de inglês. — Ela nos encara. — Você não acha que...? Não. Jurgen não pode ter participado do esquema. Você não está entendendo. Ele estava realmente chateado. Ele se ofereceu para pagar a metade do frete. Eu não... — Ela para e seu rosto cai. — Talvez ele estivesse. Talvez esse tenha sido o início de tudo. Sou uma grande idiota.

Ela coloca a caneca vazia sobre a mesa.

— Li recentemente um artigo do New York Times sobre fraudadores que se aproveitam de artistas e os contatam por meio da mídia social com esse mesmo golpe — diz Miranda.

— Mas não sabemos se Jurgen está envolvido nisso — digo. — Tudo isso é conjectura até que tenhamos provas. Precisamos fazer nossa própria investigação e descobrir o papel de Jurgen.

— Mas se ele estava envolvido, então ele possui a pintura dela. Além disso, ele embolsou mil dólares — diz Miranda. — E agora esse quadro pode valer alguma coisa. Você assinou recentemente com um revendedor, certo?

— Sim — diz Yvette. — Quando parei de depender de Jurgen para encontrar um revendedor e disse que tínhamos terminado, comecei a me esforçar por conta própria para colocar meu trabalho em exposições e encontrei um. A pintura do brasileiro era realmente muito boa. Ela pode acabar valendo vários milhares de dólares.

Mais alguns clientes chegam do lado de fora. As três pessoas novas se sentam na mesa ao nosso lado.

— Você tem uma cópia do cheque em seus extratos bancários? — pergunta Iris.

— Eu fechei essa conta, mas posso tentar obtê-la.

— Se ele estiver praticando golpes de cheques falsos, isso tem penalidades sérias — digo. — Se pudermos provar, o policial Johnson certamente se interessará. E várias outras agências. O que você acha que fez com que ele se interessasse por você?

— Eu estava muito entusiasmada e acreditei em tudo o que ele me disse. Eu apenas concordava. Você sabe. Mesmo quando ele estava se gabando, parecendo um asno pomposo e me tratando como se eu nunca tivesse feito um curso de arte, eu o olhava como se ele fosse meu herói. Ele adora isso.

Então ela tem um pouco de coragem.

— Mais uma vez, obrigada por dedicar seu tempo para me ajudar a obter justiça — diz Yvette. — Eu queria desistir. Tenho medo de que isso arruíne minha reputação no mundo da arte. Serei vista como uma idiota.

— Duvido — digo. — Acho que a maioria das pessoas criativas está ciente de que está nadando em águas infestadas de tubarões.

— Tenho certeza de que a maioria dos artistas já foi enganada em um momento ou outro e em um contexto muito menos pessoal — diz Miranda. — E, de qualquer forma, você deve usar os sentimentos que tem e colocá-los em sua arte. É isso que eu faço.

Essa é uma das coisas que mais admiro em Miranda. Ela pega seus momentos mais vulneráveis e os torna públicos. Eu me arrepio. É muito ousado.

— Eu sei. Segui seu conselho, Miranda, e veja. — Yvette segura seu celular para nos mostrar uma foto. — Meu revendedor diz que é minha melhor pintura até o momento. Se eu não desgostasse tanto do Jurgen, eu a dedicaria a ele. Mas, com certeza, ele só aceitaria isso de forma positiva.

— Naquela inauguração, ele definitivamente deu a impressão de que se achava o máximo — digo.

Yvette concorda.

— E não quero que outras mulheres sejam enganadas como eu fui.

— Nós o pegaremos — diz Lily. — Não tínhamos certeza de que conseguiríamos salvar a horta comunitária local, mas conseguimos. — Miranda e ela brindam com as xícaras.

— Espero que sim. O fato de pagar três mil dólares a Jurgen por aquele trabalho de emolduramento de baixa qualidade me deixou muito chateada. Estou trabalhando muito para ganhar dinheiro e poder pintar. Sou garçonete. Dou aulas particulares. Não quero aborrecê-las com os trabalhos estranhos que já fiz. Três mil é muito para mim. Foi por isso que eu disse a ele que tínhamos terminado.

— Ele reconheceu que o enquadramento foi terrível? — pergunta Lily.

— Não. Ele disse que estava tudo bem. E foi minha escolha reenquadrar as pinturas. — Ela inspira profundamente. — Quando paguei mil dólares pelo frete e perdi aquela pintura na qual passei meses trabalhando... quase desisti. Eu não contei ao Jurgen. Não queria que ele pensasse que eu não tinha resistência para uma carreira artística. Mas foi um destruidor de almas. Se ele estava envolvido nisso e no golpe do cheque, ele é... — Ela balança a cabeça. — Ele sabia o quanto eu trabalhava duro. Ele sempre me ligava para me lembrar de comer. — Yvette parece que vai chorar e pede licença para ir ao banheiro.

É por isso que fazer trabalho jurídico *pro bono* é importante para mim. O que está em jogo geralmente não é apenas dinheiro. É a vida de uma pessoa e sua capacidade de perseguir seus sonhos.

— Você acha que ele também pode estar envolvido em fraudes com cheques? — pergunta Miranda.

— São muitas coincidências se ele não for — diz Iris.

— Eu o abordarei no Centro de Artes Dumbo — digo. — Vamos torcer para que ele tente esse mesmo golpe do cobrador estrangeiro comigo. Mas devo cancelar meu encontro com Zeke nesta noite? — Eu coloco todo mundo a par da situação do Zeke.

— Você deveria ir ao encontro com Zeke — diz Iris. — Mas não é estranho que ele tenha sugerido o Centro de Artes Dumbo, e é lá que Jurgen vai estar?

— Ele é um banqueiro. Como ele poderia estar envolvido no esquema? — pergunto.

— Você não está defendendo o fundo dele por fraude? Isso é apenas uma fraude em pequena escala — diz Lily.

— O fundo dele não cometeu fraude — digo.

— Duvido que ele esteja participando do esquema — diz Iris. — Mas se eles forem bons amigos, ele poderá avisar Jurgen. Não é que ele vá acreditar em Tessa por causa de uma forte amizade. Eu não faria isso.

Tudo isso é uma bagunça sombria.

— Estou preocupada em não ser um bom alvo porque não sou uma atriz tão boa. Ela parece tão insegura, e não acho que eu passe essa sensação.

— Você deveria pintar — diz Lily.

— Mas eu não sei pintar.

— Exatamente — diz Lily. — Você vai passar aquela sensação de insegurança.

Isso é, com certeza.

— Mas também preciso que Zeke pense que sou uma pintora, a menos que eu diga a ele antes.

— Isso funcionará bem. Você precisa pintar algo bom o suficiente para que tanto Zeke quanto o Golpista pensem que você é uma artista — diz Lily. — E você pode contar ao Zeke depois. Dê a ele a chance de conhecê-la como pessoa para que ele possa superar o preconceito contra advogadas.

— Não tenho certeza se isso vai funcionar.

Isso definitivamente não vai funcionar.

# 7

## Tessa

— Vou pegar algumas coisas para você praticar pintura. — Miranda tira uma pequena tela de seu estoque e encontra alguns pincéis e tinta. — Eu te darei algumas aulas assim que terminar a inscrição para a exposição de arte. O prazo de entrega é hoje, e quero dar mais uma olhada antes de enviá-la.

Miranda me coloca em frente a um cavalete e desaparece em seu quarto nos fundos. Coloco meu iPad em um cavalete ao lado do meu e assisto meticulosamente as instruções do vídeo do YouTube. Eu espremo o tubo de tinta roxa e azul na tela e depois as espalho exatamente como o vídeo mostra. De alguma forma, o artista no vídeo cria essa sensação de um céu noturno cheio de possibilidades, mas minha tentativa se assemelha a uma grande mancha roxa e azul.

Ainda bem que sou advogada.

Miranda sai da cozinha no corredor e vem até onde estou, em frente ao cavalete.

— Ah, não — diz ela.

— Está ruim, não está? — Coloco meu pincel na lata de água. *É um desastre.*

— Sim. Eu recomendaria uma distração, como trazer uma pintura que você possa trocar pela tela vazia. — Ela ri.

— Sim — digo. — Você poderia criar uma distração, e William poderia trocar as pinturas.

Ela balança a cabeça.

— Infelizmente, estarei trabalhando à noite. Você ficará bem.

— Bela maneira de se preparar para a ocasião — digo. — Mesmo assim, pedirei à Iris que dê um lance em minha pintura no leilão. Eu o comprarei de volta dela. Fico feliz em apoiar essas organizações sem fins lucrativos.

Miranda acena com a mão.

— De qualquer forma, o fato de ser uma pintora ruim dará credibilidade à nossa crença de que ele está enganando artistas.

— Mas se eu for péssima, será que o Jurgen vai achar que sou um bom alvo? — pergunto. — Yvette claramente tem talento.

— Yvette é talentosa. Apenas muito hesitante.

Eu balanço a cabeça.

— Ele não tem vergonha. Talvez eu deva tentar remarcar o Zeke para que eu possa me concentrar em fisgar o Golpista.

Só que eu deveria estar me concentrando no trabalho, e sair duas noites esta semana pode ser difícil. Meu celular apita.

Zeke: *Comprei os ingressos.*

Tudo bem. O encontro com Zeke está definitivamente marcado. E fisgar o Golpista também. Posso trabalhar até tarde nas outras noites.

— O vídeo fez com que essa pintura parecesse fácil, pelo menos para criá-lo. — Mostro a ela o vídeo. — Eu não estava buscando uma obra-prima, mas esperava poder criar algo digno de arte de hotel barato. O que eu vou fazer agora?

— Posso te dar algumas dicas. Acho que sua estratégia de dominar essa única pintura ainda pode funcionar. E, como você disse, você não quer parecer uma artista de sucesso — diz Miranda. — Talvez seja ainda melhor testar o desejo de Zeke de namorar alguém criativo, retratando um aspirante a artista com toda a rejeição, em vez de um mundo glamouroso de exposições de arte.

Será que Zeke quer namorar uma artista por causa do prestígio social? *Ai*. Definitivamente, não estou interessada nisso. Wyatt queria alguém que pudesse acompanhá-lo em eventos da sociedade.

Não. Zeke não quer. Não com a maneira como eu estava vestida na abertura da exposição de arte. Aquela roupa definitivamente não irradiava glamour. Eu dou uma risadinha.

— Ah, não. E se o Zeke tiver namorado uma série de artistas talentosas? — Esfrego as mãos em minha jaqueta. — Não pensei bem sobre isso. Odeio parecer incompetente.

Miranda me mostra como segurar o pincel corretamente e como varrer a tinta para obter o efeito mostrado no vídeo do YouTube. Ela prende o cabelo ruivo em um coque bagunçado, desliza para outro cavalete ao lado do meu e trabalha em sua pintura enquanto tento novamente. Pintamos em um silêncio confortável. Minha segunda tentativa parece um pouco melhor.

— Este parece muito difícil — digo. — Talvez eu devesse apenas pintar o fundo e colocar alguns bonequinhos de palito nele. Lembra-se daquela palestra que assistimos e que relacionou os pintores das cavernas com os modernistas de hoje? Posso fazer bonecos de palito. Ou alguns rabiscos.

— Você poderia tentar isso — diz Miranda. — Duvido que desenhar um boneco de palito pareça confiável. Continue trabalhando nisso. Lembre-se da regra dos terços.

— Existem regras? Que bom. Posso aprender regras.

— Você divide a tela em terços, vertical e horizontalmente. Em seguida, você coloca pontos focais dentro dela, de modo a conduzir o observador pela composição. Está vendo o que eu fiz com essa pintura? — Miranda aponta para uma de suas pinturas na parede. — O que você vê primeiro?

— O ponto azul.

— Exatamente. Tudo bem, para "azul", você deve dizer "ultramarino". Você deveria pelo menos memorizar os nomes das cores das tintas. — Ela me dá uma caixa de tubos de tinta. Coloquei-os em nossa mesa de carvalho da sala de jantar para memorizar mais tarde e voltei para ficar ao lado dela em meu cavalete.

— E depois? — pergunta ela.

— A linha grossa e laranja.

— Certo. Isso é intencional. Porque isso dá uma sensação de equilíbrio. Eu conduzo o espectador mais ou menos da mesma forma que se conduz uma testemunha em um interrogatório para que ela admita a verdade.

Eu concordo. Conversamos um pouco mais sobre a composição. Os conceitos não são completamente estranhos. Entre Miranda e minha irmã, Kiara, já fui a muitas exposições de arte e conheço o idioma. Talvez isso seja possível.

Observar a Miranda pintando é muito relaxante.

— Como está indo o trabalho? — pergunta ela. — Ainda está concorrendo ao bônus?

— Até onde eu sei, sim — digo.

A luz do poste de luz do lado de fora é filtrada pela fresta das cortinas. Nossa iluminação de pista destaca os três cavaletes que montamos.

— Você deve gostar do Zeke — diz Miranda. — Pensei que você não conseguisse namorar e trabalhar ao mesmo tempo.

— Definitivamente, não é fácil. E eu realmente pensei que ele poderia ser aquele unicórnio que não se importa em namorar uma viciada em trabalho. Afinal, ele recebeu uma ligação de trabalho e teve que interromper nossa noite. Mas depois ele aconselhou seu amigo a *não* namorar uma viciada em trabalho. Não sei. Eu me diverti naquela noite.

Miranda diz:

— Você geralmente é muito boa em compartimentar. Em dizer algo como: "vejo você daqui a dois meses, depois que eu receber meu bônus".

— Sim. Mas havia uma química evidente. — Aquele olhar que ele me deu no East River... *hummm*. — E eu deveria conseguir namorar e trabalhar. Você sempre me diz isso.

— Sem dúvida, você deveria — diz Miranda.

— E considerando todas as mulheres que estão dando em cima dele, não acho que ele estará por aí em dois meses.

— Você parecia feliz quando estava com o Zeke. Mais feliz do que eu já a vi com o Wyatt. Mas... — A sobrancelha de Miranda se enruga, e ela olha para baixo. — É isso aí. Esta é a sua chance de obter o bônus e o emprego na AJGL. Você mesma disse que a vaga não é aberta com tanta frequência.

— Eu vou conseguir o bônus. — Minha tela bagunçada zomba de mim. — Da última vez, com o Wyatt, você estava preocupada porque eu não estava me permitindo a me apegar emocionalmente, que estava me retraindo demais. E agora, eu realmente gosto do Zeke, e você está me dizendo que eu deveria colocá-lo em espera?

— Só estou preocupada com o fato de ele não te apoiar se não gosta de advogadas — diz Miranda. — E é o momento. Especialmente quando eu sei o quanto você sempre quis trabalhar na AJGL. Você sempre foi muito clara em seus objetivos.

Exceto que entrei na faculdade de direito com a intenção de trabalhar para a AJGL e, em vez disso, fui para um escritório corporativo para poder pagar minha dívida da faculdade e me beneficiar do treinamento do escritório de advocacia.

— Você quer trabalhar para a AJGL, certo? — Miranda larga o pincel e me encara, com o olhar sério.

— Eu quero. Realmente quero. — Fico olhando para a nossa parede, repleta de obras de arte de Miranda, incluindo algumas pinturas que ela nunca conseguiu vender, embora nós duas as adorássemos. — Por mais que eu odeie a política da vida jurídica corporativa, se eu me acostumar mais com esse salário, não sei se conseguirei abrir mão dele. Alguns diriam que agora tenho o melhor de ambos. Posso fazer alguns trabalhos *pro bono* e casos cobertos pelo The New York Times.

— Todos esses pensamentos e sentimentos são válidos — diz Miranda. — Mas dê a si mesma uma chance. Certifique-se de que sua prioridade seja o bônus.

— Não se preocupe. Minha prioridade ainda é minha carreira antes de um carinha. Na verdade, a possibilidade de namorar o Zeke ajudou minha carreira porque resolvi o caso do fundo dele e ganhei muitos pontos.

Miranda volta para sua pintura e pega seu pincel. Dou mais algumas pinceladas.

— Então você deve ir em frente — diz Miranda. — Sua pintura não parece tão ruim.

Minha pintura está um pouco melhor. A cor azul-esverdeada combina com os olhos de Zeke. Merda. *Já estou me envolvendo muito.*

Tudo bem.

Mais uma chance de fazer com que ele goste de mim por mim mesma. Um encontro divertido antes de eu lhe dizer que sou advogada. Esperamos que ele não seja um bom amigo de Jurgen e que entenda nossa tentativa de prender o Golpista quando eu contar a verdade a ele. Então, acho que esse é o meu plano.

E se ele não quiser namorar uma advogada viciada em trabalho, é melhor saber agora. Antes que eu me apaixone ainda mais.

# 8

## Tessa

É hora de prender o Golpista e persuadir Zeke de que sou criativa e divertida. Neste momento, estou sentada em minha mesa, colocando meticulosamente tinta sob as unhas com um palito de dente. Miranda entra em meu quarto.

— O que você está fazendo? — pergunta ela.

— Você já olhou para suas mãos? — pergunto. — Você sempre tem tinta em algum lugar.

Miranda olha para suas unhas e reconhece isso. Ela me mostra alguns anúncios em seu telefone.

— Se você realmente quiser convencer Zeke de que namorar uma artista não é só diversão, convide-o para esta palestra sobre técnica de pincel no MoMA. Uma vez fui com uma amiga, e ela acabou dormindo.

— Vou me lembrar disso. Veremos como será esse encontro. Mas mentir é muito estressante para mim. Não estou planejando fingir ser uma artista em outro encontro. Como estou?

Estou vestindo uma camiseta preta, calça jeans azul, com botas e uma pulseira dourada grande.

— Bem. Artística. Pronta para uma festa de pinturas. — Miranda digita em seu telefone. — De qualquer forma, enviei por e-mail as informações sobre a palestra para você.

A campainha toca. Verifico o monitor de vídeo e libero a porta para Zeke entrar. Abro a porta e espero no patamar enquanto ele sobe as escadas.

— Estou no terceiro andar — grito, olhando por cima da balaustrada.

Ele parece bem. Está vestindo uma camisa branca de botão com as mangas arregaçadas, jeans e tênis. Ao chegar ao nosso andar, ele exibe um sorriso enorme, e sinto um friozinho na barriga. Eu sorrio de volta.

Quando ele entra em nosso apartamento, seus olhos se arregalam. Nossa sala de estar é basicamente o estúdio de arte da Miranda. Três janelas do chão ao teto com cortinas índigo, atualmente amarradas, emolduram a parede sul. No meio está nossa longa mesa de carvalho, um oásis em meio aos cavaletes, telas secas, latas de metal com pincéis e potes plásticos de tinta. Nossas paredes estão cobertas com telas de cores vibrantes de Miranda: azul, amarelo, rosa, roxo. Elas têm uma vibração maravilhosa, alegre e louca.

— Uau. — Ele entra e fica olhando para a arte. — Essas pinturas são incríveis.

— Elas não são minhas — digo. — Minha colega de quarto, Miranda Langbroek, é uma artista conhecida. Grande parte é dela. Ela é muito melhor do que eu.

— Aquela que é a cantora principal do *The Tempest*?

— Sim.

— Ela tem vários talentos — diz ele.

— Ela tem.

— Onde estão as suas?

— Ah. Minhas. Tenho um longo caminho a percorrer. Miranda insistiu em pendurar minhas seis tentativas no canto para "me inspirar". *Até parece.* Minha terceira paisagem de céu é a melhor de todas as que pratiquei. Está muito melhor do que a primeira pintura de manchas de azuis e roxas, desculpe-me, a pintura em ultramarino e violeta. Também tentei duas vezes criar uma composição abstrata, caso fosse mais fácil. A primeira se assemelha à folha de papel de teste quando alguém quer ver como é cada cor antes de usá-la de fato. O segundo parece vômito, não é exatamente a *vibe* que eu quero em meu encontro. Há também a minha árvore em um fundo molhado pela chuva. Usei papel-alumínio amassado, como recomendado no vídeo. Uma árvore nua é reconhecível. Eu acho.

Sua boca se abre um pouco. Ele aperta os lábios e sua sobrancelha se franze.

Eu riria se não estivesse realmente tentando fingir ser uma artista. Mas isso é bom para descobrir o que o atrai em um encontro com uma artista.

Zeke limpa a garganta.

— Elas são...

Ele parece um pouco perdido. É difícil encontrar as palavras certas para descrever minhas obras-primas.

— Interessantes — digo.

— Ou evocativas. — Miranda entra na sala, vestida com um vestido de festa dos anos 50 para seu show desta noite. — Oi. Sou Miranda, a colega de quarto de Tessa. — Ela estica mão para cumprimentar Zeke. — Sinto muito por não poder me juntar a vocês esta noite. Minha banda tem um show.

— Prazer em conhecê-la. — Ele aperta a mão de Miranda. — Eu sou o Zeke. Estou ansioso para conferir sua música.

— Obrigada.

— Temos que ir — digo. Já passamos tempo suficiente com minha "arte". Zeke ainda está olhando em volta da sala de estar, como se estivesse tentando entender tudo.

— Ei, você anda de bicicleta? — Ele aponta para os capacetes pendurados em ganchos ao lado da porta.

— Sim. Depois do metrô, esse é o meu principal meio de transporte. — Se eu não contar o serviço de carro do escritório de advocacia para casa quando trabalho até tarde. — Você também pedala?

— Sim. Deveríamos dar um passeio de bicicleta um dia desses — diz Zeke.

— Podemos voltar de bicicleta — digo. — Temos um capacete extra. Eles estavam distribuindo capacetes de bicicleta gratuitamente em algum evento da cidade.

Desapareço em nosso armário para pegá-lo em uma prateleira e, em seguida, coloco-o em uma mochila junto com o meu. Pego minha jaqueta.

— Pelo menos desta vez, sei que voltaremos juntos — diz Zeke.

— Se você conseguir manter o ritmo — digo.

Ele sorri para mim.

— Desafio aceito.

Zeke abre a porta para mim e descemos juntos pelas escadas rapidamente.

Lá fora, o céu é uma mistura de azul e roxo, carregado de eletricidade, basicamente, a vibração da hora azul que estou tentando transmitir em minhas pinturas. Casais passeiam pela calçada, conversando sobre seus planos para a noite.

Caminhamos lado a lado pela rua. Sua mão roça a minha enquanto nos aproximamos para passar por outro casal na calçada estreita entre o cercado de flores e a varanda da pedra marrom. Viramos à esquerda na Central Park West para ir até a entrada do metrô C. A luz de um poste preto delineia as silhuetas das árvores no Central Park.

Descemos correndo os degraus da entrada do metrô, passamos nossos cartões de crédito e deslizamos pelas catracas. Mais um lance de escadas e estamos na plataforma do centro da cidade. O relógio mostra dois minutos até a chegada do nosso trem.

Um pôster de metrô anuncia a Bienal de Whitney

— Você já viu essa exposição? — pergunto. — É boa.

Felizmente, por causa da Miranda, participar de exposições de arte não é algo fora do comum para mim.

— Não. Eu deveria vê-la. O trabalho tem sido uma loucura ultimamente.

— É constantemente assim ou há momentos em que é menos movimentado?

É estranho que ele não queira namorar uma viciada em trabalho, se é que ele é um. O trem do metrô chega e nós nos sentamos.

— Está particularmente movimentado agora. Eu trabalho para a Capital Management. Gerencio nosso Fundo Norte-americano, mas espero passar para o lado, para o capital de risco. O responsável por ele é ótimo. Já meu outro chefe... Ele balança a cabeça. — Ele é difícil.

— Você acha que conseguirá isso?

— Acho que sim. O chefe do capital de risco tem mais poder. Tenho que provar que valho a pena para que ele use seu capital político para fazer isso acontecer.

— Chefes difíceis podem tornar sua vida um inferno. Odeio política de escritório — digo. A política do escritório é um dos motivos pelos quais quero sair da White & Gilman.

— Eu achava que os artistas não lidavam muito com a política do escritório.

*Merda*. Esqueci que estava fingindo ser uma artista.

— Há muita política em geral no mundo dos artistas. Quem está na moda, quem não está, quem é o crítico que importa, quais galerias de arte escolherão quais artistas. — Sei disso por minha irmã e Miranda, mas não consigo me lembrar de nenhum detalhe. — Como você gerencia o Fundo Norte-americano, você viaja muito para o México e o Canadá?

Ele sorri para mim.

— Essa não é a pergunta comum.

— Que pergunta você costuma receber?

— No que você recomenda que eu invista? Mas sim. Fui à Cidade do México, na semana passada, e Toronto, há algumas semanas. É uma das minhas partes favoritas do trabalho.

— Adoro viajar e conhecer uma cultura diferente.

— Eu também. E, embora seja um trabalho, também é possível conhecer pessoas em um contexto mais substantivo do que como turista.

Eu concordo.

O metrô para na Rua West 4, e vários passageiros descem e outros entram. Duas pessoas se espremem ao meu lado, empurrando-me para perto de Zeke. Sua coxa musculosa toca a minha. Um grupo de amigos se agarra à barra de ferro à nossa frente. Uma mulher empurrando um carrinho consegue se espremer quando as portas se fecham. O rapaz ao lado de Zeke está usando fones de ouvido, mas a música está tão alta que consigo ouvir o baixo a um assento ao lado. Trechos de conversas flutuam: "eu nunca faria isso", "mas ele estava tão estressado", enquanto o trem passa pelos trilhos.

Eu me viro para Zeke.

— O que você faz para desestressar quando a política do escritório é demais?

Ele inclina a cabeça e olha para mim.

— Correr ou pedalar ao longo do rio Hudson e atravessar a ponte George Washington até a Palisades Parkway. Jogo basquete no Riverside Park nos fins de semana, quando tenho tempo. Sem dúvida, sinto falta de todos os esportes que pratiquei na escola. Sair com os amigos. As coisas de sempre.

Seus olhos são de um azul muito profundo com manchas verdes. E a maneira como ele olha para mim é como se estivesse totalmente concentrado em mim.

Eu concordo. Seus ombros largos tocam os meus.

— Você disse que parecia impossível se destacar como artista — diz ele. — Deve ser difícil saber como fazer isso. Não parece haver um caminho linear.

Isso é muito gentil e solidário.

— É definitivamente assustador. Eu trabalho o tempo todo e nem sei se vou conseguir. — É fácil canalizar meus sentimentos em relação ao meu sonho de trabalhar na AJGL para responder à sua pergunta, porque a maioria das pessoas acha que sou louca por desistir de meu emprego jurídico corporativo. — A maioria das pessoas acha que sou maluca por perseguir meu sonho, quando eu poderia ter um emprego com uma renda alta e estável e muito prestígio.

— Você se importa com o que as pessoas pensam? — ele pergunta.

— Parece que me importo mais do que pensava. — Mordo meu lábio. — Mas não se trata apenas do que os estranhos pensam. É meu bem-estar também. Uma boa renda, é um tipo de segurança. — *Quando digo que sou uma advogada corporativa, isso gera um certo respeito, uma segurança do tipo "não mexa comigo".* Eu balanço minha cabeça. — Normalmente não sou tão hesitante em relação à minha escolha de carreira.

O metrô dá uma guinada e as pessoas que se seguram no corrimão à nossa frente se inclinam para a frente, entrando em nosso espaço. Uma mulher pede desculpas.

— Obrigado por tirar esta noite de folga — diz ele.

— Eu queria vê-lo novamente — digo.

— Você costuma trabalhar nos finais de semana?

— Eu praticamente trabalho o tempo todo. — Pelo menos posso ser honesta com relação a isso.

— Eu também.

Ele não parece estar me descartando por eu ser viciada em trabalho. Isso é bom.

O trem acelera, e o barulho dos trilhos ofusca o murmúrio baixo da conversa em nosso vagão.

— O que você faz para desestressar? — ele pergunta.

— Eu saio com os amigos — digo. — E assisto a filmes e leio livros.

As estações de metrô passam rapidamente. Estamos passando por baixo do East River agora, e um ar frio se espalha pelo trem.

— Qual é o seu filme favorito? — Ele se vira ligeiramente para olhar para mim.

— *Como Perder um Homem em 10 Dias.* Sempre que quero me animar, assisto novamente.

— Esse é bom. — Ele se recosta no assento.

— Você já assistiu? — Estou impressionada.

— O que você está pensando de mim?

— Você estava em um encontro? — pergunto.

— Eu sugeri — diz ele.

Ele escolheu meu filme favorito.

— Espero que isso tenha lhe rendido muitos pontos — digo.

Ele me olha de canto.

— Você deveria estar esperando isso?

Meu coração se agita quando ele olha para mim dessa forma.

— Talvez não. — Definitivamente não. Não quero imaginá-lo em nenhum cenário de Netflix no sofá com ninguém além de mim. — Foi alguém com quem você terminou recentemente?

— Há cerca de seis meses. — Ele olha para um pôster do metrô anunciando colchões. Um casal está aconchegado em uma cama. Ele olha para baixo.

Isso ainda é muito recente, se foi sério.

— E você não saiu com ninguém desde então? É por isso que seu amigo ficou tão entusiasmado ao vê-lo conversando com uma mulher?

— Exatamente — diz ele. — Tenho me concentrado no trabalho. Você? Quando foi seu último relacionamento?

— Há cerca de dezoito meses — digo.

— Estou surpreso por você não estar namorando ninguém.

— Aquele foi meu primeiro relacionamento sério — digo. — Miranda me apresentou a um holandês, Thijs, na primavera passada, mas ele estava se mudando de volta para a Holanda, então decidimos ser amigos. — Mexo em minha mochila no colo. — Então, você gostou de *Como Perder um Homem em 10 Dias*. Você teria sido capaz de perdoar Andie por mentir para você se fosse Benjamin?

— Ambos estavam mentindo um para o outro, portanto, ambos eram culpados. — Ele olha para um pôster do metrô no canto. — Quando uma pessoa mente para você, pode ser difícil confiar nela novamente.

Mordo meu lábio. Eu gostaria de nunca ter dito que era uma artista.

— E se houvesse circunstâncias atenuantes? — pergunto.

— Então ela teve que mentir? — Sua testa se franze. — É aqui a nossa parada.

# 9

## Tessa

A mesa de registro está repleta de placas de identificação para lances (espero que para minha pintura). Duas mulheres registram os convidados. Zeke dá nossos nomes.

O Centro de Artes Dumbo é um espaço muito aberto e branco, com tetos altos e colunas intercaladas por toda parte. As luzes do trilho destacam a arte. Uma escultura de madeira vermelha e azul praticamente salta da parede a nossa direita. A pintura abstrata de campo de cores de Miranda, à esquerda, chama minha atenção imediatamente. Ao lado, há uma escultura bacana feita de caminhões Tonka. Fileiras de cadeiras dobráveis e um pequeno palco de madeira com plataforma elevada anunciam o leilão para o final da tarde.

O Golpista não está em lugar nenhum. Espero que ele apareça logo para que eu possa ver se ele e Zeke conversam novamente e se parecem ser bons amigos.

Eu me registro para uma tela em branco e um número para lances. Zeke também se registra para dar lances.

— Você coleciona arte? — pergunto.

— Eu tenho algumas pinturas — diz ele.

— De uma namorada anterior?

— Não — diz ele. — Nunca namorei uma pintora antes.

Isso é um alívio. Minha falta de talento não seria boa se eu estivesse sendo comparada a alguém que realmente estivesse seguindo essa carreira.

Mas "uma pintora" é estranhamente específica.

— Você já namorou outro tipo de artista?

— Namorei uma escritora quando estava na faculdade de administração.

Interessante. Minha amiga Bella, que é escritora, trabalha tanto quanto eu. Na verdade, ela está fora neste momento em um retiro de escrita.

O cavalete que me foi designado fica no canto, atrás de uma tela que separa a seção de pintura dos participantes do restante da sala. Um avental está pendurado ao lado dele. Eu o coloco e depois sugiro que escolha as cores. Caminhamos até a mesa onde há garrafas plásticas e tubos de metal de tinta meio enrolados espalhados.

— Você já fez algo assim antes? — ele pergunta.

— Não — digo. — Tenho que admitir que estou um pouco nervosa. Geralmente, levo muito tempo para aperfeiçoar uma imagem, sem falar que nem sei por onde começar. Tem certeza de que não quer pintar? Talvez você ache isso menos torturante quando for adulto.

Ele balança a cabeça.

— Vou deixar isso para os especialistas.

— Definitivamente, é melhor deixar isso para os especialistas. Por que você gosta de matemática? — Pego uma paleta de plástico. A mulher à minha frente está escolhendo metodicamente suas cores.

— Respostas em preto e branco.

— Não há zonas cinzentas? — pergunto.

— Deixo as zonas cinzentas para meus advogados — diz ele.

Ele considerará o fato de eu dizer a ele que sou uma artista porque estou tentando fisgar o Golpista uma típica zona cinzenta de advogados?

— Você lida muito com advogados? — pergunto.

— Mais do que eu gostaria.

O fato de eu ser advogada pode ser difícil de lidar. A maioria dos banqueiros não está interessada em lidar com advogados, mas eles apreciam o que trazemos para a mesa. A ex-namorada dele era advogada? E, se for o caso, como isso pode ter influenciado a separação deles? A menos que ela o tenha processado posteriormente para obter uma parte dos bens ou algo assim, mas isso parece extremo.

As cores da mesa não são exatamente os mesmos tons das cores de casa. Eu deveria ter trazido meu próprio conjunto. Isso teria parecido muito profissional. Escolho minha paleta e voltamos ao meu cavalete.

E aí aparece a tela em branco. Agora eu sei por que a Miranda às vezes hesita em começar.

*Tudo bem, vamos fazer isso.* Pincelo levemente os primeiros contornos dos topos dos edifícios, conforme instruído no vídeo do YouTube. Miranda me assegurou que os erros na pintura a óleo podem ser corrigidos. Trata-se de tinta acrílica, mas esperamos que isso ainda seja verdade.

— Do que você gosta na matemática? — Eu deveria distraí-lo de minha pintura.

— Geralmente, você consegue descobrir a resposta.

— É disso que eu gosto… — Eu me contenho antes de dizer a lei. — Mas quando não é preto e branco, o cinza pode ser onde está o desafio… onde depende de suas habilidades de persuasão.

— Ainda estamos falando de arte? Existem regras na arte?

— É claro. — Eu explico sobre a regra dos terços. — Você costuma quebrar suas regras?

— Como você sabe que eu tenho regras?

— Você gosta de esportes e matemática. — Eu olho para ele. — Ambos têm regras bem definidas.

Zeke inclina a cabeça.

— Perceptivo. Eu não tinha pensado nisso dessa forma. Eu me considerava uma pessoa que corria mais riscos. Se você não se considera avessa a riscos, você se considera uma burladora de regras?

— Não. Mais disposta a correr riscos dentro dos limites das regras.

Ele está bem perto de mim, e meus feromônios parecem estar em alta velocidade. Tenho muita consciência de estar ao lado de um homem atraente. Meu coração parece estar batendo duas vezes mais rápido. Sacudo a cabeça e tento criar a sensação de uma noite cheia de possibilidades com os roxos e azuis profundos.

A pincelada parece linhas de tinta. Não carrega nenhum sentimento emocional. Um traço "ultramarino" é particularmente espesso. Eu tento suavizar isso. Meu "céu" é um retângulo grande com uma borda escalonada para os edifícios.

— O mesmo — diz ele. — Tenho que assumir riscos calculados ao escolher ações para meus fundos.

— Sem risco, sem recompensa — digo. Minhas pinceladas não parecem tão boas quanto foram em casa. A tela se assemelha às minhas versões anteriores. *Nervos.* Respiro fundo e expiro.

— Isso é engraçado — diz Zeke. — Uma ação judicial contra meu fundo foi resolvida porque o autor usou uma expressão semelhante para reconhecer o risco.

— Você deve estar feliz — murmuro. Deixo o pincel de lado e pego outro com uma cor diferente para fazer os prédios de apartamentos.

Eles não têm nenhuma profundidade. Eles se parecem com quadrados na tela. *Concentre--se, Tessa. Lembre-se do que Miranda lhe mostrou.*

Eu deveria ter praticado a pintura enquanto tentava manter uma conversa. Zeke diz mais alguma coisa sobre o processo, mas eu não percebo por que estou me esforçando muito para consertar minhas estruturas.

— De qualquer forma, é um grande alívio — diz ele. — Sou grato ao advogado que resolveu o problema. Achei que seria uma luta longa e demorada, e isso realmente liberou minha agenda.

— Tenho certeza de que eles também estão gratos pelo acordo do caso. — *Como minha pintura pode estar tão ruim?* — Uma coisa a menos na agenda deles.

— Parece que você conhece alguns advogados.

— Tenho uma amiga próxima que é advogada. — Eu olho para ele. — Ela gosta de direito porque é como um quebra-cabeça que tem que decifrar.

— Interessante. Você aprendeu muito sobre ser um advogado com ela.

— Somos praticamente inseparáveis. — Pego meu pincel novamente e fico olhando para a tela. Três quadrados em cima de um fundo roxo e azul.

Eu o limpo mais um pouco.

Os quadrados agora têm grandes manchas de tinta dentro deles.

Eles se parecem mais com algum tipo de mapa topográfico em relevo de terreno montanhoso. Mas montanhas quadradas. No meio de uma mancha de tinta roxa e azul.

Com meu pincel, tento suavizar um deles para que se pareça mais com a fachada de um edifício.

Meu pincel sai da linha, então agora não é mais uma linha reta, mas uma linha ligeiramente curvada... não, não curvada, é uma linha em ziguezague.

Talvez possa ser uma estrutura muito moderna?

Não sei como consertá-lo.

Aumento o prédio?

*O que eu estava pensando, fingindo ser uma artista?* E, pior ainda, ter um encontro em que eu pinte na frente do Zeke?

— Você se importaria de me deixar alguns minutos sozinha aqui? — pergunto. — Estou tendo dificuldade para me concentrar enquanto converso com você. Não estou acostumada a falar e pintar ao mesmo tempo.

Não é o ideal, mas talvez isso mostre o aspecto antissocial de ser uma artista.

— Preciso entrar em contato com minhas emoções para transmiti-las na tela. — Fecho os olhos e bato no peito. *Miranda me mataria se me visse fazendo isso.* — Talvez você queira tomar um drinque?

— Ah, claro — diz Zeke. — Sinto muito. Gostaria de beber alguma coisa?

— Um copo de água. — O vinho não ajudou minha pintura no evento do escritório de advocacia "Beberique e Crie".

Ele sai.

Olho fixamente para minha tela para ver se há alguma maneira de consertá-la.

As obras de arte nos cavaletes perto de mim são todas atraentes. A mulher ao meu lado está se concentrando ferozmente, com as sobrancelhas franzidas. Ela está fazendo um autorretrato (até trouxe um espelho), e seus olhos sombreados a carvão me observam da tela.

Mordo meu lábio.

Sorrateiramente, envio uma foto para Miranda, caso ela tenha alguma dica. Uma criança de cinco anos faria um trabalho melhor. Suspiro. Eu nunca deveria ter concordado com isso.

*O que estou fazendo?* Agora, em vez de me divertir flertando no meu *date*, estou dizendo a ele para ir embora para que eu possa pintar. Quando minha pintura não vai se parecer com nada espetacular, de qualquer forma. Minha meta hoje era fazer com que Zeke gostasse de mim, mas, em vez disso, estou me concentrando em criar uma obra-prima. Sou uma idiota excessivamente competitiva que está tentando criar uma obra de arte confiável, mesmo que isso seja impossível.

E eu deveria estar descobrindo o relacionamento dele com Jurgen. Mas Zeke sorri para mim, e todos os pensamentos sobre o Golpista e a missão desaparecem. É constrangedor.

Não importa. Eu termino a minha pintura. É muito pior do que eu esperava. Eu aceno freneticamente para uma funcionária para dizer que já terminei. Esperamos que ela possa removê-lo antes que Zeke o veja. Ainda não vejo o Golpista em lugar algum. Meu celular apita.

> Iris: *Não posso ir. Temos um incidente de segurança cibernética. Tenho certeza de que alguém dará um lance por sua pintura. É por uma boa causa.*

Meu estômago se contrai. *Não.*

Uma funcionária com uma camiseta anunciando que trabalha para o Centro de Artes Dumbo aparece e a leva.

— Você quer fazer outra? Não temos muitos participantes e temos muitas telas extras.

— Não. — Eu aceno para minha tela. — Não acho que eu deva ter permissão para fazer outra.

— É por uma boa causa. — Ela me lança um olhar de súplica.

Odeio quando as pessoas fazem isso comigo.

— Tudo bem. — Pago mais vinte dólares quando Zeke retorna. Ele me entrega a água.

Eu bebo rapidamente.

— Você já terminou? — Ele aponta para o meu quadro, que agora está sendo mantido à distância de um braço pelo assistente de leilão, como se estivesse contaminado.

Eu concordo. É hora de passar para o Plano B e mostrar a ele que os advogados podem ser divertidos.

— Estamos fazendo isso juntos. — Pego um avental extra no cavalete vazio atrás do meu. — Vamos lá. Vamos escolher mais algumas cores e colocar alguns pontos na tela. Vai ser divertido. — Lanço a ele aquele olhar de súplica que funcionou comigo.

Ele olha para mim e dá uma risadinha.

— Tudo bem.

Acrescento um arco-íris inteiro de cores à minha paleta, assim como Zeke, e voltamos à nossa tela.

— Você vai primeiro — digo. — Você não irá estragar tudo. Pincele.

Zeke coloca um grande ponto preto no meio da tela. Acrescento um círculo rosa ao lado dele. Ele pinta uma faixa verde ao lado dela. Começo a pintar uma faixa vermelha, mas alguém bate em mim. Uma enorme linha em ziguezague corta a tela, cruzando o ponto preto.

— Desculpe. Sinto muito — diz o cara que me atropelou.

— Não, está bem — digo.

Zeke bufa.

Cada um de nós se reveza para adicionar pontos de tinta.

— Parece um dálmata que ficou selvagem — digo.

Zeke ri.

— Devemos dar esse nome?

— Sim. Deveríamos tentar uma técnica de respingos — digo. — Vamos ver o que acontece quando sacudimos o pincel contra ela.

Zeke sacode o pincel. Nada sai dela para a tela.

— Mais forte — digo e demonstro. A tinta respinga na tela e em meu avental. — Parece legal.

Este está ficando muito melhor do que o meu solo.

— Você está com tinta no nariz — diz ele.

Eu olho para ele. Ele estende a mão com um guardanapo para limpá-la. Fico parada. Seu toque é suave e ele morde o lábio como se estivesse se concentrando muito. Ele cheira a sabonete. Meu coração se agita. Ele tem cílios muito longos para um homem.

— Falta trinta minutos para o início do leilão! — O anúncio interrompe nosso... seja lá o que for isso.

— Saiu tudo — diz ele.

— Pelo menos é lavável. — Eu me viro para encarar o cavalete. — Parece bom, não é? Talvez eu precise relaxar mais ao pintar.

— Está ótimo — diz ele.

Nós chamamos a pessoa que está ajudando e entregamos a ela nossa mais recente obra-prima, *Dálmatas Selvagens*, para o leilão.

— Devemos dar uma olhada nas outras obras de arte? — ele pergunta.

— Vamos. — E posso procurar o Golpista. Talvez ele esteja se escondendo entre todas essas pessoas vestidas de preto. Mas ele era bem alto. — Espero que o quadro da Miranda seja vendido por um bom preço.

Pegamos duas taças de vinho de um garçom que passava e nos juntamos ao fluxo de pessoas que verificavam as obras de arte em exposição. À nossa frente está o cubo de plástico rosa. A peça vizinha é a escultura feita de caminhões Tonka. Esperamos que as pessoas à nossa frente terminem de olhar para ela.

— Eu tinha um caminhão Tonka quando era pequeno — diz Zeke. — Lembro-me de uma vez, quando eu tinha cinco anos, e queria dormir na casa de um amigo. Meus pais disseram que não, então eu estava planejando ir de qualquer maneira, e arrumei uma fronha com meu pijama e coloquei tudo no meu caminhão Tonka.

— Você foi longe?

— Até a porta da frente.

— O que aconteceu?

Fazemos uma pausa em frente a uma pintura de um campo de flores impressionistas.

— Eles disseram que eu poderia assistir a um filme com minha irmã mais velha, e eu concordei que seria um bom substituto. Eu considerava isso um ganho para mim e para meus pais. Negociei uma opção melhor do que se eu tivesse concedido que não houvesse festa do pijama.

— Você era tão desonesto aos cinco anos?

— Acho que sim. Pelo menos subconscientemente. Meus pais sempre disseram que eu era muito bom em conseguir o que queria. — Ele sorri para mim. Com essa covinha, eu entendo o porquê.

*Ali está o Golpista.* Em frente ao meu trabalho. Esta é a minha chance.

— Você se importa se eu for falar com Jurgen, aquele cara? — pergunto a Zeke, apontando para Jurgen. Observo o rosto de Zeke para ver sua reação. *O Zeke revelará que o conhece? Eles são amigos?* — Ele foi apontado como alguém com quem eu deveria conversar sobre minha carreira. E ele parece estar olhando para a minha pintura.

— Aquele cara? — Ela franze.

Uma careta. Como se ele não quisesse que eu fosse falar com Jurgen. Mas isso também pode ser porque estou sugerindo que eu vá conversar com outro cara enquanto estamos em um encontro. Mas é para o trabalho.

A testa de Zeke relaxa.

— Sem problemas. Você faz o que tem que fazer. Meu chefe me enviou uma mensagem de texto enquanto eu estava pegando as bebidas. Eu respondi, mas devo verificar se ele tem algum acompanhamento. Vou pegar aquela cadeira ali. — Ele aponta para uma cadeira montada para o leilão.

Isso definitivamente apoia minha carreira de artista. Eu me sinto tocada. E é muito útil namorar um viciado em trabalho porque ele pode se divertir. Não entendo por que mais pessoas não percebem o apelo. Mas "aquele cara?" foi estranho.

— Você é amigo daquele cara? — pergunto.

— Não.

Sua resposta é decisiva. Não tenho certeza de qual era essa vibração. Mas ele definitivamente conversou com Jurgen na abertura da arte. Vou até o Golpista.

— Vejo que você está olhando para o meu quadro — digo a Jurgen. A maioria das pessoas não deu importância a isso. Ele está usando um paletó de veludo roxo hoje. Ele parece querer chamar a atenção para si mesmo, o que parece estranho para alguém que está enganando outras pessoas.

— Isso é seu? — pergunta ele.

— Sim. — Olho para ele ansiosamente para ouvir o que ele vai dizer. Estou realmente curiosa. Ele é um golpista? Ele vai dizer que é bom?

— Você tem muito potencial. Já existe muita emoção aqui.

Meus olhos se arregalam.

— Que emoção você vê?

— Frustração. Paixão. Quem representa você?

*Houve definitivamente frustração.*

— Ninguém ainda.

— Estou surpreso — diz ele. — Acho que se você aprimorasse algumas técnicas, conseguiria um agente.

Fala sério. Minha irmã, Kiara, estudou arte durante anos e não conseguiu um agente imediatamente após a formatura.

— Eu poderia lhe mostrar. — Ele entra em uma discussão técnica que me parece uma besteira, mas não faço ideia. — De qualquer forma, talvez possamos nos encontrar algum dia, e eu posso apresentá-la a alguns amigos que são negociantes de arte. — Ele me entrega seu cartão.

*Sim. O golpe está em andamento.*

— Eu me considero um conhecedor de talentos ocultos e não descobertos — diz ele. — Eu mesmo não conseguiria, mas espero ajudar outras pessoas a terem sucesso. Mas já tomei bastante de seu tempo. Seu namorado está parecendo impaciente ali.

Uma boa maneira de ver se eu tenho um namorado. Olho de relance para onde Zeke está sentado na segunda fileira. Zeke parece totalmente absorto no que está lendo em seu telefone.

— É muito cedo para chamá-lo de meu namorado, mas espero que sim — digo. Interações amorosas com o Golpista estão definitivamente fora de cogitação.

Ele vai embora, desaparecendo pela porta da frente.

Tiro uma foto de seu cartão e envio uma mensagem de texto para Miranda atualizando-a. Ele me parece duvidoso.

Alguém toca o microfone no palco montado para o leilão.

— Todos, por favor, tomem seus lugares. Está na hora do nosso leilão.

O leiloeiro fica atrás de um pódio no palco, ao lado de um cavalete. Eu me junto ao Zeke na plateia. O leiloeiro lembra ao público que o leilão é por uma boa causa, apoiando a *Sanctuary for Families*, *Groundswell* e *The Fresh Air Fund*. Uma estudante do ensino médio que participou de um projeto da *Groundswell* fala sobre sua experiência de pintar um mural no muro da escola local e aprender técnicas de arte.

Limpo as mãos em minhas calças. Zeke me lança um olhar tranquilizador. Eles colocam duas pinturas, e o leiloeiro anuncia que elas foram concluídas no local aqui. Elas foram claramente pintadas por artistas reais. Eles podem não ter negociantes, mas são talentosos. Várias pessoas oferecem seus lances.

O leiloeiro bate o martelo em *trezentos dólares* pelas duas pinturas.

A seguir, algumas obras de artistas conhecidos. O quadro de Miranda é vendido por vários milhares. Meus dias de dar lances na arte de Miranda, para garantir que ela fosse vendida, definitivamente acabaram. Está fora do meu orçamento agora. Felizmente, tenho minha própria coleção de quadros de Miranda Langbroek, todos presentes de aniversário e alguns outros que comprei porque os adorei. Meu quarto é como um santuário para a arte de Miranda e de minha irmã, Kiara.

E então minha "paisagem urbana" aparece. *Tudo por si só.* Eu me remexo em minha cadeira. Isso é mais estressante do que uma argumentação oral na frente de um juiz.

— Começaremos com cinquenta dólares. Alguém?

Silêncio. Eu me contorço em meu assento.

*Posso fazer lances para minha própria pintura?*

Se ao menos a Iris tivesse vindo e desse um lance.

É uma pena que o Golpista tenha ido embora. Ele poderia ter dado um lance em minha pintura com todo o seu "potencial".

— Alguém? É por uma boa causa. Oferecer às famílias um santuário contra a violência doméstica. Alguém?

# 10

## Tessa

O silêncio na sala é ensurdecedor quando o leiloeiro pede novamente um lance e lembra a todos que o dinheiro arrecadado é destinado ao *Fresh Air Fund*. Minhas bochechas se ruborizam, e meu corpo parece estar se aquecendo por inteiro, não de uma maneira boa. Não poderia ser mais óbvio o fato de eu ser um fracasso como artista.

Zeke levanta a placa dele. Bem alto. Com confiança.

— Não precisa. — Puxo seu braço para baixo.

— Acho que temos um lance — diz o leiloeiro. —Não?

— Sim — grita Zeke. Ele passa a placa para a outra mão, me segurando e agitando-a descontroladamente.

— Temos um lance de cinquenta dólares para o rapaz de branco. Mais alguém? Dou-lhe uma, dou-lhe duas. Vendido para o número 32. — O leiloeiro não consegue dizer isso rápido o suficiente. Um voluntário já retira minha pintura do palco.

Eu abaixo minha cabeça.

— Você não precisava dar um lance. Eu te pagarei de volta. — Dou uma olhada em seu rosto de perfil. Estou emocionada, e meu peito se expande como um balão que se enche de ar.

— Definitivamente não. É uma boa lembrança. — Zeke sorri para mim.

— Ou combustível para uma fogueira. — Pelo menos ele pode queimá-la como retribuição e sem culpa quando descobrir que estou mentindo para ele. Meu peito se aperta como se o balão tivesse estourado. Olho para o meu colo.

Um assistente carrega o *Dálmatas Selvagens* e o coloca no cavalete ao lado do leiloeiro. Parece uma verdadeira obra de arte. *Nós criamos aquilo.* As cores brilhantes e primárias, a composição irradia diversão.

— *Dálmatas Selvagens.* Um ótimo título. A partir de cinquenta dólares — diz o leiloeiro. — E temos cinquenta aqui na frente com a mulher de turbante roxo. Eu tenho sessenta?

Zeke oferece um lance.

— Você também está fazendo lances para isso? — pergunto.

— Eu definitivamente quero esse — diz ele. — Não que meus amigos acreditem que eu ajudei a pintá-la.

— Temos setenta e cinco dólares do número 32. Oitenta? Tenho oitenta dólares o número 56 na parte de trás. Posso dar um lance de noventa dólares?

Não tenho certeza se isso é um bom presságio para minha carreira artística solo.

Zeke levanta o braço novamente. O lance salta de placa em placa, com o prcço subindo.

— Cento e cinquenta dólares para o número 32. Cento e setenta e cinco? Há algum interessado? Dou-lhe uma, dou-lhe duas. Vendido por cento e cinquenta dólares para o número 32.

Zeke sorri para mim e me cumprimenta.

— À nossa futura parceria.

*Espero que sim.* Quero acreditar que temos um futuro.

As pessoas sorriem para nós. A senhora ao meu lado bate palmas.

O leiloeiro coloca o próximo item para leilão.

Zeke se inclina para trás e coloca o braço no encosto da minha cadeira, sem chegar a me tocar. Relaxo meus ombros e me afundo nele. Sua mão se curva para tocar meu ombro. Olho para ele. Os cantos de sua boca se erguem. *Ele comprou as duas pinturas*. Eu me aconchego nele com alegria.

O leilão termina cerca de uma hora depois, e ficamos na fila para pegar as compras do Zeke. As conversas zumbem ao nosso redor. Ao lado da fila, em uma área isolada, os voluntários embalam a arte em plástico bolha para transporte para casa. Olho para o Zeke e ele sorri para mim, um sorriso como se estivéssemos juntos nisso. Meu corpo efervesce.

— Tessa!

É o meu ex, Wyatt. Merda. O jogo pode ter acabado.

— Pensei que fosse você, mas não tinha certeza — diz Wyatt, com o braço em volta da namorada. Aquela por quem me substituiu no mesmo dia em que me deixou. Já a encontrei antes, mas geralmente em eventos do Museu de Arte Moderna.

— Este é o Zeke. Zeke, este é Wyatt, meu ex-namorado — digo.

Wyatt apresenta sua namorada, Marla.

— Acabei de entrar para a diretoria do *Fresh Air Fund*, por isso estou aqui. Achei que você poderia participar. Miranda está aqui? — Wyatt gira a cabeça em torno de mim como se quisesse encontrá-la. — Ela está realmente decolando. Eu deveria ter comprado as pinturas dela quando elas estavam a preços de pechincha na sua sala de estar. As que você tem devem valer muito agora.

Como se as obras de arte de Miranda fossem objetos de comércio e não estivessem repletas de lembranças e significados para mim, como o campo de cores amarelo e rosa que Miranda pintou depois de uma das melhores festas que já tivemos em nosso novo apartamento. Ou o azul, preto e rosa cintilante que me faz lembrar de uma noite chuvosa em Nova York depois de uma balada.

Wyatt toma um gole de seu vinho. Sua namorada examina a multidão, como se estivesse procurando alguém muito mais interessante para conversar do que eu.

— Miranda não pôde vir — digo. Ficamos parados nessa fila. O mesmo casal ainda está na frente, pagando suas compras.

Está claro agora que Wyatt e eu não éramos a melhor combinação. Eu estava tão ansiosa para vê-lo quando podia e fazer qualquer atividade divertida que ele tivesse planejado como um descanso bem-vindo da pressão do meu trabalho. Ou talvez ele tenha mudado. Estou desapontada comigo mesma por termos namorado tanto tempo.

Ele puxa a namorada para mais perto.

— Estou surpreso que não esteja vendendo sua coleção para pagar...

— Não vou vender os quadros da Miranda — interrompo antes que ele revele alguma coisa. — Eles significam muito para mim.

— Meu amor, estou vendo o Jain ali — diz Marla. — Vou alcançá-la. Foi um prazer revê--la, Tessa, e conhecê-lo, Zeke.

O rosto de Wyatt se fecha quando ela se afasta.

— Diga a ela que eu mando um "oi". — Wyatt a beija no rosto e a vê sair. Ela é muito confiante e claramente não vê nosso relacionamento anterior como uma ameaça. Não que ela devesse.

Mas Wyatt ainda está olhando para as costas dela, que desapareceram, franzindo a testa.

— Você não deveria ir conversar com Jain também? — pergunto. *Por favor, saia antes de revelar minha profissão.*

— Elas vão querer ter um tempo para conversar entre garotas. — Wyatt balança a cabeça e se concentra em mim, com seu sorriso fácil voltando. — Esse *Dálmatas* é seu?

— Com o Zeke — digo.

— Ficou muito bom — diz Wyatt. — Melhor do que suas tentativas habituais. — Wyatt foi meu acompanhante no evento de pintura do escritório de advocacia.

Zeke começa.

— Isso é um pouco cruel.

— Você já viu as pinturas anteriores dela? — pergunta Wyatt.

— Sim — diz Zeke.

— Sério? — A sobrancelha de Wyatt se franze. — Vocês estão namorando há algum tempo, então?

— Este é nosso primeiro encontro — digo.

Wyatt sorri novamente e se aproxima de mim.

— Não é seu forte, mas ela não pode ser boa em tudo. — Ele dá um tapinha em meu ombro.

Zeke se endireita e olha para Wyatt como se não acreditasse que ele está dizendo que sou péssima em minha carreira.

*Ah, não. Quão lenta é essa fila para pagar por nossas pinturas? O que aquele casal está fazendo ali? Parece que a máquina de cartão de crédito não está funcionando.*

— Eu melhorei desde então — digo. — Como está indo seu trabalho ultimamente?

— Mantendo-me longe de problemas. — Wyatt olha para Zeke. — O que você faz?

— Eu trabalho para a Capital Management.

Andamos um pouco para frente. Apenas mais três pessoas na nossa frente.

— Então você provavelmente também trabalha muito? — pergunta Wyatt. — Vocês podem ter uma chance, então. A Tessa trabalha o tempo todo.

— Também trabalho bastante. Sou grato por ela ter arranjado tempo para isso. — Zeke coloca o braço em volta de mim. O calor de seu braço em volta de mim e seu ombro junto ao meu me deixam um pouco mais alta.

Wyatt olha para a mão de Zeke, esfregando meu braço.

— Acho que essa é a minha deixa para ir embora. Foi bom conversar com vocês dois. Sou corretor de imóveis, portanto, se você estiver procurando um imóvel comercial ou residencial, peça meus dados à Tessa — diz Wyatt. — Diga à Miranda que eu mando os parabéns. E obrigado pela doação.

Ele finalmente sai.

— Nossa, seu ex foi muito cruel diz Zeke.

— Ele estava apenas sendo honesto — digo. — Eu preciso melhorar.

Zeke tenta manter o rosto sério, como se minha pintura não fosse terrível.

*Pobre rapaz.*

Há outro problema na mesa do caixa. Eles não conseguem encontrar a pintura. Alguém se esqueceu de etiquetar um quadro depois de embrulhá-lo em plástico bolha.

— Tessa!

Eu me viro, e é um diretor administrativo do *Morgan Bank*. Representei-os em uma investigação interna envolvendo propinas, e ele foi meu contato com o cliente. Esse é o problema da cidade de Nova York. Eu acho que nunca encontraria ninguém que eu conheço, porque a cidade é muito grande. Mas, às vezes, é um vilarejo tão pequeno.

*Estou tão perdida.*

— Jim. Que bom ver você — digo.

— Eu estava falando com minha esposa aqui sobre como fiquei impressionado com seu trabalho — diz Jim.

Isso pode ser interpretado como minha obra de arte. Se ele tiver um péssimo gosto.

— Obrigada. — Aperto a mão de sua esposa. — Prazer em conhecê-la. Este é o Zeke, Jim — digo.

— Disse a ela que descobrir tudo isso era como um quebra-cabeça de várias camadas, impulsionado por lampejos de intuição — diz Jim. — Definitivamente, faz sentido olhar para o quadro geral e, em seguida, ir até o âmago dos detalhes.

— Sim. Jim é um dos meus maiores apoiadores — digo a Zeke. É verdade. Ele escreveu para a empresa uma bela recomendação para o meu arquivo pessoal que deve me ajudar a receber o bônus.

— Bata na madeira para não teremos aquela situação novamente. Mas se isso acontecer, você é a primeira pessoa para quem eu ligaria.

Eu tusso. Minha garganta se fechou. Não consigo parar de tossir.

— Você está bem? — pergunta Jim.

— Vou pegar um copo de água para você — diz Zeke.

Aceno com a cabeça, ainda incapaz de falar, enquanto Zeke sai.

Ufa.

Ando um espaço na fila.

Consigo parar de tossir.

— Muito obrigada novamente pela recomendação. Foi incrível.

— É claro. Você já decidiu se candidatar ao emprego na AJGL? Vou adaptar minha recomendação anterior para ela.

— Obrigada. Agradeço por isso. — Verifique essa referência externa, juntamente com a referência dos avós no caso de adoção. Agora preciso de mais um para a candidatura para AJGL. E esse será Jack Miller, meu mentor. — Ainda não me candidatei. Ainda estou aprendendo muito na White & Gilman.

A fila avança mais um espaço, e eu dou um passo à frente para ficar ao lado de uma das colunas de metal espalhadas pelo espaço branco.

— Bem, para meu próprio interesse, espero que você fique. Mas me avise quando precisar. Não consigo imaginar que eles recusariam você. — Ele e sua esposa vão embora.

Eu suspiro de alívio. Mentir é difícil. Como as pessoas que cometem fraudes fazem isso? Eu não conseguia viver com o medo de ser descoberto.

Zeke retorna, e eu bebo o copo de água com gratidão.

— Em que situação você o ajudou? — pergunta ele.

— Sinto muito. É confidencial. — Essa é uma das melhores desculpas para evitar conversas sobre o trabalho como advogado. E não tenho ideia se um projeto de arte seria confidencial, mas, por outro lado, o Zeke também não tem. Ou, mesmo que tenha, não é exatamente uma declaração que ele possa contestar. — Obrigada pela água.

Ele concorda.

Finalmente chegou a nossa vez de fazer o check-out. Os voluntários embrulham as duas pinturas em plástico bolha e as colocam em uma sacola de compras da *Fresh Direct*.

Peço licença para ir ao banheiro. A fila tem dez mulheres. Eu deveria ter ido quando estávamos esperando para pagar. Wyatt sai do banheiro masculino.

— Ei — diz ele.

— Ei — digo. E há uma pausa. Houve um tempo em que eu ligava para ele primeiro para dizer que havia ganhado um caso ou pensado em um bom argumento, mas agora não tenho nada a dizer a ele.

Ele se inclina.

— Há outro banheiro na esquina, no andar de baixo, ao lado dos escritórios. Quando tivemos uma reunião para discutir esse evento, o diretor me mostrou a foto. Quer que eu a leve até lá?

— Claro.

Ele acena para que o siga. Passamos pelas duas filas de pessoas, atravessamos uma porta de metal e descemos uma escada curta até um nível inferior, onde há alguns escritórios com divisórias de vidro.

— Aqui está. Ele faz um gesto para a porta marcada como banheiro no final.

— Obrigada. — O teto é baixo aqui, e o espaço parece apertado em comparação com os tetos altos da galeria de arte.

Ele se aproxima de mim.

— Você gosta desse cara, o Zeke?

Ele parece tão atento e sério, como se minha resposta fosse importante.

Eu recuo.

— É nosso primeiro encontro.

Sua postura relaxa.

— Olha, eu sei que fui meio idiota na forma como terminei com você, mas, sinceramente, fiquei surpreso com o quanto você ficou chateada. Você deu a impressão de que eu era uma maneira divertida de passar o tempo quando você não tinha que trabalhar.

Eu o encaro.

— Eu poderia estar sempre trabalhando, mas namorei você porque gostava de você.

— Percebi isso quando terminamos. — Seu rosto se enruga. — Você nunca compartilhou seus sentimentos, exceto sobre seus casos, especialmente os *pro bono*. Nesses casos, você se envolvia tanto que eu achava que não havia espaço para mim. Eu não parecia ser uma prioridade em comparação com sua carreira.

É claro que minha carreira vinha em primeiro lugar. Meu trabalho é o que me sustenta. Não vou depender de um homem para isso.

— Você também coloca sua carreira em primeiro lugar. Você queria se separar porque não gostava de ir a todas essas funções, que fazem parte do seu trabalho *sozinho*. Não me lembro de você ter feito nenhuma declaração apaixonada.

— Justo — diz ele. — Eu sentia que você não confiava em mim... que tinha medo de que, se demonstrasse alguma vulnerabilidade, se compartilhasse algum de seus sentimentos, não poderia confiar que eu não a machucaria.

*Como você fez,* fico tentada a dizer. Mas eu já superei isso.

Seu olhar se suaviza.

— Acho que o que estou tentando dizer, mal e porcamente, é que nós dois não compartilhamos particularmente nossas emoções, e eu recomendo fazer isso.

— Tudo bem. Obrigada pela orientação. Eu acho. — Abro a porta do banheiro.

— Porque parece que ele gosta de você. E se eu soubesse o que você sentia... — Ele faz uma pausa quando a porta se fecha. Eu paro e a mantenho aberta.

Meu olhar encontra o de Wyatt, e é como se o arrependimento permanecesse em seus olhos. Eu realmente gostei dele em um determinado momento.

— Tudo bem. Tentarei ser mais aberta sobre meus sentimentos.

Felizmente, o banheiro está vazio, mas não a minha cabeça.

Apenas alguém com quem sair...

Ele não sabia que eu me importava com ele.

Isso ainda não é uma desculpa para me deixar do nada e sair imediatamente com outra pessoa.

E o que era aquele olhar de arrependimento? Ele não está feliz com Marla? Ele está arrependido de ter terminado comigo?

Agora já era.

Mas é bom para ele se estiver se abrindo mais. Merda. É melhor eu voltar lá para cima, caso o Wyatt decida falar novamente com o Zeke. Merda. Lavo minhas mãos apressadamente, deixo de me secar e corro de volta para a escada.

Zeke está conversando com Jurgen.

Eu paro de repente.

O sr. "Ele-não-é-meu-amigo" está definitivamente conversando com o Golpista.

No entanto, a linguagem corporal não é das melhores. Jurgen está com os braços cruzados em uma postura defensiva. Devo me juntar a eles? Ou tentar escutar?

# 11

## Zeke

— Você gostou da exposição de arte? Meu nome é Zeke — digo para o homem com quem Tessa conversou. Definitivamente, ele é encrenca. Tive uma sensação estranha de "vendedor" quando me parou na última exposição. Se há uma coisa que aprendi nos negócios, é como identificar o vendedor que está fazendo promessas vazias. Duvido que ele possa ajudar Tessa em sua carreira. E não quero que ela seja passada para trás por um vigarista inescrupuloso.

— Jurgen — diz ele, enquanto prepara um prato com as sobras insignificantes e recolhidas na pequena mesa de aperitivos de queijo e pão. Eu nem tinha visto essa mesa de aperitivos antes. — Sim, muito. — Ele olha para mim, segurando seu prato cheio. — Sua namorada se saiu bem. Parece que as duas peças dela foram vendidas. — Ele faz um gesto expansivo para uma parede onde três pinturas que não foram vendidas ainda estão penduradas, sem terem sido removidas para serem embaladas.

Tessa disse que era *minha namorada*?

Parece que ele não sabe que fui eu quem as comprou. Eu coloco a sacola da *Fresh Direct* em meu ombro, que contém nossos dois quadros embrulhados em plástico bolha.

— Houve até uma guerra de lances — digo.

— Houve? — Ele inclina a cabeça, como um animal que sente o cheiro de uma presa.

Não deveria ter dito isso. Mas se ele for influente, então quero apoiar Tessa.

— Ela ouviu dizer que você tem alguns contatos no mundo da arte. Você tem? — pergunto.

— Você é bem direto. — Ele cruza seus braços.

*E ele não responde à pergunta.*

— Acho que ser direto é o melhor nos negócios — digo.

De repente, Tessa se aproxima e diz:

— Oi.

Eu estava tão concentrado em Jurgen que nem a vi se aproximando.

Merda. Não parece bom que eu esteja conversando com esse homem porque não quero que ela pense que estou questionando seu julgamento (mesmo que eu esteja) ou pensando que sei melhor como ela deve lidar com sua própria carreira artística. Paisley costumava se queixar por horas sobre o fato de Arthur ter explicado algum conceito para ela.

Tessa olha para nós dois, com a cabeça inclinada, como se quisesse descobrir por que estamos juntos. Como posso explicar por que estou falando com Jurgen?

— Conheço quase todo mundo. Estou fazendo isso há muitos anos. — Jurgen sorri. Mais ou menos isso. É uma espécie de curva condescendente de seus lábios. — Eu nunca o vi antes, então talvez você seja o único que é novo na cena? Como no mundo dos negócios, as conexões ajudam. Você deve confiar no que sua namorada diz.

*Confio em Tessa. Eu não confio em você.*

— Na verdade, não sou namorada dele — diz Tessa. — Estamos em um encontro.

Estendo a mão para segurar a mão de Tessa e a puxo gentilmente para ficar ao meu lado.

— Ele parece ser muito protetor com você — diz Jurgen.

Pelo menos ele recebeu essa mensagem.

Tessa olha para mim, com as sobrancelhas franzidas. Atrás de nós, ouve-se o som forte *clack-clack* dos voluntários empilhando as cadeiras.

— Mas você não está mais fazendo sua própria arte? — pergunto. — Você não quer usar essas conexões para si mesmo?

— Se eu pudesse, eu teria feito. Mas, às vezes, é preciso perceber que não se tem talento suficiente. É melhor descobrir isso antes, certo? — pergunta ele. — Mas ainda amo a arte, e meu talento é encontrar outras pessoas que vão fazer isso.

Ele parece persuasivo. Admito. Talvez eu esteja sendo excessivamente paranoico novamente. Obrigado, Paisley.

— Como Tessa aqui. — Ele sorri para ela.

*Não*. Não confio nele. Tessa sorri para ele.

— É bom falar com vocês dois. Meu amigo está me chamando. — Jurgen faz um gesto para um homem pálido e magro que parece não ver o sol há dias e vai embora.

— Como você soube que ele era alguém útil? — pergunto.

— Ele ajudou outra artista que conheço a vender sua primeira pintura para um colecionador.

— Entendo. — Isso parece legítimo.

— Eu pensei que você tinha dito que não o conhecia? — pergunta ela.

— Eu não o conheço. Ele se aproximou de mim aleatoriamente na exposição em que nos conhecemos e começou a conversar comigo. Eu simplesmente o dispensei. — Eu me viro para a Tessa. — Mas quando você mencionou que tinha ouvido falar que ele era alguém com quem se podia conversar, achei melhor falar com ele e ver qual era a proposta dele. Nunca se sabe se ele é um golpista.

Ela me olha fixamente, mordendo o lábio.

— E o que você concluiu?

— Não sei. — *Não tenho certeza.* Acho que ele é um vigarista, mas não tenho provas.

Saímos para caminhar. O ar noturno é quente para maio, e os postes de iluminação pública criam poças de luz no crepúsculo que se aprofunda. As pessoas se misturam na rua de paralelepípedos do lado de fora com copos de plástico vermelhos com vinho.

Apartamentos loft e lojas sofisticadas agora ocupam os armazéns de tijolos convertidos do DUMBO, abreviação de *Down Under the Manhattan Bridge Overpass*[1]. Escadas de metal e rampas de cimento levam às entradas, dando um ar industrial. A ponte, emoldurada pelos prédios de tijolos dos dois lados, domina a vista enquanto caminhamos em direção ao rio.

Viramos à esquerda para passear pela calçada próxima ao East River. O barulho do metrô passando por cima da ponte ressoa por toda a vizinhança. Uma brisa sopra e o cheiro de sal marinho inspira aquela sensação de férias preguiçosas e felizes. Um caminho acena para a direita, com árvores e arbustos verdes e frondosos protegidos

---

1. Passagem abaixo do viaduto da Ponte de Manhattan [N.T.]

por cercas de dunas curvas, o que dá uma sensação de praia. Estendo a mão e seguro a de Tessa.

De repente, a linha do horizonte se abre. À nossa frente está a Ponte de Brooklyn e o East River, com suas ondas batendo nas rochas que separam o caminho do rio. Embaixo da ponte está o *Jane's Carousel*, fechado em um prédio de vidro, com as cores vivas dos cavalos de metal divertidos visíveis mesmo aqui.

Tessa aperta minha mão.

À esquerda, há um grande edifício de estilo arquitetônico holandês, que é o *Time Out Market*. As cortinas pretas de madeira pontuam cada janela curva de tijolos. As pessoas jantam do lado de fora, em mesas sob guarda-chuvas bege no *Ciccarelli's*, enquanto os garçons passam, carregando e retirando os pratos.

Uma placa escrito "TERRAÇO" está à frente.

Eu olho para ela e ela olha para mim, e nós dois nos viramos para ir até lá. Subimos em uma escada de metal que se agarra à parede do antigo armazém construído pelos holandeses em 1600. Uma moldura de janela grande e curva, agora sem vidro, oferece uma vista do East River.

— Adoro o fato de terem mantido a fachada — diz ela.

— Gosto do fato de a arquitetura holandesa ainda estar aqui. Você já esteve em *Red Hook*? — pergunto. — Realmente parece que você voltou no tempo, para uma Amsterdã antiga.

— Sim. Foi exatamente isso que pensei. Fiz um curso de navegação de fim de semana no Hudson, e atracamos lá para fazer nosso piquenique. Foi muito legal. E parecia que tínhamos navegado para a Holanda.

No topo, temos uma vista de tirar o fôlego do East River, de Manhattan e das duas pontes, a Ponte de Manhattan à nossa direita e a Ponte de Brooklyn à nossa esquerda. A ilha se curva um pouco, de modo que estamos em uma pequena enseada. Os barcos passam nas águas azuis abaixo.

— Devemos comer por aqui? — pergunto. Um banco de madeira, cheio de pessoas, fica ao lado e há mesas espalhadas. Sob uma cobertura de metal há uma mesa de bilhar.

— Aqui parece bom — diz ela.

Sugiro que ela se sente em um lugar enquanto pego nossa comida. Ela me dá seu pedido de Ramen e se senta em um banco, colocando a sacola do *Fresh Direct* com nossas pinturas ao seu lado. Por toda parte, os casais desfrutam de refeições para levar. Ouve-se um grito de um grupo de amigos jogando bilhar, seguido de muitas risadas.

Eu me junto a ela no banco e tiro a tampa da minha tigela de Ramen enquanto ela faz o mesmo. Ela se vira para mim.

— Obrigada por comprar minha pintura. Fiquei envergonhada por ninguém ter dado um lance, sou grata por isso.

Acenei com a gratidão dela.

—Desculpe-me por não ter feito o lance antes. Eu não queria impedir que um colecionador o pegasse. — Eu apenas destaquei que alguém não o fez. *Merda*.

— Wyatt é o cara com quem você terminou há dezoito meses? — pergunto. — Por quanto tempo vocês namoraram?

Ela separa seus pauzinhos.

— Oito meses. Eu trabalhava o tempo todo, e ele ia a todos os eventos da sociedade. Eles são importantes para sua carreira. A festa do Central Park Zoo e todos os diferentes benefícios sem fins lucrativos. Eu nunca conseguia ir. Tínhamos prioridades diferentes, entre outras coisas. Não que eu não goste de ir a esses eventos. Ele encontrou Marla e terminou tudo comigo.

— Parece que esses são eventos de trabalho para ele.

Ela concorda.

— Exatamente. Sempre achei isso bastante irônico. Ele conseguia combinar trabalho e diversão. Eu não conseguia. Por quanto tempo você namorou sua ex?

— Dois anos.

— Isso é... bastante tempo. Muito mais tempo do que eu já namorei alguém. Deve ter sido sério.

Dou de ombros e desvio o olhar. *Sim*. Não quero falar sobre minha ex.

— O que é prioridade para você em um relacionamento? — pergunta ela.

— Lealdade — digo sem hesitar. — Preciso saber que alguém está me apoiando e que posso confiar nela.

Seus olhos se arregalam.

— E quanto a você? — pergunto.

Ela franze os lábios enquanto analisa minha pergunta com calma.

— Lealdade, é claro, mas também compreensão. Alguém que me entenda e me apoie.

Eu concordo.

Nós dois nos debruçamos sobre nossos pratos, e há um silêncio confortável enquanto saboreamos o jantar.

— Que delícia — diz ela.

— Então, você está pintando há muito tempo?

— Comecei a pintar no jardim de infância.

— Como se faz geralmente — digo.

Ela sorri para mim.

O ar está agradável, e todos os presentes parecem estar aproveitando a noite, animados com o início do verão.

— Você costuma sair com artistas? — pergunto.

— Não — diz ela. — Não estou preocupada com a ocupação. Por quê? Você só sai com artistas?

— Não.

— Eu acharia que as pessoas da área financeira tendem a namorar outras pessoas da área financeira... ou talvez advogados — diz ela.

— Namorei uma advogada uma vez. — Eu franzo a testa.

— E nunca mais?

— Algo parecido com isso.

— Mas não é como se todos os advogados fossem iguais.

— Está tentando me convencer a namorar uma advogada? — pergunto, com uma sobrancelha levantada. — Isso é de seu interesse?

— Tenho muitas amigas advogadas — diz ela debilmente.

Eu bebo o último gole do meu Ramen.

— O que a levou a querer ser uma artista?

— Não era tanto um desejo, mas um chamado. Mas ainda tenho um longo caminho a percorrer. Encaro isso como uma maratona.

— Espero que você não desista.

— Por que minha pintura era tão ruim assim? — pergunta ela.

— Não. Não. Eu não quis dizer isso de forma alguma. Quero dizer, a primeiro foi... — *Terrível.* Eu fico vermelho e aceno com a mão. — *Dálmatas Selvagens* foi você, todas as suas ideias e sua inspiração. E houve uma guerra de lances.

Ela me olha fixamente, com um olhar suave.

E eu quero beijá-la, mas... Um bebê chora quando sua mãe o coloca em um carrinho de bebê ao nosso lado.

— Principalmente, acho que você terá sucesso porque é muito comprometida — digo. — Você não pode falhar quando está tão determinada.

— Acontece que você também não é tão ruim em empreendimentos artísticos — diz ela. — Acho que mais cores são boas para você, não apenas preto e branco.

Eu balanço minha cabeça.

Ela me cutuca.

— Veja esse pôr do sol e as faixas vibrantes de rosa e roxo, com amarelo e laranja queimando no fundo. — As pessoas ao nosso redor tiram fotos do céu. — Prefiro não falar sobre trabalho — diz ela. — Eu me sinto mal por você ter que comprar meu quadro.

— Estou feliz por tê-lo comprado barato e por não ter sido arrematado como *Dálmatas Selvagens*.

Ela ri.

— Essa é uma maneira de ver as coisas.

Terminamos nossas tigelas. Seu telefone emite um bipe, ela o verifica. Sua testa se franze.

— O que é?

— Não é nada — diz ela. — Wyatt me convidou para sair em um evento. Estranho. Não saímos juntos desde que terminamos. E agora não é o momento de começar.

Minha opinião é que Wyatt a quer de volta. Mas isso provavelmente é minha desconfiança decorrente do que aconteceu com Paisley.

— Você quer jogar bilhar? — Faço um gesto para a mesa de bilhar atrás de nós. O grupo que estava jogando está indo embora. — Eu posso lhe ensinar.

— Eu sei jogar.

— Você é boa?

— Você precisa perguntar? — pergunta ela com um sorriso malicioso.

# 12

## Tessa

Eu o derrotei. Foi por pouco, mas fiz uma tacada por trás das costas e ganhei.

Ele parece atônito.

*Finalmente.* Algo em que sou boa.

— Você queria dizer mais alguma coisa sobre os formandos da Stuy serem bons em falar besteiras, mas suas ações não estarem à altura? — pergunto.

Ele balança a cabeça.

— Não. Não. Retiro o que disse.

Dou um tapinha em suas costas.

Zeke é uma boa pessoa. De muitas maneiras. Mas especialmente quando ele ficou me incentivando a ser uma artista, a perseguir o que ele acha que é o meu sonho, mesmo que eu não tenha talento.

Definitivamente, eu o julguei mal, comparando-o ao Engomadinho. Pintar juntos foi divertido, e ele foi bem protetor quando Wyatt menosprezou minha habilidade artística (mesmo que Wyatt estivesse certo). Eu me passei por uma artista porque consegui criar arte quando me divertia, quando não estava seguindo as instruções de outra pessoa.

Eu deveria desistir de toda essa pretensão de artista.

Quero contar a ele, mas também não quero. Ele não parece que irá perdoar o fato de eu ter mentido para ele.

Ele não aparentava ser amigo de Jurgen, com base naquela conversa. Mas isso pode ter sido encenado. E Zeke estar se perguntando se Jurgen é um golpista, para depois dizer que não acha, no papel de uma "terceira parte neutra", poderia ser parte do estratagema.

Ele parecia ter sido pego fazendo algo que não devia quando apareci ao lado deles. Eu balanço minha cabeça. Não sei o que pensar. Zeke não poderia fazer parte do esquema, poderia? Mas por que ele estava com aquela expressão de culpa?

*Eu não sei.* Vou aproveitar esse encontro por enquanto e, no final, decidirei se posso confiar nele para contar a verdade.

Eu *compartilhei* meus sentimentos com Wyatt, meu desejo de trabalhar na AJGL e meus receios de deixar a White & Gilman. Mas talvez não todos os meus medos. Eu tinha medo de parecer vulnerável demais. Porque essas vulnerabilidades podem ser aproveitadas por alguém que você ama, como aconteceu com a mãe da minha amiga.

— Vamos encontrar a estação Citi Bike mais próxima — diz Zeke.

Entrego a ele o capacete de bicicleta extra da minha mochila e coloco o meu próprio. Costumo ir do trabalho para casa de bicicleta para me exercitar e como uma boa maneira de espairecer. Mas Miranda também foi inflexível ao afirmar que uma artista malsucedida não pode pegar táxis.

— Atravessar a Ponte do Brooklyn de bicicleta deve ser legal — digo.

Zeke pega o capacete e olha para mim. Ele o prende com o clipe.

— Mas e as pinturas?

— Temos que pegar uma das bicicletas com cestas largas. Elas se encaixarão. Já carreguei quadros em bicicletas da Citi Bikes antes.

Uma de nossas amigas fez uma exposição da arte de Miranda em seu apartamento, e nós levamos as pinturas de bicicleta para lá.

Como sou membro da Citi Bike, então espero que o Zeke pague pela sua.

Ele clica no aplicativo.

— Eu devo comprar uma assinatura se vamos ficar muito tempo juntos?

Eu pisco os olhos. Adoro o fato de ele ser franco. É tão holandês. Thijs era assim.

— Acho que já fiz você gastar dinheiro suficiente nesse encontro.

Coloco os quadros em minha cesta enquanto ele pega uma bicicleta e ajusta o assento à sua altura.

— Como você aprendeu a jogar bilhar tão bem? — pergunta ele.

— Fui garçonete em um bar com mesas de bilhar em um verão durante a faculdade e, quando não estava ocupada, a equipe jogava. E Miranda agora é garçonete em um bar com mesas de bilhar, então jogo com frequência enquanto espero ela sair do trabalho.

Ele balança a cabeça.

— Eu não costumo perder.

— Como você ficou tão bom?

— Estudei na Universidade de Amsterdã como parte de um programa semestral no exterior, sabe como é, procurando minhas raízes e conhecendo a família que mora lá — diz ele. — Passei muito tempo em bares jogando bilhar com alguns amigos holandeses que fiz lá.

— Esse parece ser um semestre divertido.

— Foi. — Ele sorri. — Você sabe como chegar à ciclovia da Ponte do Brooklyn?

— Não. Não vou lá há anos. Você tem ido lá?

— Nunca andei de bicicleta pela Ponte do Brooklyn. Estou animado. Precisamos tirar uma foto nossa no meio, com a vista.

Eu concordo. Agora está anoitecendo, e o céu ficou com um azul profundo incrível.

De repente, ele se inclina e ajusta meu capacete de modo que cubra minha testa. Seu rosto está próximo ao meu, e meu coração bate forte. Seus dedos roçam minhas bochechas gentilmente enquanto ele aperta a alça do meu capacete. Acho que parei de respirar.

— Seu capacete está muito para trás. Não está protegendo sua testa. — Ele se inclina para trás para verificar, e seu olhar parece uma carícia física. Ele sobe em sua bicicleta.

— Obrigada. — Respiro novamente. — A alça fica solta, e eu me esqueço de apertá-la.

Olho para o Google Maps para me recompor e verificar a rota. Parece complicado, com um circuito circular em um parque. Mostro para o Zeke. Seu celular mostra uma rota diferente, mais parecida com um Z.

— Vamos perguntar a outros ciclistas no caminho — digo.

— Ou viramos à esquerda e depois à direita aqui.

— Tudo bem, você vai na frente. Eu vou atrás.

Na ciclovia, passamos por baixo de um viaduto e depois atravessamos uma rodovia. Zeke está na frente. Ele se vira para me dar um sinal de positivo e acena com a mão para indicar que estamos virando à esquerda. Gosto de um homem que sabe decifrar um mapa.

Paramos em um sinal vermelho. Ao nosso lado está outro casal, com suas cestas cheias de sacolas de supermercado, morangos e cenouras frescas aparecendo. Sorrimos uns para os outros.

O semáforo fica verde e partimos novamente. Zeke sinaliza para a direita. À frente, uma placa com uma seta anuncia a Ponte do

Brooklyn com a ilustração de uma bicicleta. Andamos de bicicleta em uma ciclovia de duas pistas pintada de verde, eu atrás de Zeke. O caminho largo e verde de repente se estreita em duas pistas Leste-Oeste. Uma barreira de cimento em curva, com uma cerca de arame no topo, nos separa dos carros em alta velocidade.

Essa barreira de cimento acaba com qualquer clima romântico. Sem mencionar os carros que passam por nós.

Uma bicicleta elétrica passa por nós, acelerando, enquanto nós subimos a ladeira.

Finalmente estamos na ponte, mas não há como parar. Outros ciclistas estão vindo em nossa direção na pista que vai para o leste, com os faróis anunciando sua chegada, enquanto alguns seguem atrás de nós na pista que vai para o oeste. Acima de nós, do lado esquerdo, está o caminho de madeira para pedestres. O azul do rio é um pano de fundo distante através da cerca de arame.

Mas as pessoas sorriem quando passam por nós, indo na direção oposta. Estamos juntos nisso. Ou talvez eu pareça suada e com dificuldades. As Citi Bikes são pesadas.

E, de repente, é uma descida. Uau! Nós aceleramos na estrada. Zeke olha para trás rapidamente, sorrindo.

E então saímos do caminho estreito, semelhante a um túnel. À nossa frente está o City Hall Park. Árvores altas e frondosas escondem os imponentes prédios brancos do governo, enquanto as barracas que vendem produtos coloridos para os turistas se destacam contra a folhagem.

— Isso não foi *nada* romântico — diz Zeke.

— Não — digo. — Talvez a Ponte de Manhattan que tenha a melhor rota para bicicletas?

— Mas o final foi divertido.

— Super divertido — digo.

Desmontamos e atravessamos a rua com nossas bicicletas até o City Hall Park.

— Quando foi a última vez que você atravessou a ponte de bicicleta? — pergunta ele.

— Na faculdade de direito... — Eu paro. — Minha amiga estudou na Faculdade de Direito de Columbia e eles fizeram uma viagem de bicicleta durante toda a noite por Manhattan, então fui com eles. Há algo de especial em andar de bicicleta à noite. Desde que seja seguro. Mas acho que, como eram 3h da manhã, fomos pelo caminho de pedestres. Devemos tirar uma foto agora?

Tiramos nossos capacetes e tiramos uma selfie, com nossas cabeças juntas. Ficamos bonitos, quase como um anúncio de um casal feliz e loiro.

— Ainda não terminamos. — Levanto o suporte. — A próxima é Wall Street. É legal à noite porque está vazio, e a sensação é de estar andando de bicicleta em túneis cavernosos. Você quase pode imaginar que os edifícios são montanhas. — Eu havia descoberto isso depois de uma reunião tardia com um cliente de Wall Street, quando decidi voltar para casa de bicicleta.

Voltamos para nossas bicicletas. Viramos à esquerda na Park Row e novamente à esquerda na Rua Spruce, depois à direita na Rua Gold. As ruas estão quase vazias, com pouquíssimos carros e pessoas. Essa parte da cidade fica fechada à noite.

Agora, na área de Wall Street, passamos pelas ruas estreitas. Zeke vira a cabeça para sorrir para mim. O ar passa correndo pelo meu rosto. Sinto um lampejo de prazer pelo fato de ele também gostar disso. Isso deve ser mais importante do que eu dizer que sou uma artista.

— Ele tem a sensação de um cânion. É legal — diz ele.

Temos que trocar de bicicleta para evitar a taxa por exceder o limite de tempo de aluguel, então Zeke procura a estação Citi Bike mais próxima no aplicativo. Depois de quarenta minutos, a Citi Bike cobra por minuto, portanto, precisamos fazer com que o relógio volte a funcionar. Pedalamos até a estação mais próxima, na Hanover Square, devolvemos nossas bicicletas e pegamos novas.

— Adoro conhecer os diferentes bairros de Nova York — diz Zeke.

— Eu também. Sempre que tenho vontade de viajar, mas não posso, faço uma viagem para uma parte diferente. Há muito para ver e sentir.

Estamos na ponta mais baixa de Manhattan. A vasta extensão de água nos recebe com as ilhas baixas dos outros bairros. A Estátua da Liberdade chama a atenção de sua ilha separada. Pedalamos em direção ao rio Hudson para encontrar uma ciclovia. Passando pelo terminal de Staten Island e por outro terminal do qual não sei o nome, com a grande extensão do Hudson atrás de nós, continuamos por um caminho de mão dupla cercado por salgueiros frondosos, com seus galhos curvados, criando um pequeno oásis. Ao longe, uma música de jazz toca, mas é abafada pelas folhas. Um trompete grita, seu anseio reverbera na quietude. Alguns pássaros piam uns para os outros. Diminuímos a velocidade para pedalar lado a lado.

E preciso colocar um freio em meus sentimentos. Estou me apaixonando por ele. Mas temo que, quando eu revelar que menti para ele, tudo estará acabado.

Chegamos ao cais de barcos em forma de ferradura onde os iates atracam. As pessoas jantam ao ar livre. sinto um aroma de batatas fritas, lagostas e peixe frito enquanto passamos com nossas bicicletas.

Em seguida, encontramos a ciclovia do Rio Hudson. O rio brilha no escuro, as luzes brilham no lado de Nova Jersey. A brisa noturna é como uma carícia. Passamos por alguém tocando rock elétrico em seu Boombox. A música capta aquela empolgação, aquela batida, o zumbido que sinto quando nossos olhares se cruzam, uma sensação de possibilidade de que Zeke e eu possamos dar certo se ele conseguir perdoar o fato de eu ter mentido para ele, se ele não estiver ligado a Jurgen e se ele não se importar em namorar uma advogada.

Saímos na Rua 72 e devolvemos as bicicletas. Depois, caminhamos bem devagar em direção ao meu apartamento. Olho para ele, e ele vira a cabeça para o outro lado. Ele estava olhando para mim? Não quero que a noite termine. E, definitivamente, não quero dizer a ele que sou advogada e estragar o clima do encontro. Deixe-me ter mais uma lembrança agradável para contrabalançar a revelação.

Sua mão roça a minha. O casal à nossa frente parou para se beijar. Nós dois olhamos fixamente para frente e contornamos as pessoas. O ar parece mais pesado agora.

Paramos na esquina. A maioria dos táxis e carros pretos correm pela Avenida West End, levando os foliões noturnos para casa. Eu acredito que ele não conhece Jurgen? Devo contar a ele agora?

# 13

## Tessa

Meu celular apita.

> Miranda: *Ótimo trabalho com o golpista. Espero que o encontro esteja indo bem! Desculpe-me por não ter visto a mensagem anterior sobre a pintura. Fui para casa depois da noite de salsa no Lincoln Center! Vocês deveriam ir, se gostarem.*

— O Lincoln Center está realizando uma noite de salsa. Você quer ir? — Verifico meu relógio. — Mas provavelmente vai acabar logo.

— Isso parece ótimo.

— Podemos deixar as pinturas no prédio do meu apartamento e pegá-las depois.

Zeke olha para mim. Será que ele acha que isso é um convite para ir até lá mais tarde?

Ainda não decidi o que penso sobre isso. Ou melhor, eu gostaria que ele viesse, mas primeiro tenho que contar a ele que sou advogada. E eu não faço sexo no primeiro encontro. Mas ele deve ter percebido isso. Se não estou disposta a compartilhar uma foto boba de mim mesma, não estou disposta a ficar totalmente nua. Não importa o quanto o Zeke seja tentador.

Atravessamos a rua, passamos pela *delicatessen* ainda aberta e caminhamos pela ampla avenida da Rua 72. Na Broadway, caminhamos para o sul até o Lincoln Center. Fazemos um pequeno desvio para deixar as pinturas no saguão do prédio do meu apartamento e buscá-las mais tarde.

Na Avenida Columbus, as mesas são colocadas do lado de fora, com os clientes conversando e demorando para comer a sobremesa. Passamos pelas pessoas na fila da sorveteria italiana e pelas lojas fechadas, com os manequins nas vitrines exibindo modas floridas de verão.

O Lincoln Center está iluminado, com as bandeiras que anunciam as apresentações soprando na brisa. Uma banda ao vivo está tocando música de salsa. Subimos as escadas correndo, entramos na fila, passamos pelos detectores de metal e entramos. Zeke pega minha mão e nos misturamos à multidão nos arredores da pista de dança.

— Sabe aquele cara de jaqueta roxa com quem você conversou? — ele pergunta.

— Sim.

— Sei que a arte é sua praia e não minha — diz ele. — Mas aquele cara parecia ser um babaca pretensioso. Quando ele se aproximou de mim na recepção de arte em que nos conhecemos, ele estava tão cheio de si. Ele me perguntou se eu estava interessado em alguma das obras de arte e sugeriu que poderia negociar um desconto. Achei que ele parecia pegajoso, como se quisesse se inserir no processo e receber uma parte. A princípio, eu não queria dizer nada se ele fosse alguém influente. Mas eu não confio nele. Mesmo que ele venha recomendado, você não precisa dele.

Aperto sua mão.

— Não acho que preciso.

*Sim!* O Zeke não está envolvido. Eu acredito nele.

Um obstáculo a menos. Eu lhe direi quando voltarmos ao meu apartamento para pegar os quadros.

Os três edifícios que emolduram o Lincoln Center brilham com uma luz amarela e quente. Luzes vermelhas, azuis, amarelas e roxas tingem os jatos da fonte de água. O público é um grande caldeirão de Nova York, com todos se divertindo e sorrindo uns para os outros. Esse senso de comunidade e espírito de equipe é uma das coisas que mais gosto na cidade de Nova York.

— Você sabe dançar salsa? — pergunto.

— Fiz dança de salão na faculdade, mas não dancei mais desde então.

— Parece que há aulas naquele canto. — Aponto para o local onde um instrutor com um fone de ouvido está em frente a uma fila de pessoas.

Nós nos juntamos à turma de cerca de vinte pessoas, com idades que variam de seis a setenta anos.

— Alterne seu peso ao dar um passo. Não é um toque — diz o instrutor.

Praticamos os passos em uma fila com os outros alunos. Zeke é muito melhor do que eu, mas estou pegando o ritmo. O instrutor acena com as mãos.

— Vão em frente!

Zeke me dá um tapinha.

— Devemos tentar agora?

Ele pega minha mão, colocando a outra mão em minhas costas, logo abaixo das omoplatas. Seu toque é quente e seguro. Coloco minha outra mão em seu ombro, com o antebraço apoiado em seu braço, conforme orientado pelo instrutor. Ele está tão próximo e é tão masculino. Meu coração bate forte.

Olhamos um para o outro, esperando, e ele acena com a cabeça ao som da batida. Um, dois, três, e estamos dançando.

Nossos olhares se cruzam enquanto nos movemos ao som da música, damos um passo para trás em conjunto, balançamos os quadris e damos um passo à frente. Meu ombro se inclina em direção ao dele. Ele me gira em torno dele. E então a música fica mais lenta. Ele aperta minhas costas com força e me puxa um pouco mais para perto. Posso sentir os músculos de seus ombros trabalhando, contraindo e soltando. Minha cabeça está próxima à dele. Olho para cima e estamos tão perto. A menta de seu hálito se mistura com a minha. Ele fecha os olhos, puxando-me para mais perto, com a lateral de sua cabeça a centímetros da minha. Ficamos ali, respirando o momento. Meu pulso está acelerado.

A próxima música é mais lenta, e dançamos lado a lado. Meus dedos se enrolam ao redor do pescoço dele, no cabelo curto da nuca. Estou definitivamente derretendo.

E então o ritmo aumenta na próxima música. Nós nos afastamos. Ele gesticula em direção a um casal ao nosso lado que estava fazendo movimentos muito mais sofisticados.

— Vamos tentar aquilo.

Ele me gira, e suas costas ficam contra a minha frente. Outro giro e um mergulho. E depois me suspende. Nossos narizes quase se tocam. Ele me segura com firmeza, como se nos encaixássemos. Olho fixamente em seus olhos. Seu olhar para trás está procurando, questionando, segurando o meu.

As trombetas cantam seu próprio feitiço de sirene.

Ele troca as posições das mãos, de modo que estamos segurando as mãos e balançando-as no ritmo da batida. E me gira mais uma vez. Há algo de tão feminino no ato de girar. Eu sorrio, sentindo-me livre e desejada. Ele me puxa de volta. Nossos lábios estão tão próximos que poderíamos nos beijar. Eu olho para ele. Sua camisa é quente sob minha mão, o algodão é macio ao meu toque. Ele faz uma pausa, esperando, perguntando. Acho que aceno com a cabeça.

*Sim, estamos prestes a nos beijar.* Ele inclina a cabeça e sua respiração roça a minha. Meu coração se agita. Mal nos separamos.

E então seus lábios se encontram com os meus em um beijo firme, mas gentil. Fecho meus olhos e me concentro apenas nisso. Seus dedos se aproximam para passar pelos meus cabelos e me abraçar com força. Experimentamos um ao outro, timidamente, nossos lábios se inclinam enquanto tentamos nos aproximar, nossas línguas se provocam e se misturam. Ele tem gosto de chiclete de menta. Todo o resto desaparece quando ele me puxa para mais perto, minha suavidade em seu peito firme. Deslizo minha mão por seus cabelos sedosos e ondulados enquanto minha outra mão pressiona suas costas duras. Estou perdida nas sensações, em outra dimensão de puro sentimento.

— E é isso. — O microfone do locutor estala. — Vamos dar uma grande salva de palmas para nossa banda, *Orquesto La 18.*

Nós nos separamos. As palmas irrompem ao nosso redor. Nós nos juntamos, ombro a ombro, sem olhar um para o outro.

— Esperamos que você tenha gostado dessa noite no Lincoln Center. Lembre-se de que a noite de dança da discoteca silenciosa será na próxima semana. Nos vemos lá.

Pisco os olhos, confusa, me adaptando ao momento. Aquele foi um beijo *incrível*. Zeke também parece desorientado. Mas então ele me olha atentamente, e aquela corrente elétrica pulsa entre nós.

Zeke me puxa novamente e me beija rapidamente. Eu o beijo de volta, deslizando minhas mãos ao redor de suas costas para segurá-lo com força. Ele ri contra minha boca e diz:

— Sua mão faz cócegas.

Nós nos separamos, sorrindo. Ao nosso redor, as pessoas se dispersam para as saídas. Zeke segura minha mão enquanto nos juntamos à multidão que sai. Descemos as escadas do Lincoln Center e esperamos na esquina da Rua 64. O poste de luz fica branco, e atravessamos a ampla avenida para chegar à Avenida Columbus.

— Posso ver você de novo? — Zeke pergunta.

— Eu gostaria muito disso.

Mais quatro quadras, e então eu direi. E espero que ele ainda queira me ver. Mas estou feliz em planejar outro encontro agora.

— Vou a uma palestra sobre pincéis artísticos no MoMA por volta das cinco horas de quinta-feira, se você quiser me acompanhar — digo. Essa palestra deve persuadi-lo de que namorar uma artista não é tudo o que ele imagina. Passamos pelas lojas fechadas da Avenida Columbus.

— Isso parece interessante — diz ele.

Eu levanto uma das sobrancelhas.

— É?

— Talvez não, mas eu gostaria de vê-la novamente.

Ele está tomando a frente.

Se eu contar agora, ele ainda terá que voltar para pegar as pinturas. Em vez disso, ele provavelmente as abandonará.

— Não sei se conseguirei sair tão cedo, mas com certeza gostaria de ir. — Ele aperta minha mão. — Tenho que perguntar para minha assistente. Ela vai marcar um jantar de comemoração com nosso escritório de advocacia que ganhou o caso, e eu disse a ela que minha agenda estava livre nesta noite.

*O quê? Não.*

— Isso é muito gentil de sua parte. Eles querem jantar?

— Você acha que não? Eu nunca os conheci. Os advogados resolveram o problema antes mesmo de fazermos as entrevistas com os clientes. É um grande alívio.

— Eles provavelmente prefeririam seu tempo livre a ter um jantar formal constrangedor com alguns clientes que nunca conheceram antes e que nunca mais se encontrarão. Pelo menos, acho que é isso que minha amiga, que é advogada, diria.

Fazemos uma pausa quando um cachorro corre em direção ao meio-fio, com a coleira bloqueando a calçada. A mulher que o acompanhava corre atrás dele, pedindo desculpas por ter nos interrompido, e nós passamos por eles.

— Então ela não está pensando a longo prazo. É bom para ela construir seus relacionamentos com os clientes para o desenvolvimento de negócios.

— Talvez. — Isso é verdade. Se eu pretendesse ficar, deveria criar relacionamentos com os clientes. — Mas o jantar teria tanta influência no desenvolvimento de um relacionamento com o cliente? Você disse que eles resolveram o caso rapidamente. A capacidade deles não deveria ser o fator crítico para decidir se você os contratará novamente ou não?

Paul não mencionou esse jantar. Talvez seja apenas ele como parceiro.

— Talvez eu tenha que passar bastante tempo com meu advogado enquanto estiver trabalhando em um caso, especialmente se tivermos que viajar — diz ele. — É muito mais fácil se eu me der bem com ele ou ela.

Sua mão se aperta na minha quando ele para.

— Alguma coisa errada? — pergunto.

Ele balança a cabeça.

— Achei que tinha visto minha ex.

Ele solta minha mão e olha fixamente para frente.

Eu olho para ele. *Por que ele soltou minha mão? Ele viu a ex? Será que ele não quer que ela o veja de mãos dadas com outra pessoa?*

As luzes da rua brilham à frente quando viramos para descer a minha rua. Está tudo calmo agora, apenas a brisa agitando as folhas das árvores.

Ele está mordendo o lábio, como se estivesse pensando profundamente.

*O que aconteceu?*

Aquele beijo... aquele beijo foi *tão bom*.

Chegamos à porta da frente do meu prédio de tijolos marrons, e eu destranco a porta, mantendo-a aberta para que ele passe na minha frente e pegue os quadros. Eu o sigo, deixando a porta se fechar atrás de mim.

— Olha, eu tenho que admitir uma coisa — digo, e então percebo que estou falando para a parte de trás da cabeça dele.

Ele pega os quadros, passa por mim e abre a porta da frente.

Ele se volta para mim.

— Também tenho que admitir uma coisa. Gosto de você, mas ainda estou confuso por causa do meu último relacionamento. Vou encerrar por hoje. Eu me diverti. Espero poder vê-la na quinta-feira, mas, se não, em outro dia em breve. — Ele dá um sorriso meio torto.

— Ah. Entendo. É claro. Eu também me diverti.

*O que aconteceu em seu último relacionamento?*

Não subiremos. Eu me sinto desamparada.

Espere.

Eu estava preocupada com o que fazer quando ele me desse um beijo de despedida, mas ele não vai me beijar de jeito nenhum?

Ele sai para o saguão, com a sacola da *Fresh Direct* no ombro. Ele acena em despedida.

*Já terminamos? Vamos ser apenas amigos?* Aquele beijo foi incrível. O que aconteceu? Ele *não* achou aquele beijo incrível?

Ele saiu pela porta da frente e foi embora. Como se estivesse correndo para salvar sua vida.

E eu não tive a chance de dizer a ele que sou advogada.

# 14

## Zeke

Eu clico para sair da reunião do Zoom em que três empresas de marketing fizeram sua apresentação para os negócios da *Comidas en Canasta*. A equipe está saindo para almoçar agora na Cidade do México. Vou verificar mais tarde para ver qual deles eles decidiram contratar.

Coloco meus fones de ouvido e olho para a tela. Meus dois monitores se iluminam com fluxos de dados. Ao meu redor, o pregão está movimentado. Como rapidamente um sanduíche que peguei ao entrar.

Eu me arrependo de não ter beijado a Tessa novamente. Mas aquele último beijo foi tão quente que não teria terminado ali. *Quando ela relaxou e se derreteu contra mim... foi difícil recuar.*

Fico feliz por estarmos em público.

E não lhe dar um beijo de despedida parecia ser o caminho certo a seguir. Não insistir. Manter distância até que eu tenha certeza.

*Certeza de quê?*

Que eu não teria meu coração partido novamente?

Como se eu tivesse alguma maneira de saber.

Quando eu congelei ao pensar que tinha visto Paisley à nossa frente... Isso foi um lembrete sombrio de que eu não estou pronto para entrar em outro relacionamento. Detesto que Paisley tenha me feito questionar meus instintos. Mas não consigo evitar. Tessa parece totalmente legal, mas... Além disso, eu não queria parecer um idiota que esperava mais do que um beijo em um primeiro encontro.

— Como foi seu encontro? — pergunta Ben, olhando ao redor da divisória que separa nossas mesas. Do outro lado de mim, Anthony está dando ordens de compra pelo telefone.

— O encontro foi ótimo. — Verifico os últimos números do mercado. Os retornos do fundo estão no caminho certo.

— E namorar uma artista era tudo o que você imaginava?

Vou ignorar esse leve tom de zombaria.

— Ela é terrível. — Inclino-me para trás em minha cadeira, afastando-a um pouco para ficar de frente para Ben.

— Uma pessoa terrível?

— Uma artista terrível, pelo menos a princípio. Inacreditavelmente ruim.

— O que você quer dizer com isso?

Mostro a ele uma foto da pintura do leilão.

— Isso é o que ela pintou no evento de leilão na noite passada.

A sobrancelha de Ben se franze. Ele está em silêncio, olhando para minha foto.

— Isso deve representar alguma coisa? — pergunta ele. — Ou é para ser abstrato?

— Não é abstrato, pelo menos não intencionalmente — digo. — Adivinhe o que é.

Ele parece estar sofrendo.

— É um submarino debaixo d'água? Uma muralha de castelo? É uma muralha de um castelo, certo?

— É uma linha do horizonte. Essas caixas planas e cinzas, essas formas, são os edifícios. E esta é uma janela. Não sei por que há apenas uma janela.

Ben acena lentamente com a cabeça. Uma onda de agitação irrompe à nossa esquerda quando um dos negociantes faz um lance por algumas ações.

— Não há profundidade. — Balanço a cabeça e faço um gesto com a cabeça para o quadro emoldurado, desenhado à mão, na mesa de Ben. — O desenho de sua sobrinha ali é melhor.

Ben solta um suspiro entre os dentes, como se estivesse perplexo.

— *Afê.*

— Muito ruim — digo. — E agora sou o dono dela.

— Você o comprou?

— Eu tinha que apoiá-la.

— Onde você vai colocá-la?

— Ainda não sei — digo. — Tenho que pendurá-la em algum lugar para o caso de ela vir aqui.

— Você pode colocá-lo no quarto, e assim terá uma desculpa.

— Não preciso de uma desculpa. — Dou um leve soco em seu ombro. As conversas estão em todo lugar.

— Mas o resto do encontro foi ótimo?

— Ótimo. — *Até o momento em que eu me apavorei e fugi. Mas não vou compartilhar isso com o Ben.* — Nós também pintamos este aqui juntos. — Mostro a ele uma foto de *Dálmatas Selvagens.*

— Você pintou isso? — Ben pergunta, sem esconder a surpresa em sua voz. — O sr. "Vamos Checar os Dados" pintando?

— Com ela.

— Ela fez você pintar. — Ben inclina a cabeça. — E é uma pintura tão feliz.

— Ela é divertida — digo e encontro o olhar de Ben enquanto ele absorve isso. — E esse aqui foi principalmente ela, então ela tem talento.

— É bom ouvir isso.

Aceno com a cabeça, mas depois a balanço.

— Mesmo assim, isso não faz muito sentido.

— O que não faz sentido?

— Que ela seja uma artista tão ruim.

— Você acha que ela estava fingindo ser ruim?

— Você não pode fingir isso. — Eu balanço minha cabeça. — Mas isso não faz sentido porque ela é muito legal e incrível em outras coisas. Ela me derrotou no bilhar. E ela definitivamente gostou de me dar uma surra. Isso não condiz com sua personalidade, que queira se dedicar a algo em que é péssima. Ela parecia mais torturada do que feliz quando estava pintando. Tenho certeza de que ela terá sucesso porque é muito determinada, mas mesmo assim.

— Ela ganhou de você no bilhar? — pergunta Ben. — Você é como um profissional.

— Ela é uma profissional. Aparentemente, ela aprendeu enquanto trabalhava como garçonete.

— Bem, isso corrobora sua história de que ela é uma artista e que trabalha como bartender para se sustentar — diz ele.

Olho fixamente para a tela, pensando na noite passada.

— Ela acha que é uma boa artista? — pergunta Ben.

— Não. Ela admite que não é boa.

— Bem, não seria difícil ser tão aberto sobre isso? É duvidoso que ela minta sobre o fato de ser uma artista se ela sabe que é péssima.

— Provavelmente estou mais desconfiado depois de Paisley. — E essa é outra coisa pela qual odeio ela... agora sinto que preciso desconfiar ainda mais.

— Quem não estaria? — Ben me dá um tapinha desajeitado no ombro. — Mas você não deve pintar todas as mulheres, ou advogadas, com o mesmo pincel.

Eu mudo o tópico.

— Como está a Brooke? Você ainda a está distraindo do trabalho?

— Estou fazendo o meu melhor. — Ben sorri.

Eu aceno.

— Continue distraindo-a. Agora que meu caso está resolvido, ela está trabalhando em alguns casos para a Winthrop.

— Desculpe, mas a Brooke pode me namorar e ainda se destacar no trabalho.

— Já imaginava isso.

Ben volta ao seu trabalho. Clico em um novo e-mail e o leio.

Meu celular apita. Eu o pego. Tessa enviou uma mensagem de texto com uma foto anexada. De um desenho. De dois bonecos de palito de mãos dadas.

Tessa: *Me diverti ontem à noite. Gosto de segurar sua mão.*

— Ela mandou uma mensagem para você? — pergunta Ben. — Você está sorrindo.

Eu concordo. O desenho é bonito..., mas não para sua visão.

— Devemos voltar ao trabalho. — Fico de frente para a tela do meu computador e levo a cadeira até a minha mesa. Rapidamente, faço um esboço de um dálmata, ou algo que possa se assemelhar a um cachorro com pintas, e envio uma foto para ela. Verifico meu relógio e ligo para Roberto, o CEO da *Comidas en Canasta*. Ele atende no primeiro toque.

— Adoramos a empresa de marketing que você recomendou — diz Roberto. — Eu tinha minhas dúvidas porque nunca tinha ouvido falar deles, mas o trabalho que eles já fizeram na Cidade do México é impressionante. Portanto, sim, vamos contratá-los. Obrigado por ter encontrado eles.

Roberto e eu conversamos em detalhes sobre a estratégia de marketing proposta. Estamos na mesma situação. Essa empresa, a *Comidas en Canasta*, será um sucesso. Tenho certeza disso.

Quando desligo o telefone, Ben pergunta:

— Quando você vai sair com ela de novo?

— Quinta-feira. Iremos para uma palestra sobre arte no MoMA.

— Você combinou isso ontem à noite?

— Confirmado esta manhã.

— Então, não está levando de boas?

— Como se você fosse de falar. Você definitivamente não levou de boas quando estava atrás da Brooke, sr. "Você pode checar a lata de lixo da Brooke e ver se ela frequenta o Starbucks ou o Joe's?"

Ben dá uma risadinha.

— Mas não era eu que estava verificando a lata de lixo dela.

— Era você que ficava na casa do Joe esperando que ela aparecesse.

Ben dá de ombros.

— Valeu a pena esperar por ela. — Ele me dá um leve soco no braço. — Avise-me se quiser que eu faça algum reconhecimento para você.

— Estou bem.

Posso confiar na Tessa. Eu poderia muito bem dizer que nosso relacionamento não tem futuro se eu precisar espioná-la.

# 15

## Tessa

Zeke se acomoda ao meu lado no assento duro de madeira do auditório. Agora que tomei a decisão de contar a verdade a ele, quero acabar logo com isso. Mas eu estava atrasada para encontrá-lo no MoMA, e ele entrou e segurou nossos assentos. Não consegui sussurrar exatamente "sou advogada" para ele quando o palestrante começou a falar enquanto eu estava deslizando para o lugar que ele guardou para mim. É tão frustrante. No caminho para cá, eu estava preparada para dizer isso assim que o visse.

A penalidade é assistir a essa palestra chata. Meu enorme bocejo de um minuto atrás provavelmente desmentiu minha tentativa de parecer fascinada. Isso é insuportável. Não ajuda o fato de o palestrante ter diminuído a iluminação dessa sala de aula para que seus slides possam ser vistos. Nem o fato de eu ter trabalhado até a meia-noite de ontem para ficar com essa noite livre. E eu ainda mal consegui sair do escritório às 17 horas.

A cabeça da pessoa à nossa frente cai para a frente e volta a se levantar.

Zeke percebe meu olhar. Sua boca se inclina para cima. Se ele realmente acha que sou uma artista, agora ele tem mais uma pista sobre minha falta de sucesso. Os detalhes finos da pincelada me aborrecem.

— Em conclusão, a pincelada é a manifestação física do pintor. Ele transmite textura e cor, mas também emoção. Lembre-se também de se perguntar: Que emoção eu sinto quando vejo essa pintura? — O palestrante aponta para o último slide de sua apresentação. — Perguntas?

O rapaz ao nosso lado faz uma série de perguntas.

Quando todos nós saímos da sala, ele se vira para nós.

— Ótima palestra, não foi?

Nós dois concordamos com a cabeça.

— Oh, vejam esta pintura aqui — ele diz. — Essa é definitivamente uma técnica de hachura cruzada. Vocês não concordam?

— Sim, com certeza — digo. Por que fomos adotados por um fanático por pinceladas? Isso é algum tipo de carma? *Por favor, chega.* Estou prestes a confessar agora, de joelhos, que não sou uma artista.

*Não. Eu posso fazer isso.* Sou uma advogada litigante. Posso desenvolver um conhecimento especializado sobre qualquer assunto.

— Parece estar construindo as áreas de luz e sombra.

— Para mostrar a verdade e a decepção? — pergunta o rapaz. — Chama-se *Mentiras e Outras Verdades que me Contaram.*

O que eu estava dizendo sobre o carma?

— A decepção parece estar dominando a verdade — digo.

— Não vejo as coisas dessa forma — diz Zeke. — Se estivermos interpretando o cinza como a decepção, vejo a verdade como se estivesse aparecendo. Você não acha que o rosa está brilhando mais do que o cinza?

Olho de relance para o Zeke. Para um homem de finanças, ele não é ruim em interpretar arte.

— É verdade. Mas ainda me sinto triste.

— Vamos procurar um quadro mais alegre, então — diz Zeke.

Tentamos nos afastar do rapaz, mas ele não se intimida.

— Uau! Deem uma olhada nisso! Que exemplo de hachura cruzada úmida sobre úmida. Ele dá uma sensação pós-apócrifa, como se não pudesse ser contido na tela.

Zeke e eu acenamos com a cabeça seriamente.

— Definitivamente — digo. — Definitivamente pós-conceitual.

— Eu pensei que fosse pós-apócrifo? — Zeke pergunta.

Não tenho certeza do que esses termos significam.

— Acho que são as duas coisas, você não acha?

O rapaz sorri.

— Eu sabia que vocês veriam isso.

— Distópico e sombrio — diz Zeke. — O fim da pintura como a conhecemos.

— E eu pensei que tinha conseguido isso da última vez com minha pintura de leilão — digo. Zeke sorri para mim. — Vamos dar uma olhada nos Matisses. Eu adoro Matisse.

Posso contar a ele lá. Pego a mão de Zeke e o afasto do sr. Pincelada. Corremos pelo corredor lotado e subimos a escada rolante até a sala do Matisse. A mulher à nossa frente coloca o braço em volta do parceiro, inclina-se para ele e o beija.

Estamos bem atrás deles na escada rolante, sem nos tocarmos. Parece distante e estranho quando o casal à nossa frente está se beijando. Zeke olha para o outro lado. Olho por cima da grade para as pessoas lá embaixo. O casal consegue se desvencilhar a tempo de sair da escada rolante. Nós os seguimos.

— Sinto muito — digo. — Essa palestra provavelmente foi muito chata para você.

— De modo algum. Observar você tentando ficar acordada me deixou muito entretido.

Eu olho para ele. Era tão óbvio assim.

— Você tem que admitir que o orador falou em um tom baixo e monótono. Ele deveria criar um aplicativo para embalar as pessoas para dormir. Ele poderia ganhar muito dinheiro.

Entramos na galeria Matisse. Também está lotado. Não tenho mais esperanças de que seja um lugar vazio e relaxante e um bom lugar para contar a verdade a ele.

Ao nosso lado, uma mulher está explicando ao seu acompanhante que Matisse inicialmente pintou o *Harmonia em Vermelho* em verde e o chamou de *Harmonia em Verde*. Depois, ele mudou a cor para azul e a chamou de *Harmonia em Azul*. Depois, um colecionador a comprou, mas Matisse mudou de ideia novamente e o pintou de vermelho. Mesmo assim, o coletor aceitou. A cor de uma pintura parece ser uma mudança bastante significativa para mim. Há esperança de que Zeke ainda me aceite, mesmo que eu seja advogada e não artista. Minhas mãos estão úmidas. Estou perdendo a coragem de contar a ele. Eu estava tão pronta para dizer isso no caminho para o museu.

Meu celular apita. É Ken.

— Ah, desculpe, é do trabalho — digo.

— Trabalho?

— Trabalho voluntário — explico. — Pode me dar licença por um segundo?

Ken me diz que nosso cliente veio e deixou a documentação que eu havia solicitado, então ele a está enviando. Desligo o telefone e volto para o Zeke.

— Então, você vai me contar seu segredo? — ele pergunta.

Eu o encaro. *Como ele sabe?*

— Um segredo de infância? — pergunta ele.

Eu gaguejo.

— Ah... ah sim. Mas só se você trouxer a foto de você agindo como um CEO na mesa da sua mãe.

— Minha mãe me enviou o e-mail. Mas somente se você estiver compartilhando algo embaraçoso do seu passado. — Ele pega o celular e me mostra uma foto de infância de um pequeno garoto sentado em uma enorme mesa.

— Isso não é nada embaraçoso — digo. — Você é adorável. Definitivamente, você precisa encontrar algo melhor do que isso. — Mostro a ele uma foto minha quando tinha sete anos de idade, com um vestido de festa amarrado em um canto. — Eu vi isso nos álbuns de fotos da família e tirei uma foto para me lembrar. — *Infelizmente, ele não parece estar fazendo seu trabalho.*

— Você também é adorável. Como isso pode ser constrangedor?

— Isso é constrangedor, mas é uma lembrança nítida. Eu tinha cerca de sete anos e meu aniversário é no verão, então minha mãe sempre fazia uma grande festa de aniversário para mim. Eu era a melhora amiga de um garoto da casa ao lado. E ele não apareceu. Lembro-me de esperar por ele durante toda a festa, chateada por ele não estar lá. No final da festa, percebi que, em vez de aproveitar minha festa, eu havia desperdiçado meu aniversário esperando por ele. Resolvi nunca mais fazer isso.

— Uau. — Ele fica quieto. — Sinto muito que ele não tenha aparecido. — Ele me toca de leve no braço.

— Acontece que a mãe dele achava que eu era uma má influência. No dia anterior, fizemos uma guerra de água e minha camiseta ficou molhada. Minha mãe trouxe uma camiseta seca, e eu me troquei na frente dele. Tínhamos sete anos, veja bem. E a mãe dele achou que aquilo tinha sido impróprio.

— Você continuou amiga dele?

— Sim. Aparentemente, eu *era* uma má influência. Ele se recusava a ouvir a mãe e continuava se esgueirando para lá.

— Posso entender o porquê. — Zeke se aproxima de mim, e meu coração se agita.

*Eu tenho que contar a ele.*

— Vamos até o jardim de esculturas — digo.

Com certeza haverá um local privado lá. Ele pode me perdoar, e podemos sair para jantar e dar boas risadas sobre isso. Ou ele pode ir embora. E podemos ignorar um ao outro no jantar de comemoração do nosso acordo que ele está organizando.

É melhor que eu saiba agora. Porque não acredito que acabei de compartilhar essa lembrança com ele.

Atravessamos o saguão em direção à porta de vidro nos fundos e saímos para o caminho pavimentado do jardim de esculturas. À direita, há uma escultura de Henry Moore de um casal se abraçando. Está soprando uma brisa agradável. Algumas pessoas estão espalhadas. Limpo minhas mãos suadas em minha saia.

Só preciso dizer rapidamente a ele. Ensaiei meu discurso em minha cabeça novamente: Eu dizia que estava fingindo ser uma artista para pegar um cara que enganava artistas. E então ele disse que odeia advogados, e eu fiquei com medo de dizer que era uma. *Não parece convincente.*

— Tenho que confessar uma coisa — digo.

— Outra história de infância?

— Não. Muito mais recente. E quero me desculpar antecipadamente.

Sua sobrancelha se franze, e ele congela, com o olhar fixo sobre meu ombro esquerdo.

— Zeke — diz uma voz de mulher atrás de mim.

— Paisley. — A voz dele é fria.

Eu me viro. Ela é bonita e muito elegante em um terno com saia, salto alto e até mesmo de meia-calça de nylon. Cabelos secos com secador. Ela estica mão para cumprimentar. Unhas longas e bem cuidadas.

— Sou Paisley, ex do Zeke.

Em troca, entrego a ela minha mão manchada de tinta e com as unhas roídas. Ela aceita isso graciosamente. Demos um aperto de mão, avaliando uma à outra.

— Meu nome é Tessa — digo.

— Saiu um pouco mais cedo? — Zeke diz.

— Eu poderia dizer o mesmo de você — diz ela. — Mas fico feliz por você estar saindo e não se enterrando no trabalho. Estou aliviada.

As correntes entre esses dois me fazem sentir como se estivesse nadando em águas turvas contra uma correnteza, e estou muito acima da minha capacidade.

Ele zomba.

— Parabéns por sua promoção.

— Tenho que dizer que eu esperava pelo menos um e-mail ou uma mensagem de texto dando os parabéns. Levando-se em consideração que... — Ela balança sua cabeça. — Mas pelo menos você está fora de casa. — Ela me olha fixamente.

Zeke está pálido.

Pego a mão de Zeke e a agarro, segurando-a com força e esfregando meu polegar em seus dedos.

— Espero que você e Matt estejam bem — diz ele.

— Nós nos separamos. Eu te disse que ele foi um erro.

Zeke solta minha mão e coloca a mão na parte inferior das minhas costas.

— Vamos nos atrasar. É melhor irmos. Adeus.

Esse foi um tom bem final, nem uma inflexão “até breve” à vista.

— Vejo você no casamento do Dylan, espero.

O maxilar de Zeke se contrai.

— Nos vemos lá.

Eu me despeço com um aceno de cabeça e vou embora com o Zeke.

Seu rosto está fechado. É evidente que ele ainda está pensando sobre esse encontro. Ele parece tão machucado. Quero lhe dar um grande abraço e animá-lo. Atravessamos o saguão do museu e saímos pela saída para o ambiente tranquilo da Rua 54, com suas elegantes casas geminadas.

— Vamos sair para jantar? — pergunto. — Há um bom restaurante tailandês no fim da quadra.

— Sinto muito — diz ele. — Aquela era minha ex-namorada.

— Eu percebi. — Esfrego minhas mãos na saia. *Conto para ele agora?* Isso é pior do que argumentar em um tribunal.

Ele se volta para mim.

— Ela me traiu. Namoramos por dois anos e depois descobri que ela estava me traindo. — Sua mandíbula se contrai.

— Ah — digo. Eu não estava esperando por isso.

Ele olha para o lado.

— Era óbvio, olhando para trás. Mas ela é uma advogada. Trabalha até tarde, então não suspeitei de nada quando ela disse que tinha que trabalhar. E ela é muito boa em mentir. Vem com a negociação.

Tenho que defender minha profissão.

— Não acho que ser advogado seja sinônimo de mentir. — Mesmo que isso seja o menos importante do que ele disse. Eu inspiro. — Acho que você não pode se culpar por isso. Você espera que alguém esteja mentindo para você. Especialmente alguém que você está namorando.

Ele me encara. Seus olhos parecem doloridos, seus ombros caídos. Este é um Zeke diferente do homem confiante do bar, ou da outra noite, quando estávamos jogando bilhar. Ele inspira profundamente.

E estou mentindo para ele. *Conto para ele agora?* Não posso contar agora. Não quando ele parece tão machucado. Mas quanto mais eu espero para contar a ele, pior é a situação. No entanto, esse pode ser o pior momento para contar a ele. Dado que ele parece tão derrotado, e agora está focado em advogados e mentiras.

# 16

## Zeke

Estou com frio. Já a superei. Mas toda vez que vejo Paisley, não consigo evitar. É como se um fantasma passasse por mim. A namorada que eu achava que conhecia versus a mulher que ela acabou se tornando. É como se esse alienígena tivesse assumido o controle do corpo da minha namorada.

Não que eu ainda esteja apaixonado por ela.

Porque ainda me sinto traído. Que eu pudesse ser enganado tão profundamente. Que eu não era suficiente. Ainda não superei isso.

E não ajuda quando ela diz que ele não importava. Isso só piora a situação. A desculpa dela de que seria monogâmica quando ficássemos noivos e que, por isso, queria uma última aventura, só piora a situação. Nunca teria sido a última aventura.

Se ele não importava, nosso relacionamento não importava. Ela me traiu com alguém que não importava. Alguém que não iria durar. E ela me culpava, dizendo que eu estava muito ocupado. É verdade. Eu estava ocupado. Eu estava tentando provar meu valor para Charles.

Ela também estava ocupada, estava tentando ser promovida. Achei que nós dois tínhamos entendido que nosso relacionamento estava ficando em segundo plano enquanto perseguíamos nossas ambições profissionais. E o nosso rompimento acabou com todo esse trabalho. Nunca mais. Agora tenho mais uma chance na área de capital de risco. E um aliado sênior, Charles, que não posso decepcionar novamente.

Estamos do lado de fora do MoMA. Nem sequer prestei atenção em como chegamos aqui. Tessa está em silêncio ao meu lado. Bem, essa é uma ótima impressão. Ela claramente vai pensar que eu não superei a Paisley. *O cara passa mal ao ver a ex.*

*Posso mostrar a ela que já superei Paisley.*

Caminhamos em direção à Sexta Avenida.

Paro e me viro para ela.

— Já superei a Paisley, mas preferiria nunca mais vê-la.

Tessa morde o lábio. Ela parece bastante torturada, se pensarmos bem.

— Eu entendo — diz ela. — Wyatt me deixou e imediatamente começou a namorar outra pessoa. Ele jurou que havia terminado comigo antes de se beijarem, mas suspeito que ele a conheceu e foi atrás dela enquanto ainda estava namorando comigo. Essa traição ainda dói. Principalmente porque eu achava que estávamos firmes. Quando ele parou de me pressionar para ficarmos juntos o tempo todo, achei que ele estava sendo compreensivo com minha agenda de trabalho. Em retrospecto, acho que ele estava seguindo em frente. No início, parecia que tínhamos objetivos de vida semelhantes, mas, no final, tínhamos métodos completamente diferentes. Eu quero estar nas trincheiras, e ele quer ser o benfeitor distante, participando de eventos beneficentes.

*Eu não estava seguindo em frente. Eu estava me preparando para pedi-la em casamento.*

Eu balanço minha cabeça.

— Sinto muito. Essa foi a primeira vez que vejo Paisley sem aviso prévio desde que nos separamos. Não sou uma boa companhia no momento.

— Você quer encerrar a noite?

Ela fica de frente para mim enquanto estamos ao lado de uma escultura muito grande na forma de um ovo de metal. Os táxis amarelos sobem a Sexta Avenida. O vento sopra seus cabelos loiros em seu rosto, e ela os segura, olhando para mim com seriedade.

Eu balanço minha cabeça. Esqueça Paisley. Tessa está bem aqui, e eu vou perdê-la se me apavorar ao ver Paisley. Novamente.

— Não, vamos dar uma olhada no restaurante tailandês que você mencionou. Eu estou bem.

Subimos a Sexta Avenida e viramos na Rua 58 enquanto ela nos leva ao restaurante. *Controle-se, Zeke. Isso foi bom. Que bom que Paisley viu você com outra pessoa. Que bom que você conseguiu conversar com ela como uma pessoa normal.*

Foi bom.

Um toldo amarelo brilhante com a inscrição em cor topaz “AUTÊNTICO TAILANDÊS” anuncia o restaurante. Autêntico. É isso que estou procurando agora. E é isso que eu também preciso ser. Portanto, não posso ser acusado de não falar sobre meus sentimentos e de colocar o trabalho acima de tudo.

A garçonete cumprimenta Tessa calorosamente. Tessa deve vir aqui com frequência. O restaurante com paredes de madeira está bastante lotado, com um zumbido baixo de conversas. Ele é confortável e acolhedor. A garçonete nos dá uma mesa privilegiada perto da janela.

— O que há de bom para pedir?

— Tudo é bom. — Tessa inclina a cabeça e olha para mim, como se estivesse procurando respostas. — Devemos compartilhar alguns pratos?

— Sem dúvida.

Paisley odiava compartilhar pratos. Ela só queria comer o que havia pedido. Quando começamos a namorar, quando era ela quem me perseguia e eu não tinha certeza, que irônico, na verdade, eu odiava isso.

— Frango ao curry? — pergunta Tessa.

— Definitivamente, precisamos de um prato de curry. E um prato de macarrão.

— Macarrão Bêbado? — pergunta ela.

— Mas estou tentado pela Frango Dançante.

O cardápio está repleto de nomes atraentes para os pratos, como Tigre Rugindo, Adoravelmente no Ninho Dourado e Pato Nadador.

— Parece que o Frango Dançante comeu um Macarrão Bêbado demais — diz ela.

Eu dou um sorriso.

—Você já experimentou?

Ela concorda.

— É bom se você quiser comer isso em vez do frango ao curry.

— Não, fica para a próxima.

Ela levanta os olhos, e seu olhar capta o meu. Ela levanta uma sobrancelha e faz sinal para a garçonete fazer o pedido.

Há um silêncio depois que a garçonete sai. Tomo um gole da água gelada.

— Você quer falar sobre aquilo? — pergunta ela, hesitante. — Não que você precise. É que... você parece em conflito.

Sim. Sempre fui muito fácil de ler. Um maldito livro aberto. Solto uma risada curta e áspera.

— Não quero discutir isso novamente. Isso me faz sentir como um idiota. Que eu não suspeitava de nada.

Ela apoia o queixo na mão.

— Isso é interessante. Então, você está menos chateado por tê-la perdido e mais chateado por não ter suspeitado de nada?

— Quando descobri que ela me traiu, isso praticamente pôs fim a qualquer sentimento que eu tivesse por ela. Foi bastante decisivo.

— Acho que isso é positivo.

A testa de Tessa se enruga.

— Acho que o fato de você não ter suspeitado de nada é muito bom para você. Você não quer ser uma pessoa louca e suspeita.

*Mas agora sou.* Eu até suspeito que você não seja uma artista. Empurro o abajur mais para o centro da mesa.

— Mas se essa foi a primeira vez que você a viu desde que terminaram, você lidou bem com a situação — diz ela.

— Não foi a primeira vez. Temos amigos em comum — digo. — Ajudou o fato de você estar lá.

— Bem, pelo menos agora conhecemos os ex-namorados. Isso não costuma ser coisa de sexto encontro?

— Se não, nunca. Mas tenho sorte de não a encontrar diariamente. Nós costumávamos trabalhar juntos. Ela era a advogada interna do meu fundo. Felizmente, ela mudou de emprego logo antes de eu descobrir que estava me traindo. Nunca mais farei isso novamente, namorar uma colega de trabalho.

Os olhos de Tessa se arregalam.

*Ela acha que namorar uma colega de trabalho é uma boa ideia?*

A garçonete serve as cervejas para cada um de nós, e eu tomo um gole do líquido espumoso e dourado.

— Você já esteve na Tailândia? — pergunta ela.

Essa é uma mudança abrupta de tópico. Interessante.

— Não. E você?

— Está na minha lista de desejos.

— Estive no Vietnã e em Bali.

— Fui com algumas amigas para Bali. Achávamos que iríamos morar em uma cabana na praia, mas já se foi o tempo em que essa era uma opção acessível. Mesmo assim, foi ótimo.

Falamos sobre nossas viagens. Um assunto seguro. Todas as suas viagens parecem ser com amigas.

A garçonete nos serve os bolinhos de massa e os rolinhos primavera. Nas laterais dos pratos, há legumes cortados em uma decoração de flores, incluindo uma rosa de cenoura.

— Isso sim é arte — diz ela. Ela chama de volta nossa garçonete. — Isso é incrível. Quem fez isso?

— Malee. Ela esteve na Tailândia em junho e fez um curso.

— Somchee deve estar muito orgulhosa — diz ela e depois se vira para mim. — Somchee é a proprietária, e Malee é sua filha. Malee está indo para Fordham, mas ajuda nos fins de semana.

A garçonete acena com a cabeça.

— Somchee tem orgulho de tudo.

— Você conhece a proprietária? — pergunto.

— Miranda e eu já fechamos esse restaurante várias vezes e conhecemos a família proprietária. Muitas noites no MoMA — diz ela. — Risco ocupacional.

Estou impressionada. Definitivamente diferente de Paisley.

— Então, você já namorou um colega de trabalho? — pergunto.

Ela segura a bebida no ar e faz uma pausa, quando estava prestes a tomar um gole. Em seguida, ela o coloca cuidadosamente de volta na mesa.

Definitivamente, há algo ali. Há aquele momento em que você está investigando um investimento e há uma pequena pausa antes que a pessoa que você está entrevistando responda. E então você sabe... que a resposta que está prestes a receber não é toda a verdade. E que, de alguma forma, você precisa conquistar essa pessoa para obter a história real.

Ela olha fixamente para seu copo.

— Defina um colega de trabalho para uma artista — diz ela.

— Essa é uma resposta de advogado — digo. Paisley dizendo: *"Defina o que é feliz para sempre."* E eu respondendo: *"Não é o fato de você estar dormindo com outro cara.'*

Ela cora o rosto.

— É, não é?

— Assim como responder a perguntas com perguntas.

— Que tal interrogar a pessoa com quem você está jantando? — Ela toma um gole de sua cerveja.

— Isso também. — Eu levanto minha cerveja em direção a ela.

— Você poderia ser considerado um colega de trabalho? — pergunta ela. — Você comprou meu quadro, portanto, é um cliente, por assim dizer.

— Além de mim — digo.

— Não.

Isso é definitivamente um não. Sem hesitação. Sem pausa.

Talvez ela estivesse apenas mudando o assunto para longe de Paisley.

Tenho que parar de ser um bastardo desconfiado que lê demais as coisas.

Ela sorri para mim e inclina a cabeça. E quero beijá-la novamente. *Seus lábios inchados depois que nos beijamos no Lincoln Center. Sua pele macia.*

— Você gostaria de ir comigo ao casamento do meu amigo em julho? — pergunto. — Fica em Catskills.

— O que Paisley mencionou?

— Sim.

Ela olha para a mesa e depois volta a olhar para cima.

— Isso é um pouco distante no futuro. Talvez devêssemos ver como isso vai se desenrolar. Mas se ainda estivermos namorando, então sim.

Estou apressando as coisas. Ela tem razão.

A garçonete serve o Frango ao Curry e o Macarrão Bêbado. A comida é deliciosa. Discutimos alguns de nossos livros favoritos. É divertido. Paisley e eu sempre conversamos sobre trabalho, mas Tessa parece fazer um esforço concentrado para não mencionar o trabalho. Nossa garçonete limpa nossos pratos vazios.

Uma jovem de avental vem até a nossa mesa.

— Malee — diz Tessa. — Sua rosa de cenoura estava fantástica. Como foi na Tailândia? Eu quero ir.

Malee nos mostra como cortar a rosa de uma cenoura. Quando ela corta a cenoura, formando cada pétala separadamente, surge um formato de rosa. É legal.

Ela o entrega a Tessa.

— Inteligente, não é? — pergunta ela.

— É incrível. — Tessa sorri. — Obrigada por nos mostrar.

Os sinos da porta tocam quando um grupo de novos clientes entra.

— Tenho que ir — diz Malee.

Nossa garçonete coloca a conta em uma pasta de couro preta falsa em nossa mesa. Eu a pego.

— Eu pago.

— Você tem certeza?

— Tenho certeza — digo.

Nossos olhares se encontram. É hora de convidá-la para tomar um drinque em minha casa. Estou tão enferrujado. A garçonete coloca meu cartão de crédito na mesa e me entrega o bloco para assinar. Saímos para a Sexta Avenida. Os táxis amarelos sobem a cidade, competindo com os sedãs pretos pela rota mais direta.

— Obrigada. Eu me diverti muito, apesar da palestra — diz Tessa. — Tenho que trabalhar amanhã, portanto, devo ir direto para casa. Devemos pegar as Citi Bikes? Não trouxe capacetes, mas podemos ir direto para a ciclovia do Central Park West.

Ela está divagando.

Ela deve achar que ainda não superei a Paisley. Bem-feito.

Preciso de mais de um jantar para mostrar a ela que sou.

— Parece bom — digo. — Comprei uma assinatura do Citi Bike agora.

— Tenho que confessar uma coisa. — Ela me encara, mas está olhando para baixo, mordendo o lábio. Seus ombros estão curvados, caídos. Ela parece infeliz.

Se ela for dizer que acha que isso não funciona porque eu não superei Paisley, não quero ouvir isso. Quero ter outra chance.

— Você pode me contar da próxima vez — digo.

— Não. Não posso — diz ela.

# 17

## Zeke

— Sou uma advogada. — Ela não desvia o contato visual. — Eu estava vestida como uma artista em dificuldades quando nos encontramos, porque suspeitamos que Jurgen está enganando artistas, e eu esperava que ele tentasse me enganar. Ele estava ao seu alcance quando você me perguntou o que eu fazia, então menti para você e disse que era uma artista. Sinto muito.

Eu me afasto. *Ela mentiu?* Ela mentiu.

— Mas por que não me contar depois? — *Eu tenho uma placa em minha testa que diz "otário"?*

Ela engole.

— Eu estava prestes a te contar quando estávamos no balanço, mas então você disse que odiava advogados. Aí eu fugi. Fiquei confusa. Foi por isso que entrei em um táxi e o deixei para trás. E, no dia seguinte, li seu e-mail. Eu sou a advogada da White & Gilman que resolveu o litígio do fundo Norte-americano. Li seu e-mail para Ben sobre não namorar uma advogada e dizer que queria namorar uma artista. Depois, olhei sua foto e fiquei horrorizada ao perceber que você era o mesmo cara de quem eu tinha gostado muito na noite anterior.

Ela continua:

— E vimos você conversar com Jurgen na recepção, e não tínhamos certeza se vocês eram amigos. E continuei mentindo porque queria uma chance. Eu achava que era loucura demitir pessoas por causa de sua profissão. Mas eu sinto muito. Não tive a intenção de machucá-lo. Eu não sabia como te dizer quando isso começou. Porque eu estava com medo. — Ela respira fundo. — Eu fiquei com medo de que você não me desse uma chance.

Meu estômago se revira, e não de uma maneira boa.

— Não posso... Você leu minha correspondência pessoal por e-mail e se aproveitou disso? Mas você sabia quem eu era quando estávamos no bar?

Seu rosto empalidece ainda mais.

— Não. Eu achei você bonito. Fiquei horrorizada ao descobrir que você era Zeger van der Zee.

— Horrorizada? Tão horrorizada que decidiu me enganar?

— Não. Horrorizada porque achei que você me rejeitaria. Parecia que você tinha uma aversão muito forte a namorar advogadas.

*Ela mentiu para mim.*

— Você estava certa. Não vou namorar alguém que mente para mim. Especialmente não desde o início. Aprendi minha lição.

— Mas eu não estava mentindo sobre meus sentimentos por você — diz ela.

Sacudo a cabeça e me viro. Preciso sair daqui.

O rosto de Tessa está branco.

— Sinto muito — ela diz novamente. Ela se afasta enquanto eu passo por ela.

Eu apenas passo o semáforo para atravessar a próxima rua. Não me viro, mas suspeito que ela ainda esteja no lugar onde a deixei.

Ela estava zombando de mim ao fingir que estava pintando?

O que é real e o que é falso?

Passo pelo Columbus Circle, contornando os grupos de pessoas que ficam na praça, e subo a passos largos o Central Park West, como se estivesse tentando fugir dos meus pensamentos. Basta olhar para o meu rosto para que as pessoas que caminham em minha direção se afastem.

Minha advogada.

*Mentiram para você mais uma vez.* Quando estávamos conversando sobre carreiras na caminhada até o píer. Quando estávamos jantando no terraço. Quando estávamos andando de bicicleta por Wall Street.

Sou um maldito idiota. Por que continuo me apaixonando por mulheres assim? Penso em ligar para Jasmine, minha namorada da faculdade. *Você também me traiu?*

O Central Park está escuro à noite, as folhas das árvores farfalham com a brisa leve. Ninguém mais assombra a rua, exceto o solitário porteiro que fica na entrada de um prédio de apartamentos sob o toldo. Chego à faixa de pedestres, procuro os carros que estão virando e sigo em frente, contra o sinal vermelho, com as mãos enfiadas nos bolsos. Um som de arranhar e correr revela um rato solitário procurando comida nos sacos de lixo pretos empilhados para serem coletados amanhã. Respiro fundo, mas inalo apenas o cheiro pungente de lixo podre.

Meu celular apita. Ela está me enviando mensagens de texto? Tiro meu celular do bolso.

É Paisley. É claro.

> Paisley: *Não podemos conversar? Nós vamos nos ver no casamento de Lindsay e Dylan. Não vamos tornar isso incômodo para eles.*

Eu desligo. Só precisamos *não* falar uns com o outro e deixar o foco no casal feliz.

Continuo caminhando.

Estou com frio. Gostei muito da Tessa.

Abotoo minha jaqueta. Um frio amargo se infiltra em mim.

E eu não confiava em meus instintos. Novamente. Suspeitei que algo estava errado. Meu instinto estava certo.

# 18

## Tessa

Sinto-me nauseada. O rosto dele ficou cinza. *Não.* Empalideceu.

Meus olhos estão doloridos, como se eu estivesse chorando. Mas não chorei. Meu estômago se revolve e minhas pernas ficam fracas. Encosto-me na parede do nosso corredor, com os olhos fechados.

Entrei em nosso apartamento. Apenas a lâmpada da sala de jantar está acesa. O restante da sala de estar está envolto em escuridão, e os cavaletes parecem bonecos de palito que não têm para onde ir.

— Você contou a ele? — pergunta Miranda. Seu laptop está aberto à sua frente na mesa de jantar. Provavelmente estava trabalhando em inscrições para exposições de arte.

— Sim. — Eu me afundo em uma cadeira em nossa mesa de carvalho. — Eu disse a ele. Não foi muito bem. Ele foi embora.

— Ele foi embora? — pergunta Miranda. Ela me olha com incredulidade.

— Sim — digo.

— Ele não entendeu o que aconteceu com o Golpista? — pergunta ela. — E que você só queria uma chance de ser apreciada por si mesma? Você está bem? — Ela se aproxima e me abraça. — Sinto muito. A culpa é minha. Deveríamos ter desistido do Golpista.

Eu me agarro a ela.

Miranda parece que vai chorar.

— O que vai fazer?

— Não sei. Eu realmente gosto dele. Gostaria de nunca ter mentido. E o fato é que ele nunca vai me perdoar. Ele disse que seus sentimentos pela ex-namorada desapareceram imediatamente quando descobriu que ela o havia traído. — Eu inspiro profundamente.

Miranda me abraça com mais força.

— Trair é muito pior do que mentir — diz Miranda. — E não é como se você o conhecesse pessoalmente quando disse que era um artista. Ele não deve levar isso para o lado pessoal. Ele deve entender que você estava tentando pegar um cara que enganava artistas em dificuldades. E então você queria uma chance de ter um encontro divertido sem rótulos. Não é um grande problema.

Parece que ela está ficando irritada por minha causa, mas não entende.

— Você e eu achamos isso. Mas ele já foi traído antes — digo. — E eu sou como sua kryptonita, não apenas uma advogada mentirosa, mas também uma colega de trabalho. Tudo o que ele jurou não namorar novamente. E eu jurei não namorar alguém que odeia advogados viciados em trabalho. Portanto, eu também deveria ficar longe dele. E ele claramente ainda não superou a ex-namorada.

— Mas e o jantar com o cliente?

— Vou ter uma intoxicação alimentar e perderei o evento. — Vou até a cozinha e me sirvo de um copo de água gelada. Minha garganta está seca. — Você quer um pouco? — Eu bebo com avidez.

— Não. Isso não vai ficar ruim para obter o seu bônus?

Sento-me à mesa ao lado de Miranda.

— Foi por isso que pensei que poderia ser uma intoxicação alimentar. Porque assim eu realmente não consigo me controlar e ir.

— Você deve ir. E se o Engomadinho marcar pontos com a equipe da Capital?

— Brooke e Zeke são experientes o suficiente para enxergar o que ele tem a dizer.

Ficamos sentadas em silêncio.

— Sinto muito, Tessa — diz Miranda, esfregando minhas costas.

— Está tudo bem. — Não está, mas tenho que acreditar que vai dar tudo certo. — Como foi seu dia?

— Tudo bem. — Miranda desliga o laptop. — Enviei ao policial Johnson a foto de sua pintura e contei a ele o que o golpista disse sobre seu potencial. Ele riu muito quando viu a imagem. Ele disse que fizemos o dia dele.

— Estava muito ruim — digo.

— Mas *Dálmatas Selvagens* mostra potencial, então está lá, em algum lugar, sob essa fachada de advogado corporativo. — Miranda me cutuca. — É que trabalhar em um escritório de advocacia não te dá tempo para explorar outras saídas criativas.

— Isso é, com certeza. Exceto cozinhar. E quaisquer que sejam os esquemas que criarmos. — Lágrimas brotam em meus olhos. *Geralmente meus esquemas não prejudicam os mocinhos.* — O policial Johnson acreditou em nós... que Jurgen poderia estar tentando enganar artistas?

— O policial Johnson definitivamente acreditou que o cara estava tentando enganar artistas em dificuldades se ele falou que sua pintura tinha potencial. Mas ainda precisamos de provas concretas.

Pelo menos isso foi um pequeno sucesso. Espero que o custo não seja o Zeke. Espero que ele pense bem e mude de ideia.

— Você está chorando? — pergunta Miranda.

— Lacrimejando — digo e esfrego os olhos. Seguro minha cabeça com as mãos.

Miranda me abraça. Ela massageia minhas costas.

— A culpa é minha. Eu não deveria ter lhe pedido para fazer isso.

— Não. A culpa é minha. — Inspiro profundamente.

— Depois que refletir sobre isso, ele deve mudar de ideia — diz Miranda.

— Espero que sim.

— Se ele for esperto, fará isso — diz Miranda. — E você pode esperar alguns dias, e depois pode ligar para ele e pedir uma segunda chance.

— Não vou persegui-lo se ele não estiver interessado — digo.

— No entanto, parece que vale a pena ir atrás dele.

— Não. Aprendi minha lição cedo — digo.

Miranda parece querer argumentar, mas, em vez disso, suspira.

— Você quer tentar pintar alguma coisa?

— Não. — Eu bufo. — Definitivamente não.

— Isso pode ajudar a liberar suas emoções — diz Miranda. — Experimente um pouco. Talvez isso faça com que você se sinta melhor.

— Eu deveria pintar outra para mostrar ao Jurgen — digo.

— Você ainda está dentro do esquema? — pergunta Miranda.

— Não quero que isso tenha sido em vão.

Ela acende as luzes do teto e monta um cavalete para mim.

Eu me levanto e pego o pincel. Só de pensar em tentar pintar outro desastre... Digamos que eu já respeitava Miranda, mas agora acho que ela pode ser uma deusa em forma humana, capaz de conjurar emoções a partir de tinta e tela.

Aplico uma gota na tela. Um grande respingo cinza. Acrescento mais tinta cinza e a deixo ainda maior. Eu realmente esperava que ele entendesse. Mudei para a tinta violeta e misturei essa cor. E depois adiciono um pouco de vermelho para dar raiva. Raiva de mim mesma por ser a idiota que mentiu e continuou mentindo. E raiva por ter me deixado apaixonar por ele. As pinceladas fervilham e se agitam sob meu pincel.

Na verdade, ele elogiou minha pintura patética. Como Paisley conseguiu traí-lo? Ela já conheceu alguns dos idiotas que existem por aí? Mas, por outro lado, Paisley tinha um visual sofisticado e bem arrumado. Provavelmente estamos pescando em mares diferentes. Posso me vestir como uma advogada, mas minha *vibe* ainda é menos de sociedade sofisticada e mais de tubarão desorganizado.

Eu faço uma nadadeira cinza emergir das cores agitadas abaixo. Agora parece que alguém morreu nas águas abaixo. Eu pinto uma linha longa e horizontal, uma linha que eu não deveria ter cruzado. Coloco meu pincel na lata de água, que não é mais transparente, mas um marrom escuro. Isso não está ajudando. Uma onda de exaustão me domina.

— Essa peça parece boa. Irritada. Confusa. Perturbada — diz Miranda.

— Estou indo para a cama. — Eu pego a lata.

A Miranda a tira de mim.

— Vou lavar os pincéis. Vá dormir.

Na manhã seguinte, às 7h30, encontro-me com minha cliente da AJGL, Taylor, antes de ir para o escritório. Estou aliviada por poder me concentrar nisso e parar de pensar no que eu deveria ter feito, em como deveria ter contado a verdade a ele quando me buscou em nosso apartamento. Como gostaria de ter contado a ele na hora do balanço.

Taylor parece exausta quando nos encontramos em um pequeno café no Harlem, perto de onde ela está hospedada no sofá de uma amiga. Peço dois cafés com leite e duas quiches para nós no balcão nos fundos, enquanto ela pega uma das mesas pequenas e redondas no canto. A atendente do balcão disse que nos chamaria quando o pedido estivesse pronto. Uma outra pessoa com um cachorro está sentada perto da frente, lendo algo no celular. Eu me junto ao Taylor. Taylor é esbelta e musculosa, mas há sombras sob seus olhos castanhos.

— Você está bem? — pergunto.

— Estou preocupada. Receio que ele esteja vendendo ou se desfazendo de todas as coisas da minha avó enquanto estiver em posse do apartamento. A sra. Humming, a vizinha, disse que o viu jogando fora algumas coisas. Pode não ter valor para ele, mas significa muito para mim.

— Posso solicitar uma ordem de restrição temporária. Então, ele não pode mudar o conteúdo do apartamento até que o caso seja decidido.

— Ah, você pode fazer isso? Isso seria ótimo — diz ela. — E então pertences dela ficam lá, certo? Não é como se eu tivesse um lugar para colocá-los agora. Minha amiga está sendo generosa o suficiente para me emprestar o sofá dela.

O barista avisa que nosso pedido está pronto. Eu pego e entrego à Taylor o café e a quiche. Vou pegar alguns pacotes de açúcar, guardanapos e utensílios. Taylor toma seu café, segurando-o com as duas mãos, enquanto eu coloco açúcar no meu e mexo.

— Mas ficar na casa de uma amiga está bem? — pergunto. Ela parece tão cansada. Eu a havia oferecido meu sofá, mas ela recusou.

Vários trabalhadores da construção civil entram e fazem pedidos. E então duas mulheres com carrinhos de bebê entram na fila. A cafeteria está ficando lotada. Há o chiado da máquina de cappuccino e o murmúrio baixo das conversas.

— Claro. Já dormi em condições muito piores no exército. É a preocupação. E me sinto mal por não ter estado lá com a vovó no final. Ela sempre dizia que estava bem e que viveria o suficiente para ser bisavó. E estou procurando emprego, e isso é difícil. De qualquer forma, convidei a sra. Humming para se juntar a nós porque quero que vocês ouçam o que ela tem a dizer. Ela está disposta a testemunhar a meu favor. — Taylor verifica seu relógio.

— Obrigada por organizar isso — digo. — Devo pedir um café para ela também?

Taylor acena com a cabeça e eu peço outro café. Quando retorno, Taylor diz:

— Parece que você também não dormiu bem.

E eu que achava que não tinha uma aparência tão ruim para uma noite de insônia após um término de namoro.

— Um cara com quem comecei a sair terminou comigo — digo. *Ele era mais do que um carinha.* Uma pressão se acumula em meu peito, mas eu a empurro para baixo.

— Sinto muito — diz Taylor.

— Está tudo bem. Isso não afetará meu trabalho — digo.

Taylor franze a testa.

— Não estou preocupada com isso. Você também deveria tirar um tempo para si mesma.

Um sino na porta da cafeteria toca.

— Lá vem ela — diz Taylor.

Uma mulher pequena abre a porta de vidro da cafeteria. Taylor acena e vem lentamente em nossa direção. Eu me apresento e pego uma cadeira extra. Depois que ela se sentou confortavelmente e eu peguei seu café, pergunto o que ela acha do caso.

A sra. Humming enruga o rosto.

— De forma alguma eles estavam tendo um relacionamento. Ele era o cuidador, nada mais.

— Ela deu a ele um instrumento de procuração? E ele apresentou prova de que depositou seus cheques na conta dela — digo. — Como ele teria essas informações da conta?

Sra. Humming balança a cabeça.

— Sua mente estava um pouco confusa no final. E sua visão. Talvez ela não soubesse o que estava assinando. Ela confiava nele. Ele foi muito atencioso e educado, foi muito profissional. Eu mesma fiquei chocada ao saber que ele estava alegando ser um cônjuge de direito comum — ela resmunga. — Ele não é tão bom assim. Agora, sua avó estava bem. Mas ela nunca se interessou por mais ninguém depois que seu avô morreu. É um desrespeito à memória dela e à memória do seu avô ele dizer isso.

Taylor sorri ironicamente.

— Minha avó anotava todas as suas senhas em um livro para que fosse fácil encontrá-las. Quantos cheques ele depositou?

— Todos os seus cheques do último ano.

Eu estudo minhas anotações.

— Obviamente, podemos argumentar que ele só estava morando lá porque o contrato de assessoria o obrigava a morar lá. E acho que esse é um bom argumento. Ele disse que, embora estivessem em um relacionamento, mantiveram o contrato para obter uma renda extra. Estou argumentando que ele não pode ter as duas coisas. Mas ele rescindiu o contrato em março, dizendo que achava que não estava certo.

— Ele nunca me disse que havia rescindido o contrato — diz Taylor. — Eu teria me preocupado com o fato de minha avó não estar sendo cuidada. Especialmente em março, quando ela caiu e quebrou o quadril.

— Seu contrato diz que ele era apenas um residente de segunda a sexta-feira. Ele passava o fim de semana lá? — pergunto.

— Ele afirma que sim.

— Ele costumava sair todo fim de semana quando ela estava viva — diz a sra. Humming. — Eu a observava e verificava se ela estava bem. Ultimamente, acho que ele tem ficado nos finais de semana. Mas tenho certeza de que ele só morava lá durante a semana, até que ela morreu.

— Mesmo durante o ano passado, em março e abril, ele estava saindo nos fins de semana?

— Sim. — A sra. Humming acena com a cabeça com mais ênfase. Seus brincos de argola oscilam para cima e para baixo.

— Tudo bem. Vou pedir ao seu condomínio as imagens de segurança para ver se ele foi registrado saindo e voltando. Se ele tivesse saído no fim de semana durante o período em que eles supostamente estavam juntos, isso definitivamente enfraqueceria seu caso. Há mais alguma coisa em que você possa pensar que possa ajudar em nosso caso?

A sra. Humming toma seu café e pensa nisso.

— Não consigo pensar em mais nada.

— Definitivamente, seria útil que você testemunhasse — digo. — Se ele ainda parecer estar saindo nos fins de semana, avise-nos. Ele deve ter algum outro lugar para ficar. Devemos verificar o endereço que ele forneceu nesse contrato. Eu farei isso.

Isso é bom. E, de alguma forma, estar nesse pequeno café, conversando com essas duas mulheres, faz com que eu me sinta melhor. Não é a imponente sala de conferências do White & Gilman, mas eu preferiria estar nesta cafeteria trabalhando em conjunto para salvar a casa de Taylor.

É suficiente fazer trabalho *pro bono* paralelamente? *Eu não sei.* Discutimos o restante de nossa estratégia e depois vou para o escritório.

Minha lista de afazeres parece enorme. E agora tenho que entrar com uma ORT além disso. Primeiro, elaboro a ordem de restrição temporária e a envio ao Ken para que ele faça seus comentários. Esse é o mais sensível em termos de tempo. O endereço anterior do sr. Howard está no contrato de assistente de saúde. Também ligo para o prédio da avó de Taylor e pergunto se eles têm alguma filmagem da câmera de segurança do ano passado. O funcionário do outro lado da linha me disse, timidamente, que a câmera daquele saguão estava quebrada, mas que eles planejavam consertá-la. Um beco sem saída.

Envio um e-mail para Jurgen com uma foto da pintura de ontem à noite e tento fazer com que o e-mail soe todo carinhoso, como se eu estivesse entusiasmada com o fato de ele poder me ajudar. Estremeço e volto a escrever meu resumo para um caso de litígio de valores mobiliários.

Enquanto aguardo a terceira xícara de café no balcão do refeitório, pensamentos sobre Zeke passam pela minha mente. Não sei o que fazer. Devo ligar para ele e pedir desculpas novamente? *Quero ligar para ele.* Devo lhe dar espaço para pensar sobre isso?

Sim, eu menti. E esperei para revelar a verdade.

Mas se ele não dá segundas chances e não namora advogadas viciadas em trabalho, então devo ser eu a dizer "não, obrigada" e me afastar. Clico naquela foto minha no canto, chorando aos sete anos de idade porque meu melhor amigo, o garoto da casa ao lado, não foi à minha festa. *Lembre-se. Não perca sua vida por causa de um cara que não se dá ao trabalho de aparecer.* Se ele não se esforça para estar comigo, então não vale meu tempo.

# 19

## Zeke

Ben estava certo. Sair para jantar foi uma boa ideia. Muito melhor do que ficar em casa sozinho em uma sexta-feira à noite, com os pensamentos girando loucamente sobre como sou idiota. E agradeço, pois ele poderia estar com Brooke, mas, em vez disso, está aqui neste pequeno bistrô italiano tentando me animar.

Pegamos nossos cardápios e dizemos ao garçom que ainda estamos esperando por um terceiro. Sebastian, outro colega de escritório e amigo, deve se juntar a nós. Ele ficou preso em um negócio e não pôde pegar o metrô conosco até o West Village.

— Ele acabou de mandar uma mensagem dizendo que está andando rápido — digo.

— Do centro da cidade? — pergunta Ben. — Ele pode querer correr.

— Da Rua Christopher — digo. — Ele acabou de sair do metrô.

Não estou com muito apetite.

— Você está péssimo — diz Sebastian quando se junta a nós na mesa. — O Arthur ainda está com seu caso?

— Ele acabou de terminar com alguém — diz Ben.

— Não preciso que você propague isso — digo. Fala sério. Ben.

— *Você* terminou com ela? Por quê? — Sebastian abana para o meu rosto. — Já que você parece arrependido. Vocês podem voltar a ficar juntos?

— Não — digo, enquanto Ben diz

— Sim.

Sebastian diz:

— E eu achando que você concordava com a minha filosofia de que ser solteiro tem muito a recomendar.

*Após a catástrofe espetacular com Paisley.* Ele não precisa dizer isso. Está implícito. Esse é o procedimento quando você tem um relacionamento conhecido no escritório que acaba mal.

— Renovei minha assinatura — digo.

Ben balança a cabeça.

— Estou ansioso para ver você cair bonito, Sebastian. E Zeke, você deveria ser homem e ligar para ela e dizer que se acovardou, mas que pensou a respeito e está de volta.

— Zeke surtou? — pergunta Sebastian. — Isso está ficando mais interessante.

— Ele quer dizer que eu terminei com ela — digo. — Descobri que ela estava mentindo para mim.

— Ela te contou — disse Ben. — Não era como se você estivesse fazendo uma investigação secreta.

— Não. Ela estava.

— Ela é uma investigadora disfarçada? Isso é muito legal — diz Sebastian. — Talvez eu deva voltar a namorar.

— Ela não é para você — eu praticamente rosno.

Sebastian e Ben olham um para o outro. *Que ótimo.*

Aceno com a mão. Não quero falar sobre minha ex.

— Algum de vocês joga squash? — pergunta Sebastian. — Meu parceiro habitual está menos disponível agora que ele tem uma namorada séria.

Sebastian é um cara legal. A mudança de assunto é bem-vinda.

— Eu jogo — digo.

— Há um bom bar por aqui se você quiser ir tomar um drinque — diz Sebastian. Ben já saiu para ir para casa com Brooke.

— Parece bom — digo.

Ao caminharmos pela Rua Perry, sob as árvores frondosas, passamos por um restaurante com fachada de vidro. Os casais se sentam em mesas do lado de fora.

— Esta cafeteria tem um café excelente — diz Sebastian.

Dou uma olhada para dentro. E lá está a Tessa. Emoldurada na janela. Com aquele tal de Jurgen. Ela está inclinada para a frente, quase como se estivesse suplicando a ele. Ele estende a mão e coloca a mão sobre a dela.

*Ela não se afasta.* Quero arrancar a mão dele da dela.

Por que ela não está se afastando? Ela concordou que ele era um babaca pretensioso e que ela não precisava dele para sua carreira artística.

Eu praticamente dou um tapa na minha testa.

*Ela não é uma artista.*

Esse deve ser o golpista que ela está tentando fisgar. Eu não tinha me concentrado nisso.

— Há algo errado? — pergunta Sebastian, olhando para trás. Parei no meio da calçada.

Dou um passo para trás, fora de vista, e o aceno para a parede de tijolos contra a qual me posicionei.

— Agora estamos disfarçados? — pergunta Sebastian, com uma risada em sua voz.

— Sim. — digo. — Aquela é a Tessa, a mulher com quem eu estava saindo, e esse é o cara que ela acha que é um golpista. Ela é uma advogada que finge ser uma artista para ver se ele a engana.

— É claro — diz ele sarcasticamente. — O quê?

— Eu explico depois.

— Ela parece legal, não é alguém com quem você deva terminar — diz Sebastian.

Eu estreito meus olhos.

— Você quer ajudar ou fazer comentários?

— Ambos — diz Sebastian.

— Vá se tornar útil e me diga o que eles estão fazendo agora. E me avise se eles saírem.

Sebastian balança a cabeça, mas passa pela janela da cafeteria e dá uma olhada para dentro. Mais como olhares para dentro. *Ótimo trabalho secreto, meu amigo.* Meu celular apita.

> Sebastian: *Serviram canecas, e ela tem um prato de bolo. Ela está comendo. Ele está bebendo. Uma mesa próxima a eles vagou. Devo pegá-la?*

O que estou fazendo? O que me importa se esse cara parece ser uma enrascada? Ela sabe o que está fazendo. *Talvez.* E ela não está indefesa. Ela está em público.

Mesmo assim, não gosto desse cara. E ela deveria ter apoio.

Preciso arranjar um disfarce.

Eu: *Pegue-a. Obrigado. Estou indo para o* Screaming Mimi's *para comprar uma peruca.*

— O que é isso?

Sebastian sussurra enquanto eu deslizo para o assento ao lado dele. Ele as colocou de forma inteligente para que nossas cadeiras ficassem juntas, de costas para a mesa com Tessa e Jurgen. Há cerca de quatro outras mesas pequenas aqui na frente da cafeteria.

— Cabelo de galã dos anos 70. Eles não têm muitas opções para homens. Isso foi muito melhor do que a peruca mullet e o bigode.

Os cabelos castanhos emolduram meu rosto e se estendem até os ombros. Sebastian aponta para os dois cafés que ele pediu. Eu bebo o meu.

— Qual é o título dessa pintura? — pergunta Jurgen.

Podemos ouvi-los muito bem. Muito bem, Sebastian. Há uma pausa, e então a voz de Tessa diz:

— *Arrependimento.*

Senti falta do som de sua voz. Mas não quando seu timbre se aprofunda com tristeza. Do que ela se arrepende? Se ao menos eu pudesse ver a pintura.

— Vou dizer a Misty Morano que é um sim — diz Jurgen. — Tenho certeza de que eles vão querer *Arrependimento* também. Eles pareciam muito interessados em ter suas pinturas na exposição deles.

— Isso é ótimo. Muito obrigada. Esse é um sonho que se tornou realidade. Não acredito que vou participar de uma exposição — diz ela.

— Você gostaria de voltar ao meu estúdio? Posso te dar algumas dicas — diz Jurgen.

*Não.* Meu corpo todo se contrai. Sebastian me lança um olhar de advertência.

— Não posso — diz Tessa. — Tenho que voltar para o meu namorado.

Ela tem um namorado? Ou isso faz parte do fingimento? *Não há nada de bom em bisbilhotar.*

—Aquele cara da exposição de arte?

— Sim.

Pelo menos ainda estou ficcionalmente nesse esquema.

— Aqui está, pessoal. Sem pressa. — A voz da garçonete. Ela deve estar passando a conta para eles.

— Eu pago — diz Tessa. — Mais uma vez, obrigada. Avise-me quando devo entregar as pinturas para a exposição. Não acredito que vou participar de uma exposição.

— Eu mando uma mensagem para você.

A cadeira atrás de mim se move.

— Está bem, ah... tchau — diz Jurgen.

Sebastian se vira na cadeira de modo que fique de frente para eles e para mim.

Sebastian sussurra:

— Ela saiu. O cara ainda está vestindo o casaco e ela já saiu pela porta.

A garçonete vem até a nossa mesa.

— Quer mais um café?

Aceno com a cabeça quando Sebastian diz que sim. Jurgen pode me reconhecer, então é melhor ficar quieto até que ele saia também. Por mais que eu esteja tentado a correr atrás de Tessa e *coincidentemente* esbarrar nela.

— Ele já foi — diz Sebastian. — Talvez não devêssemos ter escutado. Você está bem?

— Não acho que ela tenha um novo namorado — digo.

Sebastian está me olhando, como um pobre coitado mal orientado.

— Sou eu o "aquele cara da exposição de arte".

— Tudo bem — diz Sebastian, mas depois se encolhe e acrescenta. — Mas pode haver mais de uma exposição de arte.

— Sou eu. Conhecemos Jurgen no Centro de Artes Dumbo — explico. Sebastian não parece convencido. — De qualquer forma, vou continuar com isso — digo.

— O que for melhor para você — diz Sebastian.

— Faz apenas três dias que terminamos.

— Não que você esteja contando — diz ele.

— Não estou contando — digo.

Coço meu pescoço. Essa peruca causa coceira. Mas eu deveria continuar usando.

— Espero que não encontremos ninguém que eu conheça enquanto você estiver usando essa coisa — diz Sebastian.

— Isso só pode ajudar sua imagem. Nem todo mundo é amigo de um astro do rock dos anos 70. Com certeza irei à sua próxima festa com essa peruca.

— Essa é uma maneira de permanecer no clube dos solteiros — diz ele.

*Não para a Tessa. Ela adoraria.*

*Acabamos. Pare de pensar nela.*

— Você ainda parece gostar dela — diz Sebastian. — A mentira dela foi imperdoável?

— Não — digo. — Mas minha reação me fez perceber que não estou pronto para outro relacionamento. Sei que a magoei quando me afastei.

Mas eu não conseguia me conter. Eu não conseguia respirar. Eu tinha que sair dali. E, no entanto, o rosto dela ficou pálido.

— E subterfúgio parece ser nome do meio dela — digo. — Eu nunca saberia se ela me traísse.

Mesmo que eu gostasse dela, há outras mulheres. Mulheres que não mentem como parte de suas atividades extracurriculares. Mas ela está tentando construir um caso contra esse homem. Ela teve que mentir naquele momento.

— Você também não está se saindo tão mal nos subterfúgios — diz Sebastian.

Suspiro. Isso não é exatamente tranquilizador.

— Como você sabe quando estará pronto? — ele pergunta.

— Essa é a questão — digo.

# 20

## Tessa

É hora de atualizar todos sobre nosso caso Jurgen no Banter & Books.

Quando chego, atrasada, Lily está solicitando voluntários para um evento de verão do Oasis Garden. Sento-me ao lado dela na mesa dos fundos e dou uma olhada em sua lista. Miranda se apresentará com sua banda à noite e concordou em organizar uma cabine de pintura facial durante o dia.

Luzes de feira são penduradas sob as vidraças do jardim de inverno, dando-lhe uma atmosfera muito festiva. Está quente lá fora, então apenas uma porta de tela nos separa do jardim dos fundos. Uma brisa reconfortante sopra, trazendo o aroma de ar fresco.

Iris diz:

— Patrick está em turnê neste verão, por isso não pode se apresentar.

— Espero que meu vizinho do lado saia em turnê. Isso seria incrível. Finalmente, silêncio. Nada de guitarra sendo dedilhada. Nada de cantoria à meia-noite. — Maddie parece feliz com a ideia de seu vizinho astro do rock estar de viagem no verão. A parede entre seus apartamentos é aparentemente fina como papel.

— Desculpe-me — diz um rapaz alto. — Vocês, mulheres adoráveis, estão organizando um clube do livro? Eu adoraria participar.

*Porque não é como se ele precisasse ler o romance primeiro ou mesmo saber de que livro se trata.*

— Não — diz Lily com um sorriso gentil. — Acho que o clube do livro terminou às oito.

Ele estende a mão para puxar uma cadeira ao lado de Iris, mas ela coloca a mochila sobre ela em um movimento suave.

— Posso fazer uma apresentação sobre autodefesa — diz Iris, olhando para ele.

Ele se afasta rapidamente e sai. Maddie bufa.

— Ou segurança de computador — diz Iris sem perder o ritmo. — Isso é muito importante.

— Oh — diz Lily, parecendo estar tentando esconder sua dúvida de que as pessoas se interessarão.

— Será perfeito para os adolescentes e os idosos — diz Iris. — Você parece totalmente duvidosa, mas posso torná-la excitante. Posso demonstrar como a IA pode pegar sua voz em publicações de mídia social e usá-la para *phishing* de voz.

— A autodefesa parece boa, mas não assuste todo mundo — diz Lily.

— Sou voluntária na cabine de pintura facial — digo. — Eu deveria ser capaz de fazer isso.

— Também posso ajudar com a pintura facial — diz Yvette.

— Aqui está a atualização de Jurgen. Ele está seguindo exatamente a mesma cartilha que seguiu com você, Yvette — digo. — Em nossa última reunião, ele disse que Misty Morano estava interessada em meu trabalho. Ele nem sequer mudou o nome.

— Jurgen criou o site da "revendedora" Misty Morano — diz Iris. — Ele não pagou pelas proteções de privacidade, portanto, é fácil determinar que ele é o proprietário. Provavelmente não quer ter o trabalho de criar outro site.

— Eu sabia! Estamos definitivamente construindo nosso caso — diz Miranda.

— Ainda precisamos de mais antes de voltarmos para o policial Johnson — digo. — Jurgen finge que se trata de uma galeria de terceiros não é suficiente. Queremos ver se ele está praticando o golpe do cheque falso.

Há tantas pessoas horríveis por aí tirando proveito da paixão e do desejo de sucesso de alguém. É muito cruel prometer o sonho a elas, aproveitar-se de todo o seu trabalho árduo e não dar nada em troca.

— Ele ofereceu aulas de pintura? — pergunta Yvette, mexendo nos pacotes de açúcar na caneca branca sobre a mesa.

— Sim, mas as aulas de pintura certamente revelariam que eu nunca tive aulas de arte, então eu disse não.

— Você terá que pagar a ele algum dinheiro pelo golpe do cheque. Estou disposta a contribuir com quinhentos dólares — diz Yvette. — Eu realmente quero pegá-lo em flagrante.

— Contribuirei com quinhentos dólares — disse Miranda.

— Obrigada — digo. — Então, agora vamos esperar para ver se a exposição da Morano não vai dar certo, como aconteceu com você, e se ele vai procurar um comprador brasileiro.

— Vou fazer uma pesquisa sobre os outros artistas que aparecem no Instagram dele— diz Iris.

— Posso enviar mensagens diretas a eles, mas também não queremos revelar nossas suspeitas a eles se sua lealdade for para com Jurgen — diz Miranda.

— Então, a Iris vai pesquisá-los, mas vamos adiar o contato com eles por enquanto — digo. — Temos nosso plano de ação.

— Se o pegarmos, poderei escrever um artigo e alertar outros artistas sobre esses tipos de golpes — diz Maddie.

Meu telefone toca. É Ken. Peço licença para atendê-lo e saio para o jardim do Banter & Books. Alguns casais ocupam as várias mesas em meio à vegetação frondosa.

— Desculpe ligar tão tarde, mas queria que soubesse que a escolhemos como Associado do Ano do nosso escritório de advocacia em reconhecimento à sua prestação de serviços jurídicos a clientes indigentes — diz Ken. — E a White & Gilman recebeu o prêmio de Escritório de Advocacia do Ano como resultado de seus esforços.

— Você está falando sério? Uau. — Meus olhos lacrimejam. — Estou muito emocionada. Obrigada.

— Obrigado — diz Ken. — Vou ter que desligar. O prêmio será entregue no jantar da AJGL em julho.

Não posso acreditar nisso. Cubro minha boca com as mãos e solto um gritinho de alegria. Arrepios percorrem minha espinha.

Yvette sai, segurando sua jaqueta, diz "muito obrigada" e acena em despedida. Seu turno de garçonete começará em breve, então ela disse que poderia vir por apenas meia hora.

*O Prêmio da AJGL.* Uau. Envio a notícia para minha família por mensagem de texto. Passo pelo número do Zeke e meu dedo pairou sobre ele. *Não. Acabou.* Meus olhos estão úmidos novamente. Estou muito emotiva ultimamente. Volto para o Banter & Books.

— A AJGL me escolheu como a Associada do Ano da Firma — anuncio as minhas amigas.

— Ah é!

— Parabéns! Podemos ir ao jantar da AJGL? — pergunta Iris.

— Tenho certeza de que meu escritório de advocacia comprará uma mesa e permitirá que eu leve alguns convidados — digo. — Infelizmente, não tenho dinheiro para comprar minha própria mesa.

Todas se levantam para me abraçar, e Lily pede uma rodada de biscoitos de chocolate recém assados para comemorar.

— Isso a ajudará a receber o bônus, certo? — pergunta Miranda.

— Deveria — digo. — White & Gilman é reconhecido como um escritório de advocacia que também incentiva o *pro bono*.

Todas nós nos sentamos novamente à mesa quando os biscoitos chegam. Cada uma pega um, e brindamos com nossas canecas.

— Eu ainda gostaria que essa investigação não tivesse custado Zeke a você — diz Miranda.

— Ele é que perde — diz Lily.

— Eu sei — digo. Eu também perdi. — E sei que se ele não estiver interessado, preciso esquecê-lo. Mas ainda penso nele.

E cheguei a pensar por um segundo que aquele cara era o Zeke quando eu estava na cafeteria com o Jurgen. Não que eu admita isso para minhas amigas. As costas dele me lembravam as do Zeke. Estou ficando louca. Especialmente porque aquele cara estava usando um cabelo maluco no estilo dos anos 70.

— Fui tão estúpida em continuar me agarrando a essa completa fantasia sobre Aiden e eu, quando ele claramente não estava interessado — diz Lily. — Não se preocupe. Alguém melhor aparecerá. Alguém que a ame pelo que você é. Não se contente com nada menos do que isso.

É fácil para Lily dizer isso agora que está namorando Rupert. Aidan era um idiota. Mas Zeke não é. Ele definitivamente gostava de mim, mas minhas ações acabaram com isso.

Mas Zeke não gostava de mim o suficiente. Como se o Wyatt não gostasse de mim o suficiente. Dois encontros com Marla, e Wyatt me dispensou, embora tivéssemos namorado por oito meses.

# 21

## Tessa

Olho fixamente para o calendário na parede do meu escritório enquanto meu computador desliga. *Jantar em equipe com Zeke* em cores vermelhas brilhantes marca a data de hoje. Mal posso esperar para vê-lo, mas meu estômago ficou embrulhado o dia todo. *Nosso relacionamento acabou?* Ele não ligou na última semana e meia. Tentei esquecê-lo. *Não espere por um cara que não quer você e mais nada.* Mas eu gosto dele.

Esse jantar de trabalho é uma chance de vê-lo. Talvez ele tenha tido dúvidas, mas ainda não tem certeza. Essa poderia ser uma maneira fácil de ele reconhecer que nem tudo foi ruim e que deveríamos tentar novamente. Como ele pode ir embora assim? Mas também não quero ser a ex maluca que não aceita um "não" como resposta.

Meu telefone toca. Estou prestes a deixar ir para o correio de voz para não me atrasar para o jantar, quando vejo que é o Taylor que está ligando. Eu atendo. Minha assistente acena em despedida na porta ao sair para o trabalho.

— A sra. Humming diz que Howard parece estar morando no apartamento nos fins de semana — diz Taylor.

— Ah não — digo. — Porque eu visitei o prédio de apartamentos que Howard listou anteriormente como seu endereço, e seu nome ainda está na caixa de correio, junto com o nome de uma mulher, Angel Morris. *Juntos.* Espero realmente que eles ainda estejam em um relacionamento. Ela não teria removido o nome dele se eles tivessem se separado?

Ou ela poderia ser como eu, esperando que ele voltasse. Suspiro.

O restaurante fica em Chelse, mas a várias quadras a oeste da estação de metrô. Passo por um playground fechado e vazio. Lakshmi foi direto do escritório de outro cliente, portanto, nem tive a chance de entrar com ela como meu escudo.

Meu celular apita.

Lakshmi: *Acabei de chegar. Estou vendo o charme de Zeke.*

À minha frente está o restaurante, com seu nome em letras douradas nas janelas de vidro, o que dá um ar sofisticado e moderno.

A porta se fecha atrás de mim quando o maître pede minha reserva. Examino os clientes e imediatamente encontro nosso grupo. E o Zeke. Tom reivindicou um dos assentos próximos a ele. Não tem problema. Quero me sentar bem longe. Sentar-se ao lado dele é muito íntimo, muito próximo, muito cru. Prefiro entrar com calma.

Entrego meu casaco e minha bolsa para a pessoa da chapelaria. Quando chego à mesa, só há um lugar livre. Ao lado de Zeke.

Paul diz:

— E aqui está a Tessa. É a ela que você deve agradecer por ter resolvido seu caso de forma tão rápida e fortuita.

Zeke se levanta e diz oi.

— Já nos encontramos antes.

Estendo minha mão.

— É bom vê-lo novamente.

Há um momento em que avaliamos um ao outro. Seu rosto parece mais magro, como se ele estivesse trabalhando duro ultimamente. Ele aperta minha mão. Olho de relance para nossas mãos entrelaçadas. Nós dois paramos, dando as mãos um segundo a mais do que o necessário. E então ambos se afastam.

Eu me ajeito em minha cadeira, tentando afastá-la um pouco da dele. Felizmente, Brooke está do meu outro lado. Zeke se volta para Tom. Eu me viro para Brooke.

Tom está feliz por dominar completamente a conversa com Zeke. Ele está muito interessado em fazer essa conexão comercial, mesmo que o advogado interno geralmente decida o escritório de advocacia.

É como se houvesse uma parede eletrificada entre Zeke e eu. Estou muito atenta a todos os seus movimentos. Seu braço roça o meu, o que me choca, enquanto pegamos a cesta de pães ao mesmo tempo. Eu me afasto sem jeito. Ele faz um gesto para que eu pegue primeiro.

Acho que vamos passar o jantar inteiro sem trocar uma palavra sequer. *Tudo bem*. Se ele quiser jogar dessa forma, posso me silenciar mais do que qualquer um. Será que devo tentar me desculpar novamente? Qual é o objetivo? Ele não está interessado. E não estou interessada em namorar um cara implacável que queira namorar artistas.

A manteiga foi esculpida em uma rosa. Olho de relance para Zeke, e ele olha para mim. Eu dou um sorriso. Seus lábios se curvam para cima, mas depois param. Ele se afasta. Sim. Ainda quero ter a chance de me desculpar novamente. Não agi com intenção maliciosa.

Nossos pratos principais são servidos. Brooke e eu conversamos sobre um litígio recente nas notícias e descobrimos que temos alguns amigos em comum. Não sei se o Zeke está ouvindo. Está muito claro que sou uma advogada. Meu estômago se contrai e minhas ervilhas têm gosto de serragem, impossível de engolir. Agora parece mais definitivo. Ele realmente vai me ignorar o tempo todo?

Pergunto a Brooke o que ela fazia para se divertir e, felizmente, desviei nossa conversa de qualquer assunto relacionado a direito. Tom está falando sem parar sobre seus últimos casos, exaltando as habilidades da empresa. Zeke se inclina ao meu lado. É como a palestra sobre pinceladas, mas legalista. Quando Tom faz uma pausa para respirar, eu interrompo e digo:

— O garçom quer saber se queremos sobremesa ou café.

Todos nós entregamos nossos pedidos de sobremesa ao garçom, e Paul conversa com Tom. Zeke olha para mim e sussurra:

— Deveríamos apresentar seu colega ao sr. Pinceladas. — Então seu rosto se fecha, como se ele se arrependesse de ter feito aquela proposta.

A sobremesa e o café são servidos. Brooke e eu compartilhamos um bolo de chocolate desabado. Nós duas comentamos como é bom. Zeke se inclina ao meu lado.

Seu telefone toca, e ele se desculpa para atender uma ligação lá fora. Vou ao banheiro para me retocar. Enquanto me olho no espelho, lembro-me de que havia planejado usar esse jantar para defender meu caso. Essa é a minha oportunidade. Ele está lá fora sozinho.

Tudo bem.

É um desafio.

Não me afasto dos desafios. E tivemos algo bom. Eu valho o risco.

E ele sussurrou para mim.

Saio para a rua. Ele ainda está ao telefone, de costas para mim. Mantenho distância para não me intrometer ou ouvir seu telefonema, mas ao ver suas costas e pernas altas e magras... sinto falta dele. Um casal está em pé perto de um poste de luz, fumando e discutindo algo em seus celulares. Um táxi solitário sobe a cidade na Décima Avenida. Ele se vira, e um lampejo de surpresa cruza seu rosto.

— Eu queria me desculpar novamente, pessoalmente — digo. — E dizer que eu estava mentindo sobre ser uma artista, mas ainda estava sendo eu mesma. Você ainda me conhece. Eu estava prestes a te contar naquela primeira noite, mas então você disse que odiava advogados. E meu plano era contar a você no MoMA, mas você parecia abalado quando viu sua ex. Achei que deveria esperar até que você recuperasse o equilíbrio no jantar e então te contar.

— Entendi.

— Você entendeu? — pergunto lentamente. O que isso significa?

— Eu entendo — diz ele.

Mas eu não.

— O que você quer dizer com isso?

— Entendo como tudo aconteceu, você teve que dizer que era uma artista quando o golpista podia ouvi-la, e então eu disse que odiava advogados e você não queria me dizer que era uma advogada. E reli o e-mail, e ele era um tanto desagradável. Se eu lesse o e-mail de alguém e essa pessoa dissesse: “não namore um cara do setor financeiro”, eu também ficaria tentado a provar que essa pessoa estava errada. Então, eu entendo.

Ele realmente entende.

— Mas, então, não há chance de tentarmos novamente? — Não consigo evitar.

— Acho que não confiaria em você. E isso não é justo contigo. — Ele olha para baixo. — Paisley me deixou com grandes problemas de confiança. Para citar minha irmã. — Ele dá de ombros.

Uma risada curta e áspera me escapa.

— É irônico. Em geral, sou bastante franca e honesta. Em meu detrimento. Mas tudo bem. — Eu me aproximo. — E que tal como amigos? Posso ganhar sua confiança.

Ele engole.

— Meus sentimentos em relação a você não são apenas de amizade.

— Tessa!

*Não, é Wyatt.*

Ele deve ter algum radar para mim com o Zeke. Ah, não. Agora Zeke lhe dirá que não estamos mais namorando. E Wyatt pensará que outro cara me deixou porque sou viciada em trabalho. Talvez esse seja o verdadeiro motivo pelo qual Zeke não quer me namorar.

Eu me viro.

— Wyatt.

— Estou surpreso por vê-la em uma noite de semana — diz Wyatt. — É impressionante que você esteja aqui. Esse é o novo restaurante da moda. Achei que você não se importava com essas coisas.

— É um jantar de trabalho — digo, irritada por ter que admitir isso. O que eu vi nele? Nota para mim mesma: não se apaixonar por um rosto bonito. O rosto ainda mais bonito de Zeke olha para mim, com uma sobrancelha arqueada.

— Ela deve gostar muito de você para levá-lo como acompanhante a um jantar de trabalho — diz Wyatt.

*Não diga que você é meu cliente.* Wyatt terá um dia de campo com isso. Estou ouvindo-o agora: De que outra forma Tessa conheceria alguém?

Zeke passa o braço em volta de mim.

— Teremos que voltar em outro momento, quando pudermos realmente conversar um com o outro. A comida é incrível. Embora eu prefira um pouco mais de privacidade. — Ele acaricia meu pescoço.

*Aconchega-se.* Meu estômago está dando cambalhotas. Estou totalmente imóvel. Agradeço por não ter contado ao Wyatt que terminamos. Mas que nova tortura é essa? O calor de sua mão contra minha cintura está queimando. Quero me afundar em seu braço. E então ele sussurra em meu ouvido:

— Você poderia parecer um pouco mais dedicada.

Viro minha cabeça para encarar a dele.

Grande. Erro. Ele está a uma polegada de distância. Seus olhos têm uma luz provocante, e seus lábios estão abertos e tão próximos. Seu hálito tem cheiro de vinho tinto. Levanto a mão para passá-la em seus cabelos ondulados.

— Devemos ir embora em breve.

Zeke coloca sua outra mão em minha cintura. Acho que ele está tentando me manter no lugar para que eu não possa me aproximar mais.

Deixo minha mão apoiada em sua nuca e deslizo os dedos pelo cabelo na base do couro cabeludo, esfregando-o. Como se eu estivesse tentando domar um gato selvagem.

Wyatt limpa a garganta.

— Bem, fico feliz em ver que tudo ainda está bem. Te vejo por aí.

Parece que sim. Apenas ficamos ali, nos olhando.

— Veja. — Ele retira as mãos e se afasta. — Não dá para ser apenas amigos.

Minha mão cai para trás ao meu lado. Olho para baixo. *Não.* Não dá para ser apenas amigos. Mas, de fato, essa química. Ele pode se afastar?

— Devemos voltar para dentro — diz ele.

— Sim, antes que eles se perguntem. Fizemos um trabalho tão bom em não falar, que eles podem suspeitar que estamos namorando. — Viro-me para entrar. Mas então eu olho para o Zeke. — Obrigada por não dizer ao Wyatt que não estamos namorando. Eu realmente agradeço. Se você ainda precisar dessa data para o casamento, ficarei feliz em ser sua acompanhante falsa.

Ele sorri ironicamente.

— Eu posso lidar com isso.

Quando voltamos para dentro, os outros estão se preparando para sair. Pego minha bolsa e saio com Lakshmi.

— Teve sorte? — pergunta ela.

— Não — digo.

— Acho que ele estava procurando por você no início, quando você não apareceu imediatamente.

Nós nos despedimos dos outros e eu a acompanho de volta ao seu apartamento, que fica na Rua 15. De lá, pegarei o metrô expresso.

Eu não deveria querer alguém que não me quer. Posso entender sua relutância em confiar em mim. Também não acredito que seja fácil confiar. Mas eu confio nele. Acho que ele é uma boa pessoa. *Por quê?* Por que ele demonstra suas emoções? Ele parecia tão triste depois de ver sua ex--namorada, embora estivesse tentando esconder isso. Porque ele foi muito franco sobre seus sentimentos por mim. Será que eu o perdi por não compartilhar mais meus sentimentos por ele? Não quero desistir de nós. Mas o que posso fazer para mostrar a ele que sou digna de confiança e que realmente gosto dele? Eu zombo. Como é irônico que eu tenha encontrado um "eu" desconfiado na forma masculina.

Meu celular apita.

> Wyatt: *Acabei de receber um e-mail sobre o jantar da AJGL em sua homenagem. Parabéns! Comprei uma mesa. Dedução comercial. E uma ótima oportunidade de networking. Eu gostaria de conhecer o Rupert. Você pode convidar seus amigos para encher a mesa?*

Eu deveria saber que o Wyatt saberia que Lily e Rupert estão namorando. Ele seria uma ótima conexão para Wyatt.

> Eu: *Tem certeza de que quer que eu a preencha a mesa?*

> Wyatt: *Sim. Já estou preenchendo outra mesa nessa semana.*

> Eu: *Obrigada. Meus amigos adorariam ir. Confirmarei se Lily e Rupert podem comparecer primeiro.*

Meu telefone toca, e eu atendo. É um associado com uma pergunta sobre um trabalho. É melhor se concentrar no trabalho e no bônus, e não em homens que não estão interessados.

# 22

## Zeke

Mantenho o telefone perto do ouvido. Há um frenesi de atividade em um canto do pregão, com pessoas gritando. Mal consigo ouvir Dylan por causa do barulho. Além disso, ele está viajando, e eu o peguei quando ele estava em um táxi. Há muitas buzinas ao fundo.

— Como assim, você não virá para o casamento inteiro? — pergunta Dylan. — Você é um dos meus melhores amigos. Primeiro, você não quer ser padrinho porque teria que fazer par com Paisley, e agora isso. Pelo menos você concordou em fazer o brinde.

O brinde foi um pesadelo para escrever. Cumprir as instruções de Lindsay para que fosse sincero e não engraçado (ela foi muito clara ao dizer que não eram permitidas piadas estranhas) foi bom, mas o início de Lindsay e Dylan envolveu Paisley e eu. E fazer referência a Paisley e a mim não é uma opção. E o fato de não termos durado muito não é um bom presságio.

— Você não precisa de mim para dançar — digo. *Que vergonha. Eu sei.*

Só há uma mulher com quem quero dançar, e ela não estará lá.

Ben olha de sua mesa ao lado da minha e balança a cabeça. Foi fácil para ele dizer que eu deveria ignorar Paisley. Esses cubículos não têm privacidade. Por mais revigorante que seja o burburinho da atividade comercial ao meu redor, sinto falta da possibilidade de ter conversas particulares.

Eu me aproximo do meu cubículo e falo em voz baixa para que os caras ao meu redor não possam ouvir.

— Acho que Paisley vai tentar voltar comigo, e isso não acontecerá. E você não precisa desse drama em seu casamento. Irei ao jantar de ensaio e participarei do casamento, mas me retirarei mais cedo da recepção.

— Veja, vocês nos armaram uma cilada. Paisley é amiga de Lindsay. Não poderíamos *não* convidá-la. Vocês estão sentados em mesas separadas, em extremos opostos da sala. Ela está vindo com um cara. Ela também está muito arrependida. Você não a viu mais desde então?

— Sim. Com a Tessa. Com quem ela acha que estou namorando.

Mas ela não a vê como concorrência? Mais para enganá-la. Eu preferiria a Tessa. Aquela voz demoníaca dentro de mim diz: "e você poderia, cara. Você é o idiota que recusou isso." Já se passaram duas semanas e meia desde que terminei o namoro e uma semana desde a última vez que a vi. Não que eu esteja contando. E ela pediu desculpas. Ao contrário de Paisley, que me culpa.

— Olhe, não é vergonha para você se não estiver namorando Tessa. E você tem seus amigos. Nós o apoiamos. Sebastian está vindo sozinho.

Sebastian gosta de ser solteiro. Paisley disse que ela se interessou por ele antes de se apaixonar por mim. Claramente, ele tem um radar de armadilhas melhor do que o meu.

Meu telefone toca. É Brooke na outra linha.

— Tenho que atender — digo.

— Ainda não terminamos. Você vai ficar até o fim. — Dylan desliga o telefone.

Pego a linha com a Brooke.

— Você ligou para o número errado? Você errou por um número.

— Não. Liguei para você. Recebi um e-mail anônimo informando que há uma atividade fraudulenta no *Comidas en Canasta*. Acho que você deveria vir ao meu escritório para conversarmos.

— O quê? Já estou indo para aí.

Ben olha de seu cubículo ao meu lado. Balanço a cabeça, mas não explico. Isso não pode ser divulgado. Corro para o escritório da Brooke.

— Mas como? — pergunto ao entrar em seu escritório, fechando a porta atrás de mim.

Hoje, as pilhas de papéis estão empilhadas em sua mesa e uma grande xícara de café está ao lado do teclado. Uma bandeja de caixas da cafeteria aparece em sua lata de lixo. Ben disse que ela tem estado muito ocupada.

— Provavelmente quando entreguei meu cartão de visita. Mas aqui está o e-mail. Eu o traduzi aproximadamente do espanhol. Aqui está o e-mail e a tradução. — Ela move uma pilha de papéis para o aparador atrás dela e coloca dois pedaços de papel à minha frente em sua mesa.

*Prezado advogada B. Smith:*

*Estou escrevendo para informá-la sobre um roubo de dinheiro. A fraude prejudicará a empresa. As faturas foram pagas por serviços que nunca foram prestados. Mas não podemos nos manifestar. Precisamos de nossos empregos. Quero confirmar que este endereço de e-mail é válido antes de enviar a prova. Também propinas. Pedimos que você investigue como alguém de fora da empresa.*

Acabei de persuadir a Capital Management a incluir a *Comidas en Canasta* no portfólio e investir milhões em uma fraude. Estou ferrado. É isso aí. Essa é toda a minha carreira. É melhor eu entregar minha demissão agora mesmo. Inclino-me sobre a mesa de Brooke, lendo o e-mail.

— Há alguma maneira de descobrir quem a enviou?

— Posso perguntar ao TI, mas parece ser um endereço de e-mail genérico.

Eu me afundo na cadeira em frente à sua mesa.

— As finanças pareciam legítimas. Não havia sinais de alerta. E fizemos com que fossem auditados por uma empresa de boa reputação.

Não acredito nisso.

*Não entre em pânico.*

Não é que isso nunca tenha acontecido com Charles antes. Há um ano, Charles havia defendido um investimento em uma empresa na Costa Rica. Descobrimos a fraude e a corrigimos. Não era o fim da carreira dele, e ele foi sincero sobre isso. Mas também é o chefe com muitos anos de experiência. Ainda assim, talvez eu consiga salvar isso.

— Nós fizemos isso — diz Brooke —, mas é difícil detectar propinas e serviços fraudulentos. Talvez haja um segundo conjunto de livros. Parece que se trata de alguém sênior, se ele sente a necessidade de sair da empresa e não usar a linha direta. Entrei em contato com Tessa Jackowski. Foi ela quem resolveu seu último caso.

Ela já fez uma boa quantidade de investigações internas, portanto, deveríamos contratá-la novamente.

— Não.

— O quê?

— Não. — A última coisa de que preciso é de uma mentirosa como advogada para descobrir a verdade sobre outro grupo de mentirosos. Embora se diga que é preciso ser um para conhecer outro.

*Não.*

*Não quero vê-la novamente. Não posso me distrair. Preciso me concentrar em garantir essa transferência.*

É a minha carreira que está em jogo.

Veja o que aconteceu no jantar de agradecimento. Usei seu ex-namorado como desculpa para puxá-la para perto de mim.

Trabalhar em conjunto será um pesadelo. Nunca conseguirei manter minha resolução de que não devemos namorar. *Trata-se de autopreservação.*

— Mas ela tem experiência. — Brooke vira a tela para mim e começa a ler a experiência de Tessa.

De fato, Tessa tem uma longa lista de realizações impressionantes. E aqui está a foto dela. Ela está com os braços cruzados, naquela típica imagem de advogada que diz "eu sou tudo". Eu bufo. Muito diferente da mulher manchada de tinta que desceu Wall Street comigo. Se ao menos eu tivesse verificado a foto dela quando Brooke mencionou contratá-la pela primeira vez. Eu nunca a teria abordado naquele bar. Ou, provavelmente, eu teria me apresentado a ela como seu cliente.

Sinto uma pontada.

E a história teria sido diferente.

Mas, nesse caso, eu teria perdido o fato de que ela é uma pintora realmente terrível. Meus lábios se curvam levemente em um sorriso irônico.

E talvez a história não tivesse sido diferente. Nós namorávamos e, do nada, ela partia meu coração. Eu não seria o que ela queria. Eu não seria suficiente.

— Não deveríamos fazer uma licitação para isso? — pergunto. — Não acho que devemos entregá-lo a ela só porque ela fez um bom trabalho no último.

— Achei que você gostaria de agir rapidamente. — Os olhos de Brooke se estreitam. — E da forma mais confidencial possível.

Vou levar isso em consideração. Terei que contar a Charles, mas definitivamente não quero que Arthur descubra. Ele vai usar isso como munição contra minha transferência em tempo integral para o capital de risco.

— Ela não pode ao menos preparar uma apresentação que mostre que ela é a pessoa certa? — Deixe que ela faça algum trabalho para isso. — É a minha carreira que está em jogo. Você disse que achava um pouco arriscado fazer um acordo. Estou preocupado em colocar minha carreira nas mãos de um advogado agressivo e imprudente. E ela está apenas no quinto ano, certo?

— Ela tem um currículo perfeito para isso. Ela fala espanhol. E já sabemos que ela é inteligente.

— Eu achava que todos os advogados da White & Gilman eram inteligentes — digo.

— Todos os gerentes aqui são inteligentes?

Eu sorrio lentamente para ela.

— Essa é a coisa menos impolítica que você já disse. Pensei que você sempre tivesse o cuidado de pisar na linha.

Brooke e Sebastian são os advogados mais inteligentes aqui. Os diplomas de Brooke da Universidade Howard e da Escola de Direito de Harvard estão emoldurados e pendurados na parede de seu escritório. Brinquedos de revenda decoram o aparador ao meu lado.

Brooke bufa.

— Ela é boa. É seu investimento. Mas, em última análise, a decisão é minha.

— Por que você está tão empenhada em contratá-la? Você a conhece fora do escritório? — Brooke estava envolvida em todo o truque do artista?

— Não. Fiquei muito impressionada com o fato de ela ter resolvido o caso tão rapidamente. Isso me economizou tempo e orçamento.

— E aquele Tim de Howard, o Parker & Smith? Ele parecia bom.

Brooke coloca as mãos nos quadris.

— Não vou desperdiçar seu tempo pedindo que ele lance quando vou escolher a Tessa. Ele não fala espanhol.

— Você vai contratá-la, sem fazer perguntas?

— Tudo bem. Pedirei a ela que prepare uma apresentação listando seus pontos fortes e a abordagem sugerida.

— Nós saímos juntos — digo sem rodeios. — Isso não é um conflito de interesses?

— Vocês saíram juntos?

— Sim. — Cruzo os braços.

— Você namorou a Tessa? *Sua advogada*?

— Sim.

Ela inclina a cabeça, com as sobrancelhas franzidas.

— Como vocês dois se conheceram? Espere. Você a levou para um jantar particular para parabenizá-la? Não quis sugerir que você saísse com ela. Sei que você tem mulheres que se atiram sobre você, mas eu não imaginava... pensei que você não namorasse advogadas. — Brooke move uma pilha de papéis para o lado de sua mesa, melhor para me prender com seu olhar gélido de advogada.

— Então, é um conflito de interesses e não podemos contratá-la?

Os olhos de Brooke se estreitam.

— Você ainda está saindo com ela?

— Não.

— Não há conflito de interesses. — Brooke se inclina para trás e cruza os braços.

— Não acho que possamos trabalhar juntos de forma cooperativa agora que nos separamos. — Parece piegas, mas também é verdade. Eu nunca poderia ter trabalhado com Paisley depois que nos separamos.

— Você não dormiu com nossa advogada e depois desapareceu? Eu não achei que você faria isso.

— Não. Por que tipo de homem você me toma? — Estou ofendido.

— Não acho que você seja esse tipo de pessoa. Você é o melhor amigo do Ben. — Sua voz se suaviza. — Quem disse ao Ben para não me namorar porque sou advogada? — Ela me encara.

Amigos homens. É incrível que todos os agentes da CIA sejam homens.

— Como vocês se conheceram? — pergunta ela.

— Eu a conheci em uma galeria de arte.

— Então, você está dizendo que não pode trabalhar com a Tessa porque vocês saíram juntos por... Quantos encontros vocês tiveram?

— Três. — Brooke está fazendo um interrogatório completo em mim. *Que ótimo.*

— Você está dizendo que, depois de três encontros, não pode mais trabalhar em cooperação com nossa advogada externa? Você está no jardim de infância? Ela te deu um fora?

— Não. Eu terminei.

Ela levanta as mãos para o alto.

— Finalmente encontro uma advogada externa brilhante e consciente dos custos, e você estraga tudo. Não sou solidária. Não estou feliz. Para referência futura, os advogados externos estão fora dos limites para você.

— Sinto muito. Definitivamente, não sairei com nenhuma outra advogada externa. Aprendi minha lição. — Não digo que Tessa mentiu para mim. Não quero que ela seja descartada pela Brooke. Ela deve se sentir à vontade para contratá-la para seus outros casos. Mas não para o meu.

— Dada a dificuldade que você deu ao Ben, não acredito que tenha namorado um advogado e ainda por cima nosso advogado externo.

— Posso dizer ao Ben que minha regra de "não namorar advogados" agora tem seu selo de aprovação? — pergunto.

— Não. — Brooke olha para mim.

— A princípio, eu não sabia que ela era nossa advogada externa. Nós nos conhecemos em uma recepção de arte, por pura coincidência.

— Ah. — O tom de Brooke é um pouco mais calmo. — Mas não deu certo, e agora você definitivamente acha que não podem trabalhar juntos?

— Eu preferiria não. — Meu telefone toca. É Tessa. Meu dedo se move para desligar. Mas eu hesito. Não quero voltar a falar com ela.

*Mas eu quero.* Ainda quero ouvir sua voz. Sua risada. Aquele olhar de alegria quando ela deu aquela tacada de bilhar bem na caçapa.

Ela definitivamente não é uma advogada comum.

— É a Tessa. Vou discutir isso com ela. — Saio do escritório da Brooke.

— Oi — diz Tessa.

— Posso ligar de volta para você? Preciso ir para um lugar mais reservado. — Passo pelo corredor, passando pelas portas abertas do escritório e pego o elevador até o terraço.

No terraço da empresa, alguns outros funcionários estão no local, fumando ou tomando um café em paz. Eu ligo de volta para a Tessa.

— Estou ligando porque Brooke me deixou uma mensagem sobre uma possível investigação interna com você, e eu não tinha certeza — diz ela. — Bem, achei que você provavelmente não quer trabalhar junto comigo, então eu deveria dizer a ela que estou muito ocupada.

Fico olhando para os prédios imponentes do centro da cidade, todos agrupados, e para o céu aberto e azul. Muitos prédios lotam a cidade, mas ela também parece vazia aqui em cima porque poucas pessoas são visíveis. É uma vista tão diferente do telhado da minha casa. Lá, há todos os telhados planos e horizontais de edifícios da mesma altura que o meu, alguns com terraços ou cadeiras. Há muitas facetas nessa cidade. Muitos pontos de vista diferentes. E, se não fosse por minha história com Paisley, talvez eu tivesse conseguido ignorar a mentira da artista.

— Você acha que podemos trabalhar juntos como colegas de trabalho? — pergunto.

— É claro — ela diz.

*Afê*. Ela está se enganando. Ela se inclinou para um beijo quando a abracei. E eu queria puxá-la para dentro de mim e beijá-la sem sentido. E senti-la se derreter contra mim novamente.

— Você não está muito ocupada? — pergunto. — Atendendo bares?

Tessa limpa a garganta.

— Não. Embora às vezes eu trabalhe como garçonete quando a Miranda não pode fazer o turno dela, se eu tiver tempo. E agora que estou trabalhando em apenas um litígio além do meu caso *pro bono*, estou procurando trabalho. E eu ficarei malvista se não conseguir seu próximo caso, se a sociedade descobrir.

Ela ficará malvista. Definitivamente, eu deveria dizer à Brooke que não podemos usá-la. Mas isso também é uma grande admissão. Basicamente, ela está me dizendo: "esta é a sua chance de vingança."

— Entendo se você não quiser trabalhar comigo — digo. — Brooke parece achar que você tem algum conhecimento nessa área. Você precisa fazer uma apresentação, obviamente, mas acho que somos adultos. — De forma alguma vou parecer a parte fraca e magoada nessa história. Quero dizer, eu sou a parte prejudicada. Mas, com certeza, posso agir como se fôssemos estranhos. Se ela acha que podemos ser colegas de trabalho. Já a superei.

Ou ainda não a esqueci e sou um tolo que quer passar mais tempo com ela. Em um ambiente seguro e protegido.

Sou um tolo, não sou?

É melhor eu dizer à Brooke que também precisamos de outras empresas para apresentar suas propostas. Seria muito melhor se eu trabalhasse com outra pessoa.

# 23

## Tessa

Aliso minha saia enquanto Paul e eu esperamos para apresentar a investigação da *Comidas en Canasta* na sala de conferências da Capital Management. A sala é pequena, com uma mesa branca, cadeiras marrons e modernas e vista para os prédios do centro da cidade. Na parede, há uma foto da ponte do Brooklyn. Mas uma visão muito diferente da que vimos em nosso passeio de bicicleta por ela.

*Por favor, Zeke, não me prepare para o fracasso como uma espécie de vingança.*

Que atitude estúpida admitir que isso seria ruim para mim.

Lição de vida nº 1: não revele suas vulnerabilidades aos homens, especialmente àqueles que podem lhe querer mal.

Não é que eu *queira* trabalhar com o Zeke. *Eu não o superei.* Receio que eu revele isso. Ainda quero que voltemos a ficar juntos. É bobagem porque foram apenas três encontros. E eu sei, mais do que ninguém, que não devo namorar alguém que não goste de advogados ou não respeite as horas que eu trabalho.

Mas eu adoro investigações internas. Descobrir corrupção me faz sentir como se estivesse do lado do mocinho.

Zeke entra na sala com Brooke, e meu estômago se agita. Ele fica bem de terno. Faz muito tempo que não o vejo pessoalmente. E minha memória não lhe fez justiça. Eu esperava que minha memória estivesse exagerando, que eu não o achasse tão atraente quanto me lembrava. Ele não olha para mim. Não consigo parar de olhar para ele. Com voracidade. E meu estômago está dando aquelas cambalhotas. Balanço a cabeça e embaralho meus papéis.

*Ele é um cliente.*

*Foca. Isso é crítico.*

Paul se levanta, assim como eu.

— É ótimo vê-los novamente. Ficamos muito impressionados com seu trabalho em nosso último caso juntos — diz Brooke. Seu olhar é atento, mais inquisitivo do que o normal. Como se ela soubesse.

Fala sério. Zeke nunca confessaria a ela que saímos juntos.

Eles se sentam do outro lado da mesa. Minha apresentação no PowerPoint já está na tela na parede. Pego o *clicker* e dou uma olhada rápida em Zeke. Por favor, que essa seja uma chance real. Por favor, não me engane na frente de Paul.

Exponho minha experiência em investigações internas e, em seguida, clico no slide que descreve meu plano para a investigação com base no que recebemos até o momento. Zeke está olhando para mim, com cara de pedra. Não é um bom sinal.

— Acho que quando você faz uma investigação interna, deve se manter o mais próximo possível da verdade. — Não olho para Zeke quando digo isso. — E, nesse caso, não queremos alertar a gerência sênior de que estamos fazendo uma investigação. Segundo Brooke, eu entendo que você precisa escrever uma atualização de divulgação no meio do ano para os investidores do portfólio. Vamos relacionar a lógica de nossa visita a isso. E não apenas use isso como desculpa, mas também comece a elaborar a divulgação do meio do ano para esse investimento, de modo que você esteja matando dois coelhos com uma cajadada só, por assim dizer. E você pode fazer qualquer diligência necessária para esse relatório ao mesmo tempo.

Clico no próximo slide, que mostra minhas solicitações preliminares de documentos e os funcionários que devemos interrogar para a investigação. Eu me viro para encarar Zeke.

— Sua presença também seria útil porque você pode pesquisar o que precisa para a divulgação do meio do ano e ajudar a entender qualquer impropriedade financeira que encontrarmos. Sei ler documentos financeiros, mas não me consideraria um especialista. É claro que temos um especialista interno na equipe, caso você não possa vir. — Desvio o olhar de Zeke e volto para o slide com as qualificações do nosso especialista interno.

Brooke acena com a cabeça e sorri encorajadoramente. A boca de Zeke ainda está em linha reta. Estou tão acostumada a vê-lo sorrindo. Isso está me atrapalhando. Não consigo lê-lo de jeito nenhum. Ou talvez eu possa. Dado o quanto seu rosto costuma ser aberto, ele está se esforçando para não demonstrar nenhuma emoção.

Mas, de repente, ele se inclina para a frente.

— Você está sugerindo que nós dois vamos para o México?

— Sim. Porque, embora eu tenha formação básica em finanças, sua experiência financeira seria inestimável, e isso lhe dá a chance de obter o que precisa para a divulgação.

Ele se contorce. *Contorce.*

*Que ótimo. Agora ele acha que eu quero viajar com ele para o México.*

— Sua ida seria mais barata em termos de nossos custos. E provavelmente valeria seu tempo, a menos que você venda o investimento.

Ele concorda.

— Mas, para mim, essa parece ser uma oportunidade de melhorar seu investimento e tornar os números ainda melhores. Tratei de um caso no Texas. Aqui estão os retornos no ano seguinte à conclusão de nossa investigação e à expulsão do indivíduo que estava desviando os fundos. — Mostro um slide com uma melhoria de 20% nos lucros em relação ao ano anterior. — Isso não se deve apenas ao fato de termos nos livrado do CFO corrupto. Ele estava roubando cerca de 10%. Isso se deveu principalmente a uma melhora no moral. Os trabalhadores sentiram que foram ouvidos. — Sinto um calafrio ao dizer isso. Nunca esquecerei o denunciante apertando minhas mãos e dizendo: "achei que seria demitido. Obrigado por acreditar em mim."

— Eu daria uma segunda chance a esse investimento — digo.

O olhar de Zeke encontra o meu naquele momento. Ficamos olhando um para o outro. *Como se você devesse ter nos dado uma segunda chance.*

— Mas, se não for o caso, aqui está o que sugerimos para a disposição desse ativo. Nossa equipe corporativa cuidaria disso. — Meu slide mostra a orientação preliminar da equipe corporativa da White & Gilman.

Brooke acena com a cabeça. Dou uma olhada de relance para Zeke. Ele inclina a cabeça.

— Além disso, examinei os registros que você enviou da diligência prévia que solicitamos. Revisei as chamadas da linha de ética porque a nota sugere que o denunciante não pode ligar para a linha direta porque tem medo de ser demitido. Um dos funcionários do setor financeiro ligou para a linha direta há alguns meses dizendo que o sr. Stone, o CFO, estava assediando sexualmente os funcionários.

Ele foi "investigado" e considerado sem mérito. Mas esse nome não consta da lista de funcionários atuais. Se essa alegação for legítima e o autor da chamada for demitido, então nós, como investigadores, teremos um obstáculo maior para fazer com que os funcionários se abram, porque a experiência passada indica que a demissão é o resultado final. Precisamos ganhar sua confiança.

Isso é um pouco arriscado, já que ele não acha que eu seja confiável. Mas estou disposta a provar a ele que posso ser confiável. Tenho que mostrar o próximo slide? Ele está tão distante. Talvez eu deva parar por aqui.

Merda. O que estou fazendo? Eu endureço minha mandíbula. Sinto-me como se fosse um cachorro rolando e mostrando a barriga. Sem mencionar que estou misturando o trabalho da White & Gilman com minha vida pessoal. Isso é uma reprovação na Lição de Vida nº 2: não misture negócios e vida pessoal.

E sei que não devo mostrar nenhuma vulnerabilidade a um cara que possa se aproveitar dela. Eu hesito. Essa pareceu ser uma ótima ideia tarde da noite, quando eu estava preparando meus slides.

Paul olha para mim, com a sobrancelha franzida. Se ao menos eu pudesse pular o próximo slide. Zeke foi aberto comigo. Preciso ser recíproca. *Relativamente.* É um risco que estou disposta a correr. Clico no meu último slide. Ele tem duas pinturas lado a lado. Uma é a minha terrível pintura do leilão de arte. O outro é um recorte de Matisse com a palavra "verve".

— Sei que você tem opções quando contrata advogados. Trabalhamos em três casos para a Capital Management, sendo o mais recente o Fundo Norte-americano, que envolveu você. Todas as vezes, conseguimos concluí-los com sucesso. Temos orgulho de nossa eficiência de custos. Temos o conhecimento jurídico, a perspicácia da investigação interna, o conhecimento financeiro e a habilidade linguística. Essa é a minha área de atuação. Se você me pedisse para pintar, minha pintura provavelmente seria parecida com esta. — Aponto para a fotografia da minha pintura da paisagem urbana do Centro de Artes Dumbo no slide do PowerPoint e encaro Zeke diretamente. Estou suplicando, sim, mas também estou falando sério.

Seus olhos se suavizaram? Ou isso é apenas o que eu quero ver?

— Mas eu posso pintar com palavras. — Eu aponto para "verve". — Sou um boa investigadora. Posso transmitir a confiança de que eles podem confiar em mim porque farei a coisa certa. Em última análise, o fato de os funcionários se abrirem ou não dependerá da confiança que eles têm na pessoa que os está entrevistando. Eles estão arriscando seus empregos e possivelmente o sustento de suas famílias. Eu entendo isso. E meu histórico comprova isso. — Clico no slide que mostra minhas investigações anteriores e, em seguida, clico no slide final. slide.

Zeke está olhando para os papéis sobre a mesa. Não há como ler sua reação. Fiz o melhor que pude. Ele estava muito mais frio do que nas duas últimas vezes em que conversamos. Talvez ele tivesse medo de revelar emoções mais quentes em um contexto profissional.

Para descobrir se determinados gerentes estão exigindo propinas ou subornos, talvez seja necessário criar uma empresa concorrente falsa e entrevistar fornecedores recentes de restaurantes. Mas temo que, se eu sugerir isso, ele pensará que todo o meu *modus operandi* é mentir e enganar. Não é algo para a apresentação, então pelo menos não tive que mostrar isso. Talvez possamos evitar fazer isso. Mas se for o melhor para o cliente, mesmo que não seja ótimo para mim... vamos nos concentrar em ganhar o negócio primeiro. Posso tomar essa decisão mais tarde.

Brooke faz algumas perguntas pertinentes, perguntas que parecem projetadas para mostrar meus pontos fortes. Brooke está firmemente do meu lado. Em seguida, ela diz:

— Temos que discutir tudo isso e depois lhe informaremos.

# 24

## Zeke

Arthur me deu uma tarefa após a outra, como se eu precisasse trabalhar o máximo que conseguisse antes de que pudesse escapar de suas garras, e agora tenho uma reunião com Tessa às 17h em nossa sala de conferências. Porque eu poderia muito bem acabar com toda essa porcaria em um dia. Não estou ansioso para "trabalhar" com a Tessa. Mas, objetivamente, fez sentido contratá-la.

Preciso manter minha frieza e não permitir que nenhuma linha pessoal seja ultrapassada. Felizmente, vou me encontrar com Sebastian depois para um jogo de squash. Vou precisar dessa descompressão.

Tessa está de costas para mim quando entro silenciosamente. Ela está vestindo um terninho azul-escuro e está parada na janela, olhando para fora, com o telefone no ouvido.

— A sra. Humming acha que ele esteve fora no último fim de semana? Portanto, ele pode ter ido para seu apartamento anterior e sua antiga namorada. Isso seria bom. — Ela pausa. — Deixe-me segui-lo. Ele ainda não sabe quem eu sou. — Ela ri. É tão alegre. Ainda gosto do fato de ela rir com toda a sinceridade. Minhas entranhas se reviram. — Gostaria que tivéssemos recursos para contratar um investigador particular.

Eu me apresento em voz alta para indicar que estou aqui. Tessa se vira.

— Tenho que ir. Mas ligo para você mais tarde.

— Não sabia que sua empresa lidava com casos de divórcio — digo.

— Ninguém te disse para bater antes de entrar?

— Eu não sabia que precisava bater na porta quando entro na sala de conferências da minha empresa. Mas seguir alguém? Não estou muito longe quando digo que os advogados são peritos nas artes do engano.

Ela se contorce.

— Acho que já provamos que não tenho prática em nenhuma arte. — Seu olhar é nivelado e aberto, encontrando o meu diretamente. — Mas vamos esclarecer tudo para que possamos trabalhar juntos. Mais uma vez, obrigada por escolher minha empresa. Eu agradeço.

Coloco meu laptop e meus papéis na mesa de conferência, no lugar em frente a ela.

— Não tive muita escolha. A outra empresa traria um paralegal que falava espanhol, o que imediatamente aumentaria o custo. Além disso, seu argumento de venda foi melhor. E Brooke queria você. — Eu dou de ombros. Posso superar isso. Sirvo dois copos de água da jarra no aparador e coloco cubos de gelo.

*Mantenha-se frio, Zeke.*

Dois segundos apenas, e eu já havia cruzado a linha. Coloco os copos na mesa e me sento em frente a ela. Ela respira fundo e baixa a cabeça.

— Quanto à sua outra pergunta, minha empresa não lida com casos de divórcio. Esse é um caso *pro bono* que estou tratando. Portanto, não se preocupe, eu dediquei os cinco minutos que você se atrasou para ele, e não a você. Se houver algo pessoal que você queira discutir, não vou começar a contar o tempo ainda.

Eu a encaro. Ela respira fundo e parece fortalecer seu corpo, esperando.

*Sem discussões pessoais.* Não estou indo para essa direção. De qualquer forma, não acredito em relembrar as coisas, e definitivamente não vou compartilhar todas as minhas *emoções* com ela.

Porque isso funcionou muito bem com a Paisley. Ainda posso ouvir Paisley dizendo: "se você se sente tão traído e magoado, isso não significa que você ainda tem sentimentos fortes por mim e que devemos ficar juntos?"

Eu balanço minha cabeça.

— Estou bem. Vamos lá.

Ela liga o laptop.

— Aqui está. Analisei o que temos até o momento. Como você sabe, o *Comidas en Canasta* tem uma equipe bem pequena. E a gerência sênior é composta pelo CEO, CFO, vice-presidente de RH, vice-presidente de marketing e vice-presidente de tecnologia da informação e segurança. Como são os livros que estão sendo manipulados, o suspeito mais provável é o diretor financeiro, Cameron Stone.

— Ele é o braço direito do Roberto. Também não imagino que seja o CEO, Roberto. Esse é o bebê dele. A menos que seja realmente uma empresa de fachada falsa sendo usada para lavar fundos. Nesse caso, estou ferrado. Porque se for ele, lá se vai a empresa. Mas, nesse caso, não faz sentido obter financiamento de capital de risco com sua supervisão adicional.

Eu deveria ter reservado uma sala de conferência maior. Essa cabe quatro pessoas. Teria sido melhor se eu tivesse reservado a mesa para doze pessoas e pudéssemos nos sentar em cada extremidade da longa mesa de conferência.

— De acordo com o e-mail, parece que os denunciantes acreditam na empresa e querem salvá-la — diz ela. — Mas digamos que seja o diretor financeiro. Eles claramente não se sentem à vontade para contar diretamente ao Roberto.

— Por um bom motivo. Cameron e Roberto estudaram juntos em uma escola de negócios nos Estados Unidos — digo. — Eles são muito próximos. O que também torna improvável que Cameron tenha enganado Roberto.

— Esperamos que o denunciante entre em contato conosco novamente quando formos até lá. Presumivelmente, ela tem apoio para suas alegações no e-mail.

— Ela?

— Suspeito que seja uma mulher. Duas mulheres se reportam a Cameron no departamento financeiro, portanto, parece uma aposta segura. Além disso, foi uma mulher a pessoa que ligou para a linha direta que mencionei na apresentação.

Eu concordo.

— Essa é uma das coisas que me impressionou na sua apresentação. Que você solicitou registros de chamadas anteriores da linha direta. A outra empresa não fez isso.

— Fiz uma quantidade razoável de trabalho de conformidade. Eu gosto disso.

— Por que você gosta de fazer investigações secretas? — pergunto.

— Miranda e eu brincamos que, quando formos idosas, deveríamos abrir nossa própria agência de detetives, embora talvez já tenhamos começado com o caso Jurgen. Mas não. Gosto do trabalho de conformidade, em parte porque é como uma investigação misteriosa, mas também porque você está do lado certo. Você está tentando fazer a coisa certa.

— E é por isso que você também faz muito trabalho *pro bono*?

— Você deu uma olhada no meu perfil.

— Eu tinha que fazer minha devida diligência. — E eu estava definitivamente curioso. — Você considerou *não* trabalhar em um escritório de advocacia corporativo?

— Eu considerei, mas queria pagar meus empréstimos da faculdade de direito. E trabalhar em um escritório de advocacia é uma experiência valiosa.

— Então, talvez um dia? — pergunto. — Também estou tendo o cuidado de economizar o máximo possível para o aporte em sociedade de capital de risco. — Se Charles me escolher, e se eu provar que sou digno de ser convidado para a parceria.

— Talvez. — Ela dá de ombros. — Nós deveríamos estar discutindo o caso, não eu.

— É estranho que haja tanta coisa que eu não saiba sobre você — digo lentamente.

Ela bufa.

— Você me conhece melhor do que pensa.

Estou perdendo o foco. *Novamente*. Preciso ficar fora desse território pessoal.

— Aqui está o panfleto de marketing que você solicitou. — Entrego-o à Tessa. — Chama--se *Comidas en Canasta*, ou *Strawbundle Food*, porque cada entrega vem em uma sacola plástica reutilizável, de tecido, para dar a sensação de um piquenique e para ser ecologicamente consciente. Mas, para cada centésimo pedido, o cliente recebe uma bolsa de mercado feita à mão, de vinil, feita por artesãos de Oaxaco para apoiar esses artistas.

— Que legal. Essa parece ser uma ótima empresa, em teoria. — Ela bate com a caneta em seu bloco de notas. — Enfim, o primeiro ponto é qual justificativa daremos para a nossa visita e para a nossa análise detalhada dos livros contábeis da empresa. Você pode explicar melhor sobre essa divulgação semestral?

— Nós nos vemos como parceiros para ajudar essa empresa a atingir seu potencial máximo. Em geral, monitoro o desempenho da empresa para garantir que ganhamos dinheiro e que o dinheiro que investimos está sendo gasto com sabedoria. Confiança, mas verificada.

Nossos olhares se cruzam, e há uma pausa. Eu deveria ter verificado que a Tessa era uma artista. Mas não costumo pesquisar meus encontros no Google.

Uma sombra passa por seu rosto e ela olha para baixo.

— Mas em julho, emitimos um relatório mais detalhado para os investidores sobre nosso portfólio.

— Está bem, isso é bom. — Ela abre a pasta e me entrega uma lista de verificação anotada. — Dei uma olhada na lista de verificação que você enviou para o relatório de divulgação do meio do ano. Eu o anotei com documentos adicionais que precisamos para a investigação.

Dou uma olhada.

— Eles devem ser fáceis de adicionar e provavelmente não levantarão dúvidas. — Abro o PowerPoint em meu laptop que ela enviou com antecedência.

*Está melhorando. Vamos manter tudo na investigação.*

— Dei uma olhada nos demonstrativos financeiros que você enviou. Não há tantas áreas para propinas entre as despesas com serviços externos. — Ela aponta para seu slide do PowerPoint com os tópicos listados: desenvolvedores de software, busca de talentos, busca de locais para escritórios, decoração de escritórios e serviços jurídicos externos, entre outros.

— Foi o que eu pensei. — Tomo um gole de água. — A decoração do escritório é a única área em que talvez haja alguma latitude, mas seus escritórios eram bem decorados.

— Eu concordo. A decoração de escritórios é uma área cinzenta, onde pode haver facilmente propinas ou superfaturamento. Os poucos contratos de desenvolvedores de software provavelmente são legítimos. Você disse que eles estavam fazendo a maior parte internamente, que se reuniu com eles e que eles sabiam o que faziam. Espero que, de qualquer forma Isso aconteça com a seleção de talentos.

— Esperamos que sim, mas a localização do escritório também é muito importante. Isso afetará a seleção de talentos, embora talvez menos hoje em dia, com tantas pessoas trabalhando em casa. E eles têm uma localização central em Roma, que é um bairro muito badalado. O escritório deles era impressionante. A sensação foi de alta qualidade e conforto. Mas não é grande.

— Tudo bem, é bom saber. — Ela morde a unha. — Pelo menos, podemos abordar os dois tópicos com bastante facilidade e solicitaremos todos os documentos relacionados a essas áreas.

— Mesmo assim, pedi para me reunir novamente com os designers de software. Quero sua opinião.

Discutimos o que mais precisamos fazer e o que sua divulgação significaria, bom ou ruim, para a investigação. Muito bem, já temos nosso plano de ataque. Tessa se levanta e vai até o aparador, onde estão as garrafas térmicas de chá e café.

— Você quer um chá ou um café?

— Café. Eu faço o meu.

Eu me levanto e me junto a ela. Fico observando enquanto ela prepara o chá. Não há pintura em suas unhas agora. Ela está tão perto e, ainda assim, somos estranhos.

— Devemos enviar a lista de documentos agora? — pergunto.

— Não. Isso lhes dará tempo para pensar sobre o assunto e, possivelmente, para fazer documentos médicos — diz Tessa. — Vamos dar a eles quando chegarmos lá.

Levamos nossas bebidas quentes de volta para a mesa e nos sentamos.

Abro outro documento para ela ver.

— Aqui está minha pesquisa sobre quanto os serviços devem custar. Podemos comparar esses números com o que a *Comidas en Canasta* está pagando para ver se as taxas são legítimas ou se há alguma propina ou preenchimento dos contratos.

Tessa o lê, com o cabelo caindo levemente. Ela coloca os fios atrás da orelha e continua lendo. Ela termina o documento e o coloca em sua pasta.

— Vamos pensar em onde mais você poderia receber propinas se tiver um aplicativo de alimentos. — Ela pega um bloco e olha para as fotografias de Nova York nas paredes da sala de conferências. — E quanto aos restaurantes... que pedem uma propina extra para aparecer no aplicativo?

— Isso parece um pouco autodestrutivo. E entrevistei uma amostra de restaurantes.

— A *Comidas en Canasta* forneceu a amostra?

— Não. — Eu olho para ela. — Não sou um completo idiota. Procurei no aplicativo, encontrei alguns e fui falar diretamente com eles.

— *Humm.* — Ela inclina sua cabeça. — Não acho que você pediria propinas para ser apresentado inicialmente, antes que o aplicativo tenha se comprovado. Mas, com base nesses retornos, o aplicativo agora é o número 1, portanto, se você não estiver em destaque, estará em desvantagem. Portanto, agora há um incentivo.

— Faz sentido. Tudo bem, vou fazer uma comparação e ver quais novos restaurantes foram adicionados. E podemos entrevistar alguns deles. Mas não os vejo admitindo isso se perguntarmos abertamente.

— Talvez. Mas você tem o argumento de venda que a *Comidas en Canasta* usou inicialmente?

— Sim. — Eu o abro em meu laptop. Ligo o notebook na tela e projeto ali. Vamos passando o conteúdo.

— Tudo bem, vamos fazer uma apresentação para uma empresa concorrente fictícia. E pergunte o que eles gostam e o que não gostam no *Comidas en Canasta* para que possamos melhorar nosso novo serviço. Você tem alguma sugestão de nome?

Olho para ela com firmeza. Ela mantém meu olhar fixo.

— Como você disse, é improvável que eles venham a admitir se dissermos que estamos lá em nome da *Comidas en Canasta*.

Anotamos os nomes das empresas americanas equivalentes.

— Algo com viagens e entrega rápida? Duvido que pensar em um nome seja o meu ponto forte — digo.

— Não se subestime. Você também achava que não sabia pintar, e então *Dálmatas Selvagens* inspirou uma guerra de lances.

Nossos olhares se cruzam e compartilhamos um sorriso. Ainda não consigo acreditar *Dálmatas Selvagens* inspirou uma guerra de lances. Aquele foi um momento de loucura. E pintar juntos foi... diferente.

— Espero que não o tenha jogado fora — diz ela.

— Não. — Eu balanço minha cabeça. — Fiquei impressionado por você ter incluído sua pintura em sua apresentação de slides. Essa foi uma jogada ousada. Você não estava preocupada que o tiro saísse pela culatra e me lembrasse de que você mentiu para mim?

— Achei que você não tinha se esquecido, então achei melhor encarar isso de frente.

Eu concordo. Esse movimento me impressionou.

— Você disse ao Paul que realmente pintou aquilo?

— Paul não perguntou. Felizmente. Duvido muito que essa possibilidade sequer lhe ocorra. No entanto, ele gostou do conceito daquele slide. Ele quer usá-lo em outro lançamento. Não tenho certeza de como me sinto em relação a isso.

Nós dois estamos em silêncio. Olho para a fotografia emoldurada de pessoas passeando de barco no lago do Central Park. Nunca fiz isso e, na verdade, pensei, antes de terminarmos, que era algo que poderíamos fazer como casal durante o verão.

Ela bate a caneta em seu bloco.

— Eu começo. "Jantar entregue", ou "Não é necessário lavar louça".

— Não me diga que você pensou nisso de cabeça.

Ela sorri.

— "Piquenique Express. Piquenique Expresso. Seu piquenique pessoal"?

— Você está roubando a ideia do meu cliente? — pergunto.

— Já que estamos tentando roubar os clientes deles, isso se encaixa no projeto.

— Não vamos entrar nesse assunto. Ainda espero economizar esse investimento, de acordo com seu argumento persuasivo de que isso pode aumentar a receita — digo. — "Comida para pensar"?

— Quero comer minha comida, não pensar nela — diz ela. — Que tal "*Vámonos*"?

— Significa "vamos". Eu gosto disso. Vamos continuar com isso. — Levanto uma sobrancelha para ela.

— Essa é uma piada muito sem graça — diz ela. — Posso ir sozinho se você não se sentir à vontade para fingir ser outra empresa.

— Não. Eu vou com você. Não vou deixar que você faça uma operação secreta por conta própria que envolva meu investimento. — Não porque eu esteja preocupado com o fato de ela estar sozinha nas ruas da Cidade do México. Parecia seguro o suficiente quando eu estava lá, mas todos com quem conversei disseram para ter cuidado.

— Acho que estamos prontos.

Ela se levanta e arruma o laptop e o bloco de notas. Jogo fora nossos copos usados e seguro a porta para ela sair. Ficamos olhando um para o outro por um momento no corredor. O fato de sermos colegas de trabalho não parece certo. Ela limpa a garganta.

— Vou embora, então.

Eu a vejo caminhar pelo corredor até o banco do elevador. Subo as escadas de volta para minha mesa.

Isso foi divertido. Seu PowerPoint foi direto ao ponto, sem slides com conceitos jurídicos complicados para me impressionar. Talvez porque se trate de uma investigação. Mas mesmo assim. Tessa se sente muito bem consigo mesma. Eu tinha razão em ficar surpreso por ela ser uma artista tão ruim.

Eu queria passar mais tempo na *Comidas en Canasta* para ter certeza de que ela seria bem-sucedida. Portanto, esta é uma oportunidade de voltar lá e aprender o máximo que puder, depois de descobrirmos se há algum comportamento fraudulento. Esse é o foco desta viagem. Eu inspiro profundamente. É possível fazer isso. E tudo bem, eu estava sempre entrando em território pessoal, mas sobrevivi. E não há mais assuntos pessoais para discutir.

Primeira reunião entre colegas de trabalho. Falta uma semana. *Juntos.* Na Cidade do México.

# 25

## Zeke

Infelizmente, nossa política corporativa, que impede que determinados executivos seniores viajem juntos caso o avião caia, não proíbe que eu viaje com Tessa no mesmo voo para a Cidade do México. E não só isso, minha assistente reservou nossos assentos juntos. Tentei sugerir que *não* nos sentássemos juntos:

— Ela provavelmente não quer se sentar ao lado do cliente durante todo o voo, pois isso não é muito relaxante. — Mas minha assistente riu e disse:

— Dê a si mesmo algum crédito.

Encontro Tessa imediatamente no portão. Ela está olhando para o telefone, vestindo um terno preto com saia sob medida, uma mochila laranja desgastada apoiada em uma pequena mala de mão com rodas. É difícil para mim conciliar essa imagem nítida e profissional dela com a da artista frustrada, que morde os lábios e respingada de tinta. Qual delas é a verdadeira Tessa?

A advogada é a verdadeira Tessa, mas talvez ela esteja certa, e ela é apenas ela, não deve ser definida por sua carreira.

Seu cabelo está preso em um coque, mas algumas mechas escaparam e repousam em sua nuca. Eu digo seu nome ao me aproximar dela. Ela olha para cima.

— Tudo bem, vamos fazer isso o mais rápido possível — digo.

Ela inclina a cabeça e um leve sorriso surge em seus lábios.

— Do ponto de vista de carreira, é claro que esse é o meu objetivo. Especialmente porque suspeito que foi por isso que Brooke apoiou minha proposta. Mas, pessoalmente… — Ela olha para o bilheteiro, que acabou de anunciar que as pessoas em espera já podem subir para receber um assento. — Mas, pessoalmente, espero que o tempo adicional juntos faça com que você queira me dar uma segunda chance.

Ela não está namorando ninguém.

Não que isso importe.

— Normalmente, acho que a honestidade é a melhor política. — Ela sorri, com aquele brilho malicioso de volta aos olhos. — Embora essa também não seja a política que estamos empregando neste caso. Portanto, não use isso contra mim. — Ela aponta para alguns assentos vazios na área do portão próximo que não tem nenhum voo listado. — Você quer se sentar ali e discutir suas últimas ideias sobre o caso? Você tem alguma edição para a apresentação falsa?

Pisco os olhos ao ver a mudança de assunto. Se ela está tentando me desequilibrar, está conseguindo. Está tudo bem. Não vou mudar minha opinião. Aprendi minha lição. Vamos nos manter profissionais.

— Estamos trabalhando juntos — digo —, e eu definitivamente não vou revelar que estou namorando uma colega de trabalho para os poderes constituídos *novamente*. — Não esperei para ver sua reação, mas parti para a fileira vazia de assentos, levando minha bagagem atrás de mim.

Ela se senta ao meu lado, abre o laptop e abre o documento de apresentação falso que criou. O perfume de maçã do seu xampu se espalha. Desencadeamento de memórias. *Beijando-a, seu corpo pressionado contra o meu, seu peito macio...* A liquidez do balanço foi boa, o crescimento dos ganhos na demonstração de resultados, o retorno sobre os ativos e o fluxo de caixa operacional são adequados. Estou de volta ao controle.

Especialmente porque ela parece não ter sido afetada.

A equipe de voo anuncia que está na hora do embarque. Tessa guarda seu laptop e se levanta.

— Vejo você na Cidade do México.

— Estamos sentados um ao lado do outro.

Ela fica quieta.

*Então, não é tão indiferente.*

— Minha assistente nos marcou juntos. Podemos trabalhar, se necessário. — Porque o trabalho é o mais importante aqui.

Entramos na fila de embarque.

— Isso é muito confidencial para discutir no avião — diz ela. — E certamente fiz questão de me preparar com antecedência e não deixar nada para ser feito no avião. Podemos encontrar uma comédia romântica para assistirmos juntos, já que você não é totalmente avesso a isso.

*Definitivamente, não assistirei a uma comédia romântica com a Tessa.*

— Como cliente, eu não posso escolher?

— Não existe privilégio de cliente, apenas privilégio de advogado-cliente. Mas tudo bem. Mas não consigo assistir a nada assustador. E eu choro se assistirmos a algo triste, então basicamente temos que assistir a uma comédia porque não quero chegar aos clientes com cara de choro.

— Isso não seria uma boa aparência. — Mostro meu cartão de embarque ao telefone para o agente do portão de embarque, passamos pelo corredor e entramos no avião. Enquanto caminhamos pelo corredor para encontrar nossos assentos, pergunto:

— Você já esteve na Cidade do México antes?

— Não. Você conseguiu ver a cidade na última vez que esteve lá?

— Na verdade, não — digo. — Trabalhei o tempo todo. Mas o escritório fica em um local legal. Eu vi um pouco aquela vizinhança, o bairro Roma. — Coloco nossas malas de mão no compartimento de armazenamento superior. — Você se importa se eu tirar um cochilo? Acordar às 3h da manhã para esse voo foi brutal.

— Sou totalmente a favor disso.

Quando acordo, encontro a cabeça dela em seu ombro e minha cabeça encostada na dela. Olho fixamente para seu rosto adormecido. Ela parece tão desprotegida e linda, embora eu sinta falta de seus olhos rindo para mim. Quero pentear aquela mecha de cabelo que está em sua bochecha.

As luzes do avião se acendem, e ela se levanta, erguendo a cabeça. Seus olhos piscam para os meus quando ela acorda. Seus olhos dominam seu rosto. Eles são de um azul tão vivo que me fazem querer nadar neles para sempre.

Foi assim que me meti em problemas em primeiro lugar.

— Bem, pelo menos nós dois tiramos um cochilo — diz ela.

Ela não parece constrangida ou desconcertada.

— Vou correr para o banheiro antes que não possamos ir. — Ela pega uma pequena bolsa de maquiagem e segue pelo corredor. Eu a sigo. Roberto, o CEO, está indo nos buscar no aeroporto para reduzir o risco de sequestro, embora eu não consiga deixar de pensar que isso não piore o risco de sequestro? Eles provavelmente vão querer o CEO mais do que nós.

— Uau. Esses escritórios são ótimos. — Tessa observa a área de recepção do *Comidas en Canasta*. — Adoro as janelas de altura total, os pisos de madeira restaurados e toda a arte.

A área da recepção tem uma parede vermelha e uma parede branca com um sofá vermelho encostado nela. Uma planta verde e alta está ao lado do sofá. Uma tela de bambu separa a recepção da área dos fundos da cantina. Várias obras de arte moderna decoram a parede vermelho-escura, enquanto a parede branca tem uma obra de arte muito colorida feita do que parece ser fibras de palha tingidas.

— Nós nos divertimos muito. Minha esposa também ajudou. Queríamos combinar com o tema palha, então encontramos alguns quadros da Popotillo e encomendamos esses biombos de vime. Minha esposa conhece muitos artistas emergentes, então compramos algumas de suas peças para dar um toque mais moderno — diz Roberto. Ele tem quarenta e poucos anos, está em forma e tem uma presença dinâmica. — E a localização é perfeita para nossos negócios. Há muitos bistrôs e restaurantes promissores em Roma.

Assim que conversei com Cameron sobre a fundação desta empresa, eu sabia exatamente onde queria que nossos escritórios ficassem.

— Ah. Você sabia que era esse prédio de escritórios ou tinha algumas opções? — pergunta Tessa.

— Eu sabia que era este prédio. Se o preço fosse bom. E foi o que aconteceu — diz Roberto. — Essa foi praticamente a única coisa fácil na criação da empresa. Sugeri este edifício, e Cameron concordou.

Tessa não olha para mim. Ponto para a Tessa. Ela é boa em subterfúgios. Mas eu já sei disso. E é por isso que nunca voltaremos a ficar juntos. *Nunca*.

— Adoro a decoração — diz Tessa.

— O resultado foi bom. Minha esposa e eu o organizamos com nossa diretora de recursos humanos, Pamela. Você a conhecerá mais tarde — diz Roberto. — Estamos trabalhando muito, por isso não estamos almoçando com frequência no momento, mas fizemos uma reserva para o jantar. Nós o instalamos em nossa sala de conferências principal no final do corredor e, mais tarde, Ana, nossa assistente executiva completa, virá e você poderá optar por pedir o almoço pelo nosso aplicativo. Ela mantém nosso escritório funcionando.

— Isso parece ótimo — digo.

Entramos em uma sala de conferências. Uma mesa longa e branca fica no meio, com dez cadeiras de escritório ao redor. A arte moderna é intercalada com a arte Popotillo nas paredes. Uma mulher nos acompanha para perguntar o que gostaríamos de beber. Nós dois dizemos café. Foi um voo bem cedo.

— Você é a Ana? — pergunta Tessa. Quando ela concorda com a cabeça, Tessa diz algo em espanhol e depois traduz para mim: — Eu lhe agradeci pela ajuda com as reservas do hotel.

Ana sorri e sai.

Tessa liga seu laptop. Eu me sento várias cadeiras ao longe. Precisamos de algum espaço entre nós. Roberto se senta à minha frente.

— Devo dizer que estou um pouco surpreso com essa visita — diz Cameron ao entrar na sala. Cameron é mais velho, tem cerca de 50 anos e cabelos brancos. Ele trabalhou na área corporativa de hotéis anos antes de decidir mudar de carreira e ir para a faculdade de administração. — Não é que eu tenha algum problema com isso, mas achei que tínhamos coberto tudo muito bem da última vez.

— Estamos escrevendo uma atualização no meio do ano sobre nossos investimentos — digo. — Em geral, assumimos um papel ativo em nossos investimentos, já que ainda somos uma empresa júnior no mercado de capital de risco. — E sou um associado júnior em nossa equipe, portanto, preciso que minhas escolhas sejam bem-sucedidas.

— Tenho certeza de que eles ficarão felizes com nossos retornos. — Roberto sorri e se inclina para trás em sua cadeira. — Já adquirimos uma participação de mercado impressionante graças ao nosso modelo de marketing e negócios. Sua injeção de capital nos permitiu acelerar rapidamente e, em seguida, alguns sucessos virais imediatos divulgaram nosso nome.

Ana retorna com nossos cafés e entrega nossa programação.

— Aqui está nossa lista de documentos que gostaríamos de examinar — diz Tessa.

— Essa é uma lista bastante extensa. — Roberto franze a testa. — Isso pode levar algumas horas para ser compilado.

— Sim. Levará algum tempo para analisarmos — diz Tessa. — É por isso que gostaríamos de nos reunir com você, Cameron, na quarta-feira. Mas talvez possamos conversar com Valeria se tivermos alguma dúvida básica. Ela se reporta a você na área financeira, certo?

— Gostaria de estar presente se você falar com Valeria — diz Cameron. — Ela também está bastante ocupada.

Os dois homens saem, e a diretora de marketing entra. Liliana irradia competência ao folhear os contratos de marketing e nos mostrar o resultado das vendas. As taxas são consistentes com os valores comparáveis que pesquisei. Tessa olha para mim e acena com a cabeça.

O próximo passo é o desenvolvimento de software. Os desenvolvedores são igualmente impressionantes. Há um motivo para eu ter investido nessa empresa. Estou me sentindo melhor com minha decisão.

Ana entrega uma caixa de documentos em resposta às nossas solicitações, e pedimos o almoço pelo aplicativo. Tessa elogia sua facilidade de uso.

Depois que Ana sai da sala, eu me levanto e me espreguiço. Tessa também se estica e depois se aproxima para olhar atentamente uma das pinturas na parede. É uma pintura abstrata de duas formas azuis e amorfas sobrepostas uma à outra. Tessa tira uma foto da pintura e escreve o nome do artista: Gabriel Rosas Alemán. Ela também tira uma foto de um copo de plástico com uma bebida branca com letras embaralhadas como uma sopa de letrinhas.

— A artista é Ana Bidart. Esperamos que, embora esse caso pareça uma bagunça agora, a resposta se revele em breve.

— Você conhece esses artistas? — pergunto.

Ela balança sua cabeça.

— Não. Mas o trabalho deles é provocativo e divertido. Miranda e minha irmã vão gostar. Eu adoro arte. Felizmente, já que tanto Miranda quanto minha irmã são artistas. Eu simplesmente não consigo fazer isso.

Eu não respondo. *Mantenha o foco nos negócios.*

Pegamos as pastas de documentos para analisar e, depois do almoço, nos reunimos com Pamela, a vice-presidente de RH. Ela é uma mulher americana, provavelmente na casa dos cinquenta anos, muito bem arrumada profissionalmente. Acontece que ela trabalhou com Cameron antes, e ele sugeriu que ela se mudasse para cá como uma alternativa econômica depois que se divorciasse.

Pamela explica suas práticas de recrutamento e contratação. Tessa revisa o organograma com ela.

— Quem se reúne com os restaurantes para ver se eles querem ser incluídos no aplicativo? — pergunta Tessa.

— Há uma inscrição no aplicativo e, depois, eu me encontro com eles pessoalmente para finalizar os contratos.

*Não é o Cameron.*

— Essa etapa é necessária? — pergunto.

Pamela dá de ombros.

— Queremos ter certeza de que estamos oferecendo opções de qualidade. Roberto também se reúne com eles algumas vezes. E o Roberto definitivamente faz pedidos nos restaurantes listados. Todos nós somos solicitados a fazer isso. Damos a cada funcionário um determinado orçamento mensal para fazer pedidos pelo aplicativo.

— Isso é inteligente — diz Tessa.

— Os funcionários apreciam isso. É um benefício para os funcionários que tem sido elogiado em fóruns online recentes.

— Aposto que a atmosfera do escritório também é elogiada. A maneira como vocês o decoraram dá uma sensação de conforto — diz Tessa.

Droga. Foi uma transição tranquila.

— Você contratou uma empresa externa? — pergunta Tessa. — Quem trabalhou com eles?

— A maior parte foi feita por mim e pelo Roberto, mas consultei uma empresa externa porque, obviamente, nenhum de nós tem experiência em design. Ainda assim, não queríamos terceirizar, devido aos nossos recursos limitados.

Sinto que minhas sobrancelhas se erguem, mas tenho que reconhecer que a Tessa parece completamente imperturbável.

Ela é boa em esconder suas emoções. Portanto, não poderei lê-la.

*Volte sua mente para a entrevista. Pamela contradizendo Roberto é uma maldita prova irrefutável, e você está pensando em Tessa. Roberto foi categórico ao afirmar que eles mesmos fizeram isso.*

— Isso faz todo o sentido — diz Tessa. — E adorei o que você fez. Ele tem uma vibração incrível e convidativa, mas ainda transmite sofisticação.

Pamela sorri e se inclina para trás em sua cadeira.

— Estou muito orgulhosa de como ficou.

Tessa olha para suas anotações.

— Há outros fornecedores ou serviços externos que você usa, além do recrutador externo?

— Também consulto um advogado de RH em nosso escritório de advocacia local.

— É claro. — Tessa acena com a cabeça. — É bom ouvir isso. Em um tópico relacionado, como você lida com casos de linha direta?

— Eles vão até mim, a menos que eu esteja envolvida. Se eu estiver, a chamada será encaminhada para o escritório de advocacia trabalhista que contratamos.

— Por que não enviar todas as chamadas para um advogado externo?

— Isso seria o ideal, mas estamos preocupados com os custos.

— Vocês já tiveram muitos? Antes do investimento, parecia que você só tinha um.

— Sim. — Pamela se contorce.

— O que aconteceu lá?

Pamela inclina a cabeça.

— Entrevistei a pessoa que ligou para a linha direta. Ela alegou que Cameron a estava assediando. Ele continuava exigindo que ela ficasse até tarde com ele no escritório e, às vezes, sentasse-se em seu escritório para assistir às ligações. Ela achava que ele estava abusando de sua autoridade e que isso era inadequado. Cameron disse que ele sugeriu que ela o observasse atender às ligações como uma oportunidade de treinamento. Ele pediu que ela ficasse até mais tarde porque ela o estava ajudando com projetos que tinham prazos urgentes.

— Ele pediu apenas que ela ficasse até tarde? Não as outras duas mulheres? — pergunta Tessa.

— As outras duas mulheres do departamento dele estão trabalhando em seus próprios projetos. E elas têm família, então ele não pediu que ficassem até tarde. Elas não consideraram seu comportamento assediador, mas disseram que ele pode ser muito brusco. Eu o aconselhei sobre isso. Ficou claro que ela se sentiu desconfortável, então pedi a ele que não pedisse que ela ficasse até tarde sozinha com ele. Mas essa situação não era realmente sustentável porque eles precisavam trabalhar juntos. Oferecemos a ela um pacote de indenização se ela quisesse sair. E ela aceitou.

— E você ainda não contratou um substituto? — pergunta Tessa.

— Ainda não. Cameron disse que poderia lidar com isso. Que era mais fácil fazer isso sozinho do que treinar alguém. Ele ficou compreensivelmente chateado por ter sido acusado de assédio sexual.

— Você contou a ele? — Tessa faz a pergunta de maneira simples, mas ainda assim soa acusatória.

Pamela se endireita.

— Não no início. Mas, uma vez que eu não achava que era assédio sexual de fato, sim, então eu lhe disse para que ele pudesse entender como seu comportamento estava sendo percebido e melhorar.

Tessa pergunta se ela usa algum outro serviço externo, e Pamela confirma que não há outros. Roberto bate na porta.

— Hora do jantar. Tenho certeza de que foi um longo dia para vocês, e queremos garantir que vocês também comam. Fizemos uma reserva no *Neuve Neuve* na *Casa Lamm*. Fica a uma curta distância. Podemos deixar suas bagagens no hotel no caminho para lá.

Ana chega com outra braçada de documentos. Combinamos de nos encontrar com Roberto e Cameron em alguns minutos na área da recepção, depois de arrumarmos as coisas. Eles saem, e Tessa folheia as pastas.

— Esses documentos estão relacionados à decoração e ao local do escritório. Vamos revisá-los depois do jantar. — Ela coloca as pastas em sua mochila. — Não parecia que eles precisavam pagar por qualquer pesquisa de localização.

A ligação da linha direta não parecia ser a abertura que Tessa esperava. Mas será que conseguimos alguma coisa com a inconsistência entre o que Roberto e Pamela disseram sobre a decoração do escritório? Essa é uma boa pista.

Tessa é inteligente, e é emocionante quando estamos na mesma página.

Merda. Essa investigação juntos é definitivamente um problema.

# 26

## Tessa

Estou exausta. Definitivamente, estou sentindo aquele despertar às 3h da manhã.

O jantar na *Casa Lamm* foi delicioso, o pátio interno e as vistas da *Neuve Neuve*, com paredes de vidro, são deslumbrantes. O fim das viagens de negócios é definitivamente algo a ser considerado antes de eu tomar minha decisão final sobre deixar a White & Gilman.

Ainda assim, é um alívio se despedir de Roberto e Cameron, fazer o check-in no hotel, colocar nossas malas no elevador e relaxar. Somos apenas nós dois. Encosto-me na parede do elevador.

— Mal posso esperar para tirar esses sapatos. — Deixo meu salto alto pendurado em um pé enquanto transfiro meu peso para o outro.

Zeke olha para o meu pé e fica parado. Seu olhar encontra o meu, e todo o ar desaparece do elevador. Eu coro.

Ele afrouxa a gravata.

E minha mente voa. Tirando a gravata. Desabotoando sua camisa. Ser abraçada com força por ele. Aquele beijo.

Ele olha para baixo.

Sinto minhas bochechas. Estão quentes. *Pense no caso, em todos os documentos que ainda temos que analisar.*

Aquela atração ainda existe.

Na verdade, está aumentando. É divertido trabalhar com ele. Penso em algo e olho para ele, e fica claro que a mesma ideia lhe ocorreu.

Zeke limpa a garganta e diz:

— Cameron estava em ótima forma esta noite. Muito engraçado e encantador.

— Mas ele definitivamente te fez muitas perguntas, como se quisesse confirmar que você estava realmente aqui para fazer a revelação — digo.

Zeke olha para mim e acena com a cabeça.

— E para confirmar os parâmetros do que estávamos investigando para essa divulgação. Achei que ele estava verificando se suas atividades poderiam estar envolvidas.

— Eu pensei o mesmo. — concordo. — Mas ele e o Roberto parecem próximos.

— Precisaremos de provas contundentes para acusar Cameron de qualquer má conduta — diz ele. — Você ainda quer se encontrar no seu quarto e examinar alguns dos documentos depois que tivermos a chance de tomar banho e nos trocar?

— Sim. Deveríamos. — *Não.* Definitivamente, não quero ficar sozinha com ele em um quarto de hotel, sendo torturada por sua presença. Quero estudar os documentos por conta própria, pois ainda não temos nada. Estou preocupada. Não quero falhar com o Zeke. Sei o quanto isso é importante para ele. E para mim pelo bônus.

— Vamos nos encontrar em cerca de trinta minutos? — pergunta ele.

Eu concordo.

A porta do elevador se abre.

Zeke acena para que eu vá primeiro. Puxo minha mala pelo corredor até meu quarto.

Foi bom que nosso namoro tenha terminado quando terminou. Antes que eu caia ainda mais.

De qualquer forma, não estou interessada em um homem que não queira namorar uma viciada em trabalho.

*Você está ouvindo isso, coração?*

*Não estou interessada. Pare de surtar sempre que os olhos azuis-esverdeados dele olharem para você. Somente homens que gostam de advogadas viciadas em trabalho precisam se candidatar aqui.*

Pressiono meu cartão-chave de plástico contra a porta. Quando a luz verde pisca, eu a abro.

Falta meia hora para me encontrar com o Zeke para discutir a investigação e o que vamos fazer daqui para frente.

Não temos nada que mostre que Cameron é corrupto. É claro que parece que Roberto não sabia que Pamela havia consultado uma pessoa de fora para obter aconselhamento sobre decoração, mas não é totalmente irracional fazer isso. E Pamela era aberta sobre isso. Talvez isso estivesse dentro de sua alçada.

*Nossos quartos são conectados por uma porta adjacente.*

*Só há uma cadeira.*

A cama de casal ocupa a maior parte do quarto. Mas não podemos nos encontrar na área de recepção. O lugar não é privado.

*E isso é muito particular.*

Eu deveria tomar um banho e recuperar meu segundo ou terceiro fôlego.

*Algo tocando.* Abro os olhos e me viro. Meu telefone está tocando. *Ai.* Eu adormeci. Pensei em descansar meus olhos enquanto esperava por Zeke. Eu respondo.

— Estou do lado de fora de sua porta. Você está aí? — Zeke pergunta.

— *Hum*... sim — digo, ainda um pouco grogue. — Eu caí no sono. Espere um pouco. Eu o deixarei entrar.

Abro a porta e vejo um Zeke de rosto novo e cabelos molhados. Isso definitivamente me desperta. O laptop enfiado debaixo do braço está puxando a camiseta branca para cima, revelando a calça jeans desgastada pendurada nos quadris.

Isso é tortura.

Por outro lado, estou usando uma camiseta regata preta e shorts, portanto, também não estou exatamente jogando limpo.

Aponto para a cadeira e a cama.

— Há apenas uma cadeira.

*Bela maneira de apontar o óbvio, Tessa.*

— Eu trouxe chá. — Zeke me entrega uma das canecas do hotel que eu nem havia notado, pois estava ocupado demais tentando não olhar para aquele pedaço de abdômen tonificado, mas não conseguindo, para ver o que mais ele estava carregando. — Cuidado, está quente.

*Eu estou definitivamente pegando fogo.*

Fico olhando para o vapor que sai da xícara.

— Você preparou esse chá em seu quarto?

Ele acena com a cabeça e acrescenta com um sorriso irônico:

— Somente o melhor para você.

*Oh, tão doce.*

Silêncio. É para ter certeza de que estou acordada o suficiente para que ele esteja recebendo o valor do seu dinheiro.

Tomo um gole do meu chá.

— É exatamente do jeito que eu gosto.

— Não é nada. Eu a vi preparando o chá quando fizemos nossa reunião de planejamento.

— Está quase lá. — Faço um gesto em direção à pilha de papéis sobre a mesa. — De qualquer forma, devemos começar. Vamos fazer primeiro as pastas do escritório, localização e design de interiores, já que essas são as maiores pistas que temos até agora.

— Ou as únicas pistas?

— Ainda é cedo — digo.

— Mas não podemos nem mesmo falar com Valeria sem Cameron.

— Interpretei isso como um bom sinal — digo. — Que ele estava preocupado com o fato de ela nos encontrar sozinhos.

— Ou ele não quer que ela sinta que está sozinha quando estiver sendo interrogada por uma advogada americana — diz ele.

— Eu não a interrogaria.

— Ainda é intimidador falar com um advogado.

— Eu sou intimidadora? — pergunto.

Nossos olhares se cruzam, e ele sorri.

— Sim. Você é inteligente. Então, para alguém que não a conheceu com uma camisa manchada de tinta, sim.

Fico corada, mas todo o meu corpo zumbe sob seu olhar. *Eu sou inteligente.*

Zeke se senta na cadeira, e eu fico com a cama. Examinamos os documentos. Encontro uma fatura de localização com um relatório em espanhol que a acompanha.

— Veja! Uma fatura, e aqui está o relatório. — Mostro para o Zeke. O cheiro de seu cabelo recém-lavado com xampu se espalha enquanto ele se inclina para perto de mim para estudar o documento.

— Devemos perguntar ao Roberto novamente? — pergunto. — Talvez eles tenham feito isso como uma medida extra e ele tenha se esquecido?

— Roberto é muito perspicaz. Esse é um dos motivos pelos quais fiquei tão impressionado e ansioso para investir. Ele não se esqueceria. Vamos fazer uma cópia disso, mas não vamos levantar a questão até termos mais evidências. Como você viu no jantar, Roberto e Cameron são muito próximos. — Zeke puxa o balanço patrimonial. — Não há uma linha separada para consultoria em decoração de interiores no balanço patrimonial. Ele deve ser agrupado com outra coisa, o que o torna mais difícil de encontrar. É suspeito, mas, novamente, não é suficiente.

Eu estudo as contas dos móveis.

— Algumas dessas contas de móveis parecem ser exorbitantes, mas não faço ideia. Mas eles parecem altos, já que eles se orgulham de não terem gastado muito dinheiro com a decoração. Faz sentido comprar produtos de alta qualidade e, com certeza, isso causa uma ótima impressão. — Comparo duas contas. — Quantos sofás havia na área da recepção, apenas dois, certo?

— Sim.

— Mas aqui, eles são cobrados por mais dois sofás. Na mesma conta, mas com uma data diferente. Há sofás em algum outro lugar?

— Não. Eles não têm sofás em seus escritórios. Seus escritórios são bem pequenos, como convém a uma *startup*. — Zeke se inclina para estudar as duas cobranças. *Humm*. Ele tem cheiro de sabonete branco.

— Genial — diz ele. Do jeito que ele está olhando para mim... tenho certeza de que ele pode ouvir meu coração batendo forte. Seu olhar se suaviza. Quero estender a mão e tocar sua bochecha, empurrar para trás aquela mecha de cabelo que está quase em seus olhos.

Ele examina as duas notas que estou segurando em minha mão.

— Merda. As informações bancárias são diferentes.

Um calafrio me invade. Olhamos um para o outro fixamente, a centímetros de distância entre nós. Desvio o olhar para baixo.

— Bem, isso é definitivamente algo. Não tenho certeza de como rastrear a conta bancária, mas posso ligar para a empresa de móveis amanhã e perguntar se essa é uma conta bancária alternativa que eles fornecem para pagamento.

— Essa é uma boa ideia. — Ele se afasta, recostando-se completamente na cadeira.

— E tentarei falar com Valeria ou Ana, talvez no banheiro ou na sala de café.

Eu me desloco. É desconfortável na cama. Estou inclinado sobre os documentos ou sentada na borda sem nada para me apoiar.

— Você quer a cadeira? — ele pergunta.

— Não. — Eu me estico na cama de modo que fico deitada de barriga para cima, apoiada nos cotovelos.

— Não avise o Cameron — diz ele.

— Posso ser sutil.

— Não sei se sutileza é o seu ponto forte.

Eu bufo.

— Definitivamente não é. Eu deveria ter dito que posso ser desonesta.

— Isso eu concordo. Obviamente.

— Por isso, continuo mostrando a você, para meu prejuízo. — Eu faço beicinho.

Sua mão roça a minha.

— Você é uma gênia do mal.

— Mas *eu não sou* maligna. Estou lutando contra as forças do mal. E já que estou confessando, também quero confessar que fui eu quem deu em cima de ti.

— Não, você não fez isso. Eu vi aquele cara cortar na sua frente e falei com você primeiro. — Ele se inclina para trás em sua cadeira. Um espelho sobre a mesa reflete seu perfil lateral e o topo da minha cabeça.

— Sim. Mas eu arranjei tudo aquilo. Você já viu o filme *As três noites de Eva*?

— O filme da Barbara Stanwyck da década de 1940?

— Você conhece filmes. — Estou impressionada.

— É um clássico. Na sexta-feira, foi a noite do filme em família, e nós alternamos a escolha. Minha mãe sempre escolhia uma comédia romântica ou aquelas velhas comédias de enlouquecer.

A mãe dele criou um filho muito bom.

— Eu o vi do outro lado da sala e achei que você era atraente. Mas também o vi rejeitar três mulheres antes de mim. Semelhante à *As Três Noites de Eva*.

— Mas ela o trapaceia.

— Bem, isso parece um pouco extremo, pelo menos como uma primeira abordagem. Em vez disso, pedi a William, o namorado de Miranda, que cortasse na minha frente, para que você tivesse uma abertura caso estivesse interessado.

Zeke me olha fixamente, com a boca ligeiramente aberta.

— Você conhecia o cara que passou na sua frente? Você organizou tudo aquilo?

Eu concordo. Esse é um olhar de horror. Eu não deveria ter falado sobre isso. Eu sabia que isso não daria certo, mas eu definitivamente queria que isso acontecesse antes que ele, de alguma forma, encontrasse William. Considerando nossa sorte até agora, isso é apenas uma questão de tempo. E melhor agora, enquanto ele tiver que continuar trabalhando comigo.

— Mas, quero dizer, acho que você teve que tomar a iniciativa de iniciar uma conversa. Retiro o que disse sobre ter dado em cima de ti. Você é que me pegou de jeito.

Ele balança a cabeça.

— Não sei nem o que dizer. Todas as mulheres fazem isso?

— Não posso falar por todas as mulheres, mas eu diria que, com certeza, algumas de minhas amigas conseguem inventar tramas bastante complexas para "esbarrar coincidentemente" nos caras de quem gostam. Minha colega de quarto na faculdade memorizou o horário das aulas do seu crush para que ela pudesse encontrá-lo aleatoriamente. Outra amiga fingiu que a cafeteria estava fazendo uma promoção de dois por um, então ela tinha um café extra que deu a ele. Na verdade, entrei para o clube de barco a vela porque conheci um cara em uma festa e ele disse que era membro. Entrei, esperando encontrá-lo. Mas pelo menos eu podia navegar.

— Sim. — Os cantos de sua boca se inclinam para cima. — Isso funcionou? Você o encontrou?

— Nenhuma vez. Mas havia muitos outros homens gostosos navegando, então nem tudo estava perdido. — Ele rosnou? Acho que o Zeke pode ter rosnado. Ele olha para o lado.

Do lado de fora da porta do quarto do hotel, alguns hóspedes conversam em espanhol quando passam pelo nosso quarto.

— Tive que ligar para o cara para falar com ele — digo. — Mas não acho que ele estivesse procurando um relacionamento de longo prazo. Ele parecia ser mais um desapegado. Ele era o cara de quem eu gostava antes do Wyatt. Wyatt estava definitivamente procurando um relacionamento sério, isso provavelmente era parte de seu apelo. — Eu não deveria sentir a necessidade de defender meu namoro com Wyatt, mas sinto. Embora, francamente, Paisley não fosse alguém que eu gostaria de namorar.

— Ter seu amigo cortado na sua frente é bastante elaborado. Mas acho que me sinto um pouco lisonjeado por você ter se dado a esse trabalho.

Eu dou um sorriso.

— Você deveria estar. Não faço isso com todo mundo.

Seus olhos se estreitam.

— Você já fez isso com outros caras também? Nossa, me sinto tão comum. — Ele faz um beicinho adorável.

Eu tusso. Droga. Falei demais de novo.

— Já fiz isso duas vezes antes — admito suavemente. — Mas uma vez, não funcionou. É preciso haver uma certa faísca para que funcione.

— E o que aconteceu com o cara anterior, com quem deu certo?

— Ele era o cara da vela. Nada. E agora você. Acho que devo aposentá-lo como um método, dado o seu histórico.

— Você definitivamente deveria aposentá-lo. — E a maneira como ele diz isso é como se houvesse um rosnado subjacente, frustrado e possessivo, e eu sinto um arrepio no fundo de minhas entranhas. Como se ele estivesse dizendo que eu preciso me aposentar porque ele é o cara certo para mim.

E acho que ele pode ser.

Mas até que estejamos juntos novamente, ele não é. Ergo meu queixo.

— Você está certo. Definitivamente, preciso encontrar um método melhor.

Ele me olha fixamente, e há algo em seu olhar que não consigo ler.

— Vamos nos concentrar no caso. Estou aliviado por termos algumas pistas — diz ele secamente. — Destaquei os restaurantes mais recentes que aderiram ao aplicativo e que estão todos próximos uns dos outros. Vamos nos encontrar com eles amanhã no almoço. Eles estão em uma área chamada Romita.

— Parece bom — digo.

Olhamos um para o outro. De repente, percebo que já é tarde da noite e que estamos em um quarto de hotel com uma cama. Zeke interrompe primeiro, ocupando-se em recolher as canecas e fechar o laptop, sem olhar para mim.

— Acho que fizemos o que podíamos para esta noite. Estou indo para a cama — diz ele. — No meu quarto, quero dizer. — Ele praticamente sai correndo dali.

Não posso deixar de sorrir enquanto me preparo para dormir. Meu celular apita.

Taylor: *A sra. Humming o viu volt ar esta noite. Não devemos ter visto ele sair no sábado.*

Eu: *Tudo bem. Vamos tentar segui-lo novamente neste fim de semana.*

Em seguida, aparece outra mensagem, essa de Jurgen.

Jurgen: *O financiamento para a exposição da galeria Misty Morano foi cancelado. Mas não se preocupe. Estou falando com outro revendedor que conheço. Você pode se encontrar esta semana?*

Assim como aconteceu com a Yvette. Jurgen segue seu roteiro à risca.

Eu: *Ah, não! Fico muito triste em ouvir isso. Ainda há alguma chance para a exposição de Misty Morano? Obrigado por falar com outro revendedor. Obrigada! Obrigada! Na próxima semana? Estou fazendo hora extra esta semana.*

Envio uma mensagem de texto para Miranda.

Eu: *Jurgen acabou de enviar uma mensagem dizendo que a exposição de Misty Morano foi cancelada.*

Miranda: *O próximo passo deve ser um brasileiro interessado em seu trabalho!*

Eu: *Vamos esperar.*

Miranda: *O que está acontecendo com o Zeke? Ele está sendo amigável?*

Eu: *Sim.*

Miranda: *Há faíscas?*

Eu: *Sim.*

Aquele clarão de eletricidade no elevador. Agora mesmo, quando ele saiu correndo da sala.

*Talvez eu tenha uma segunda chance.* Estou com medo de ter muitas esperanças.

Miranda: *Você está sendo mantida como refém e não pode responder?*

Eu: *Gosto ainda mais dele. Investigar juntos é divertido.*

Miranda: *Ele deveria ser muito grato por namorar alguém como você. Não tenho paciência se ele usar nossa investigação de golpista contra você.*

Eu lhe envio um emoji de coração de volta.

Desligo o telefone e me deito na cama. Aquela atração ainda existe. E o Zeke não está sendo frio e distante, portanto, há progresso. *Mais importante*, há progresso na investigação. Porque se eu não descobrir se há fraude, nossas esperanças de carreira serão frustradas. A minha para o bônus. A dele para a transferência.

# 27

## Zeke

Passamos a manhã enterrados em pilhas de papéis, revisando o restante dos documentos. Também começo a redigir o relatório de divulgação de investimentos, trabalhando com a equipe corporativa da White & Gilman por e-mail. Todos os serviços dos fornecedores parecem legítimos, exceto a consultoria de decoração de interiores e a procura de locações. O memorando de procura é básico e definitivamente não vale o preço pago.

Tessa liga para a empresa de sofás. O tesoureiro diz que esse não é o número da conta bancária deles. Ela fica tão bonita quando fala espanhol.

*Sim.* Temos uma pista definitiva.

Pego a fatura dos serviços de consultoria de decoração de interiores.

— Você pode tentar ligar para o número desse fornecedor? Vamos ver se é legítimo.

— Boa ideia.

Ninguém atende. Nós nos olhamos.

— Eles podem estar em um almoço prolongado — diz ela.

— Vamos tentar novamente às 15h — digo. — Por falar nisso, devemos ir almoçar.

Colocamos todos os documentos de volta nas caixas e levamos nossas anotações em nossas mochilas. Ela abre um mapa no celular e me mostra.

— Se descemos a Avenida Álvaro Obregón até a Avenida Cuauhtémoc e depois subimos por ela até virarmos aqui para encontrar o primeiro restaurante, provavelmente será mais fácil — diz ela.

Eu espreito por cima do ombro dela. Ela cheira a roupa lavada e rosas. Não viro a cabeça porque ela está muito perto.

— Mas se subirmos a Rua Jalapa, chegaremos à Praça Rio de Janeiro, então poderemos vê-la — digo. — E depois podemos pegar a Rua Durango. É um caminho mais pitoresco.

Roberto sai quando deixamos a sala de conferências.

— Desculpe não poder levá-los para almoçar hoje. Marquei esta reunião com esses funcionários do governo há algum tempo.

— *Está bien* — diz ela. — Queríamos passear por Roma e conferir alguns dos restaurantes no aplicativo, então está tudo bem. Obrigada mesmo assim.

— O jantar ontem à noite estava delicioso — digo.

— Roma é bastante segura, mas tomem cuidado — diz Roberto. — Cuidado com os batedores de carteira.

O sol está quente, mas as árvores proporcionam muita sombra enquanto caminhamos pela Rua Jalapa até a Praça Rio de Janeiro. Essa praça faz jus à sua reputação pitoresca.

No centro, há uma fonte com uma réplica em bronze do *David* de Michelangelo. Mansões cercam a praça, e tiramos uma foto em frente à mais famosa delas. Ela é chamada de Casa da Bruxa porque sua parte superior se parece com um chapéu de bruxa.

À medida que continuamos caminhando pela Roma em ritmo acelerado, há muito para ver: murais, a arquitetura *porfiriana*, cafés movimentados. Tessa continua apontando para a arte de rua.

Passamos por um mural de um casal de idosos se abraçando. "AMOR É UMA ARTE" está escrito em letras maiúsculas ao redor do casal de idosos. Ela para e volta para tirar uma foto.

Essa pode ser minha obra favorita que vimos até agora. Quero ser aquele casal que chega lá. Passamos pela Plaza de Romita, com suas árvores verdejantes, uma fonte no centro e uma pequena igreja construída em 1503. As ruas são mais estreitas aqui, mas há muitos murais para ver.

O primeiro restaurante tem uma fachada alegre, pintada de laranja e amarelo. Tessa pede para falar com o proprietário sobre nosso novo aplicativo. Um homem de meia-idade sai da cozinha e se junta a nós na mesa do lado de fora. Tessa rapidamente apresenta nosso PowerPoint falso. Ela está nervosa, mas não é óbvio. Talvez eu esteja aprendendo a interpretá-la. Ainda assim, seu espanhol parece impressionantemente fluente.

Ele acena com a cabeça e responde em espanhol. Tessa traduz que ele não vê nenhuma desvantagem, então está disposto a participar, mas quer confirmar que não há nenhuma taxa inicial.

Eu balanço a cabeça.

— Não. Por que haveria uma taxa inicial? É do nosso interesse ter o maior número possível de restaurantes.

Tessa traduz minha resposta e a resposta dele, que ele diz com um certo desgosto:

— Alguns outros aplicativos dizem que só querem incluir os "melhores" restaurantes, mas ser o melhor é tão subjetivo que talvez um pequeno pagamento por baixo dos panos possa ajudar a convencê-los de que você é um dos 'melhores.

— Como o *Comidas en Canasta*? — pergunto.

Ele acena com a cabeça e diz em inglês:

— Mas não de mim. — Ele balança o dedo indicador.

Tessa pega uma foto de Pamela e pergunta:

— Ela pediu esse pagamento "extra" a você?

Ele acena com a cabeça.

*É a Pamela.* É a Pamela que está pedindo propina.

Mas então seu rosto se fecha.

— *Tengo que ir* — Ele se levanta abruptamente.

— *Gracias* — diz Tessa. — Você tem um cartão para o caso de conseguirmos financiamento?

Ele balança a cabeça e recua para dentro do restaurante, mas então se vira e pergunta:

— Você tem um cartão?

*Ela tem?* Olho para ela.

— Não tenho, mas voltaremos aqui se conseguirmos financiamento — diz Tessa.

Suave.

Seguimos para o próximo restaurante, uma taqueria à moda antiga, e depois para o seguinte. O cenário se repete várias vezes. Todos esses vendedores de restaurantes, exceto um, foram solicitados por Pamela a pagar propina para se cadastrarem no aplicativo. A única exceção parece ser o café mais popular.

No último, pedimos o almoço e nos sentamos nas mesas do lado de fora. Os temperos do meu taco estão muito bons. Recolho alguns pedacinhos que caíram.

— Eu não esperava que fosse a Pamela — admite ela. — Talvez eu devesse, já que eles não podiam ligar para a linha direta. Mesmo que os donos dos restaurantes digam que isso está acontecendo, não sei como provar que é a Pamela. Não é como se pudéssemos trazer todos esses donos de lojas. Especialmente se eles não querem admitir isso oficialmente.

— É uma quantia insignificante no esquema das coisas. Por que Pamela faria isso? — pergunto. — Qual é a motivação?

Ela se inclina para a frente.

— A motivação justificaria isso?

— Não, mas ajudaria a entender. — Como me ajudou a entender por que você mentiu para mim.

Ela suspira.

— Sou advogada, não leio mentes. Vamos terminar nosso almoço. Precisamos voltar ao escritório dentro de um prazo razoável. Vamos examinar o resto dos documentos e depois podemos discutir isso no hotel.

Passamos a tarde trabalhando na divulgação e terminamos de revisar toda a documentação. Tessa sai para ficar no banheiro e na cantina, mas nem Ana nem Valeria aparecem. Provavelmente é muito arriscado no escritório. Ela liga novamente para o número do serviço de design de interiores, mas ninguém atende. É definitivamente suspeito.

Pedimos jantar para podermos continuar trabalhando. Definitivamente, quero minimizar nosso tempo no quarto dela. Ontem à noite, aquela blusa preta com os ombros nus e suas pernas longas e bem torneadas.

*Concentre-se no trabalho.*

Às 20h, encerramos o trabalho e saímos do escritório. Francamente, ainda não temos muitas provas concretas. Talvez precisemos provocar Pamela para que ela admita, mas sem irritá-la, pois temos uma relação comercial, especialmente porque preciso continuar trabalhando com essa empresa.

*E não entre no elevador sozinho com Tessa novamente.*

# 28

## Tessa

Zeke murmura que precisa falar com a recepcionista do hotel na recepção, e eu subo sozinha no elevador.

Investigações não são fáceis, especialmente quando são necessárias provas conclusivas. Mudo minha mochila de lugar e passo meu cartão no sensor da porta. A luz verde pisca.

A porta se abre, revelando um envelope pardo endereçado a mim. Um pouco cedo para o meu recibo de checkout. Pego o envelope e o jogo sobre a mesa. Tiro os sapatos de salto alto. Finalmente. Então, desabo na cama e fecho os olhos.

O que ainda podemos fazer? Pedir para falar com Valeria a sós? Confrontar Pamela e fingir que temos provas mais sólidas do que realmente temos sobre os subornos nos restaurantes? Isso parece muito arriscado. Amanhã, podemos mostrar a Roberto as faturas fraudulentas e explicar os pedidos de suborno que descobrimos nos restaurantes. É tudo o que temos até agora.

Devo me trocar antes que Zeke chegue.

Vestida com calças confortáveis e uma camiseta, pego o envelope. Está bem fechado com fita adesiva, como se fosse uma mensagem secreta.

*Como se fosse uma missiva secreta.*

Tiro a fita adesiva. Sai uma folha impressa do que era obviamente uma troca de e-mails.

> *Para: Cameron Stone*
>
> *De: Gian*
>
> *Aqui está o memorando que você solicitou. Fiz uma pesquisa no Google e preenchi.*

> *Para: Gian*
>
> *De: Cameron Stone*
>
> *Vou ligar para você. Eu disse para você LIGAR para todas as comunicações.*

O memorando em anexo é o relatório de reconhecimento do local.

*Cameron está envolvido.*

E é por isso que, se você quiser cometer fraude, precisa contratar um cúmplice inteligente. E não alguém que envia e-mails e cria um rastro de registros em papel.

Uma carta digitada explica que Pamela recebeu dinheiro por serviços que nunca foram prestados por meio da nota fiscal falsa de consultoria de decoração de interiores, enquanto Cameron criou a nota fiscal falsa de reconhecimento de locações. E Cameron assinou todas as notas fiscais sem qualquer investigação adicional. Quando uma ex-funcionária questionou a nota fiscal de consultoria de decoração de interiores, Cameron a fez sentar e observá-la trabalhar.

Pamela foi quem redigiu a investigação daquela ligação para a linha direta. E ela não incluiu isso.

*Mas como eles sabiam do meu quarto de hotel? Devo me preocupar?*

*Pelo menos Zeke está comigo, e não estou sozinha na Cidade do México recebendo envelopes incriminadores no meu quarto de hotel.*

Ana é a remetente do e-mail anônimo? Ela ajudou com as reservas do hotel. Mas ela saberia das questões financeiras?

Alguém bate à minha porta. Espreito pelo buraco da fechadura para confirmar que é o Zeke. Abro a porta e deixo-o entrar. Ele também trocou de roupa e está mais casual. Droga. Aquela camisa justa me deixa louca todas as vezes.

— Recebi uma mensagem secreta cheia de documentos incriminadores debaixo da porta do meu quarto.

Os olhos de Zeke se arregalam.

— Claro que sim.

Entreguei-lhe o pacote e sentamo-nos lado a lado na cama.

— Cameron e Pamela estão envolvidos — digo.

— Mesmo que não tivéssemos esse e-mail, ele não está fazendo seu trabalho como diretor financeiro se não percebeu a dupla cobrança pelos sofás e uma fatura falsa por consultoria de interiores, quando eles não contrataram um consultor. Roberto não poderia ter sido mais claro ao dizer que ele e Pamela criaram o projeto. — Ele folheia o pacote. — Mas como eles sabiam o número do seu quarto? Ana? Você acha que está segura aqui?

— Não acho que eles estejam irritados comigo. Ainda acho que é uma das mulheres. Você deveria me deixar sozinha com Valeria amanhã, em algum momento.

— Por que ela revisa as faturas?

— Sim. Ana e Valeria estavam sorrindo e conversando perto da cafeteira. Elas se afastaram rapidamente assim que me aproximei.

— Talvez elas só não quisessem falar com você.

— Isso magoa. — Faço beicinho.

— Eu gosto de conversar com você. — Ele dá um tapinha no meu ombro.

— Mesmo sendo advogada? — pergunto.

— Você não é como nenhuma advogada que eu já conheci. Talvez por que você seja uma litigante? Paisley era advogado corporativo. Eu não tinha ideia de que ser advogado envolvia tanto trabalho de detetive.

— Envolve porque você tem que construir um caso. Especialmente com meu trabalho *pro bono*. No fim de semana passado, tentei descobrir se esse cara ainda está com a namorada. Fiquei de olho no endereço do antigo apartamento dele, onde ela mora, mas nunca o vi chegar. Havia duas entradas, então talvez ele tenha usado a dos fundos. Vou tentar novamente quando voltarmos.

— Isso não parece seguro.

— Ele nunca me viu, então acho que está tudo bem. — Eu deveria ter me sentado na cadeira. Ele está sentado muito perto de mim nesta cama.

— Eu posso ir com você.

— Tudo bem. Seguir alguém é bem chato. E eu realmente não preciso de ajuda. Sou perfeitamente capaz de fazer isso sozinha.

— Não estou dizendo que você não é capaz. Você é mais do que capaz. Ou eu não continuaria contratando você para salvar minha carreira. Mas policiais e detetives sempre trabalham em equipe porque dois são melhores do que um.

Ele tem razão.

— Pensei que não podíamos ser amigos.

— Parece que formamos uma excelente equipe de investigação profissional — diz ele.

*Não é essa a direção que quero que essa relação tome.*

Mas passar um dia juntos fora do escritório, mesmo que seja seguindo alguém, pode levar essa relação na direção que eu quero.

— Ótimo — digo. — Vou enviar os detalhes por mensagem.

— Acho que já temos o suficiente para nos encontrarmos com o Roberto. Vou enviar uma mensagem para ele e perguntar se podemos nos encontrar amanhã, antes que todos cheguem ao escritório. — Ele pega o celular e digita rapidamente. Quase imediatamente, o celular apita. — Ele disse que tudo bem. — Ele olha para o envelope pardo sobre a mesa. — Tem certeza de que está segura aqui? Talvez devêssemos manter a porta lateral aberta.

Vou até a mesa e abro meu laptop para adicionar essas últimas revelações aos pontos de discussão para nossa reunião com Roberto.

— Tenho certeza de que estou segura esta noite. Se não pegarmos Pamela e Cameron amanhã, talvez não esteja.

Seus olhos se arregalam.

— Estou brincando — digo. — Mas podemos manter a porta aberta. E *estou* aliviada por você estar comigo e por não estar aqui sozinha.

Ele leva um momento para absorver isso.

— Fico feliz que você tenha sugerido que eu viesse também. Vou bater antes de abrir a porta.

Zeke desaparece de volta para o quarto dele pela porta da frente. Eu me preparo para dormir. Estou aliviada por termos algumas provas agora.

Destranco o meu lado da porta que dá acesso ao quarto dele, apago as luzes e deito-me na cama. Ouve-se um clique do lado dele e, em seguida, a porta abre-se ligeiramente.

— Posso abrir?

— Sim.

Zeke se mexe em seu quarto e, em seguida, as luzes se apagam.

— Boa noite — ele diz, o timbre grave de sua voz chegando até mim através da escuridão.

Eu me viro de lado. Os lençóis estão estaladiços, como se tivessem sido engomados. Eles cheiram a baunilha. Os lençóis dele farfalham. Meu rosto cora ao lembrar-me de sentir os músculos duros de suas costas e a maneira como ele riu em minha boca e disse que fazia cócegas quando minha mão se moveu para suas costas. E o gosto de hortelã dele. Abraço meu travesseiro extra. Vai ser uma longa noite. E nós dois precisamos estar absolutamente em forma amanhã, quando contarmos a Roberto que Cameron e Pamela estão roubando dinheiro da *Comidas en Canasta*.

# 29

## Zeke

Encontramos Roberto às 7h da manhã em seu escritório. Atrás de sua mesa há uma pintura emoldurada em vermelho e azul. Ao longo das paredes laterais há fotos dele e de sua esposa com dois meninos sorridentes. Sentamo-nos nas duas cadeiras em frente à sua mesa. Não há sofá.

Explico que recebemos um e-mail alegando fraude, então viemos até aqui para investigar e, ao mesmo tempo, redigir o relatório sobre o status do investimento. Tessa entrega a ele um breve memorando descrevendo o que achamos que Pamela e Cameron estão fazendo: as faturas falsificadas, o pagamento para uma conta bancária desconhecida, as faturas duplicadas dos sofás e os subornos dos fornecedores do restaurante. Não parece muito, mas as fraudes geralmente começam pequenas para evitar serem detectadas.

— Não contratamos ninguém para fazer a prospecção de locais ou fornecer serviços de design — diz Roberto. Ele franze a testa.

Entreguei a ele as faturas da procura de escritórios e dos serviços de design.

— E o que você quer dizer com propinas? — Roberto aponta para o último item da lista.

Explicamos melhor nossas conversas com os fornecedores do restaurante. Ele parece horrorizado.

— *No. No. Eso es terrible.* Não é assim que a *Comidas en Canasta* deve funcionar. Isso arruína nossa reputação. Vocês têm os nomes dos fornecedores? Preciso reembolsá-los e pedir desculpas.

Entregamos a ele a lista que compilamos e, em seguida, damos a Roberto a nota fiscal falsa do sofá.

— Não acredito que a Pamela fez isso. Foi o Cameron que a recomendou. — Ele olha fixamente para os documentos. — E o Cameron não percebeu? Isso é inaceitável. Somos amigos desde a faculdade de administração nos Estados Unidos. Sei que ele está namorando a Pamela, mas achei que ele acreditasse nisso.

Ele se levanta e começa a andar de um lado para o outro, passando a mão pelos cabelos negros e espessos.

— *No es posible.* — Ele se vira para nós. — Mas como vocês sabem que ele aprovou isso?

— Não é a assinatura dele para processá-los? — pergunto.

— E aqui está a troca de e-mails que estava incluída no pacote, com Cameron solicitando um memorando de reconhecimento de locações — diz Tessa. — Podemos pedir ao seu fornecedor de TI para confirmar se é verdadeiro, mas para nós parece verdadeiro.

Roberto pega a impressão e lê. Seu rosto fica sério.

— *Qué carajo! No entiendo.*

Tessa traduz que Roberto disse que não entendeu, mas eu não preciso de tradução. É óbvio que Roberto está irritado e chateado.

Nós dois desviamos o olhar enquanto ele leva um momento para se recompor.

— Se você tem um consultor jurídico local, os próximos passos são mais da jurisdição dele do que da nossa — diz Tessa.

Roberto acena com a cabeça e solta um suspiro profundo.

— Mais alguém sabe? Como vocês encontraram esses documentos? — Ele se senta novamente à sua mesa. Está pálido, mas parece decidido.

Explicamos nosso processo. Ele nos pede uma recomendação de um advogado trabalhista local para evitar usar o contratado por Pamela. Tessa envia um e-mail para seu escritório de advocacia e para Brooke para ver se eles têm alguma sugestão e dá a Roberto o nome do escritório recomendado.

Alguém bate à porta e Cameron enfia a cabeça para dentro.

— Vocês começaram cedo. Está tudo bem? Achei que poderiam precisar de mim em algum momento hoje para revisar a linguagem da divulgação.

Eu me levanto, bloqueando a visão de Roberto.

— Precisamos. Estávamos atualizando Roberto. — Olho para o relógio. — Você está disponível às 9h30? Temos algumas coisas para terminar aqui. Devemos ir ao seu escritório ou você prefere nos encontrar na sala de conferências?

— Meu escritório está bom. — Cameron fecha a porta atrás de si.

— Temos que discutir a divulgação com ele — digo.

Roberto acena com a cabeça.

— *Está bien.* Vou ligar para os advogados e avisá-los. Eles provavelmente vão querer falar diretamente com vocês também. Vou tentar marcar isso para a hora do almoço.

Passamos a manhã revisando a divulgação financeira com Cameron. E então discutimos nossas conclusões e estratégia no escritório do advogado trabalhista local durante a tarde. Voltamos ao *Comidas en Canasta* com o advogado local. Enquanto estamos isolados na sala de conferências, finalizando a divulgação, Roberto e o advogado local de RH confrontam Pamela e Cameron separadamente e os demitem.

O escritório fica estranhamente silencioso.

— Devíamos ter insistido mais para participar dessas reuniões? — pergunto. Parece tão anticlimático.

Tessa balança a cabeça.

— Não. Não gosto de participar dessas reuniões em que as pessoas são demitidas. E isso é um assunto interno da empresa, que deve ser conduzido de acordo com a lei mexicana.

— Você está certa. — Volto ao relatório semestral. Remarcamos nosso voo para o final da noite, já que terminamos aqui.

Mais tarde, Roberto se junta a nós na sala de conferências para nos dar uma atualização. Ele diz:

— Cameron pediu uma segunda chance. Pamela e ele tinham dívidas de jogo e precisavam se recuperar financeiramente. Eles planejavam reembolsar o dinheiro. Eu disse não. — Roberto balança a cabeça. — Como ele pode reparar o dano à nossa reputação causado pelo que ela fez com os fornecedores? Como ele poderia? Ele queria saber como você descobriu, então eu disse que as discrepâncias surgiram enquanto você fazia sua devida diligência. Não queria que ele soubesse sobre Ana ou Valeria. Valeria tem acompanhado os fornecedores do restaurante e reembolsamos os vinte que foram obrigados a pagar esse suborno.

Roberto olha para sua mesa.

— Promovi Valeria como nova diretora financeira, e ela planeja recontratar a mulher que fez a primeira denúncia pela linha direta. Vou usar nosso novo consultor jurídico para questões de RH, pelo menos por enquanto. Ana e Valeria me disseram que entraram em contato com Brooke. Elas se sentiram mais à vontade para abordá-la por ser mulher e confiaram em sua integridade. Elas também deixaram o envelope para você. Agradeci a ambas. Lamento que elas não tenham se sentido à vontade para vir diretamente a mim e perguntei o que posso fazer para que confiem em mim.

— Acho que suas ações agora provavelmente lhes deram essa confiança em você — diz Tessa.

Roberto sorri levemente.

— Foi o que elas disseram.

Ele parece cansado, mas mais esperançoso do que antes.

— *Muchas gracias.* — Ele aperta nossas mãos calorosamente. — Você não deve misturar negócios e amizade. Eu sei disso. É um erro meu também.

Sim. Namorar Paisley publicamente no escritório foi definitivamente um erro da minha parte. Se Tessa e eu vamos continuar trabalhando juntos, é melhor não namorarmos. Mas...

Eu cutuco Tessa e digo para ela mostrar a Roberto o aumento nos retornos de suas experiências anteriores de investigação para lhe dar esperança. Ela abre o slide em sua apresentação do PowerPoint e explica novamente como o aumento do moral levou a um aumento na receita.

— Isso me faz sentir melhor. Veremos — diz Roberto. — Espero que você esteja certa. Obrigado novamente.

Tessa aperta a mão dele e sorri radiantemente. Aquele sorriso enorme e caloroso. Por mais que este caso tenha sido um lembrete de que negócios e amizade não se misturam, minha determinação de não namorar Tessa novamente está diminuindo. Eu deveria dar a ela uma segunda chance. Da maneira como trabalhamos juntos, não estou imaginando essa conexão. Posso confiar nela. Eu acho.

Roberto se senta pesadamente e estremece como se fosse demais. Traído por um amigo íntimo e colega e na empresa dos seus sonhos.

Meu cérebro volta à minha memória daquele momento de traição, quando percebi que Paisley havia me traído.

*Paisley veio ao meu apartamento com o cabelo molhado. Não estava chovendo lá fora. Ela deveria estar vindo do seu novo emprego no escritório.*

*"Eu estava na academia e tomei um banho", disse ela.*

*Mas eu estava na nossa academia. Ela não estava lá.*

*Mesmo assim, eu não conseguia acreditar.*

*"Nossa academia na Rua 79?", perguntei.*

*E então ela me disse que tinha dormido com outra pessoa. Ela tinha apenas tomado banho na casa dele. Eu não conseguia respirar.*

*Nunca tinha sentido aquilo antes. Quando consegui respirar novamente, pedi-lhe para sair. Terminei com ela naquele momento. Estava acabado.*

# 30

## Tessa

Ao me aproximar da entrada do metrô da Rua 72, na ilha, no meio da Broadway, Zeke está lá, segurando um guarda-chuva fechado. Às 6h da manhã de um sábado cinzento, as ruas estão vazias, exceto por um corredor solitário e um homem dormindo em um pedaço de papelão sob um andaime. Zeke toma um gole de uma garrafa térmica de alumínio. Não ousei tomar café para ter certeza de que não precisaria fazer xixi durante a vigilância. Podemos ficar fora o dia todo.

Aceno e atravesso a rua.

— É cedo o suficiente para você?

Ainda estou surpresa por ele ter querido vir. Eu nunca acordaria tão cedo, a menos que *realmente* gostasse do cara. Ou estivesse ajudando um cliente. Balanço a cabeça. *Somos apenas amigos.* Formamos uma boa equipe, foi o que ele disse. E esta é minha chance de mostrar a ele que sou uma pessoa fundamentalmente boa. Ele não está pronto para namorar, mas está aqui. Passando o dia comigo, seguindo um golpista. Isso diz muito.

Zeke está usando uma camiseta surrada e jeans. Ele está tão bonito. Sinto um frio na barriga ao olhar para ele. Está tentando me torturar? Ele segura a porta para mim quando entramos na estação de metrô. Lá dentro, placas em preto e branco indicam aos passageiros que sigam para a esquerda ou para a direita para os trens que vão para o centro ou para os bairros altos.

— É ele? — Ele levanta o celular para mostrar a foto que enviei ontem.

— Sim. Taylor tirou essa foto no domingo passado, quando tentou segui-lo.

— Você acha que ele tem outra namorada e estava usando a avó da Taylor para conseguir o apartamento dela? É um baita plano de longa duração.

Olho para ele com severidade. Não esperava que Zeke viesse para ser a voz da razão.

— O aluguel é de trezentos dólares por mês. Um apartamento de dois quartos com aluguel controlado em West Harlem.

— Isso é incentivo suficiente. — Zeke segura a porta verde de madeira da estação de metrô. — Isso é normal? Eu não sabia que advogados seguiam pessoas.

Eu dou de ombros.

— Não é. Mas, sinceramente, não sei mais o que fazer. Ele conseguiu preencher todos os requisitos para provar que é um companheiro. Está tudo muito bem elaborado. — *Espero estar certa.*

— Você é muito desconfiada.

Eu sigo em frente, ignorando o comentário.

— E os advogados com certeza vão vasculhar todas as suas postagens nas redes sociais e contratar detetives particulares. Mas não tenho dinheiro para contratar um, então cabe a mim e à Taylor fazer o trabalho de campo. Na verdade, é ótimo que você esteja vindo, porque podemos trocar de lugar na Rua 59, se ele for para esse endereço. Vou enviar uma mensagem com o vagão do metrô em que estamos para que você possa esperar na Rua 59 e pegá-lo.

Eu passo meu cartão e atravesso a catraca. Ele me segue.

— E aqui estão alguns dispositivos de espionagem: um fone de ouvido walkie-talkie e um dispositivo de rastreamento. Mas não tenho certeza se devemos usar o dispositivo de rastreamento ainda, caso ele o encontre. — Mostro ao Zeke o aplicativo do walkie-talkie, e ele o baixa em seu celular.

— Você tem isso guardado? — Ele coloca a caneca na mochila.

— Sei que isso não está me ajudando a convencê-lo de que não sou uma mestre da mentira...

Ele bufa.

— Eu já sei que você não é uma mestre da mentira.

Lanço-lhe um olhar severo de "fique quieto".

— Ria o quanto quiser. Mas a pintura da Miranda foi roubada pouco antes de uma exposição importante, e eu comprei isso para ela usar quando estava fazendo um trabalho de detetive. E isso a ajudou a encontrar a pintura... em um sentido muito amplo. — Acho que não estou ajudando meu caso. — Vejo você na Rua 59.

Desço correndo as escadas até a plataforma do trem nº 1 para o centro da cidade. Do outro lado dos trilhos, Zeke acena para mim da plataforma do centro da cidade, pouco antes de um metrô entrar na estação e bloqueá-lo da minha vista.

Na Rua 125, mando uma mensagem para Taylor dizendo que estou a caminho do prédio.

Taylor: *Meu amigo está na saída dos fundos.*

Eu: *Estou na saída da frente.*

Taylor: *Ele acabou de sair do apartamento. A sra. Humming ligou.*

E estamos prontos.

O sr. Howard sai pela entrada da frente do prédio, uma figura baixa e musculosa, curvada, vestindo uma capa de chuva pesada para se proteger da garoa. Sigo-o, usando meu guarda-chuva para esconder meu rosto.

Felizmente, ele anda devagar. Atravesso a rua e subo as escadas de metal do outro lado para não ficar diretamente atrás dele. A estação da Rua 125 fica do lado de fora, em uma plataforma elevada. Assim que ele passa pela catraca, eu o sigo. Algumas outras pessoas esperam na plataforma da linha do centro da cidade. Fico na plataforma aberta sob meu guarda-chuva, enquanto ele se abriga sob o toldo de ferro.

O metrô se aproxima, a plataforma da estação balança levemente, mesmo com o trem reduzindo a velocidade. Entro no mesmo vagão que Howard, mas pelo outro lado. Sento-me no banco para duas pessoas perto da porta e pego um jornal para esconder meu rosto. Ele está sentado do outro lado. Envio uma mensagem para Zeke com a localização aproximada do vagão.

Se o vagão do metrô ficar cheio, não conseguirei ver Howard. Mordo o lábio.

A audiência é esta semana. Esta é a nossa única chance de determinar para onde ele vai nos fins de semana. Se o perdermos, nossa última opção é vigiar o apartamento da possível namorada.

O metrô fica lotado à medida que avançamos em direção ao centro da cidade. Levanto-me e vou para o meio para poder vê-lo. O trem fica completamente lotado na Rua 72, e fico espremida entre três pessoas, sem nenhuma visibilidade. Na Rua 66, quando alguns passageiros descem, aproveito a oportunidade para me aproximar dele.

Ao nos aproximarmos da Rua 59, envio uma mensagem para Zeke. Minha mensagem não é enviada. Howard não está se levantando. Talvez ele não vá embora. Mas Zeke vai se juntar a nós no trem. As portas se abrem na plataforma da Rua 59 e Howard sai. Eu o sigo, mas deixo que ele vá na frente.

Zeke: *Estou seguindo ele. Plataforma B.*

Eu: *Ok. Estarei na outra extremidade.*

Zeke: *Estamos os dois no trem.*

Eu: *Também estou no trem B.*

Zeke: *Mudando para o E para Queens.*

Eu também mudo para o E.

Eu: *Vou correr para ver se consigo chegar ao andar do apartamento.*

Não contei essa parte do plano ao Zeke, para o caso de ele se opor.

Zeke: *Tenha cuidado.*

Assim que saio do metrô, corro até o prédio. Digo ao segurança que estou lá para encontrar um cliente e mostro minha identificação do escritório de advocacia. O guarda acena com a cabeça e me diz para assinar o registro. Eu rabisco uma assinatura ilegível. Vou aparecer nas câmeras de segurança, mas tudo bem. Esse guarda está grudado no celular, em vez de prestar atenção nas imagens das telas à sua frente.

Se Howard aparecer, vou pedir as imagens das câmeras de segurança. Talvez elas mostrem um padrão persistente de que ele mora aqui nos fins de semana.

Um minuto da entrada até o elevador.

Saio do elevador no andar dele.

Zeke: *Ele entrou no prédio.*

Não há tempo para verificar onde estão as câmeras de segurança. Parece que uma família está prestes a sair do apartamento em frente ao dele. Entro na sala do lixo. Uso cera adesiva para colar um espelho na altura da cabeça na porta da sala do lixo e mantenho a porta aberta. Então, fico parado lá dentro e recupero o fôlego. O corredor é visível no reflexo. Se ele vier fechar a porta, o jogo acaba, a menos que ele acredite que sou uma nova vizinha jogando lixo fora. Eu espero.

Um som estridente vem do elevador.

Ele sai. *Sim.* Passos pesados e arrastados. Howard insere a chave na fechadura. *Ele ainda tem as chaves.* E então uma mulher abre a porta, falando animadamente, e o abraça. *E eles se beijam.*

*Sim! Meu palpite estava certo.*

Sua voz grave responde com um murmúrio ininteligível.

A família que estava se preparando sai para o corredor, e o tom agudo das vozes animadas das crianças ecoa no corredor.

— Você precisa compartilhar sua receita de marinada antes de se mudar — diz a vizinha.

Bingo. A vizinha acabou de confirmar que mora lá e só agora está “se mudando”. Talvez eu possa entrevistar essa vizinha.

— Eu digo que é fácil — ele responde. — E nós definitivamente precisamos da sua receita de *picadillo*.

Felizmente, ninguém está carregando lixo. Envio uma mensagem para o Zeke.

Eu: *Vizinha com três crianças saindo. Ela está com uma blusa vermelha. As crianças estão com blusas azuis. Você pode acompanhar?*

Zeke: *Deixa comigo.*

É uma boa pista. Embora os vizinhos geralmente relutem em testemunhar.

A família pega o elevador e a porta do Howard se fecha.

O corredor agora está silencioso. Retiro meu espelho e procuro a localização das câmeras de segurança, depois corro de volta para a escada.

Eu: *Estou descendo. Ele beijou a mulher!*

Entro no elevador no andar seguinte.

No térreo, aproximo-me do segurança.

— Sou advogada e estou investigando um caso no tribunal de habitação. Gostaria de ver as imagens das câmeras de segurança. Há alguém com quem eu possa falar sobre isso?

— Claro. — O segurança anota um número num pedaço de papel e entrega-o. — Tente este contato.

— Obrigada. — Saio do prédio.

Zeke: *No parque infantil, no canto norte.*

Encontro Zeke na CVS ao lado do parque infantil. Conto-lhe o que vi e o que a vizinha disse.

— Mas talvez eles tenham voltado a ficar juntos depois que a avó morreu? — ele pergunta.

— Mesmo assim. Mostre um pouco de respeito pela sua última namorada e espere um pouco. Faz apenas alguns meses. Se você realmente se importava com alguém, como pode imediatamente se envolver em outro relacionamento? Mesmo que seja voltar para uma antiga paixão. — Eu bufo. — Mas entendo o seu ponto de vista.

Fico olhando para a vitrine com protetores solares na loja CVS.

— Ainda vou argumentar que ele e a sra. Robinson não tinham um relacionamento. Mas se ele insistir que tinham, ele não foi fiel. Meu argumento é que ele também tinha um relacionamento com a sra. Morris antes de seu "relacionamento" com a sra. Robinson e que ele estava apenas usando a sra. Robinson por causa do apartamento dela. Preciso mostrar que ele tinha um relacionamento com a sra. Morris durante o período em questão.

Mordo o lábio.

— Vamos ver o que as imagens de vídeo mostram. Se é que elas existem. Talvez a vizinha esteja disposto a falar conosco. E então acho que devemos ficar por perto e ver se eles saem juntos. Se conseguirmos uma foto deles fisicamente juntos, isso pode pelo menos levantar algumas dúvidas sobre sua imagem de devoção à avó de Taylor.

— A empresa de segurança não vai querer uma intimação?

— Nem sempre.

Ligo para o número que o segurança me deu. Explico que sou advogada em um caso no tribunal de habitação e solicito permissão para ver as imagens das câmeras de segurança de um corredor específico em todos os fins de semana que eles ainda tiverem. O cara diz que sim e que eles mantêm as imagens por sessenta dias. Ele me dá o endereço do escritório central. Marquei uma reunião para segunda-feira.

— Tudo bem, vamos conversar com a vizinha — digo.

— O quê? Como vamos falar com ela?

— Estamos recém-noivos e procurando um apartamento naquele prédio. — Eu inventei isso na hora, mas definitivamente se encaixa no meu objetivo de nos aproximar.

Zeke pisca os olhos.

— Estamos noivos?

# 31

## Zeke

Tessa pisca para mim.

— Siga o plano.

Ela agarra minha mão e me puxa até a entrada do parquinho. Eu aperto sua mão de volta. É tão pequena, mas ela é tão forte. Ela destranca o portão do parquinho e o abre. O pequeno parquinho tem um escorregador, um balanço no canto atrás de outro cercado, uma estrutura metálica colorida, amarela e azul, para escalar, e um quadrado de areia.

— Não acho que seja uma boa ideia — digo, seguindo-a para dentro do parquinho.

Ela fecha o portão.

— Ótimo. Você deveria parecer relutante. Isso vai tornar tudo mais crível.

— Não estou atuando.

— Excelente. Você também não deve pensar nisso como uma atuação.

Ela definitivamente não está me ouvindo.

Ela me puxa até onde a vizinha está sentada em um banco, observando seus filhos brincarem na areia.

— Com licença. Sei que isso é extremamente ousado e aleatório, mas estamos procurando apartamentos neste bairro e achei que deveríamos pedir conselhos a algumas pessoas que moram por aqui. Acabamos de ficar noivos. — Tessa acena para o playground. — Achei que você morasse por perto.

— Moro — diz a mulher lentamente, com cautela, como se deve fazer quando abordado por um estranho em Nova York pedindo informações pessoais.

— Ótimo. — Tessa senta-se ao lado dela e dá um tapinha no banco para que eu me junte a ela. Eu fico em pé.

— Ele é um pouco tímido — diz Tessa. — Enfim, estamos de olho no Garden Towers. Você sabe alguma coisa sobre esse prédio? Espero que a maioria dos inquilinos seja de longa data. Parece um prédio estável, com muitas famílias e casais. Como é o zelador? Ele é receptivo? Há algum problema com aquecimento ou barulho?

— Dê a ela uma chance de falar — murmuro.

— Desculpe — diz Tessa. — Eu queria ter certeza de que ela sabia que eu tinha perguntas legítimas.

— Eu moro lá. É um bom prédio. O zelador está lá há muitos anos e é como se fosse da família. Nossos vizinhos moram do outro lado do corredor há cerca de dez anos. Eles estão planejando se mudar, então talvez o apartamento deles fique vago.

— Um casal mora no apartamento? É um apartamento de um quarto? — pergunta Tessa.

— Sim, um casal mora lá — ela diz. — É um apartamento de um quarto.

— Por que eles estão se mudando? Espero que não seja por causa do prédio.

— Eles encontraram um novo apartamento na cidade, mais perto do trabalho dela.

— Isso é o sonho. Ainda não temos condições para isso — diz Tessa. — Ele é fotógrafo e eu vou trabalhar para a AJGL.

Minha cabeça se vira rapidamente para ela. *Eu sou o quê?* Que maneira de inventar na hora.

— AJGL? Você é advogada? — pergunta a vizinha.

— Sim.

— Que ótimo. Minha amiga precisa de um advogado. — Ela pega o celular. — E você é fotógrafo?

Eu aceno com a cabeça. Relutante.

— Você pode tirar uma foto dos meus filhos para mim?

— Hum... Não trouxe meu equipamento. — Lanço um olhar preocupado para Tessa. Ela é que deveria ser a artista, não eu. — Mas ficaria feliz em tirar uma foto sua com seus filhos.

— Espere um pouco. — Ela disca um número no celular. — Minha amiga. O proprietário do imóvel dela não conserta o banheiro. Já faz um mês. Eu disse a ela que precisa falar com um advogado. Vou ligar para ela agora.

— Se quiser, posso tirar uma foto e enviar uma cópia por correio se você me der seu endereço — digo. Isso confirmará o endereço dela.

Tessa me encara, e eu pisco para ela.

— Sim, ótima ideia. — A mulher diz à amiga que um advogado da AJGL está no parque e que ela deve se apressar.

— Sra. Peres. — Ela recita seu endereço e número de telefone enquanto eu anoto no meu celular.

As três crianças sentam-se ao lado dela no banco enquanto tiro uma foto com meu iPhone. Espero ser melhor fotógrafo do que Tessa era pintora. Minha irmã me deu um curso de fotografia de presente uma vez, porque eu tiro a foto anual da família dela para o cartão de Natal, então tenho alguma experiência.

Tessa espreita por cima do meu ombro para ver a foto, com o cheiro de maçã de seu cabelo flutuando no ar, e diz que ficou ótima. Tiro várias fotos.

A mãe parece encantada com as fotos.

Posso ver por que Tessa gosta de fazer esse trabalho de detetive. É uma sensação boa.

Outra mãe se aproxima. A vizinha nos apresenta por profissão a essa mãe, e ela me pede para fotografá-la com seus filhos. Eu concordo, e ela me entrega seu celular. Tessa pula atrás de mim para fazer as crianças sorrirem. Em determinado momento, olho para trás e perco a foto porque rio da cara que ela está fazendo.

— Como vocês se conheceram? — pergunta a vizinha quando devolvo o celular.

— Nós nos conhecemos em uma exposição de arte — diz Tessa. — Como você conheceu seu marido?

— Em uma festa de rua. Ele era amigo de um amigo.

A mulher se vira para mim.

— Você deve ter feito um pedido de casamento romântico, sendo fotógrafo. Como você a pediu em casamento?

Eu pisco os olhos. Estou tão fora do meu ambiente.

— Fui eu que pedi ele em casamento — diz Tessa.

Eu sorrio.

— Você deveria contar a elas a história de como você pediu em casamento, querida. É uma boa história. — *Você é a responsável por essa charada.*

— Tenho certeza de que elas não querem ouvir. Não se estavam esperando algo romântico — diz Tessa.

— Adoro histórias de pedidos de casamento — dizem as duas mulheres.

— Não foi nada romântico. — Ela está claramente ganhando tempo. Mas também fico aliviado por ela não ter uma fantasia pronta na cabeça sobre como gostaria de ser pedida em casamento. Ela disse que Wyatt foi seu primeiro namorado sério. Ela queria que ele a pedisse em casamento? Por que ela não namorou ninguém seriamente desde então?

— Para mim, foi romântico. — Não consigo evitar em provocá-la. Isso é definitivamente divertido.

— Eu fiz uma apresentação em PowerPoint — ela diz.

Nossos olhares se cruzam. *Ela está se referindo à sua apresentação em PowerPoint para lhe dar uma segunda chance?*

— Um PowerPoint? — As duas mulheres parecem horrorizadas. Elas olham de uma para a outra.

Eu claramente perdi toda a credibilidade como um cara romântico.

— Eu estava no apartamento dele trabalhando até tarde. E perguntei se ele poderia revisar meu PowerPoint para ver se fazia sentido. Eu coloquei um monte de fotos do nosso relacionamento lá, nosso encontro na inauguração de uma exposição de arte, andando de bicicleta pela ponte do Brooklyn, dançando tarde da noite, ajudando um ao outro no trabalho. — Ela mantém meu olhar. — E ele aceitou.

Meus lábios se curvam. Fiquei impressionado com a apresentação de Tessa, mesmo tentando não demonstrar.

— Ah, que romântico.

— Você ficou surpreso? — pergunta a segunda mãe.

Olho para Tessa.

— Ela sempre me surpreende.

— Bem, posso dizer que vocês vão durar. Tenho um bom pressentimento quanto a isso.

A amiga dela ri e dá um soco carinhoso no braço dela.

— Ela sempre diz isso, mas realmente tem um bom senso para isso. E eu concordo. — Ela se vira para Tessa. — O jeito como ele olha para você. É assim que o meu olha para mim. É assim que você quer que um homem olhe para você.

*Eu olho para ela assim?*

Merda. Achei que estava escondendo tudo.

— Assim? — pergunta Tessa.

A amiga acena com a mão.

— Não assim. É assim que eles olham quando são pegos.

Eu controlo minha expressão.

Naquele momento, a outra amiga chega e explica que o proprietário fica dizendo que vai consertar o banheiro, mas não o faz. Elas estão usando um balde de água para dar descarga. Tessa e ela sentam-se juntas no banco. Tessa se inclina para frente, totalmente imersa na situação dessa mulher, com um desejo palpável de ajudar. Tiro uma foto rápida.

— Tenho um contato no escritório da AJGL no Queens. Posso colocá-las em contato. Mas vocês também devem entrar em contato com o vereador da sua região, já que moram em um imóvel da prefeitura de Nova York. Eu costumava ajudar com esses tipos de casos quando era assistente legislativa de um vereador. Deixem-me escrever alguns e-mails para vocês — diz Tessa. — Mas também recomendo este vídeo do YouTube. Ele mostra como consertar um vaso sanitário.

As outras duas mães estão passando pelas fotos, parecendo felizes e mostrando-as umas às outras.

— Qual vocês gostam mais? — pergunto.

Cada uma delas me mostra a que mais gosta, e eu digo que vou enviar uma cópia impressa para elas. Tessa se levanta, depois de enviar os e-mails.

— Foi ótimo conhecê-las.

— Temos que ir — digo.

Nós nos afastamos, voltando para a entrada do apartamento.

— Você não perguntou muito sobre Howard — digo.

— Não, ainda não — ela responde. — Eles pareciam muito próximos. Não tinha certeza se podia confiar neles. Mas ainda assim consegui informações úteis que corroboram meu palpite e, com sorte, as imagens de vídeo serão conclusivas. Quer vigiar a entrada? Se conseguirmos alguns vídeos dele com essa outra mulher, seria ótimo.

— Claro. E você não achou que eu seria útil?

— Eu não sabia que essa era uma operação com várias pessoas. Fico feliz que você tenha vindo. — Ela sorri para mim. Ela tem um sorriso malicioso, como se fôssemos crianças aprontando alguma travessura.

É difícil passar despercebido neste quarteirão. Não há lojas. Nós nos afastamos um pouco e nos encostamos na parede de tijolos de um prédio.

— Por que eu era fotógrafo? — pergunto.

— Achei que não deveria dizer que você trabalha em Wall Street. E definitivamente não quero dizer que você é médico ou qualquer coisa que possa exigir serviços imediatos. Não percebi que todos iriam querer que você tirasse fotos. O que você quer ser da próxima vez?

— Haverá uma próxima vez?

Ela olha para mim.

— Isso depende de você. Ainda acho que devemos tentar.

A atração ainda existe.

*Olho para ela como se gostasse dela. Eu gosto dela.*

*Ainda mais agora que a conheço melhor.*

Engulo em seco. Evito o contato visual por um momento e depois volto a olhar para ela.

— Você sabe que é um pouco louca.

— Só um pouco? No bom ou no mau sentido?

— Existe um jeito bom ou ruim?

— Foi você quem quis namorar uma "artista criativa", meu querido. — Ela faz aspas com as mãos. — Você não acha que os artistas são um pouco loucos? Os advogados também têm licença para ser loucos, embora eu prefira chamá-los de criativos.

Eu balanço a cabeça.

— *Touché*.

Ela tira um livro da bolsa.

— Você está lendo o livro do meu pai? — pergunto.

— Achei que deveria.

— Estou emocionado.

— É emocionante. Talvez termine hoje. Só tenho medo de me envolver tanto que me esqueça de olhar para cima e verificar se o Howard já apareceu. Mas o seu pai também deve ter muita criatividade, porque essas reviravoltas na história são muito inteligentes.

Eu sorrio.

— Você está certa. Ele é um louco bom também.

Também pego um livro e ficamos ali, lendo, olhando periodicamente para a entrada do prédio. É uma sensação confortável, ler lado a lado.

Uma hora se passa. O sr. Howard não aparece.

Ela roe as unhas.

— Se você me enviar as fotos, vou mandar imprimir e enviar para a sra. Peres.

— Não, eu faço isso. É a minha reputação que está em jogo. Você tem sorte que minha irmã me obrigou a fazer um curso de fotografia.

— Eu te reembolsarei.

— Foi divertido. Fico feliz em fazer isso. As fotos ficaram boas.

— É verdade. Você quer um pouco de M&Ms de amendoim? Trouxe um pacote só para você. — Ela abre a mochila.

— Esperava algo mais emocionante na sua mochila do que M&Ms de amendoim.

— M&Ms de amendoim são realmente satisfatórios. Costumo contar com eles quando tenho que trabalhar durante a refeição. — Ela se afasta da parede e se espreguiça. — Acho que mesmo que tirássemos uma foto deles juntos, talvez não fosse tão útil em comparação com as outras coisas que temos. E, como você disse, ele poderia simplesmente ter reiniciado esse relacionamento. Vamos almoçar? Eu pago. Tem uma lanchonete na esquina. Posso pegar o almoço enquanto você fica de olho na entrada do prédio.

— Claro. — Dou meu pedido. Ela acena em despedida e caminha pela rua em direção à delicatessen.

Assim que ela desaparece de vista, volto a observar o prédio.

Lá está o sr. Howard, saindo.

Envio uma mensagem para Tessa.

Eu: *Ele saiu do prédio. Sozinho. Estou seguindo.*

# 32

## Zeke

O sr. Howard entra na delicatessen, a mesma em que Tessa desapareceu. A vitrine está coberta de placas de promoção, então não consigo ver o interior. Sorvete está com promoção compre um e leve dois. Cartazes enormes anunciam preços reduzidos para arroz, macarrão e cerveja. Outra faixa escrita à mão diz: *Compre seu feijão Goya! Agora em promoção.*

*Devo segui-lo?* Tessa já está lá dentro. Não precisamos dos dois. Se eu entrar e ele sair imediatamente, ficará óbvio que estou seguindo-o. Mordo o lábio.

Eu deveria ficar do lado de fora. Tessa pode cuidar disso. Eu recuo para esperar que ele ou Tessa saiam.

Eu: *Ele entrou na delicatessen.*

Como se ela não soubesse.

Eu: *Você está bem?*

Sem resposta. Devíamos ter usado aqueles fones de ouvido walkie-talkie.

Talvez ela não possa responder se estiver fazendo o pedido ou pagando.

Ainda assim, aquele cara era musculoso. E eu vim junto porque não gostava da ideia de ela ficar sozinha, seguindo algum golpista. Ele pode ficar violento se sentir-se ameaçado.

E agora sabemos que ele tem um relacionamento com a sra. Morris.

Corro de volta para a delicatessen.

Tenho certeza de que ela sabe se cuidar. Provavelmente consegue se safar de qualquer situação. *É melhor prevenir do que remediar.*

Empurro a porta. O sino toca. Cada centímetro do espaço foi usado para expor produtos. Pilhas de latas estão alinhadas nas prateleiras à minha frente. Atrás de uma barreira de plástico transparente, o funcionário da delicatessen atende no balcão, com pacotes coloridos de doces nas prateleiras rasas abaixo.

Procuro Tessa no corredor.

Howard a encurralou no canto.

Eu me movo lentamente pelo corredor estreito em direção aos dois.

— Você está me seguindo. Eu conheço você — diz o sr. Howard. — Você é a advogada da Robinson. Eu pesquisei sobre você.

— Sou a advogada da sra. Robinson — diz Tessa. — Não posso falar com você sem a presença do seu advogado.

— Dois sanduíches de peru prontos! — grita o balconista.

Tessa se move para pegá-los, mas Howard a bloqueia. Ele tem um peito largo como o de um touro.

— Você não pode falar comigo? — Sr. Howard se aproxima dela. — Você pode me seguir, mas não pode falar comigo?

Tessa se endireita, mantendo sua posição.

— Dois sanduíches de peru para retirada! — O atendente repete. Ele está se esforçando.

— Senhor — digo eu. Acho que posso falar com ele.

Ele se vira ligeiramente. Não consigo me colocar entre ele e Tessa. Não há espaço suficiente.

— Você parece estar ameaçando minha noiva — digo.

— Dois sanduíches de peru! — o funcionário da lanchonete chama novamente.

O sr. Howard vira-se para mim.

— Eu não estava ameaçando. Não gosto de ser seguido e não gosto que alguém diga que não pode falar comigo.

— Vamos embora — diz Tessa. — Deixe-me pegar nossos sanduíches. Já paguei por eles. E você pode dizer ao sr. Howard que essa regra existe para protegê-lo. — Tessa sai de trás do sr. Howard em direção ao balcão, puxando-me com ela. Seguro sua mão, mas fico de frente para ele, andando para trás, para poder observá-lo. Ela pega os dois sanduíches.

Ele permanece onde está. Tessa me puxa para fora da porta da frente.

— O que você estava fazendo? Ele poderia ter te machucado — ela diz assim que saímos.

— Ele poderia ter machucado *você* — digo.

— Não vai ser bom para ele se ele der um soco no advogado adversário — diz ela. — Ele poderia ter dado um soco em você.

— Isso tudo é muito racional, mas e se ele estiver com raiva e irracional? — pergunto.

— Entendi. — Ela me segura pela mão e acelera o passo. — Vamos sair daqui. Mas não tenho ideia de onde podemos comer nossos sanduíches. Precisamos encontrar outro playground ou parque.

Gosto que Tessa me puxe pelo braço e se preocupe comigo.

O Google Maps mostra outro parque infantil nas proximidades, e caminhamos até lá. Os aspersores estão ligados e as crianças correm para dentro e para fora da água, gritando. Abrimos o portão e entramos para nos sentar em um banco à sombra de uma árvore.

— Sinto que preciso de uma criança aqui. — Desembrulho meu sanduíche e dou uma mordida.

— Talvez na nossa próxima escapada eu consiga arranjar isso.

— Não ficaria surpresa se você fizesse isso.

— Não acho que minha irmã vai me emprestar seu bebê para uma das minhas aventuras. Mas fico feliz que você ainda esteja disposta a outra. — Tessa bebe um pouco de água. — Devíamos ter saído imediatamente. Foi bobagem esperar, especialmente porque uma foto de hoje não provaria muita coisa.

O celular de Tessa apita, ela verifica e exclama.

— É algo bom? — pergunto.

— Iris acabou de me enviar uma mensagem dizendo que o Golpista está exibindo minhas pinturas em sua conta do Instagram. Olha. — Ela me mostra a conta dele em seu celular e, de fato, lá está a pintura dela do que eu acho que deveria ser uma árvore na chuva.

— Eu estava me perguntando o que estava acontecendo com ele. — É uma pergunta que eu queria fazer desde que começamos a conversar novamente, mas também não queria tocar no assunto que nos separou.

— Ainda não muita coisa. Tenho estado tão ocupada com o trabalho que tive que adiá-lo, mas ele parece achar que sou uma artista. Ele está seguindo o mesmo curso de ação que seguiu com a artista que nos alertou sobre ele. Ele deveria tentar sua fraude com cheques em seguida.

— Eu vi vocês uma vez, se encontrando em um café na vila. Eu estava jantando com alguns amigos.

— Sério? Foi a última vez que o vi. Fingi que ainda estávamos juntos para que ele pensasse que eu tinha namorado. Você estava no café?

— Sim, atrás de vocês.

— Era você? — ela pergunta. — Você estava usando uma peruca?

— Sim — respondo timidamente. — Não queria que nenhum de vocês me reconhecesse.

— Achei que fosse você. Achei que estava ficando louca, esperando te ver.

— Esperando me ver? — pergunto.

Ela mantém meu olhar.

— Sim — ela responde.

Desvio o olhar primeiro.

— Aquela peruca. — Ela ri.

— Você definitivamente vai ver aquela peruca de novo — digo. — Eu disse ao Sebastian que vou usá-la na próxima festa dele, porque ele ficou muito envergonhado com ela. — Faço uma pausa, percebendo o que acabei de dizer. — Você foi muito boa em ajudar aquela mulher com o problema de encanamento.

— É frustrante. Quando trabalhei com esse tipo de caso como assistente legislativa de um vereador da cidade de Nova York logo após a faculdade, achei que provavelmente seria mais rápido se eu aprendesse a consertar esse tipo de coisa, e eles me enviaram. Mais rápido do que ligar todos os dias para a prefeitura para ver se eles poderiam enviar um encanador. Finalmente fiz isso em um caso anterior da AJGL. Assisti a um vídeo no YouTube e consertei o vaso sanitário que estava vazando.

Termino meu sanduíche. Tessa liga para Taylor para avisá-la e a uma vizinha que Howard a viu em seu bairro. Ela verificará as imagens de segurança na segunda-feira. Ela praticamente dá um pulinho ao dizer que ele *beijou* a mulher no apartamento. Ela desliga.

— Agora posso interrogá-lo e perguntar sobre esse apartamento e essa mulher. Isso reforçará o depoimento da sra. Humming — diz ela. — Eu não tinha certeza se tinha um caso forte. Posso fazer o jantar para você hoje à noite como agradecimento?

Eu quero dizer que sim. A mentira dela sobre ser artista não é comparável à traição de Paisley.

Também está claro que ela está absolutamente dedicada a obter justiça para seu cliente *pro bono*. Acabamos de passar sete horas tentando obter algumas provas para este caso. E isso nem conta para o bônus que ela quer. Ela se dedica totalmente aos seus clientes. Até mesmo aquele documento falso. Não tenho certeza se teríamos descoberto os subornos sem ele. E se não tivéssemos descoberto que Pamela estava pedindo subornos, não teríamos conseguido reparar o dano à reputação da *Comidas en Canasta*. Fiquei meio surpreso que Tessa não tenha tirado seus cartões de visita quando aquele gerente pediu um.

São apenas 13h agora. O céu escurece.

— Precisamos escolher uma receita e ir ao mercado — diz ela. — Acho que está prestes a chover.

— Você sabe cozinhar? — Eu aprecio uma refeição caseira.

Ela suspira dramaticamente.

— Sim. Levo a comida muito a sério. E, para ser sincera, quando disse que era artista, não esperava ter que demonstrar minha habilidade artística.

— Tudo bem. — Estou me divertindo.

Gosto de estar com ela. Talvez possamos ser apenas amigos. Ela sorri para mim, com um sorriso que ilumina todo o seu rosto, e eu quero beijá-la. *Talvez não.*

— Ótimo — diz ela. — Prometo não te envenenar. Você tem alguma alergia?

— Não.

Gotas de água caem. Nós dois corremos para a entrada do metrô enquanto a chuva cai forte. Seu rosto voltado para cima brilha com a água. Ela passa o cartão e empurra a catraca. Descemos correndo as escadas até a plataforma. O próximo trem chega em cinco minutos.

— Você se importa se lermos no caminho para casa? — ela pergunta. — Estou em uma parte muito boa e quero terminar.

— Vou dizer ao meu pai que você preferiu ler o livro dele a conversar comigo. É um elogio para ele.

Ela olha para mim.

— Também é um elogio para você. Acho que uma das características mais importantes em um parceiro é que ele lhe dê liberdade para fazer suas próprias coisas. Vejo isso nos meus pais. Claro, é ótimo se vocês gostam das mesmas coisas. Mas se não gostam, e cada um permite que o outro persiga seus próprios interesses, isso ajuda a dar espaço para o relacionamento respirar. Definitivamente, isso também envolve um pouco de confiança, que essa paixão não o afastará de você.

Eu a encaro. Há muito o que analisar no que ela acabou de dizer. *Parceiro. O que faz um relacionamento durar. Perseguir paixões. Confiança.*

Eu nem sei por onde começar.

— Não fique com essa cara de medo. Só estou dizendo que isso também é um elogio para você. — Ela abre o livro, seu ombro roçando o meu, e me ignora, virando a página.

Tudo bem. Pego meu livro na mochila.

— Podemos parar no meu apartamento no caminho de volta e passear com meu cachorro?

Decidimos parar no apartamento da Tessa, escolher algumas receitas e depois cozinhá-las na minha casa depois de fazer compras. Assim, meu cachorro, Brit, não ficará sozinho à noite.

Tessa pega cinco livros de receitas e os coloca sobre a bancada da cozinha. A cozinha dela fica em um longo corredor que liga a sala de estar à frente com os dois quartos nos fundos.

— Qual é a sua preferência? E o que posso lhe oferecer para beber? Temos vinho branco, água... — Ela olha na geladeira. — E água.

— Água está ótimo.

Os livros de receitas são claramente muito usados, com páginas amarrotadas e receitas marcadas com abas. Abro-os, mas não sou uma pessoa que cozinha nada além do básico.

— Como você tem tempo para cozinhar? — pergunto.

— Normalmente só cozinho nos fins de semana. Acho isso relaxante e produtivo. Tira minha mente do trabalho, porque tenho que me concentrar na receita. E gosto de alimentar meus amigos.

— O que você recomenda? Vou deixar nas suas mãos.

— É mesmo? — Ela inclina a cabeça, expondo o pescoço. — Aqui está sua água. Na minha caneca favorita. — Ela me entrega uma caneca com os dizeres: *SOU ADVOGADO. VAMOS ASSUMIR QUE ESTOU SEMPRE CERTO.*

Eu bufo.

— É o presente perfeito para você.

— Miranda me deu. — Ela folheia um livro de receitas. — Vamos tentar uma receita nova e uma receita comprovada. Vamos preparar este funcho refogado com *radicchio* e parmesão. Parece delicioso, e depois posso fazer almôndegas de peru com curry, alho-poró e arroz. Você pode fazer uma lista dos ingredientes para irmos às compras? — Ela me entrega um bloco de notas que estava ao lado do fogão.

— Claro. Mas as duas receitas dizem que rendem seis porções.

— Não se preocupe. Adoramos sobras e posso dar um pouco para os meus vizinhos do andar de baixo. — Ela se inclina para perto de mim para ler a receita por cima do meu ombro.

Sinto o cheiro de maçã do seu xampu. Ela se afasta novamente, pega uma garrafa aberta de vinho branco e suco de limão na geladeira e coloca na mochila, junto com outras coisas. Termino de escrever a lista de ingredientes e leio em voz alta para ela confirmar o que precisamos comprar.

Ela pega duas sacolas de compras da *Fresh Direct* e saímos. O sol que aparece lança um brilho dourado sobre os prédios, embora a rua e as árvores ainda estejam molhadas.

Caminhamos pela rua lateral ladeada por prédios de tijolos marrons, e estou muito consciente da presença dela. Quero segurar sua mão.

*Somos amigos. Não posso namorar com ela.*

*Talvez eu não tenha percebido nenhum sinal de alerta quando comecei a sair com a Paisley, mas aqui, bandeirinhas vermelhas marcam a linha de partida. Cuidado! Perigo à frente!*

Passeamos pelos corredores do Fairway e escolhemos alimentos como um casal. No bom sentido. De uma forma que eu gostaria de continuar.

É uma profusão de cores nos departamentos de hortifrutigranjeiros. Pimentões laranja, verdes, amarelos e vermelhos estão todos alinhados uns sobre os outros para criar blocos de cor. Como uma obra de arte.

*Será que ela sabe mesmo cozinhar?*

Ela olha para mim.

— Você está me olhando com muita desconfiança.

— Estou? — Ela me entende bem. — É verdade. Estou me perguntando se isso é mais um dos seus planos, seguindo o velho ditado de que o caminho para o coração de um homem é através do estômago.

Ela balança a cabeça.

— É exatamente o que parece. Estou agradecendo a você preparando uma refeição. E devo dizer que o caminho para o meu coração... bem, alguém que sabe cozinhar é definitivamente alguém para se manter por perto.

— Eu não sei cozinhar — deixo escapar. Como um idiota.

Ela dá um tapinha no meu braço.

— Às vezes, o que importa é a intenção.

Ao passarmos pelas prateleiras de temperos, sugiro que compremos os temperos de que precisamos.

— Você deve ter alguns temperos.

— Curry, sal e pimenta — digo. — Se precisarmos de mais alguma coisa, devemos comprar.

Compramos o resto do que precisamos.

Depois de pagar, voltamos, cada um carregando uma enorme sacola da *Fresh Direct*. Ela para na *Levain Bakery* para comprar um biscoito de chocolate para a sobremesa. O sol do final da tarde brilha nos prédios.

Brit nos cumprimenta animadamente quando abro a porta do meu apartamento de um quarto.

— E esta é a Brit.

Minha boxer abana o rabo animadamente. Tessa se ajoelha e Brit lambe seu rosto. Ela se senta no chão e acaricia Brit.

E eu juro, meu coração derrete um pouco. Ela gosta de cachorros. Paisley não queria animais de estimação, então Brit foi meu presente de separação para mim mesmo.

— Preciso passear com ela depois do jantar — digo. — O filho adolescente do meu vizinho passeou com ela por volta do meio-dia, então ela está bem por enquanto.

Minha cozinha é aberta, fica atrás da sala de estar, com meu quarto ao lado. Mostro a ela onde tudo fica. Ela me entrega uma tábua de cortar, cebolas para picar e uma maçã para descascar e ralar.

Ela prende o cabelo em um rabo de cavalo e pica o funcho. Em seguida, começa a misturar os vários ingredientes em uma tigela para fazer as almôndegas. Ela tira uma batedeira manual da mochila.

— Você trouxe uma batedeira manual? — pergunto.

— Você disse para vir preparada — ela responde. — Você tem uma?

— Não. — Espio por cima do ombro dela para ver o que mais há na mochila. — Isso é como a bolsa da Mary Poppins?

Ela inclina a cabeça e olha para mim. Estamos tão próximos. Seus lábios se abrem e eu hesito. Quero beijá-la. Recuo.

— Você já quis ser advogada de interesse público? — pergunto, ocupando-me no balcão.

— Sim. Foi por isso que fiz faculdade de Direito. Passei meu primeiro ano de férias na AJGL como estagiária. Outro advogado recomendou que eu trabalhasse primeiro em um escritório de advocacia para ganhar dinheiro e pagar meus empréstimos, e porque é uma experiência jurídica valiosa. E eu gosto disso.

— Por que você quis trabalhar para a AJGL? — pergunto.

Ela faz uma pausa enquanto despeja leite na tigela, como se estivesse pensando no que dizer. Ou melhor, no que me dizer. Finalmente, ela diz:

— Para fazer o bem.

Divido as cebolas picadas em duas tigelas separadas, seguindo suas instruções, e ralo a maçã. Ela hesitou demais ao responder. Não passei no teste que ela fez para decidir se daria uma resposta curta ou longa. O verdadeiro motivo.

— Mas deve ter havido algo específico que a fez querer se tornar uma advogada de interesse público — digo.

— Tem que haver?

— Sim. — Aceno com a cabeça. — Porque, caso contrário, você estaria feliz trabalhando como advogada corporativa e fazendo alguns trabalhos *pro bono* paralelamente.

Ela me lança um olhar penetrante.

— Sim. Você está certo. — Ela pisca.

— Mas eu não passei no teste para você me contar?

— Não é um teste propriamente dito. Mas não é algo que eu compartilho sem mais nem menos.

Ela verifica a página da receita e me entrega alguns alhos-porós para cortar. Tigelas com cebolas picadas, erva-doce, *radicchio* e maçã ralada estão espalhadas pela bancada. Lavo os brócolis na peneira. Enquanto os alhos-porós fervem em uma panela com água, ela coloca uma panela de arroz no fogo.

— Você não pode me contar? — pergunto.

— Se bem me lembro, você nunca me contou nada embaraçoso sobre si mesmo.

— Achei que contar que minha ex me traiu por três meses, e eu não suspeitei de nada, foi bem embaraçoso. E não acreditei no meu melhor amigo, Ben, quando ele me disse que a tinha visto com outro cara.

— O que te fez acreditar nisso, então?

Desvio o olhar e agarro o balcão. Fui tão estúpido. Tão ingênuo.

— Eu a peguei mentindo. E então ela me contou. Ela viu Ben quando ele a viu e quis admitir antes que Ben me contasse, caso isso a ajudasse a parecer menos culpada. E havia pistas. Eu me senti tão idiota por não ter percebido. — Como as velas perfumadas ao lado da cama no apartamento dela. Nós não as usávamos quando fazíamos amor.

Ela me abraça por trás, apoiando a cabeça nas minhas costas. Aquele calor. Oferecendo consolo. Sem julgamento. Deixando minha privacidade. Minhas mãos seguram as dela.

— Acho que você não vê as pistas quando é a parte apaixonada — diz Tessa. — Fiquei arrasada quando Wyatt me largou do nada. Mas, como eu disse, em retrospecto, havia pistas.

— Sempre há pistas depois — digo.

Eu me viro para encará-la enquanto ela abaixa os braços e olha para mim. Eu acrescento:

— E agora estou paranoico. Sinto como se meu escritório estivesse grampeado. Tenho um chefe que não gosta de mim, estou prestes a ser transferido e ele parece saber tudo sobre mim, antes mesmo de eu saber.

— Bem, podemos entrar e procurar por escutas. — Ela tira os alhos-porós da água fervente e começa a formar as almôndegas e jogá-las na água.

Adoro que ela diga isso como se fosse totalmente normal.

— Você sabe como fazer isso? — pergunto.

— Não. Mas eu assisti *Crash Landing on You,* na Netflix. O personagem principal procura microfones escondidos pelo governo norte-coreano, e podemos ver vídeos no YouTube. Eu estudei vídeos no YouTube para aprender a pintar.

— Isso não me dá muita confiança.

Ela bufa. Então ela me coloca para fazer o prato de erva-doce em uma panela ao lado dela. Eu mexo a erva-doce.

— Sei que ele não está me espionando — digo. — Sempre há um bom motivo para ele descobrir antes de mim. Mas desde que descobri que Paisley estava me traindo, e que eu não tinha ideia, sinto que tenho dificuldade em confiar nas pessoas. E me sinto mal por isso.

— Você não pode sempre confiar nas pessoas — ela diz.

— Não, mas você também não pode viver sua vida sem confiar nas pessoas. — Pelo menos é o que eu continuo dizendo a mim mesmo.

Ela tira as almôndegas e as mistura com o molho de curry e alho-poró que estava preparando. O prato fica com uma cor amarelo-esverdeada.

Eu arrumo a mesa enquanto Tessa termina os últimos preparativos para o jantar. Parece que faz muito tempo desde a última vez que me sentei à mesa com alguém. Apesar de todas as minhas brincadeiras com Sebastian sobre as vantagens de ser solteiro, sinto falta disso. Entre outras coisas. Ela coloca os pratos na mesa. Eu sirvo vinho para nós dois enquanto nos sentamos. Brit se aconchega aos meus pés.

— *Bon appétit* — digo, e cada um de nós dá uma garfada. Está bom.

— Acho que decidi me tornar advogada no ensino médio — ela diz. — Minha melhor amiga veio até mim um dia chorando porque ela e a mãe iam perder o apartamento. O pai dela tinha morrido alguns anos antes. Elas tinham um apartamento com aluguel controlado, e o proprietário estava tentando expulsá-las, não fornecendo aquecimento. Então a mãe se apaixonou por um cara, e ele disse para ela se mudar porque não gostava de vê-la sem aquecimento. Mas a mudança quase fez com que perdessem o apartamento. A AJGL interveio e salvou-as. Descobriu-se que o homem tinha sido subornado pelo senhorio. Foi então que decidi trabalhar para a AJGL. Queria ser advogada para saber como me proteger. E aos outros. Porque nem sempre se pode confiar nas pessoas.

*Tessa não trairia ninguém.*

*Tessa não brincaria com o coração de ninguém.*

— É por isso que este caso é tão importante para você. — Eu bebo um gole de vinho.

— Exatamente.

— Sua amiga se tornou advogada?

— Não. Ela se tornou médica. Porque talvez um tratamento médico melhor tivesse salvado o pai dela. — Ela come um pouco mais. — Você gosta das almôndegas de curry com alho-poró?

— Estão deliciosas.

— Mesmo com essa cor verde estranha?

— São saudáveis.

Ela ri.

— O funcho com *radicchio* é mais amargo do que eu esperava.

— Achei que teria mais sabor de alcaçuz. Talvez eu tenha errado.

Ela dá outra mordida.

— Humm. Ainda assim está bom.

Terminamos o jantar e então sugiro que comamos a sobremesa depois de passear com a Brit. No momento em que a palavra "passear" sai da minha boca, Brit late e gira animadamente. Ela late novamente, com as patas dianteiras para a frente e o corpo abaixado, como se dissesse "depressa".

Brit nos leva escada abaixo e para fora. O ar da noite está quente e agradável enquanto caminhamos em um silêncio confortável com Brit no Central Park West. Brit cheira todos os seus lugares favoritos. *Não quero que o dia acabe.*

Tessa diz:

— Pretendo eventualmente conseguir um emprego na AJGL, assim que pagar meus empréstimos da faculdade de direito. Acho.

— Mas você é uma ótima advogada corporativa.

— E serei boa nisso também. — Ela se inclina para frente. — Você tem que prometer que não vai mencionar que estou pensando em sair da White & Gilman para trabalhar na AJGL. Isso é segredo. Não quero que isso vaze e prejudique minhas chances de receber o bônus extra, porque eles acham que estou saindo.

— Meus lábios estão selados. — Eu me viro para voltar ao meu apartamento. Quase pego sua mão, mas paro.

Tessa leva o resto dos pratos para a pia da minha cozinha. Mal reconheço minha cozinha com todas as panelas e tigelas que usamos para fazer o jantar empilhadas, um contraste gritante com sua condição habitual, imaculada e sem sinais de uso.

— Eu lavo — digo. — Já que você quis chamar nosso aplicativo falso de "Sem necessidade de lavar louça".

— Boa memória. — Tessa sorri para mim. — Eu seco.

Ficamos lado a lado, e eu me concentro em limpar os pratos com o pano ensaboado.

*Desisto de resistir.*

Entreguei-lhe o último prato. Ela o secou e o colocou de volta na prateleira. Então lavei as mãos e joguei água com sabão nela.

— Ei.

Dou um passo à frente.

— Quero nos dar outra chance.

Ela mantém o meu olhar e aproxima-se de mim.

— Sim.

Estendo a mão e acaricio seu pescoço, meu polegar contornando levemente seu queixo, e então, enquanto passo a mão pelo cabelo dela, me inclino para beijá-la. Ela me encontra, seus lábios entreabertos.

# 33

## Tessa

Ele me puxa para perto enquanto se inclina contra a parede lateral de tijolos da cozinha. Eu caio nos braços dele, com uma mão apoiada na parede acima do ombro dele e a outra no peito dele. A parede de tijolos é irregular, dura e áspera. Ele beija meu pescoço enquanto eu fecho os olhos, inclinando a cabeça para permitir que ele me beije. Eu tremo.

Estou assustada com a profundidade dos meus sentimentos. Ele foi capaz de virar as costas para nós antes. *Estou cometendo um erro?*

*Ele olha para mim como se gostasse de mim.*

Ele acaricia meu rosto com ternura, olhando para mim com tanta intensidade e carinho.

— Você está bem? — ele pergunta, seus olhos azuis e calorosos olhando preocupados nos meus.

— Melhor do que bem. — Passo a mão pelo seu queixo, um pouco áspero com a barba por fazer, e depois pelo seu cabelo sedoso. Ele me observa. — Por quê? O que está fazendo você nos dar uma segunda chance? — pergunto.

— Porque não consigo te esquecer. Gosto de você e não quero te esquecer. Sei que tenho problemas de confiança por causa da traição da Paisley, mas posso melhorar. Confio em você. — Ele me beija firmemente nos lábios. — Diga-me o que você quer.

Eu quero mais. Eu me pressiono contra seu corpo magro e firme enquanto me entrego ao seu beijo, passando meus braços ao redor dele para abraçá-lo. Sua mão quente está contra meu pescoço e meu rosto, acariciando-me. Ele inclina a boca, mordiscando meus lábios. Nossas línguas se entrelaçam. Ele tem gosto de vinho e chocolate. Minha mão agarra seu bíceps flexionado, e ele me puxa para mais perto de seu peito duro. Há um pequeno "*mmm*", e percebo que sou eu. Puxo sua camisa para fora da calça jeans para poder esfregar seus músculos das costas. Ele ri, um riso profundo e rouco contra minha boca. Seus lábios roçam firmemente os meus enquanto exploramos sem pressa. Eu me perco nele, enquanto tudo se reduz a nós dois juntos.

Quando finalmente paramos para respirar, meus olhos se abrem e encontram os dele, escuros e intensos, olhando nos meus.

— Gosto muito de você — digo. — Normalmente me esforço para guardar um pedaço do meu coração, mas aqui não quero fazer isso. — Mas devo proteger um pouco meu coração. Não posso me entregar completamente até ter certeza. Mas normalmente não é tão difícil assim.

— Tentei muito te esquecer e seguir em frente, mas não consegui — ele diz, com voz grave, enquanto me abraça com força.

— Mesmo sendo uma advogada workaholic?

— Especialmente porque você é uma advogada workaholic. — Ele acaricia minhas costas. — Mas mais ainda porque você é você.

— Eu estava certa. — Eu sorrio maliciosamente para ele.

— E agora sou sua. — Os músculos do peito dele se tensionam contra a camisa azul. Suas pupilas estão dilatadas e seus olhos estão famintos.

— Posso desabotoar sua camisa? — pergunto.

Ele acena com a cabeça, sem tirar os olhos dos meus.

Abro o botão de cima. Tenho que usar as duas mãos. E depois outro e outro.

— Você está muito longe — ele diz, estendendo os braços e me puxando para si. Ele me beija novamente, com avidez, e eu retribuo o beijo. Com uma mão, ele desabotoa a camisa. — Quero sentir você contra mim. — Ele tira a camisa e a joga para o lado.

Tiro minha camisa, agora só o meu sutiã preto de renda nos separa. Ele respira fundo enquanto me olha. Arrepios. Eu o beijo novamente enquanto ele massageia minhas costas. Ondas de desejo percorrem meu corpo.

— Vamos para o meu quarto? — Sua voz é baixa e rouca e definitivamente está causando um efeito no meu estômago.

— Mostre o caminho.

Segurando minha mão, ele me puxa para fora da cozinha. Mas então paramos e nos beijamos novamente, com o corpo dele contra a parede. Ele me levanta para que minhas pernas fiquem em volta de sua cintura. E então estamos no quarto dele, e ele me beija novamente, puxando-me com força contra ele. Ele se afasta e segura meu rosto com as mãos.

— Você é tão linda.

Sua mão acaricia minha clavícula, traçando, provocando, acendendo uma trilha de brasas ardentes. Ele sorri para mim como se soubesse exatamente o que está fazendo. Seus olhos azuis estão completamente focados em mim. Eu dou um passo para trás. Dois podem jogar esse jogo. Ele me puxa de volta para ele e me beija novamente, com mais força, com desejo.

Na manhã seguinte, o nariz molhado de Brit me acorda. Ela late, abanando o rabo vigorosamente.

— Tenho que levá-la para passear. — Zeke se senta, e os lençóis deslizam para baixo, revelando seu peito musculoso. Ele me beija rapidamente nos lábios. — Fique aqui. Volto já.

Eu me espreguiço e sorrio. O sol aparece através das persianas. A noite passada foi incrível. Estou tão feliz por estarmos juntos novamente. Ele estava tão concentrado em garantir que estivesse me divertindo, e o fato de que eu claramente o excitava também. Bolhas de felicidade sobem no meu peito, e eu seguro os lençóis até o queixo, reprimindo meu desejo de gritar de alegria. *Gosto muito dele.* Pulo da cama para ir ao banheiro. Tenho a chance de me refrescar antes que ele volte.

Em questão de segundos, ouço Brit latindo. Pulo de volta na cama e me aconchego debaixo das cobertas. Zeke entra e se junta a mim na cama, puxando-me contra ele. Sinto o cheiro de hortelã-pimenta. Ele também escovou os dentes. Ele acaricia meu pescoço com o nariz, e eu o beijo de volta.

— Você vai ao casamento do meu amigo comigo? — pergunta ele.

— Sim. — *Sim!* Isso não é apenas um caso. Eu não achava que fosse, mas namorar em Nova York pode ser um campo minado.

— Onde estão nossas pinturas? — pergunto.

— No armário. Eu não queria jogá-las fora, mas também não queria lembranças. Mas vamos pendurar *Dálmatas Selvagens* naquela parede hoje.

— Por que você quis namorar uma artista? — pergunto. — Você não parece muito interessado em arte. — Ele tem um pôster com uma foto em preto e branco da Ponte do Brooklyn na parede, mas nenhuma pintura.

— Eu queria alguém criativo — diz ele. — Porque parece funcionar bem com o casamento dos meus pais. Meu pai é criativo e pensa constantemente em coisas fora do comum, e minha mãe adora isso. Mas é ela quem mantém tudo nos trilhos. Eu não tinha ideia de que advogados podiam ser tão criativos. — Ele beija meu ombro.

— Você também é muito criativo. — Eu o beijo de volta.

O café da manhã pode esperar.

# 34

## TESSA

Ainda estou transbordando de euforia quando entro no pequeno escritório da empresa de segurança do prédio localizado no Queens. Ontem foi um primeiro dia perfeito como casal: um brunch tardio e descontraído, um passeio com Brit pelo Central Park de mãos dadas, jantar preparado juntos e olhando nos olhos um do outro enquanto fazíamos amor, sendo abertos, vulneráveis e generosos. Fico corada e abano com a mão para o meu rosto repentinamente quente.

Eu controlo minha expressão para parecer mais séria. *Foco.*

Dois homens que parecem ex-policiais ocupam mesas perto de mim. Uma bandeira americana está pendurada no canto. Sento-me em frente a uma mesa marrom antiga e explico meu pedido ao sr. O'Brien, um senhor idoso com cabelo cortado à moda militar.

Eles têm imagens dos últimos trinta dias. Ele as abre em seu monitor. O sr. Howard aparece vários fins de semana no sábado de manhã e não sai até domingo. Eles têm até imagens do sr. Howard e da sra. Morris se cumprimentando com um beijo no corredor quando ele chega e saindo juntos de mãos dadas. Mas, como Zeke apontou, eles poderiam ter voltado a ficar juntos depois que a sra. Robinson morreu. Não é conclusivo.

Eu mordo o lábio. Há a vizinha que disse que o sr. Howard morava lá e só agora estava se mudando, mas ela provavelmente não vai querer testemunhar contra ele.

— Você tem alguma filmagem de CCTV do início deste ano, digamos, de janeiro a maio? — pergunto.

— Talvez tenhamos algumas imagens antigas. Devemos gravar por cima delas, mas nem sempre somos diligentes quanto a isso. E temos alguns arquivos que estávamos guardando para outro caso, acho que desse período. — Ele clica em algumas pastas em seu computador. — Vamos tentar estas. São de março.

Ele reproduz as imagens para mim. *E lá está.* O sr. Howard vinha sempre nos fins de semana de março. E ele está beijando a sra. Morris no corredor e saindo de mãos dadas quando a avó de Taylor ainda estava viva e ele alega que tinha um relacionamento amoroso com ela.

*Sim.* Não há nada como a emoção de quando seu caso se encaixa.

*Mas também, como ele ousa? Como ele ousa tentar tirar o apartamento de Taylor?*

— Isso é ótimo — digo. — Isso é uma ajuda tremenda. Não tenho como agradecer o suficiente. Essa filmagem da câmera de segurança é a prova irrefutável neste caso.

— Como *Law & Order*? É meu programa de TV favorito.

— Bem, você tem um papel de destaque neste caso. Você estaria disposto a testemunhar no tribunal sobre como essas imagens são mantidas? Talvez eu precise estabelecer a custódia.

— Sim. Espere até eu contar para minha esposa.

Envio uma mensagem ao Taylor para avisar que temos as imagens. Mal posso esperar para interrogar o sr. Howard e envio outra mensagem ao Zeke.

Ao entrar no meu prédio comercial, passando pela imponente área de recepção em mármore e pelos seguranças na recepção, o Engomadinho está à minha frente, com uma xícara de café da Starbucks na mão. Ele olha para trás, me vê e para. Eu o alcanço.

— Você perdeu o almoço do departamento de contencioso — diz o Engomadinho.

— Tive que fazer algo para um caso *pro bono*.

Nós viramos e entramos na fila que espera pelos elevadores.

Ele balança a cabeça.

— Eu sempre digo isso. *Pro bono* não vai te levar à parceria.

Eu sorrio para ele, tão feliz que não me importo com seus comentários mesquinhos.

— Você está certo. Mas isso me dá uma sensação de satisfação e experiência no tribunal, então tem seus benefícios.

Ele toma um gole de café. Sem resposta.

Eu não deveria ficar na empresa? O caso *Comidas en Canasta* foi divertido. Eu ajudei Roberto, Ana, Valeria e a mulher que perdeu o emprego. E Zeke. Ainda há um elemento pessoal no direito corporativo. *Pro bono* não é suficiente?

*Não sei.*

— Por que você se tornou advogado? — pergunto.

— Parecia intelectualmente desafiador e pagava bem.

O elevador chega. Entramos e cada um aperta o botão do seu andar. Ele fica parado ao meu lado enquanto o elevador se enche de associados.

— Fui elogiado por ter tido o maior número de horas faturáveis no mês passado. — Ele se vira, olhando para mim. — Talvez você tenha ficado em segundo lugar?

— Talvez.

Então, minha viagem à Cidade do México não rendeu horas faturáveis suficientes. Tom trabalhou mais. Se ao menos eu não precisasse dormir. E este mês vai ser ainda pior, com todo o tempo que estou dedicando ao caso do Taylor. E ainda tem que pegar o Jurgen. Espero que esse caso tenha o mesmo desfecho que este, e que não só estejamos certas de que Jurgen está enganando artistas, mas também consigamos as provas para comprovar isso.

Tudo bem. Relaxo os músculos do rosto para que Tom não perceba que está me deixando estressada.

Meu andar é o primeiro, então desço e caminho pelo corredor até meu escritório. *Supera isso.* Eu estava tão feliz com meu caso, e então Tom conseguiu me irritar. Ele definitivamente sabe como fazer isso.

Mando uma mensagem para Jurgen e sugiro que nos encontremos em breve.

Porém, agora posso reunir minha lista de testemunhas e preparar meu interrogatório direto e meu contrainterrogatório. Isso é sempre emocionante. E se eu terminar rápido, talvez Zeke esteja livre para jantar.

Apresento minha declaração juramentada com as provas da minha cliente, mostrando que ela morava lá antes do serviço militar (todas as suas correspondências, seus registros escolares, seu registro eleitoral mostrando este apartamento como sua residência principal) e, em seguida, seu serviço militar. Podemos provar essa parte do caso com certeza. Sem nenhuma outra prova, cabe ao juiz decidir se concede ao "cônjuge" ou ao filho, e geralmente o cônjuge legal ganha.

Descobriremos na audiência desta semana.

Encontro Taylor, a sra. Humming e o sr. O'Brien do lado de fora do número 111 da Rua Centre, onde fica o tribunal de habitação de Manhattan.

Ao entrarmos na sala do tribunal, o sr. Howard está lá, conversando com a datilógrafa. Seu advogado o chama. Ken está em nossa mesa, já conversando com um funcionário sobre tecnologia. Aceno para o advogado adversário. Sento-me à nossa mesa, com Taylor ao meu lado.

O sr. Howard se aproxima e diz ao meu cliente:

— Sinto muito pela morte de sua avó. E quero que você saiba que fico feliz por você ter vindo buscar as lembranças que quiser. Exceto esta manta que ela tricotou para mim. Quando tudo isso acabar. Não guardo rancor por você ter contestado isso.

Taylor levanta uma sobrancelha.

— Vamos ver como isso vai acabar. Mas se a vovó tricotou uma manta para você, estou disposta a lhe dar.

Impasse.

O lado deles apresenta suas provas primeiro. O sr. Howard sobe ao banco das testemunhas e jura dizer a verdade. Ele explica como eles misturaram as contas financeiras, com ele depositando seu cheque do trabalho na conta bancária dela. Ele apresenta uma conta de TV a cabo em seu nome para o apartamento. Todos os serviços públicos permaneceram em nome dela.

Ele parece sincero e simpático. Não é o homem que conheci na delicatessen. Mas ele é alguém que confia no seu charme, por isso não me surpreende.

Ainda assim, isso significa que tenho que ser gentil no início, caso o juiz goste dele.

Agora é minha vez de fazer o interrogatório. Taylor fica tensa.

Levanto-me e vou até ele, com minha prancheta com as perguntas na mão.

— Você testemunhou que depositou seus cheques na conta da sra. Robinson — digo.

— Sim. E a conta bancária mostra isso.

— Mas você também retirou todo esse dinheiro?

— Para pagar despesas.

— Você testemunhou que você e a sra. Robinson tinham um relacionamento amoroso?

— Sim.

— Um relacionamento amoroso monogâmico? — pergunto.

— Sim.

— E vocês se conheceram porque você era o cuidador domiciliar dela?

— Sim.

— Onde você morava antes de se mudar, como cuidador, para a casa da sra. Robinson?

— Em Garden Towers.

— No apartamento 3C com a sra. Morris?

— Sim.

Aproximo-me do juiz e apresento o contrato de aluguel como prova. Em seguida, entrego uma cópia ao advogado da parte contrária.

— Você tinha um relacionamento com a sra. Morris?

— Sim. Mas terminamos quando conheci Angelique Robinson. Não estou mais no contrato de aluguel. — E aqui está aquele leve sorriso, como se ele estivesse orgulhoso de ter sido mais esperto do que eu. A linguagem corporal não mente.

— Vocês terminaram. Então, você não tem mais um relacionamento amoroso com a sra. Morris?

— Não. Não desde que conheci Angelique.

— Mas você ainda recebe suas correspondências lá?

— Acho que não. — Ele olha para o juiz. — Talvez eu tenha esquecido de registrar a mudança de endereço, mas nada importante vai para lá.

Apresento o registro no correio do endereço do sr. Howard como apartamento 3C em Garden Towers.

— Você não a visita todos os fins de semana, mesmo nos fins de semana em que supostamente tinha um relacionamento amoroso com a sra. Robinson?

— O quê? — Seu tom é agressivo. Seus olhos se estreitam, mas então ele relaxa visivelmente o rosto. — Tenho o direito de ser amigo da minha ex, não tenho? — Ele se vira para o juiz. — Eu a vejo de vez em quando. Às vezes, ela me pede para consertar alguma coisa. Eu me sentiria mal em recusar. Ela é uma mulher solteira e nós temos um histórico, mas isso não significa que eu traí Angelique. — Ele dá um tapinha no peito.

— Gostaria de apresentar esta filmagem da câmera de segurança do corredor do lado de fora do apartamento 3C, em março, quando o Sr. Howard alega que estava em um relacionamento romântico monogâmico com a sra. Robinson. Também apresento a declaração juramentada do sr. Dean, que está disposto a testemunhar sobre a custódia desses arquivos.

— Protesto — diz seu advogado.

O juiz levanta a sobrancelha.

— Indeferido. Por favor, mostre-nos as imagens.

Ken aperta o play. Os vídeos do sr. Howard abraçando e beijando a sra. Morris, com a data e a hora registradas, preenchem o tribunal. A imagem para e o silêncio ecoa.

— Gostaríamos de fazer um intervalo para que eu possa conversar com meu cliente — diz o advogado da parte contrária. — E eu gostaria de uma conferência com o juiz.

O juiz nos chama em particular.

— Isso deveria ter sido divulgado na fase de instrução — diz o advogado adversário.

— Você não solicitou isso na fase de instrução. — Entreguei o pedido de instrução dele. — Só solicitou as provas que minha cliente tinha de que morava no apartamento. Você não solicitou as provas que tínhamos de que seu cliente não morava sozinho naquele apartamento ou tinha um relacionamento amoroso com outra mulher.

— Ela está certa — diz o juiz.

Somos dispensados da conferência em particular, e o advogado da parte contrária sussurra seriamente com seu cliente. O juiz reconvoca a sala do tribunal.

— Você tem mais alguma pergunta para a testemunha? — pergunta o juiz.

— Não tenho mais perguntas — respondo.

Chamo a sra. Humming ao banco das testemunhas. Ela testemunha que o sr. Howard saía quase todos os sábados de manhã e voltava no domingo à noite ou na segunda-feira de manhã durante o período em que supostamente mantinha uma relação monogâmica com a sra. Robinson. Ela também testemunha que nunca os viu demonstrar qualquer afeto romântico um pelo outro. E que a sra. Robinson não estava totalmente consciente no último ano, então ela não tinha certeza se a sra. Robinson verificava suas contas ou saberia se ele tivesse adicionado seu cheque do trabalho à conta dela. A sra. Robinson também se referia a ele como sr. Howard ou seu assistente. Ela nunca usava o primeiro nome dele.

O advogado da parte contrária objeta que isso é boato.

Eu rebato que a avó já faleceu, então isso é permitido como uma exceção.

O juiz rejeita a objeção do advogado da parte contrária.

O advogado do sr. Howard interroga a sra. Humming, mas ele a faz parecer ainda mais uma cidadã honesta.

Ela é imperturbável.

— Eu vivi muito tempo e digo o que penso.

Chamo o sr. O'Brien ao banco das testemunhas, e ele testemunha sobre a cadeia de custódia das imagens. O sr. O'Brien parece francamente um pouco desapontado quando o advogado do sr. Howard diz:

— Sem perguntas.

O juiz pergunta se tenho mais alguma testemunha a chamar e, quando respondo que não, ele diz:

— Vamos fazer um intervalo de cinco minutos enquanto eu avalio os dois lados do caso.

Esses cinco minutos parecem uma eternidade. Apresentamos um caso forte, então tenho que estar confiante de que o juiz verá as coisas da nossa maneira. Quando ele volta ao tribunal, sinto Taylor congelar.

Depois de se sentar, o juiz junta os dedos, olha longa e intensamente para Howard e, em seguida, lança um rápido olhar para Taylor antes de se endireitar.

— Após cuidadosa deliberação, o tribunal decide a favor da demandante, sra. Taylor Robinson.

Taylor se vira para mim com um enorme sorriso.

E é isso que faz tudo valer a pena.

Lágrimas brotam dos meus olhos diante da alegria nos olhos dela. Não choro facilmente, mas estou tão aliviada e feliz. Abraço Taylor e a sra. Humming. *Conseguimos.*

Estou exausta com a tensão da audiência. Francamente, nada me agradaria mais do que ir para casa, pedir comida e tirar uma soneca. Mas tenho que ir ao escritório e trabalhar algumas horas. Passei o dia inteiro nisso.

Entro no prédio de mármore no momento em que Jack Miller, meu mentor e parceiro favorito, está saindo.

— Tessa, que bom ver você — diz ele. — Ótimo trabalho com a investigação da Capital Management e o *Comidas en Canasta*.

A equipe corporativa agradeceu a indicação de negócios, e foi inteligente incluir esse trabalho nesta investigação.

— O cliente me disse que essa foi uma das razões pelas quais nos contrataram, então obrigada por me colocar em contato com a equipe certa tão rapidamente. Ele gostou do fato de estarmos resolvendo dois problemas com uma única ação. E isso deu à nossa investigação uma ótima cobertura.

Atrás de Jack, um mensageiro chega e entrega um pacote aos guardas na recepção. Ficamos em um canto do amplo corredor de mármore.

— O que aconteceu com o seu caso *pro bono*? Você ganhou? — pergunta Jack.

— Sim. — Eu sorrio. — Foi ótimo.

— Muito bem. — Ele aperta minha mão. — E parabéns por ganhar o prêmio de Associado do Ano da AJGL. Isso é fabuloso. E a empresa também está muito feliz com a honraria. O prêmio já está divulgado em nosso site corporativo.

— Você acha que o trabalho *pro bono* pode ser contabilizado para o bônus semestral? — pergunto. — Como você sabe, eu tento sempre ter um caso *pro bono*. Eu não ia aceitar esse caso de moradia, mas não consegui recusar. Obviamente, estou perguntando por que isso vai mc ajudar, mas também vai beneficiar a empresa. Seria melhor para a White & Gilman se essas horas fossem contabilizadas também.

— É verdade. A reunião do Comitê de Gestão é na próxima semana. Vou coordenar com o coordenador do *pro bono* para levantar a questão. Pode ser difícil convencer os sócios de que isso deve contar para o bônus extraordinário. O bônus regular pode ser mais fácil, mas vou convencê-los. — Ele dá um tapinha no meu ombro.

Posso ver por que as pessoas pagam muito dinheiro para que ele as represente. Ele irradia segurança, mas também confiabilidade.

— Agradeço tudo o que você puder fazer — digo.

Conversamos sobre meu outro caso por alguns minutos e então me despeço. Fiz o que pude. Foi ele quem me disse que devemos sempre pedir o que queremos, porque se não pedirmos, já teremos recebido um não. Ele é um mentor muito generoso.

Pego o elevador. Ele está vazio, então me encosto na parede e mando uma mensagem para o Zeke.

Eu: *Ganhamos o caso!*

Zeke: *Que bom! Posso te levar para jantar para comemorar?*

Eu: *Preciso ficar aqui por mais algumas horas.*

Zeke: *Às 20h?*

Eu: *Parece perfeito.*

Zeke: *E podemos continuar comemorando neste fim de semana em Catskills.*

O sr. Howard teria me enganado se eu tivesse acabado de conhecê-lo? Eu teria achado que ele era um cara legal? Acho que não. E não porque eu seja desconfiada. Aprendi a ler a linguagem corporal. Posso confiar nos meus instintos para saber quem é uma boa pessoa e quem não é. O Zeke é uma boa pessoa. Já o Wyatt tinha segundas intenções: queria uma parceira que o fizesse ficar bem. E eu sabia disso desde o início. Talvez seja por isso que nunca me abri muito com o Wyatt. Acho que não preciso de me preocupar com a sinceridade do Zeke.

Devo me permitir me apaixonar completamente por Zeke.

# 35

## Zeke

A voz suave do GPS diz:

— Vire à direita em 800 metros.

Estamos a caminho do casamento do Dylan. Esta estrada desce para um vale entre as montanhas que emolduram a paisagem. Tessa ofereceu-se para dirigir para que eu pudesse praticar o meu discurso de brinde para o jantar de ensaio às 20h.

— Ainda não consigo acreditar que vou receber o prêmio AJGL nesta quinta-feira — diz Tessa, com os olhos fixos na estrada à frente. — Estou muito honrada. Você pode ir comigo como meu convidado para o jantar, certo?

— Não perderia por nada — respondo. — É na curva depois daquele letreiro piscando "Quartos Vagos" à frente.

Tessa estaciona em uma vaga em frente ao prédio da recepção. Estamos hospedados em um hotel à beira da estrada principal. Pequenas cabanas de madeira pontilham a paisagem. Luzes decorativas enfeitam a porta do escritório.

— É bonito — diz Tessa. — Há outros hóspedes hospedados aqui?

— Não tenho certeza — respondo. — Mas a cama é firme, a pressão da água é boa e não tem cheiro de mofo.

— A outra opção tinha cheiro de mofo, pressão fraca no chuveiro e camas que afundam?

Eu rio.

— Costumo ficar aqui quando vou esquiar. As cabanas são aconchegantes e o jovem casal que administra o local é muito simpático. Eles compraram este lugar há alguns anos e gosto de apoiá-los. A outra opção era o hotel onde o casamento será realizado. Não queria ficar lá.

— Paisley vai ficar lá?

— Sim.

Ela balança a cabeça.

— Zeke. Você não pode ficar no mesmo hotel que ela? — A decepção tinge sua voz.

Eu a abraço com força.

— Talvez eu quisesse você só para mim.

Ela me beija levemente nos lábios.

— Tudo bem. Você ganhou pontos por isso. Continue falando.

— Vamos lá. Vou pegar a chave e então podemos nos preparar para o jantar de ensaio.

Abro a porta do nosso quarto. É uma cama enorme no meio do cômodo, uma pequena cozinha e um banheiro nos fundos. O quarto cheira a lençóis recém-lavados. Sobre a mesa há uma grande cesta branca de casamento com garrafas de água e lanches. Típico da Lindsay. Até mesmo enviar uma cesta para cá. Ela é muito organizada. Acima da cama há uma fotografia das montanhas ao nosso redor. É muito melhor do que a arte e a decoração habituais dos hotéis.

Meu celular apita.

Arthur: *Preciso de um memorando sobre o potencial de investimento da Peekaboo até domingo. Desculpe por antecipar o prazo.*

— Arthur ataca de novo. — Isso deveria ser entregue na próxima sexta-feira.

Mas estou à frente dele. Fiz isso no início da semana porque não queria ficar com isso na cabeça durante o fim de semana com Tessa.

Tessa tira os sapatos na entrada, puxa a mala e pendura a bolsa de roupas no armário.

— Algum problema? — pergunta ela.

— Meu chefe antecipou um memorando para domingo, como se soubesse que estou fora neste fim de semana.

— Humm. — Ela se senta na cama e coloca as mãos atrás das costas. O que tem o efeito de empurrar o peito para a frente. E eu não estou mais pensando em Arthur. Sento-me ao lado dela. Ela é tão bonita. Temos algum tempo antes do jantar.

— Você deveria estar trabalhando agora? Estou te distraindo? — ela pergunta.

— Até onde podemos nos distrair? — Eu a abraço e deito na cama, com ela caindo em cima de mim.

Ela me beija, seu cabelo caindo sobre meu rosto. Eu a beijo de volta, acariciando suas costas até sua bunda macia, seu corpo suave se fundindo ao meu.

Ela levanta a cabeça, colocando as duas mãos na cama.

— Zeke. Temos uma hora para nos prepararmos antes do jantar. Não temos tempo.

— Eu sei. Eu sei.

Ela rola para fora de mim e se levanta. Ela pega uma garrafa de água da cesta de lembrancinhas do casamento, depois pega o cartão preso à cesta e me entrega.

> "Obrigado por ter vindo, Zeke!"

— Eles sabem que eu vou? — ela pergunta.

— Sim.

— Lindsay e Paisley são melhores amigas?

— Não são melhores amigas, mas são muito próximas. Eu sabia que Paisley estaria aqui, então disse ao Dylan que não queria ficar para o baile.

Tessa levanta a sobrancelha.

— Por que você está tão preocupado em ver Paisley?

*Essa é a questão.*

— Ela quer você de volta? — pergunta ela.

— Não sei. Não falo com ela há meses, exceto quando a encontrei no MoMA. Ela definitivamente não queria terminar no início. Também reservei este quarto antes de começarmos a namorar.

— Parece que ela tem Lindsay como uma aliada.

— Sim. Lindsay sempre dá crédito a ela por tê-la apresentado ao Dylan.

— Isso vai ser interessante. — Tessa sorri.

*A minha aposta é na Tessa.*

— Eu deveria ter feito um trabalho melhor em te alertar. Mas não acho que Lindsay vai ajudá-la ativamente. Quero dizer, ela sabe que Paisley me traiu.

— Há mais alguma coisa que eu deva saber? — pergunta Tessa. — Acho que devemos ter uma reunião para discutir a situação, como fizemos antes de irmos para a Cidade do México e para o Garden Towers.

— Como a reunião em que você me disse que eu seria fotógrafo? Não estamos atuando aqui. Não é como se estivéssemos namorando de mentira. Estamos namorando de verdade.

Tessa se aproxima de mim. Quero deslizar as alças finas daquele vestido...

Se tomarmos um banho rápido, talvez tenhamos tempo antes do jantar de ensaio.

— Mas por que você está tão preocupado em vê-la? Tem medo de querer voltar?

*Não precisamos de uma hora para nos vestirmos.* Sinto minhas bochechas esquentarem.

— Você ainda gosta dela? — Ela dá um passo para trás, e aquele lampejo de mágoa em seus olhos me mata.

— Não. Eu estava pensando que talvez tivéssemos tempo para nos divertirmos um pouco. — Estendo a mão e toco seu braço. — Essas alças finas estão me deixando louco.

— Achei que, se tivesse que usar um sutiã sem alças para o vestido do jantar de ensaio, poderia usá-lo também para a viagem de carro. — Ela pisca para mim.

Deslizo minha mão pelo braço dela para segurar sua mão.

— Não tenho interesse em voltar com Paisley. Mas não quero vê-la. Ela é um lembrete de como fui idiota e não confio nela de jeito nenhum. Não quero falar com ela. Por que eu iria querer falar com ela? Para trocar gentilezas sobre o tempo quando eu achava que íamos nos casar?

— Você pensava que iria se casar? — Tessa se senta na cama. Ela parece chocada.

Eu estremeço.

*Tudo bem. Eu não queria admitir isso.*

— Então... — Mas ela para por aí e não diz mais nada. Nunca vi Tessa sem palavras.

— Não em um futuro próximo. Mas eu não estava namorando só para ter um caso. — Sento-me ao lado dela na cama. — Assim como não estou namorando você para ter um caso. — Vou perder a Tessa com este casamento estúpido. Provavelmente devia ter engolido o meu orgulho e ido sozinho. Por que é que a Lindsay não incluiu a Tessa no convite? Obrigado, Lindsay. O que é que eu devo dizer agora?

— Tudo bem. — Ela coloca a mão sobre a minha. — Isso deve ter sido ainda mais devastador do que eu imaginava. Estou impressionada por você estar namorando novamente. E neste casamento. — Ela entrelaça os dedos nos meus e segura minha mão.

Olho para ela.

— Foi o que pensei quando meus amigos disseram para voltar a sair. E quando Dylan quis que eu viesse a este casamento. — Este fim de semana de casamento é claramente algum tipo de teste de relacionamento que não deveria acontecer quando se está começando a namorar.

Tenho sorte de ter encontrado Tessa. Puxo-a para um abraço.

# 36

## Tessa

*Zeke pensava em se casar com Paisley.*

Esse pensamento me vem à mente, e estar em um casamento não ajuda. Especialmente um com um cenário tão idílico como este: uma vista do topo da montanha atrás do palco, a quantidade certa de calor e uma brisa leve com o aroma de madressilva.

Zeke continua dizendo que superou Paisley, mas não tenho tanta certeza. Ele está evitando--a ativamente. Aquele encontro no MoMA foi tão tenso, como se provasse o velho ditado de que há uma linha tênue entre o amor e o ódio.

É também porque ele não queria me contar isso. Ele parecia horrorizado por ter deixado isso escapar. Eu admiti que fiquei arrasada quando Wyatt terminou comigo. Será que ele acha que não somos próximos o suficiente para compartilhar isso?

Não é como se ele já tivesse dito que me ama. Mas ainda é muito cedo para isso.

Sentamo-nos no meio, ao lado do noivo. Pelo menos Paisley vai sentar-se do lado da noiva.

Mas não.

Há um barulho atrás de nós, e então a voz de Paisley se destaca.

— Zeke, Tessa, gostaria de apresentar Tom.

Eu me viro e vejo o Engomadinho.

— Tom? — pergunto surpresa.

— Você está namorando um cliente? — pergunta Tom.

— Ele não é um cliente — respondo. — E eu não estava namorando ele durante nenhuma das nossas recentes representações.

— Fiquei desconfiado quando você não tentou bajulá-lo durante aquele jantar — diz Tom.

— Quando é que eu bajulo clientes? — pergunto.

— Não importa — diz Tom. — Você geralmente tenta conversar com eles. Você definitivamente não me deixa monopolizá-los. Você sabia que tinha uma vantagem interna.

— Calma lá — diz Zeke. — Não estou gostando do que você está insinuando. A única vantagem que ela tinha era ter resolvido o caso do Fundo Norte-americano rapidamente e em termos muito favoráveis. Se alguma coisa, depois de namorar Paisley, eu definitivamente não queria namorar outra advogada. E certamente não alguém com quem eu pudesse trabalhar junto.

— Obrigada. — Paisley faz uma careta.

— Sua perda é meu ganho. — Tom coloca o braço ao redor de Paisley.

*Tom e Paisley estão namorando?*

— Como vocês se conheceram? — pergunto.

Paisley se afasta de Tom.

— Nós nos conhecemos recentemente por meio de um amigo.

Não estão namorando.

Paisley se recosta na cadeira e cruza as pernas, sua minissaia revelando a maior parte de suas pernas superlongas e finas. Olho para Zeke. Ele não parece incomodado. O clima está menos turvo do que da última vez. Mais como uma zona ártica derretida. Não acredito que o Engomadinho está aqui com Paisley.

— Vocês não deveriam estar sentados no lado da noiva? — pergunta Zeke.

Ela acena para o lado esquerdo lotado e sorri para Zeke.

— Este lugar tem uma vista melhor.

Ela definitivamente o quer de volta.

"You're My Everything" toca, e o noivo entra com seus pais, seguido pelos padrinhos. Ele toma seu lugar na frente, sorrindo, e olha para frente, esperando.

A marcha nupcial começa a tocar, e todos nós nos levantamos e nos viramos para ver a noiva. Ela dá um tapinha na mão do pai e, mantendo o olhar fixo em Dylan, flutua pelo corredor. Ela chega até Dylan, beija o pai e então encara seu futuro marido.

Eu adoro casamentos, e minha parte favorita é os votos.

— Eu, Dylan, aceito você, Lindsay, para amar e respeitar, a partir deste dia, na alegria e na tristeza, na saúde e na doença, para amar e cuidar, até que a morte nos separe.

Porque é isso que é o amor. É passar juntos pelos altos e baixos e ficar mais forte. Eu vi isso com meus pais. E com minhas amizades.

Mas ainda não com um homem.

Zeke pega minha mão. Será que Zeke é esse cara?

E então o pastor diz:

— Se alguém aqui presente souber de alguma razão pela qual este casal não deva se unir em santo matrimônio, fale agora ou cale-se para sempre.

Espero não estar sendo usada em algum jogo entre ele e Paisley. Ele admitiu que não queria vir a menos que tivesse uma acompanhante. E ele não podia ficar no mesmo hotel. E ela o quer de volta.

*Por favor, me fale agora se eu for apenas uma válvula de escape.*

Felizmente, estamos sentados longe de Paisley e do Engomadinho. O mestre de cerimônias anuncia a competição para pegar a flor da lapela. Dylan se aproxima e insiste para que os rapazes participem. Zeke, Ben e Sebastian se levantam.

Sebastian diz:

— Não acredito que Dylan está me obrigando a fazer isso. Ben, você tem que ficar na minha frente. Seria típico do Dylan mirar em mim.

Os homens solteiros ficam em fila, e Dylan joga a flor.

A flor vai direto para Zeke, que a pega no último minuto.

O mestre de cerimônias anuncia o lançamento do buquê da noiva. Paisley é a primeira a chegar ao salão, abraçando Lindsay e rindo.

Zeke passa por ela, indo direto para mim, franzindo a testa enquanto olha para a flor na lapela.

*Eu tenho que pegar o buquê.* Se ele não queria ficar no mesmo hotel, com certeza não quer dançar com ela. E se eu não me esforçar muito, isso vai passar a impressão de que não estamos levando a sério e dar uma chance para Paisley? Eu não pensei direito nessa história de aparências em casamento.

Zeke se aproxima.

— Definitivamente não queria pegar isso. Boa sorte.

— Tem certeza de que quer me desejar isso? — pergunto. Ele parece tão sombrio.

O olhar de Zeke encontra o meu e seu rosto relaxa.

— Talvez eu devesse desejar boa sorte aos seus concorrentes. Eles provavelmente precisarão mais. — Ele sorri.

Eu rio.

— Provavelmente.

Zeke massageia meus ombros como se eu estivesse prestes a entrar em uma luta de *wrestling*.

— Estou contando com você. Você consegue.

*Ótimo. Sem pressão.*

Reúno-me com as outras mulheres solteiras.

Paisley fica na minha frente.

— Sem ofensa, mas não vou deixar você conseguir.

Lindsay olha para mim e franze a testa. Ela faz um gesto para mim (ou para Paisley?) para que nos movamos para a frente. O DJ toca "Man! I Feel Like a Woman!" Sou totalmente a favor da competição, mas não quando se trata de mulheres competindo entre si por um homem.

Eu sorrio sem graça e vou para a primeira fila, com Paisley ao meu lado. Ela dá um passo à frente, com o ombro na frente do meu. Lindsay se vira, de costas para nós, e joga o buquê por cima do ombro.

Na nossa direção.

Eu pulo para pegá-lo, mas Paisley me bloqueia e o agarra. Paisley segura as flores no alto, sorrindo triunfante para mim. Eu aceno com a cabeça, reconhecendo sua vitória, e volto para nossa mesa. Onde Zeke não está.

O DJ chama os vencedores do lançamento do buquê e da flor e pede que eles vão para a pista de dança enquanto toca "I've Found Love (Now That I've Found You)".

Eu os observo. Zeke está rígido. Não é o Zeke que dançou salsa comigo, mas ele também está tão tenso que fica claro que não está confortável. Será que ele ainda tem sentimentos por ela?

Paisley se inclina, apoiando a cabeça no ombro dele. Eles combinam.

Não me considero uma pessoa ciumenta, mas ao vê-los abraçados... É porque ele queria se casar com ela, e eu sou tão diferente da Paisley. E se ele não sentir o mesmo por mim que eu sinto por ele?

Eu me viro. Não quero ver Zeke abraçando Paisley e me torturar com essas perguntas.

Posso desaparecer no banheiro. Mas quando entro no prédio principal, um garçom diz que o banheiro está sendo limpo e que há outro nos fundos do segundo prédio, perto do gazebo.

O Engomadinho me intercepta.

— Você gostaria de dançar?

— Na verdade, não. Não acho que temos esse tipo de relacionamento. — Continuo andando.

— Que tipo de relacionamento você tem com Zeke? É sério? — Ele acompanha meu passo.

Suspiro.

— Isso não é da sua conta. E estou indo para o banheiro feminino.

— Tem um banheiro ali que provavelmente não está tão lotado. — Ele aponta para uma entrada na esquina do segundo prédio. Achei que tivessem dito que era nos fundos, mas talvez fosse isso que quiseram dizer. Mudo de direção, mas ele me segue.

— Paisley disse que viu vocês juntos no MoMA. Antes daquela investigação.

Eu paro e me viro para ele.

— Ela viu. Nós saímos algumas vezes e depois decidimos não continuar o relacionamento.

— É inteligente da sua parte namorar logo antes do fim do período de bônus? — ele pergunta. — Você não parecia tão competitiva como de costume quando terminou com o último cara. Você me deixou ficar com o caso Menmal. Qual era o nome dele... Wyatt?

*Eu estava um desastre depois do nosso rompimento e não estava completamente competitiva como de costume. Mas não me ofereci para o caso Menmal porque ia ser uma bagunça.*

— Não sabia que você estava tão interessado na minha vida pessoal.

— E você não terminou porque trabalhava demais? — Ele continua.

*Afê.* Tenho uma vaga lembrança de ter dito isso durante um happy hour com os estagiários no verão passado, para consolar uma associada júnior que tinha sido abandonada.

— E se eu contasse aos sócios que você estava namorando o Zeke e não revelou isso? — Ele bate no queixo. — Acho que isso poderia prejudicar suas chances de receber o bônus.

*Isso está* mais conforme o cara engomadinho que eu conheço.

— Mas eu não estava namorando o Zeke quando trabalhei nesse caso. — Eu dou de ombros. — Acho que já trocamos gentilezas suficientes por enquanto. Você não acha? — Eu me viro para sair, e o Engomadinho agarra meu braço.

— Estou falando sério.

Eu puxo meu braço.

— Isso não é verdade.

*Não tem como ele fazer isso. Certo?*

Eu me afasto em direção ao banheiro. Não só a Paisley, mas o Engomadinho também? Lá se vai meu fim de semana divertido e relaxante.

Quando viro a esquina, Paisley e Zeke estão parados em um gazebo perto da floresta. Ela se aproxima. Eles ficam bem juntos. Zeke está especialmente atraente com aquele paletó azul marinho e a camisa branca aberta no colarinho. Ela coloca a mão no peito dele. Ele fica parado. Não empurra a mão dela.

Meu peito dói.

E há uma parede sólida atrás de um prédio aqui. Não há porta para um banheiro.

*Boa jogada, Engomadinho. Boa jogada.*

Qual é o jogo do Tom aqui? *Ele quer que eu perca o foco no trabalho.* Tom está empenhado em conseguir esse bônus. Ele é mais inimigo do que eu imaginava. Mas estou farta desse drama. Não vou ficar parada. Caminho até Paisley e Zeke. Zeke dá um passo para trás.

Mas não consigo pensar em nada inteligente para dizer.

— Estão servindo o aperitivo. Salada. Com molho — digo.

— Eu odeio alface murcha — diz Zeke e passa por Paisley.

Enquanto nos afastamos, ele diz:

— Obrigado por me salvar.

— Não foi de propósito. Tom me mandou aqui, mas acho que o plano dele era que eu visse vocês dois juntos e desanimasse.

Zeke se vira para mim.

— Sinto muito por tudo isso. Eu não queria pegar aquela flor. Mas deixá-la cair na minha frente... Eu disse à Paisley como estou feliz com você.

*Não foi o que pareceu.* Ele não empurrou a mão dela. Mas o ciúme nunca é uma boa aparência.

Devo dizer que estou com ciúmes? Wyatt disse que eu deveria ser mais aberta sobre meus sentimentos. Mas acho que ele se referia aos meus sentimentos positivos. Não aos meus sentimentos de "estou preocupada por não poder confiar em você" e "estou com ciúmes e insegura". Não é culpa do Zeke que eu me sinta assim. *Obrigada, Wyatt.* Preciso resolver isso sozinha.

— Eu entendo — digo. — Na verdade, preciso ir ao banheiro, mas vejo você na mesa.

— Ela pediu desculpas. Ela nunca pediu desculpas antes. Também disse para avisar você... que Tom está realmente atrás desse bônus e quer prejudicá-la, mas não disse como.

— Ele ameaçou revelar meu relacionamento com você aos sócios para que pensem que eu não revelei um conflito.

O rosto de Zeke endurece.

— Isso...

— Mas você não é um cliente. Eu verifiquei as regras de ética novamente quando começamos a namorar desta vez. Não estou representando você. A Capital Management é o cliente. Não é um problema, e só vai refletir mal nele se ele tocar no assunto. Não se preocupe.

Quando me sento à mesa, Paisley e Tom se aproximam.

— Percebemos que há duas cadeiras vazias aqui, e faz tanto tempo que não vejo todos vocês, a turma do trabalho da Capital. — Paisley acena para Brooke e Ben. — Este é o Tom. Ele trabalha na White & Gilman com a Tessa, por coincidência.

Ben e Zeke se endireitam ao meu lado como cães de guarda. É comovente.

Tom puxa a cadeira de Paisley e senta-se ao lado dela. Paisley apresenta Ben, Brooke e Sebastian.

Há silêncio.

Paisley tem coragem. Mas por que ela se juntou a nós? Entendo se ela quer Zeke de volta, mas não vejo Zeke voltando para ela. Exceto que "eu estava planejando pedi-la em casamento". Será que eles conversaram mais quando se encontraram? Algo que a fez pensar que tem uma chance com ele?

— Talvez você possa chamar o garçom e pedir uma salada. — Não vou parecer preocupada. — Já que eles serviram nossa mesa.

— Tudo bem. — Paisley dá de ombros. — Não preciso de salada. Estou interessada no prato principal. — Ela olha diretamente para Zeke. Como se eu não estivesse aqui como sua acompanhante.

*Eu sou a salada? Uma salada murcha?*

Tom limpa a garganta e se vira para Brooke, que está ao lado dele.

— Gostei de conversar com você no jantar na outra noite. Sei que você tem Tessa na discagem rápida, mas se precisar de um segundo advogado do nosso escritório, adoraria ter essa oportunidade. Falo francês e chinês, então posso ser útil em certos negócios internacionais. Admito que não falo francês tão bem quanto Paisley. Ela parecia uma nativa na outra noite no jantar no *Le Ciel*.

Tom quer que eu perceba que Paisley é uma concorrência acirrada? Sua lembrança de que eu perdi meu último namorado porque trabalhava o tempo todo não foi sutil. Ou ele quer que Paisley perceba que Zeke realmente não está mais disponível?

Paisley cora.

— É muito gentil da sua parte. O francês é a língua do amor, então eu queria ter certeza de que soaria como uma nativa. Morei em Paris depois da faculdade.

— Você foi para Paris com seu último namorado, não foi? — pergunta Tom, sorrindo para mim.

— Por uma semana. — Eu abaixo os olhos. Aquela viagem foi uma das razões pelas quais eu achava que Wyatt e eu tínhamos um relacionamento sério.

*Tom está tentando me deixar nervosa.*

— Você fala francês, Sebastian? — pergunta Paisley.

Sebastian levanta uma sobrancelha.

— Sim. — Ele volta a se concentrar na salada. Pelo menos ele gosta de salada.

— O que te inspirou a aprender espanhol? — Brooke me pergunta.

— Falava-se muito espanhol no meu bairro quando eu era criança, e queria saber o que todos estavam dizendo — respondo. — O que te inspirou a aprender espanhol?

— A mesma coisa — responde Brooke.

Brooke e eu trocamos um sorriso. Quando nos conhecemos, descobrimos que tínhamos crescido bem perto uma da outra, em Morningside Heights, em Manhattan.

— Zeke é fluente em holandês — diz Ben.

— Eu passava os verões na Holanda, então, se quisesse brincar com as outras crianças, precisava aprender — diz Zeke. — E meu pai sempre elogiava isso como uma língua secreta que ninguém mais conhecia. Exceto os holandeses.

— Lindsay e Dylan não vão passar a lua de mel em Paris e Amsterdã? — pergunta Ben.

— Foi o que ouvi dizer — responde Paisley. Em seguida, ela me pergunta: — Onde você escolheria para passar a lua de mel?

— Não tenho certeza — respondo.

— Não o México? — Zeke sorri para mim.

— Devíamos voltar e conhecer a Cidade do México — respondo. — Há uma pousada legal onde eles têm uma cama *king-size* sobre trilhos que permitem que você a leve para o terraço da cobertura e passe a noite dormindo sob as estrelas.

— Parece legal, desde que não tenha mosquitos — diz Paisley.

— Trabalhamos juntos em um caso na Cidade do México, mas não vimos muita coisa — diz Zeke. — Apenas o escritório, alguns restaurantes e o hotel. Foi uma estadia curta.

— Cidade do México é muito diferente de Paris. — Paisley se vira para mim. — Sempre planejamos ir a Paris. Eu queria compartilhar com Zeke todos os meus lugares favoritos.

*Eles discutiram onde passariam a lua de mel?*

De repente, toda a mesa se ocupa com suas bebidas, guardanapos, terminando a salada, qualquer coisa, menos assistir a esse desastre.

— Sinceramente, acho que não chegamos a discutir juntos os destinos da lua de mel — diz Zeke para Paisley. — É para lá que *você* sempre disse que gostaria de ir.

*Paisley estava confiante o suficiente em seu relacionamento para mencionar onde queria passar a lua de mel.*

— Seu time de basquete de fim de semana está procurando novos jogadores, Zeke? — pergunta Sebastian. — Parecia divertido da última vez que você mencionou.

— Jogamos no Riverside Park por volta das onze. Seria ótimo ter você conosco.

Os garçons retiram nossos pratos de salada e servem o jantar. Tom sai para pegar os pratos de jantar da outra mesa.

— Dylan me disse que vocês dois estão namorando. — Paisley se vira para Brooke e Ben. — Outro casal na Capital. Eu definitivamente não esperava por isso, especialmente depois que Zeke e eu não demos certo.

Brooke pousa o pão.

Ben diz:

— Eu nunca imaginei você e Zeke juntos.

Paisley ri.

— Você ficou tão surpreso.

Ben cora.

— Ah, bem, tenho certeza de que você e Brooke se comportam melhor no escritório. — Paisley sorri maliciosamente para Zeke.

*Eles ficavam de sacanagem no escritório?*

Eu coloco meu garfo na mesa. Perdi o apetite.

— Ben e Brooke são perfeitos juntos — diz Zeke. — Eles fazem um ao outro muito felizes.

— Como é trabalhar na *Red Can*? — pergunta Ben.

— É definitivamente diferente — diz Paisley. — Gosto de finanças, mas também gosto de trabalhar para uma empresa de produtos alimentícios. E queria trabalhar em uma startup. E uma vantagem até agora é que há mais mulheres na alta administração.

Tom volta com o jantar. A comida está boa e agora temos uma desculpa para não conversar.

Paisley diz:

— E vocês também se conheceram em uma negociação.

— Não nos conhecemos em uma negociação. Nos conhecemos em uma galeria de arte — digo. De novo.

Ben murmura para Zeke:

— Nunca há um momento de tédio com você.

— Acabamos namorando depois de uma negociação. — Paisley olha para Zeke. — Você tem o hábito de namorar as advogadas com quem trabalha nos negócios. Todas aquelas noites trabalhando até tarde, eu acho. Mas como isso está funcionando para você?

Zeke pega minha mão debaixo da mesa e a aperta.

— Você aprende muito sobre uma pessoa nessas noites em que se trabalha até tarde para cumprir prazos.

Um garçom se aproxima para reabastecer nossos copos de água.

Ben sussurra para mim:

— Na verdade, ele não queria namorar outra advogada. Você superou esse preconceito.

Ben é um grande amigo. É um bom sinal quando um homem tem bons amigos.

A música começa novamente.

— Vamos dançar? — pergunta Zeke.

É uma música lenta, e ele me puxa para perto dele. Ele cheira a ar fresco. Delicioso. Quero estar aqui neste momento com Zeke. O ar cheira a rosas e orquídeas, misturado com o aroma de algumas velas de citronela e Zeke. Ele me beija rapidamente nos lábios.

Dançamos mais algumas músicas e depois fazemos uma pausa para tomar um refresco. Sebastian puxa Zeke de lado por um momento, então sugiro que vou buscar as bebidas.

Enquanto espero no bar que o barman sirva nossas duas taças de vinho, Paisley se aproxima.

— Zeke parece muito feliz com você — ela diz. — Ele é um cara legal, então espero que vocês deem certo. Eu queria pedir desculpas a ele e ver se estava bem.

Eu me ocupo pegando um guardanapo de papel extra. Aquela conversa íntima no gazebo não parecia tão inocente. E os dois sentem a necessidade de me dizer que era?

Não sei bem o que dizer em resposta. Cabe ao Zeke contar a ela o que sente, e eu definitivamente não quero parecer preocupada.

— Obrigada por me contar. Talvez o Tom e você?

Ela dá de ombros.

— É muito cedo para dizer. Ele está muito focado no trabalho e em competir com você. Parece que você terá que manter essas horas faturáveis para acompanhá-lo.

E Zeke não quer namorar uma workaholic, é o lembrete tácito dela. Pego os dois copos de vinho.

— Espero sinceramente que Zeke seja mais aberto com você — diz ela.

— Ele parece bastante aberto — respondo. Ela levanta uma sobrancelha.

Voltamos para nossas respectivas mesas com nossas bebidas. Tom e Paisley voltaram para a mesa que lhes foi designada.

Não acredito que Paisley espere que a gente dê certo.

Coloco nossas taças na mesa e procuro por Zeke. Lindsay o levou para a pista de dança para uma música lenta. Eles parecem estar tendo uma conversa intensa. Dylan se aproxima e me convida para dançar. Eu aceito, é claro.

Ele me puxa para perto de Lindsay e Zeke. Dylan me abraça, segurando-me bem frouxamente. Enquanto dançamos, ouço trechos da conversa deles:

— Mas Paisley está realmente arrependida... vocês formavam um casal tão bonito.

Até que Dylan parece ouvir os comentários de Lindsay. Ele nos leva para o outro lado da sala, longe de Lindsay e Zeke. *Isso não me faz sentir melhor.*

Eu não deveria me sentir tão ameaçada por Paisley. Zeke disse que estava falando sério sobre mim. Ele me olha como se eu fosse a única. Aquela paixão à noite. Não é falsa.

*Mas...* ele planejava *pedir* Paisley em casamento.

Eu sou a garota cujo melhor amigo de infância tinha que se esconder da mãe dele para me ver. E talvez Wyatt queira me ter de volta agora, mas ele não hesitou em me largar quando conheceu Marla.

Tenho que confiar no Zeke e nos meus sentimentos por ele, mas esse não é o meu *modus operandi* habitual.

# 37

## Zeke

As luzes das outras cabanas estão apagadas quando chegamos para estacionar em frente à nossa. É tarde. Entramos no nosso quarto. Quero me concentrar na noite que tenho pela frente com Tessa, mas também preciso responder a Arthur. Só de pensar nele, todos os outros pensamentos desaparecem. Relutante, pego meu laptop.

— Tenho que verificar e trabalhar um pouco. Desculpe. Só para manter Arthur satisfeito.

— Tenho que perguntar — diz Tessa —, no escritório?

Paisley e suas insinuações. Eu sabia que isso iria acontecer, mas gosto que Tessa me pergunte diretamente.

— Paisley me beijou e Ben entrou. Foi muito mais moderado do que ela fez parecer, embora Ben tenha ficado surpreso.

Uma emoção passa pelos olhos dela, mas não sei dizer qual. Ela acena lentamente com a cabeça.

— É horrível quando seu chefe é um pesadelo. É esse o cara que quer que você fracasse? Acho que li essa correspondência com o Ben também.

Gosto que já tenhamos superado o comentário de Paisley. Como quando Tessa nem piscou quando encontrou Paisley e eu no gazebo.

Ela não é do tipo ciumenta, eu acho. Ela é totalmente tranquila. Então me concentro no que Tessa disse.

— Merda. Espero que Arthur não tenha lido — digo. — Devo ter mais cuidado com o que coloco nos e-mails.

— Você deveria. Com certeza. E não use sua conta do trabalho para e-mails pessoais. Vou me trocar. — Ela pega algumas roupas e desaparece no banheiro.

Não conseguirei tirar lentamente o vestido sem alças.

Talvez.

Não. Não posso dar ao Arthur nenhuma munição contra mim.

Fico olhando para o e-mail que Arthur enviou. Tudo bem, não é tão ruim assim. É trabalho inventado. Obviamente, ele está tentando me incomodar, mas não conseguiu pensar em nada substancial para eu fazer.

Ela volta vestindo uma camiseta cinza clara e uma calça de pijama azul folgada, ainda bonita, e se joga na cama ao meu lado. Sem sutiã. *Não vou conseguir trabalhar.*

— Sem lingerie preta?

— Eu estava guardando isso para amanhã à noite. — Ela pega um livro. — Arthur é o chefe difícil?

— Você também tem uma memória incrível. — Eu a beijo rapidamente nos lábios. Em seguida, fecho meu laptop e o coloco na mesinha lateral.

— Você terminou? — pergunta ela.

— Não. — Rosno. — Mas não é isso que quero fazer agora. — Acaricio seu rosto. — Você é tão bonita.

— Não sou bonita.

— E doce. — Meus dedos passam pelos seus cabelos macios, massageando sua cabeça, e posso sentir ela se derretendo. Seus olhos se fecham. Dou beijos leves em seu nariz e bochecha.

— Não sou doce — ela diz, mas sem qualquer ressentimento.

Ela é doce demais. Ela não tem ideia de como as outras são. Eu acaricio seu pescoço com o nariz e, em seguida, dou mais beijos leves até sua clavícula. Ela murmura. O que esse som *faz* comigo. Eu rosno.

Traço sua clavícula sob a camiseta, minha mão roçando levemente sua pele sedosa. A tentação. Ela se inclina para frente. Mas não. Ainda não. Devagar. Fique neste momento.

Minhas mãos emolduram seu rosto novamente. Ela abre os olhos. Nossos olhares se encontram. Eu gosto muito dela. Estou me apaixonando perdidamente.

Nessa noite, ao vê-la ao lado de Paisley, não havia comparação. Houve aquele momento em que Ben contou aquela história engraçada. E Paisley deu uma risadinha, mas Tessa riu tanto que quase chorou. Ela se entrega totalmente.

Eu me sinto tão sortudo.

Os olhos dela dizem o mesmo, e o seu sorriso aberto. A maneira como ela olha para mim, como se não se cansasse de mim, como se não acreditasse que sou dela. Não consigo acreditar que ela é minha.

Algo se solta no meu peito, abrindo-se e respirando novamente. A dor causada por Paisley está diminuindo.

# 38

## Tessa

Coloco minha xícara de café sobre a mesa do escritório e ligo o computador. Não dormi muito bem ontem à noite, mas foi por um motivo muito bom. Meus lábios se curvam em um sorriso. A bolsa de Lakshmi está ao lado da cadeira dela, então ela já deve estar no escritório, mas em uma reunião.

Jack: *Venha ao meu escritório imediatamente.*

Isso é estranho. Jack nunca me enviou uma mensagem antes. Desço as escadas correndo e entro em seu escritório. Ele está lendo um documento na mesa redonda. Ele tira os óculos e os coloca lentamente sobre a mesa.

— Achei que você deveria saber que Tom disse ao mentor dele que você estava em um relacionamento com um associado da Capital Management quando estava representando a empresa e não revelou isso — diz Jack.

Um calafrio me percorre. Uma acusação de má conduta ética. Sei que isso não é verdade, mas mesmo assim...

*Uma investigação ética poderia arruinar toda a minha carreira.*

— Ele não é um cliente. Não tenho nenhum conflito de interesses com um cliente — digo.

— Você está namorando Zeger van der Zee?

*Minha análise jurídica está errada?* Meu estômago dá um salto.

— Sim, estou namorando agora. Eu não estava namorando ele quando representei a Capital Management. Eu o conheci em uma recepção de arte e não percebemos nossa conexão. Mas só namoramos quando eu não estava representando a Capital Management. De qualquer forma, ele não é o cliente. A Capital Management é o cliente.

Minhas pernas parecem de borracha. Eu agarro o encosto da cadeira.

— Foi o que eu disse ao mentor dele, e ele concordou — diz Jack —, mas eu queria avisar que o Tom está atrás de você. Não tinha certeza se ele tinha inventado tudo.

Sento-me na cadeira da mesa redonda.

— Bem, ele também quer esse bônus — digo calmamente, embora me sinta enjoada. Minhas pernas ainda estão trêmulas. Respiro fundo. Meu coração está batendo forte.

Tudo bem. Ele não conseguiu. Não vou ser acusada de violação ética. Junto as mãos trêmulas debaixo da mesa.

— Mas ainda é preocupante que ele tenha ido tão longe.

*O Tom deve me odiar.*

— É uma acusação muito séria, mas completamente falsa. Eu não me preocuparia muito com isso. Deixamos bem claro para o Tom que não toleramos acusações falsas. A boa notícia é que também consegui que o trabalho *pro bono* fosse contabilizado — diz Jack. — E agora suas horas são mais do que as dele.

Se Tom está disposto a me acusar de violações éticas, não tenho certeza se isso é uma boa notícia.

— O que vai deixá-lo furioso.

Subestimei Tom demais. No ano passado, quando ganhei o bônus, ele ficou irritado. Ele se virou e saiu da sala.

— Ele só está demonstrando que não tem as habilidades colaborativas e espírito de equipe que procuramos em um associado — diz Jack.

— Você acha que isso vai além do seu mentor? — pergunto. — Não quero que uma alegação de violação ética seja espalhada com o meu nome envolvido.

— O mentor dele o alertou que isso seria ruim para ele em termos de chances de parceria, então acho que não. — O olhar de Jack é tranquilizador e calmo.

A assistente de Jack interrompe com uma ligação de um cliente, e eu saio do escritório.

Caminho lentamente até meu escritório. Minhas pernas ainda estão trêmulas. Tom realmente me acusou de violação ética. Ele não estava blefando. Fecho a porta do meu escritório e afundo na cadeira. Isso é loucura. Alguém bate na porta do meu escritório.

— Entre — digo.

Tom entra. Eu agarro os braços da cadeira. *Não deixe que ele perceba que o afetou.* Ele coloca as mãos na cintura.

— Você poderia ter me dito que não era uma violação ética. Eu avisei que faria isso.

— Não achei que você realmente fosse me denunciar por violação ética. — Levanto-me e vou em direção a ele.

Ele recua. Ele é um covarde dissimulado.

— Não acredito que você conseguiu que o trabalho *pro bono* contasse para as horas de bônus. — Ele balança a cabeça. — Você tem uma vida encantadora, mas não vai me vencer este ano.

Ele sai furioso quando Lakshmi entra, quase derrubando-a.

— O que foi isso?

— Tom me acusou de violação ética perante a gerência. Que eu não revelei que estava namorando Zeke. Ele está irritado porque as horas *pro bono* estão contando para o bônus.

— Isso é desprezível. — Ela olha com raiva para a moldura da porta vazia. — Elas estão? — Ela me dá um *high five*. — Embora eu não devesse estar torcendo pelo bônus. O que vou fazer sem você?

— Xiiiu.

— Não se preocupe. Meus lábios estão selados.

Ligo para o Zeke e conto a ele. Ele fica indignado.

— Isso é uma sacanagem — diz Zeke. Sinto-me melhor quando ele fica indignado por mim, dizendo que vai pedir à Brooke para colocar o Tom na lista negra como advogado externo e, na verdade, vai pedir aos seus outros amigos advogados para fazerem o mesmo.

— Jantar no meu apartamento hoje à noite às 20h30? — pergunto. — Podemos pedir comida, porque tenho que trabalhar até tarde.

— Vejo você lá.

Minha assistente entra.

— Taylor deixou isso como agradecimento.

Eu sorrio e pego a cesta, abrindo o bilhete:

*Muito obrigada por tudo. Estou sentada no apartamento da minha avó e posso sentir seu abraço reconfortante ao meu redor. Não tenho palavras para expressar minha gratidão. Mas espero que você e Zeke possam vir jantar com a sra. Humming na sex-*

*ta-feira ou no sábado. E, por favor, aproveitem esses biscoitos de aveia (receita da vovó).*

Estou animada para que Zeke as conheça.

Vejo o recorte do *Wall Street Journal* emoldurado na minha parede. Esses biscoitos significam muito mais para mim do que esse reconhecimento. Estou cansado de competir com o Tom por esse bônus. *Mas o que mais o Tom fará?*

# 39

## Zeke

Minha assistente me avisa que Arthur gostaria de me ver em seu escritório. *Agora.*

Pego o elevador até o escritório de Arthur. Ele faz um gesto para que eu entre, mas continua olhando para o monitor do computador, ignorando-me. Sento-me em frente à sua mesa e espero.

Ele vira-se para mim.

— Ouvimos rumores de que a *Red Can* pode estar à procura de investidores. Se bem me lembro, Paisley, a consultora jurídica associada deles, e você namoraram. Pensei que pudesse ter alguma influência.

Fico com arrepios por ele saber que namorei com Paisley.

E pior ainda é que ele provavelmente sabe que eu desmoronei depois que terminamos e perdi meu voo para a conferência de capital de risco na Califórnia, perdendo as sessões de apresentação da manhã. Tentei compensar isso ouvindo as apresentações deles naquela noite. Mas se eu não tivesse encontrado aquele unicórnio naquela conferência, poderia ter sido demitido. Estremeço.

— *Namorei* seria a palavra certa — digo.

Arthur levanta as sobrancelhas.

— Você não pode perguntar a ela sobre a empresa? Acho que posso pedir ao Winthrop para entrar em contato com ela.

— Não. Ainda somos amigos. — *Relativamente.* — Posso perguntar a ela. — Mas não quero.

— Estava pensando hoje. — Arthur se inclina para frente.

Não estou pronto para ver Paisley hoje. Tessa tem seu jantar de premiação da AJGL hoje à noite, e estou atolado de trabalho. Mas a Red Can pode ser uma boa oportunidade de investimento e se encaixa nos critérios do nosso portfólio. Que ironia.

Ele sorri levemente, mas é mais como um tubarão mostrando os dentes. Ele sabe como isso é torturante para mim.

— Vou ver o que posso fazer — digo.

— Talvez você possa apelar para a compaixão dela, dizendo que precisa trazer negócios para ser transferido — diz Arthur.

De jeito nenhum vou fazer um apelo por pena. A última coisa que quero é ficar em dívida com Paisley pela transferência.

— Isso não parece ser do seu interesse — digo. — Achei que você não quisesse que eu fosse transferido do seu departamento.

Ele dá de ombros.

— O interesse da empresa vem em primeiro lugar. — Ele acena com a mão para mim. Estou dispensado. Abrupto como sempre.

Caminho pelo corredor de volta ao elevador. A informação sobre a Red Can é útil. Mesmo que eu não queira trabalhar com Paisley em nenhum contexto.

Volto para minha mesa e me sento ao lado de Ben.

— Arthur me disse que a Red Can está procurando capital de risco.

— *Arthur* te deu essa dica?

— Outra maneira de me torturar.

— Você vai ligar para Paisley? — pergunta Ben.

— Achei que Ming poderia ligar para ela.

— Ela não vai querer falar com ele — diz Ben. — E ele é meio novato.

— Não vou ligar para ela. — Pareço uma criança de cinco anos.

— Por que você não pode ligar para ela e ser totalmente sincero? Que você ouviu isso e queria saber se poderia discutir?

— Tudo bem. — Eu estava bem no casamento. Mais irritado, na verdade. Estendo a mão para o fone.

— Mas provavelmente, para esta primeira ligação, você deveria ligar para ela em particular — diz Ben rapidamente. — Porque você pode ter algumas coisas mais pessoais para discutir...

— É exatamente isso que eu não quero. Mas você está certo. Como sempre. — Pego meu celular e subo para o terraço.

Paisley atende na primeira chamada.

— Zeke? — Sua voz está surpresa, mas esperançosa.

— Oi, Paisley. — Eu paro. Agora que ouço essa esperança, como posso dizer que liguei para falar de negócios?

Há silêncio do outro lado da linha. Essa é a Paisley. Ela sabe esperar o momento certo.

— Preciso falar com você por motivos de negócios — digo sem pensar. — Arthur me disse que a Red Can está procurando investidores de capital de risco.

— Ah. — Ela suspira. — Os espiões do Arthur estão trabalhando de novo. Ele sabe que estamos procurando investidores?

— Sim.

— Vou enviar nossa proposta por e-mail — ela diz. — Mas tem certeza de que pode trabalhar comigo?

*Não.*

— Somos uma equipe pequena, então não sou apenas a consultora jurídica sentada em alguma torre de marfim — ela diz. — Eu ajudo em tudo que posso.

— Também não serei só eu. Ming lidera alguns investimentos. Ele pode liderar este.

— Talvez eu peça sua opinião — diz ela.

— Somos adultos e tenho um relacionamento sério com a Tessa. Tenho certeza de que podemos trabalhar juntos — digo.

Talvez seus fundamentos sejam tão fracos que eu não queira recomendá-los como investimento para a parceria. Isso seria o melhor. Mas Paisley não teria aceitado o cargo se a Red Can não tivesse um futuro promissor. Ela queria o título de consultora jurídica associada, no entanto.

— Vi que Tessa será homenageada no jantar da AJGL hoje à noite — diz ela. — Acho que te vejo lá.

Vamos torcer para que seja à distância.

*Não é.* A primeira pessoa que vejo quando chego ao check-in para o jantar da AJGL no corredor fora do salão de baile do Aqua Hotel é Paisley. E Tessa acabou de enviar uma mensagem dizendo que está atrasada.

Até o momento, a Red Can parece um investimento sólido. E agora tenho que fingir que não tenho nenhum problema em trabalhar com Paisley.

— Oi — digo. Meu sorriso provavelmente é mais uma careta, mas estou tentando.

— Zeke.

Paisley parece genuinamente encantada em me ver.

— Sabe, acho que essa pode ser uma ótima oportunidade para recuperarmos nosso relacionamento — ela diz.

Eu fico parado.

— Quero dizer, nossa amizade. Você nunca me olhou da maneira como olha para a Tessa, então aceito que não há volta. Mas também éramos bons amigos, além de amantes, não é?

— Sim — digo com cautela. Isso é como um campo minado.

Ela passa o braço pelo meu e me puxa para o lado, perto de um dos cartazes com os nomes dos benfeitores.

— Decidi te ajudar. Aprendi muito sobre a indústria de bebidas desde que entrei na empresa. É fascinante.

Enquanto ela compartilha suas ideias, fico impressionado. Essa é a Paisley por quem me apaixonei. Essa mulher inteligente e determinada. Eu tinha esquecido. Achei que era um idiota por não suspeitar que ela estava me traindo. Eu questionei por que me apaixonei por ela, imaginando se *tudo* era falso e mentira. Mas não era. Isso me dá algum conforto. Eu não era um completo idiota.

Mas falta a bússola moral da Tessa.

Ela me lembra daquele negócio que fizemos, em que tivemos que nos esforçar para consertar a bagunça que Winthrop havia criado. Foi uma época muito louca. Nós dois rimos.

Isso é bom. Talvez *possamos* trabalhar juntos. Talvez eu finalmente tenha superado a traição de Paisley.

— Só quero dizer uma coisa. Sei que sou a vilã aqui, mas acho que, no fundo, sabia que algo estava faltando. Provavelmente quando você disse que não queria morar junto — diz Paisley. — De qualquer forma, sinto muito por ter magoado você e fico feliz que esteja feliz agora. Vejo você no salão. — Ela dá um tapinha no meu braço e se afasta.

Fico olhando para as costas dela se afastando.

Talvez eu nunca tenha pedido ela em casamento porque faltava alguma coisa.

*Algo que encontrei com Tessa agora.*

# 40

## Tessa

Definitivamente aqueles eram Zeke e Paisley rindo juntos.

Sem aquela vibração torturante. Então, isso é bom. Menos tensão. E bom para o Zeke, se ele superou a traição dela. *Mas será que ele a superou?* Eles pareciam tão à vontade juntos. E totalmente absortos um no outro.

Eu estava prestes a me aproximar, mas então eles riram, e Paisley colocou a mão no braço dele. Ele tem sido muito sincero ao dizer que não superou a traição dela. Deve haver um bom motivo para o encontro deles. Estou sendo desnecessariamente insegura. De novo. Ele me disse que gosta de mim.

*Não quero ser aquela garota que está sempre reivindicando seu homem.*

Coloco minha etiqueta com meu nome no blazer enquanto faço o check-in na mesa de recepção do jantar da AJGL. Meus pais enviam uma mensagem dizendo que eles, minha irmã, Kiara, e o marido dela estão atrasados porque a babá ainda não apareceu, mas estão saindo agora. O marido de Kiara vai esperar pela babá. White & Gilman os convidou para se juntar a nós na mesa da empresa.

Eu me afasto, e lá está Ken. Ele aperta minha mão.

— Parabéns!

— Obrigada.

— Preciso falar com você em particular. — Ele olha em volta e aponta para um canto vazio. Caminhamos até lá e ficamos atrás dos cartazes que anunciam o palestrante principal.

Ken diz:

— Anunciamos a vaga. Tamara se demitiu antes do que eu esperava. Sei que disse que ela se demitiria em outubro. Você precisa se candidatar agora, se quiser o cargo.

— Agora? — Meu coração afunda.

— Você sabe que essas vagas não aparecem com frequência. Se você a quer...

— Eu quero.

— Então esta é sua chance — diz ele. — Me avisa quando você se inscrever, e eu enviarei minha recomendação. Queria te contar o mais rápido possível, e que lugar melhor do que este jantar da AJGL?

— Que lugar melhor? — repito.

*Não posso me candidatar agora.* Não antes de receber o bônus. Meu estômago revira.

— Alguém está tentando chamar sua atenção — diz Ken.

Wyatt acena para mim do outro lado da sala, segurando um enorme buquê de flores.

— Seu namorado? — pergunta Ken.

— Meu ex. Ele reservou uma mesa e convidou todos os meus amigos.

— E ele é seu ex? — pergunta Ken. — Parece que ele quer você de volta. Vou deixá-la, então. Me avisa quando se candidatar.

Ken se afasta enquanto Wyatt e meus amigos abrem caminho entre a multidão.

*Quando eu me candidatar. Não "se".* Ken vai duvidar do meu comprometimento se eu não me candidatar agora. Esta posição é perfeita para mim.

Devo desistir do bônus? Mordo o lábio. Eu poderia me candidatar e não contar para a empresa. *Não pedir uma recomendação para o Jack.* Não é como se você costumasse contar para o seu chefe que está se candidatando a novos empregos antes de realmente garantir a vaga.

Mas Jack tem sido um mentor muito importante para mim. Quero contar a ele e pedir sua recomendação. Eu me sentiria melhor sendo franca sobre isso. Mas isso significaria renunciar ao bônus. Eles não vão me dar um bônus se eu estiver saindo.

Por que Tamara teve que se demitir agora e não em outubro, três meses após o bônus ter sido concedido?

Se eu não contar ao Jack, ele vai usar seu capital político para defender que eu receba o bônus e, então, vai parecer um tolo quando eu sair na semana seguinte.

Mas as pessoas pedem demissão.

Eu mordo o lábio. São negócios. Tenho que me concentrar no que é melhor para mim. E estou apenas me candidatando ao emprego. Posso nem conseguir. Não devo sacrificar o bônus antes mesmo de saber se consegui outro emprego. Vou contar ao Jack se conseguir o emprego.

Meus amigos se juntam a mim e trocamos abraços. Wyatt me entrega o buquê de flores. *Que constrangedor.* E lá está Zeke, tão bonito em seu terno azul impecável, com a camisa aberta no colarinho. Meu coração dá um pequeno salto. Ele se aproxima de mim e me beija.

— Deixe-me apresentar meus amigos — digo. — Wyatt reservou sua mesa de sempre e convidou alguns dos meus amigos.

Os olhos de Zeke se arregalam. Eu não mencionei isso antes porque não queria que Zeke se sentisse pressionado a fazer o mesmo, já que ele está economizando dinheiro para comprar a participação na parceria de capital de risco. Eu deveria ter contado a ele.

Zeke olha para Wyatt.

— Isso é muito generoso da sua parte.

— Não é todo dia que minha garota ganha um prêmio — diz Wyatt.

— Ex-garota — digo.

— Ainda somos amigos — diz Wyatt.

Zeke levanta uma sobrancelha.

Apresento todos a Zeke. Ele já conhece Miranda. Miranda apresenta seu namorado, William. Zeke diz:

— Você.

William cora.

— Não leve a mal. Mas bem-vindo ao mundo de Miranda e Tessa. Prazer em conhecê-lo.

Lily apresenta seu namorado, Rupert.

— Prazer em conhecê-lo — diz Rupert. — Lily disse que você trabalha na Capital Management. Meu amigo Sebastian trabalha lá. Você o conhece?

— Sim — diz Zeke. — Ele é um bom amigo. Um jogador de squash incrível.

— Eu sei. Costumava jogar regularmente com ele, mas tenho relaxado ultimamente. — Rupert olha calorosamente para Lily e depois sorri para nós. — Parece que você também está ocupado com outras coisas.

— Nós realmente precisamos encontrar alguém para ele — diz Zeke.

— A Lily está cuidando disso. — Rupert acaricia as costas dela. — E ela chamou o cara que nos ajudou a ficar juntos para trabalhar nisso.

— Vou pegar as bebidas. O que vocês querem? — pergunta Rupert.

— Vou com você — diz Wyatt. — Encontramos você nas mesas.

Quando Wyatt e Rupert saem, Zeke e eu nos afastamos por um momento para conversar.

Eu digo a Zeke:

— É por isso que Wyatt comprou a mesa. Ele quer se conectar com Rupert. Ele é o um dos CEOs da *Strive Developers*, e você sabe que Wyatt é muito ambicioso.

— Dê um pouco de crédito a si mesma — diz Zeke. — Eu deveria ter pensado em comprar uma mesa.

— Não é necessário — digo. — É por isso que não contei a você. Sei que precisa economizar dinheiro para comprar a parceria de capital de risco.

— Ainda acho que Wyatt quer você de volta — diz ele. — Onde está Marla?

— Você está com ciúmes? — pergunto.

— Não — ele responde rapidamente.

Acho que ele pode estar com ciúmes.

— Paisley está aqui — digo. — Você sabia que ela viria?

— Sim. Ela me contou quando conversamos esta manhã. E agora presumo que vou vê-la em qualquer evento de advogados. — Ele aperta minha mão. — Tudo bem. Definitivamente tenho a sensação de que Wyatt se juntará a nós em qualquer evento.

— Você ligou para ela? — pergunto. Odeio parecer ciumenta.

— Por motivos profissionais. A Red Can está procurando fundos de capital de risco.

— Então vocês podem ter que trabalhar juntos?

As observações de Paisley no casamento sobre todas aquelas noites divertidas trabalhando juntos e como eles se apaixonaram ecoam na minha cabeça. Foi assim que Zeke e eu nos apaixonamos também.

Meu estômago está embrulhado, mas não posso deixar isso arruinar minha noite.

*Esquece isso, Tessa. Esta é a sua noite. Este prêmio é muito importante. Não fique triste com isso como quando você perdeu sua festa de aniversário.*

Eu estava começando a achar que Zeke poderia ser *o cara certo*. E o emprego na AJGL. Quero me candidatar agora, mas como posso não contar ao Jack? É como se um peso enorme estivesse me pressionando. Estou tentando encontrar uma saída para essa névoa, mas não há nenhum feixe de luz de um farol para me guiar até um porto seguro.

Zeke olha para mim.

— Você está bem? Está nervosa? — Ele segura minha mão, entrelaçando seus dedos nos meus.

Olho nos seus olhos azuis e calorosos e me controlo.

— Definitivamente nervosa.

Ele esfrega minha mão. Entramos no salão de baile decorado festivamente e nos juntamos aos meus amigos. O zumbido das conversas ecoa ao fundo. As pessoas ficam em pé, conversando e colocando o papo em dia entre as mesas redondas decoradas com toalhas roxas e arranjos de flores brancas.

— Procurei os nomes dos artistas no Instagram do Golpista e encontrei as informações de contato de dois deles, então vou enviá-los para você — diz Iris.

— Jurgen me ligou ontem à noite para dizer que alguém da Letônia estava interessado em comprar minha pintura *Arrependimento* — digo.

— Ele mudou o país? — pergunta Lily. — Agora ele precisa encontrar alguém que fale letão.

— Fiquei um pouco surpresa com isso — digo. — De qualquer forma, considerando que ele supostamente já foi enganado assim antes, seria de se esperar que ele mencionasse isso. Mas não. Ele estava incrivelmente entusiasmado. Acho que ele definitivamente está envolvido no golpe.

— Yvette também enviou seu extrato bancário mostrando o cheque fraudulento, então espero que a caligrafia corresponda à do cheque que ele lhe der desta vez — diz Miranda.

— Você terá que dar dinheiro ao Jurgen, então? — pergunta Zeke.

— Um pouco — respondo. — Espero conseguir meu dinheiro de volta se ele for preso.

— O policial Johnson disse que estaria disposto a seguir Jurgen para ver se ele vai imediatamente a uma loja de remessas, mas se ele não for, isso dificilmente será conclusivo — diz Miranda. — Ele está feliz em trabalhar conosco novamente.

— Não tenho certeza se ele achou que você "trabalhou com ele" da última vez — diz William.

Miranda acena com a mão, em sinal de desprezo.

— Mesmo assim, é bastante condenável que Jurgen esteja aplicando o mesmo golpe novamente. Mas a chave é o cheque.

— Vamos torcer para que consigamos pegá-lo. Mais uma reunião e espero ter terminado com isso. — Estremeço. — Ele é tão nojento.

Rupert e Wyatt voltam. Wyatt entrega nossas bebidas para Zeke e para mim enquanto fica entre nós e o grupo de meus amigos.

— Cadê a Marla? — pergunto.

— Ela achou que seria chato isso — diz Wyatt. — Sair com um monte de advogados não a interessava.

— Ah — digo.

Zeke diz:

— Admito que eu mesmo me converti recentemente.

Wyatt sorri para mim, lançando um olhar para Zeke.

— O que acontece com os advogados é que eles são muito inteligentes e representam um desafio. Você não encontra isso em qualquer lugar tão facilmente.

Encontro o olhar de Wyatt. *Ele está dando em cima de mim?* Na frente do Zeke?

— É por isso que você definitivamente deve valorizar os advogados e tratá-los de acordo — diz Zeke.

*Exatamente.*

Zeke coloca o braço ao meu redor e me puxa para mais perto. Beijo Zeke na bochecha.

Wyatt levanta as sobrancelhas. Será que ele interpretou minha decisão de "não revelar todas as minhas emoções" como um desafio? É uma maneira de ver as coisas.

Um garçom nos pergunta se queremos aperitivos de camarão. Todos recusamos.

— De qualquer forma, John achou Maddie bonita na nossa última festa. Lembra da nossa festa de primavera, Tessa? — Wyatt se vira para mim.

Eu aceno com a cabeça. *Não foi nada sutil mencionar nossa festa, Wyatt.*

— Ele ficou feliz em pegar o lugar da Marla e tentar a sorte novamente — diz Wyatt. — Espero que ele consiga. Ele está atrasado por causa do trabalho.

Lakshmi se aproxima.

— *Afê.* Tom está aqui.

Eu a apresento como minha amiga e colega de trabalho para Wyatt e Zeke.

— Você sabe que ele está por aqui — digo. — Ele tem medo de que eu ganhe alguns pontos se ficar sozinha com os sócios.

— Não achei que ele aguentaria ver você ganhar um prêmio — diz Lakshmi.

— Acho que ele desconsidera isso porque é um prêmio da AJGL.

Alguns amigos da faculdade de direito que atuam na área de interesse público se aproximam, e eu converso com eles enquanto Zeke se junta ao meu grupo de amigos. Ele se enturma bem, o que é ótimo. Wyatt está monopolizando Rupert.

A sra. Humming e Taylor chegam, e eu as apresento aos meus amigos. Zeke entretém todos com a história de quando seguimos o sr. Howard.

— Você ainda se lembra de todos os movimentos de jiu-jitsu que aprendemos naquela aula de defesa pessoal? — pergunta Iris. — Talvez devêssemos fazer uma reciclagem.

— Ainda me lembro. Não se preocupe. Ele estava blefando — digo.

Iris ainda parece preocupada. Ela definitivamente vai nos obrigar a fazer aquela aula de jiu-jitsu novamente. Meu corpo fica dolorido só de pensar nisso.

É anunciado que o jantar está prestes a ser servido e que todos devem se sentar. Digo a Zeke que vou ao banheiro primeiro. Ele aperta minha mão. Lily pega meu buquê. Meus pais enviam uma mensagem dizendo que chegaram e que vão se encontrar comigo na mesa.

Ao sair para o corredor, esbarro em Tom. Ele não foi convidado para a mesa da empresa, então deve estar na mesa de um amigo.

*Afê.*

Tom diz:

— Você certamente parece muito à vontade com todos aqueles advogados da AJGL. Quase como se fosse uma deles.

— Mas não sou — respondo.

— É. Você é boa demais como advogada corporativa — ele diz. — Você seria desperdiçada como advogada da AJGL.

— Dificilmente — respondo. — Eles precisam de consultoria jurídica de alto nível mais do que uma empresa.

— Foi muito gentil da parte do seu ex comprar uma mesa — diz ele. — Paisley me trouxe como seu acompanhante.

— Você ainda tem uma chance — digo. — Estou torcendo por vocês.

Mais do que você imagina.

Paisley então sai do banheiro e se aproxima.

— Zeke me ligou hoje. Foi como nos velhos tempos — diz ela. — Estou ansiosa para trabalharmos juntos.

— Foi o que ele disse — respondo. Entro rapidamente no banheiro, vou para um cubículo e me encosto na parede.

*Esta é a sua noite, Tessa. Não deixe um cara atrapalhar seus planos. Só porque Wyatt terminou com você de forma precipitada, não significa que Zeke fará o mesmo.*

Ele não voltará para Paisley, mesmo que trabalhem juntos. Ela o traiu. Ele superou isso. Mas eu deveria parar de fingir que não estou com ciúmes. Não posso ter medo de ser honesta, e *talvez* compartilhar essa vulnerabilidade.

# 41

## Zeke

Seguro a mão de Tessa enquanto Brit cheira o tronco de uma árvore ao nosso lado nesta trilha dentro do Central Park. Esperamos sob um dossel de folhas farfalhantes até que Brit termine sua investigação extremamente minuciosa. Vamos passar a noite na minha casa para que Brit não fique sozinha. Duas mulheres correndo juntas passam por nós.

— A Taylor fez um ótimo discurso sobre você. Ela capturou sua essência como advogada e como pessoa — digo, apertando sua mão. Fiquei orgulhoso de dizer que Tessa é minha namorada. — Posso ver por que você estava tão determinada a pegar Howard.

Ela olha para mim.

— Não me faça chorar de novo.

— Gostei de conhecer seus amigos — digo —, mas você parecia distante quando cheguei. Aconteceu alguma coisa?

Sentamo-nos em um dos bancos enquanto Brit late para um esquilo. O ar da noite está ameno. A madeira do banco é lisa e desgastada. A grama verde parece particularmente brilhante no círculo de luminescência ao redor do poste de luz. Além disso, há uma escuridão turva, com manchas iluminadas aqui e ali pela luz branca e nebulosa das esferas brilhantes das luminárias.

— Ken disse que uma vaga na AJGL foi aberta e eu tenho que me candidatar agora, antes de receber o bônus — diz ela. — É um cargo sênior, e eles não abrem vagas com frequência. Mas eu queria o bônus primeiro.

— Você ainda pode se dar ao luxo de aceitar o emprego sem ele?

— Pensei nisso. Tenho que pagar o financiamento da casa, as dívidas da faculdade de Direito e minhas despesas pessoais. E minhas despesas com alimentação vão aumentar, porque não vou mais comer às custas dos clientes. Como último recurso, eu poderia alugar meu apartamento e morar com meus pais por um ano. — Ela se recosta no meu ombro. — Mas não tenho certeza se isso é realmente possível. Não moro com meus pais desde o ensino médio. Amo meus pais, mas não quero morar com eles. Acabamos nos irritando depois de duas semanas. Agora, limito as férias em família a uma semana.

— Você poderia se mudar para minha casa — digo, surpreendendo até a mim mesmo.

Ela olha para mim e me dá um abraço.

— Tenho medo de que isso possa colocar muita pressão no nosso relacionamento, porque acabamos de começar a namorar. Mas ficar na sua casa seria um alívio bem-vindo dos meus pais. E não estou dizendo tudo isso para pedir sua ajuda financeira. É mais pelo trabalho. Tenho medo de desistir do meu emprego corporativo e do meu salário substancial, por mais ruim que isso me faça parecer. Porque eu posso trabalhar *pro bono* na White & Gilman. E gosto dos casos e dos sócios.

Brit volta e coloca o focinho na perna de Tessa. Tessa definitivamente tem a aprovação de Brit. Ela acaricia Brit. Uma brisa quente com o cheiro de grama, folhas e flores nos envolve.

— Mas odeio o sistema que eles criaram, em que competimos uns contra os outros. Tom é um idiota, mas está indo bem na empresa. Além disso, nem sempre posso trabalhar nos casos que quero. A empresa se recusou a me permitir representar o jardim de Lily quando ele foi ameaçado de despejo.

— O que faz você querer ir embora? — Eu seguro a mão dela.

Ela olha para longe.

— Isso significa mais para mim. Quando tenho sucesso em um dos meus casos da AJGL, isso significa muito para mim. — Ela bate no peito. — Eu sinto isso aqui. Quando ganho uma moção para um cliente corporativo, que não seja você, fico feliz e aliviada, mas não é como se eu tivesse aquela sensação de profunda satisfação por ter mudado a vida de alguém para melhor.

— Aí está sua resposta — digo.

— É tão simples assim? Tenho agonizado sobre isso — diz ela.

— Então talvez não seja tão simples assim — digo. — O que está te impedindo?

O som de um avião sobrevoando ressoa ao fundo.

— A redução na renda e a segurança que ela traz. E o fato de que trabalhar para a White & Gilman imediatamente inspira respeito. Mas dizer que sou advogada da AJGL...

— A sra. Peres ficou definitivamente impressionada — digo.

— Mas pessoas como o Tom... não que eu queira impressionar pessoas como ele — diz ela.

— Achei que tinha sido você quem disse que ser advogada não define quem você é.

Ela me encara. Seus olhos piscam. Ela parece um pouco atordoada.

— Você está certo. Está certíssimo. — Ela balança a cabeça. — Não acredito que você teve que me lembrar disso.

— E você inspira respeito apenas por ser quem é.

— Obrigada. — Ela me beija e, quando me afasto, seus olhos estão marejados. Ela descansa a cabeça no meu ombro. O único som é Brit farejando ao redor do nosso banco, procurando por um esquilo que foi esperto o suficiente para subir em uma árvore.

— Vamos voltar para o meu apartamento — digo. Nós nos levantamos.

— Vou me candidatar amanhã. — Ela sorri e passa o braço pelo meu. Adoro o quanto Tessa é carinhosa. Então ela faz beicinho. — Vou sentir falta das viagens de negócios.

— Nós nem chegamos a conhecer a Cidade do México, exceto por alguns quarteirões e restaurantes.

— É verdade. — Ela me beija. — Tudo bem. Definitivamente vou enviar minha inscrição. De qualquer maneira, não é com certeza que será aceita.

— Depois do discurso do Ken sobre você hoje à noite, você deveria aceitar como certa — digo.

— Talvez, mas é o Ken. Ele não é o único responsável pela decisão. Não quero criar expectativas e depois ter elas frustradas.

Um pastor alemão se aproxima de Brit, e eles se cheiram. As coleiras se enroscam, e eu troco gentilezas com o senhor mais velho que passeia com o cachorro. Eles se afastam, e nós subimos a ligeira inclinação em direção à saída do parque.

Ela para e se vira para mim.

— Você terá que trabalhar muito com a Paisley se investir na empresa deles?

— Potencialmente. Mais ou menos. Mas há muitas variáveis antes que isso seja uma possibilidade. Teríamos que decidir apresentar a Red Can ao comitê de investimentos, e o comitê teria que aprová-la. E mesmo assim, eu faria minha subordinada ser a principal pessoa de contato. E ela é advogada, então também não seria nossa primeira pessoa de contato.

— É uma explicação bem detalhada. — Tessa olha para baixo. — Sei que é bobagem, mas me sinto insegura com isso. Acho que é porque Wyatt me largou tão de repente. E vocês iam se casar, se ela não tivesse traído ele. Você claramente a amava muito.

— Mas ela me traiu — digo. Seguro as mãos de Tessa e olho nos olhos dela, querendo que ela acredite em mim. — Eu gosto de você. Não estou mais apaixonado por Paisley.

— Como vocês se acertaram no casamento?

— Ela pediu desculpas durante o baile e parecia que ia chorar. A última coisa que eu queria era uma cena, então saímos rapidamente da pista de dança. E então ela me puxou para aquele gazebo cheio de flores. Ela pediu desculpas novamente, e eu disse que aceitava. Então ela colocou a mão no meu peito e perguntou algo como: "mesmo no seu coração?" — Eu estremeço. Aquilo foi cafona. — E eu disse que sim e que tinha superado aquilo porque estava feliz com você. Deveria ter explicado. Achei que você não fosse ciumenta.

— Aparentemente, eu sou do tipo ciumenta. — Tessa parece triste com isso. Ela arrasta o pé. Eu a beijo rapidamente. Ela parece tão fofa.

— Você não precisa ter ciúmes — digo. — Não tenho interesse em ninguém além de você.

*Ela ainda sente algo por Wyatt?* Ele foi seu primeiro relacionamento sério.

— Foi impressionante que Wyatt tenha comprado uma mesa — digo. — Racionalmente, é ótimo que Wyatt tenha comprado uma mesa. Mais fundos para a AJGL. Não é como se ela devesse ter dito para ele não comprar. Eu deveria ter comprado uma mesa. Entendo o motivo dela não ter me contado, mas ainda assim isso me incomoda. — Gostaria que você tivesse me contado.

Ela me encara.

— Eu não queria que você se sentisse pressionado a fazer o mesmo. E não era sobre mim.

— Wyatt estava definitivamente flertando com você — digo.

— Eu também achei. — Tessa balança a cabeça.

— Talvez ele a queira de volta — digo. — Se ele quisesse...

— Acho que ele não está falando sério. Lembre-se de que ele me largou. Odeio dizer isso, mas nem todo mundo me acha tão atraente ou irresistível. É por isso que preciso me agarrar a você. — Ela me abraça. — Você não pode se livrar de mim.

*Ela respondeu à minha pergunta sobre se quer ele de volta?*

Ela me abraça ainda mais forte e esfrega o rosto no meu pescoço.

— Vou ficar com você.

Eu a abraço com firmeza.

— Eu também vou ficar com você.

— É melhor que sim.

Se eu perguntar novamente sobre Wyatt, vou parecer que ainda não superei meus problemas de confiança com Paisley. Mas eu superei. Estou bem.

# 42

## Tessa

Agradeço novamente ao Ken e coloco meu celular sobre a mesa. *A AJGL me ofereceu o emprego. Consegui o emprego!*

Olho para o recorte emoldurado do *Wall Street Journal* na minha parede e depois para o bilhete de agradecimento dos avós. Deixo uma mensagem para Zeke em sua caixa postal dizendo que a AJGL me ofereceu o emprego. Tenho uma semana para decidir. E em quatro dias, saberei sobre o bônus, a menos que eu conte para a White & Gilman agora.

*Será que vou realmente aceitar o emprego?* Meu estômago está embrulhado.

Minha assistente bate na porta. Olho para cima. Ela entra no meu escritório.

— Jack perguntou se você está livre para ir ao escritório dele. Imediatamente.

— Um novo caso?

— Não sei dizer. Ele foi muito brusco. Não é nada típico dele.

Um caso maluco de fusão e aquisição? Essa é uma das poucas razões pelas quais ele precisaria de um advogado litigante. Pego o elevador até o escritório dele. Um novo caso agora não é exatamente o momento ideal, se eu for me demitir. *Se.* Preciso dizer ao Jack se vou me demitir.

Entro no escritório dele. Ele se vira para me encarar. Seu rosto está sério e sem sorriso.

— Por favor, feche a porta atrás de você. — Este deve ser um caso muito complicado. Puxo a cadeira em frente à sua mesa. — Você está nos deixando para ir para a AJGL? — ele pergunta.

Sento-me na cadeira. Abro a boca. Mas nada sai.

Seus olhos estão duros. Este é o homem que negocia contratos de bilhões de dólares.

— Você está?

— Ainda não aceitei. — Consigo dizer. — Só me ofereceram o cargo hoje.

Seus olhos piscam.

— Sinto muito por não ter contado. — Meu corpo inteiro fica gelado. — Acabei de me candidatar. É um cargo perfeito para mim... um que raramente fica disponível. — Por favor, entenda. *Eu não queria deixar de contar.*

— Você pretende aceitar? — Sua voz ainda está fria. Distante. Não é a voz do meu mentor.

Eu aceno com a cabeça. Eu não tinha certeza absoluta alguns minutos atrás, mas sei, no fundo, que vou aceitá-la. Meu estômago se contrai.

— Não posso apoiar você para o bônus se você está prestes a sair.

Olho para o chão e respiro fundo. Minhas mãos estão trêmulas.

— Entendo.

— Também estou pessoalmente desapontado por você não ter me contado. Eu tenho dito aos meus sócios que você merece isso, que você é o tipo de advogada que queremos manter nesta empresa, que queremos tornar sócia. E então você receberia o bônus e saído.

Eu agi errado. Ele está olhando para a mesa. Seus ombros estão um pouco curvados. Ele está ficando mais velho. Por cinco anos, ele foi a pessoa a quem eu recorria sempre que tinha uma dúvida ou queria discutir um ponto jurídico, e ele sempre tirava os óculos de leitura e reservava um tempo para mim. Justifiquei não ter contado a ele mentindo para mim mesma que se tratava de negócios. Mas não é.

— Desculpe-me. — Minha voz falha. — Fiz a escolha errada. Trabalhei duro, e esse bônus pagaria minha dívida da faculdade de direito para que eu pudesse ir para a AJGL sem dívidas. Mas você tem sido um mentor incrível para mim. Eu deveria ter valorizado nosso relacionamento mais do que o bônus. Sinto muito. Eu queria lhe dizer que estava me candidatando. E acho que isso piora as coisas, o fato de eu ter pensado em lhe contar, mas não ter contado. Mas eu planejava lhe contar se aceitasse a oferta.

Seus lábios se comprimem em uma linha fina.

— Mesmo sem o bônus?

*Sem bônus.* Todo aquele trabalho árduo. *E* magoei o Jack.

A prateleira acima de sua mesa está cheia de todos os brinquedos da empresa. Um avião Delta em miniatura. Um triângulo de cristal. Um globo com alguns personagens de filmes. À direita, há um recorte de jornal emoldurado, seu primeiro caso relatado no *The New York Times* e no *The Wall Street Journal*. Foi ele quem me inspirou a emoldurar o meu.

Encontro seu olhar.

— Sim. Se eu recusar isso, não tenho certeza se terei outra oportunidade tão perfeita para mim. Vou contar à sociedade hoje para que ninguém mais me defenda. A menos que você queira contar a eles... para proteger sua posição.

Ele esfrega a testa.

— Obrigado por pensar em mim. Acho que você deve contar a eles hoje. *Você* deve contar a eles, não a mim.

*Ele ainda está me protegendo.*

— Sinto muito. — Minha voz falha. — Eu continuo tomando as decisões erradas. Eu deveria ter contado a você. — Quando é que eu vou aprender? Preciso ser aberta com as pessoas próximas a mim. Eu sei quem são essas pessoas e preciso confiar nelas. — Vou contar a eles imediatamente.

Ele suspira e olha para cima.

— É compreensível. E se você não cometer erros, como vai aprender? Se você ainda não aceitou, posso convencê-la a ficar?

— Acho que não. Aprendi muito aqui, mas esta é a minha paixão. E tenho medo de que, se ficar, me deixe levar pela ideia de me tornar sócia e me acostume com o dinheiro. Vou me convencer de que é suficiente fazer trabalho *pro bono* como parte da minha prática no escritório de advocacia. E isso não quer dizer que não seja. Mas não é suficiente para mim. Para o motivo pelo qual me tornei advogada.

Ele acena com a cabeça e sorri, com rugas ao redor dos olhos.

— Você está certa em ir agora. Fica mais difícil abrir mão do dinheiro e do prestígio. Sinto muito pelo bônus.

— Sinto muito se prejudiquei você.

— Sou um cara grande. Sei jogar política com os melhores. Vou sobreviver. — Ele se recosta na cadeira. — Espero que possamos trabalhar juntos em um caso para a AJGL.

— Isso significaria muito para mim. Eu gostaria muito disso e de manter contato. Obrigada por ser um mentor tão generoso.

— Tenho certeza de que manteremos contato — diz Jack. — Vou pedir ao meu assistente para adicioná-la ao meu almoço trimestral com os associados que saíram.

— São tantos?

— Tenho a tendência de adotar aqueles que estão de saída. Achei que você fosse quebrar minha sequência. — Ele dá de ombros.

— Não foi uma decisão fácil. Estou ansiosa para conhecer os outros.

— É um grupo animado, com certeza. E algumas boas conexões para você.

Eu me levanto.

— Vou contar ao sócio-gerente agora.

Jack acena com a cabeça.

— É o melhor a fazer.

— Se me permite perguntar, como você descobriu?

— O Tom me contou.

— Claro — digo. *Como o Tom descobriu?*

Ao entrar na escada de incêndio interna, raramente usada, sou recebida pelo silêncio. Faço uma pausa e me sento no degrau de concreto duro. *Sem bônus.* O frio do concreto penetra nas minhas calças de algodão. Olho fixamente para o cartaz verde com a palavra SAÍDA na parede à minha frente.

*Devo desistir de tudo isso?*

*Sem bônus. Não será fácil financeiramente.*

Eu poderia voltar e dizer ao Jack que decidi ficar.

Não.

Seguro-me no corrimão de metal da escada e levanto-me. É isso aí. Vou levar mais um ano para pagar minha dívida. *Não posso perder esta oportunidade de perseguir o meu sonho.* E é melhor para mim deixar o escritório de advocacia assim, em vez de pegar o bônus e pedir demissão na semana seguinte.

Vou direto ao escritório do sócio-gerente e digo que recebi uma oferta de emprego na AJGL e pretendo aceitá-la.

— Você já aceitou? — pergunta ele.

— Ainda não.

Ele me pede para pensar mais uma noite, para considerar todo o trabalho *pro bono* que posso fazer aqui com os recursos do escritório, incluindo as oportunidades de treinar associados mais jovens. É claro que não seria em tempo integral, mas, ao incentivar os associados mais jovens a aceitar casos *pro bono* para obter experiência jurídica adicional em tribunais e com clientes, é como se eu estivesse me clonando. Ele repete o quanto sou valiosa para a empresa, especialmente com a quantidade de negócios que estou trazendo da Capital Management. Ele deixa escapar que o bônus era basicamente meu.

Isso definitivamente dói.

Posso sentir-me vacilar. O argumento da clonagem é válido. Digo-lhe que vou pensar sobre o que ele disse.

Assim que fecho a porta do escritório dele, porém, sei que ainda vou para a AJGL. Esses são os casos nos quais quero investir meu tempo. Ainda posso recrutar associados mais jovens daqui para ajudar. Jack me ajudaria.

*Mas como Tom descobriu?*

Pego o elevador de volta para o meu andar. Enquanto caminho pelo corredor, Tom está do lado de fora do meu escritório, esperando.

— Você vai para a AJGL, não é? — ele diz quando me aproximo. Uma impressora ruge ao fundo enquanto cospe folhas de papel.

— Eles fizeram a oferta hoje. Como você descobriu? — E Zeke estava preocupado que seu escritório estivesse grampeado. Parece que o meu está.

— Foi o seu namorado que contou. — Seu sorriso é malicioso.

— Meu namorado? — eu bufo. — Boa tentativa. Não tem como o Zeke ter te contado.

— Não é esse namorado.

Eu o encaro.

— Wyatt?

— Bingo. Wyatt me disse no jantar da AJGL que você sempre planejou ir para lá. Então conversei com um advogado da AJGL que estava falando sobre uma vaga que tinha acabado de abrir. E que era uma oportunidade rara para um advogado de nível médio. Juntei as peças e fiz uma boa suposição.

Wyatt. Não acredito. A indiscrição dele custou-me o bônus. Ele sabe que não suporto o Tom e o sentimento é mútuo. Ele pergunta:

— Você realmente vai para a AJGL?

— Sim — respondo.

— Eu não tinha certeza se você iria, mesmo se conseguisse o emprego — diz Tom.

— Pelo menos você receberá o bônus.

— Não, não vou. Minha acusação de uma violação ética "falsa" acabou com isso. Eu achei que fosse verdade. — Ele olha para o lado como uma criança petulante.

*Tom também não receberá o bônus.* A empresa abordou o comportamento dele.

— Mas você deveria controlar melhor o Zeke. A Paisley pode dizer que não o quer de volta, mas não acredite nela. Ela só está me usando para parecer que tem um namorado. No momento em que viu ele ontem naquele evento, ela foi direto para ele. E disse que ele ficava com olhos de cachorrinho quando namoravam. — Ele sorri maliciosamente e vai embora.

Entro no meu escritório e afundo na cadeira.

*Como Wyatt pôde fazer isso?*

Não posso pensar na traição dele agora. Tenho que me concentrar na minha carreira.

Ligo para Ken para aceitar o emprego. Na verdade, estou saindo da White & Gilman. É difícil acreditar. Informo o sócio-gerente.

A linha do Zeke vai direto para a caixa postal. Ele tem uma apresentação importante hoje, aquela que decide se o Charles vai apoiá-lo para uma transferência. Não posso incomodá-lo. Não deixo mensagem.

Ainda me sinto mal com o Jack.

Ligo para Wyatt. Aquele idiota. Ele também não atende. Deixo uma mensagem de voz muito irritada dizendo que não quero mais falar com ele e que não acredito que me traiu dessa forma. Ele sabia que meu desejo de trabalhar para a AJGL era confidencial. Esta é minha carreira. Como ele ousa tratar isso como um boato bom para compartilhar em um coquetel?

Eu vi o desastre que aconteceu quando a mãe da minha melhor amiga confiou no novo namorado dela. E mesmo assim nunca aprendi a lição.

E Tom sabe exatamente como me irritar: *os olhos de cachorrinho de Zeke em torno de Paisley. Pare já com as dúvidas sobre meu relacionamento com Zeke. Zeke não vai me trair.*

Tenho que confiar nas pessoas próximas a mim. Essa é a lição que aprendi com o fiasco do Charles.

Nova lição nº 1: confie nas pessoas.

Eu confio em Zeke. Não há relacionamento sem essa confiança. O que Zeke e eu temos é sólido. Os olhos de cachorrinho de Zeke agora são para mim.

Meu telefone vibra. É Wyatt.

# 43

## Zeke

Eu fiz a apresentação para os parceiros de capital de risco e Charles acenou com a cabeça no final. Um aceno. Mas é o suficiente. Adeus, Arthur.

*Eu consegui.*

Minha carreira finalmente está de volta aos trilhos. Mal posso esperar para contar para Tessa, abraçá-la e passar a noite comemorando.

Seguro a caixa de biscoitos de chocolate da *Levain Bakery* que comprei para comemorar a oferta de emprego dela. Enquanto caminho pela rua dela, com os postes iluminando a escuridão, uma brisa forte vem do rio Hudson. As janelas salientes do apartamento de Tessa estão iluminadas.

Um homem está parado ali. O namorado de Miranda? Acelero o passo.

O homem vira-se para a rua. É o Wyatt. Ele está rindo. Depois, Tessa.

Tessa se inclina sobre ele para fechar as cortinas, mas ele segura seus braços. Parece que ele a acompanha de volta. Ambos desaparecem de vista.

A cortina fecha. Eu fico ali parado. Não consigo respirar.

Pode não ser nada. Ela está comemorando com o ex. Aquele que ela disse que não era certo para ela. Ele não *é* adequado para ela. Mas aquela linguagem corporal na janela não dizia isso. Tessa está me traindo? Ela parecia normal ontem à noite. Exceto quando me juntei a ela e ao Wyatt.

Não posso perder a Tessa por causa da minha paranoia. Mas não estou paranoico. Eu estava certo ao achar que a Tessa não parecia uma artista. Pode não ser nada. Ela está com o ex. Ela tem o direito de estar com o ex. Paisley e eu dançamos no casamento. Mas ela se preocupou que eu ainda pudesse ter sentimentos por Paisley. Porque ela ainda tem sentimentos pelo Wyatt?

Wyatt deixou claro ontem que a quer de volta. Ele comprou uma mesa e convidou todos os amigos dela, como se quisesse dizer que é o homem certo para ela.

*Tessa nunca me trairia.* Eu sei disso.

Caminho rápido pela rua. *Eu sou o homem certo para ela, e ela é a única mulher certa para mim.*

Um sopro de ar sinaliza uma tempestade de verão, e então a chuva cai torrencialmente em linha reta. O cara à minha frente começa a correr. Parece que estou perseguindo-o e, de fato, ele olha para trás.

Ele para repentinamente sob um toldo, e eu quase esbarro nele. Ele dá um pulo.

— Desculpe — digo. Corro pela chuva torrencial. Minha camisa social está encharcada e grudada no meu corpo.

Chego à porta da Tessa e toco a campainha. Ela me deixa entrar e ouço-a chamando meu nome na escada. Tessa está lá em cima, no patamar, olhando para mim, como no nosso primeiro encontro. *Certo.* Chego ao andar dela. Quero abraçá-la, mas estou encharcado.

— Por que você está tão molhado? Você correu na tempestade? — pergunta ela.

— Eu vi você e Wyatt na janela — digo. *Estupidamente.*

Olho para dentro do quarto. Wyatt está sentado à mesa, esparramado, com um enorme buquê de flores frescas em um vaso ao seu lado. Um pequeno bolo de sorvete está sobre a mesa.

— Ele está indo embora — diz Tessa.

Ele levanta as mãos.

— Somos todos amigos aqui. Eu vim para limpar meu nome. Tom disse que eu contei a ele que ela queria trabalhar para a AJGL, e foi assim que a informação vazou para o Jack, então ela perdeu o bônus.

Eu me viro para ela.

— O quê? O que aconteceu?

Wyatt fala novamente.

— O que eu disse ao Tom foi que Tessa sempre quis trabalhar para a AJGL, mas parecia que ela poderia ter melhor dos dois lugares, uma vez que aqui ela poderia trabalhar para a White & Gilman e ainda fazer trabalho *pro bono*. Admito que não deveria ter dito isso, mas não percebi que Tom descobriria imediatamente que ela se candidatou à vaga na AJGL e contaria ao Jack.

*Ela perdeu o bônus?*

— Eu disse que o Tom não é um amigo — diz ela e abre a porta. — Você disse o que tinha a dizer e eu aceito suas desculpas. Agora, por favor, vá embora.

— Estou indo — diz Wyatt, saindo pela porta.

Tessa está parada ali, com o rosto pálido.

— Você achou que eu estava traindo você com o Wyatt aqui?

— Você perdeu o bônus? — pergunto. — Na verdade, não. — Mas sei que ela pode ver em meu rosto que esse pensamento passou pela minha cabeça. Porque estou confuso.

Ela se afunda em uma cadeira.

— Este dia não poderia ficar pior.

— Não parece que você estava tendo um dia ruim aqui — digo e me arrependo imediatamente. — Desculpe.

Seus olhos se enchem de lágrimas.

— Você pensar que estou te traindo diz muito.

— Olha. Passei a noite em claro ontem. Meus pensamentos não estão totalmente racionais. Não dormi. Sei que você não me trairia.

Ela olha para a mesa, para o bolo de sorvete derretendo e escorrendo pelo prato.

— Mas o pensamento passou pela sua cabeça? — Ela me encara.

— Por um minuto. — Não consigo mentir para ela.

Seus ombros caem.

— Você nunca vai superar minha mentira sobre ser artista — diz Tessa. — Eu não sou Paisley. Estou cansada. Perdi meu bônus. Espero que sua apresentação tenha corrido bem hoje. Não quero mais fazer isso.

— Tessa.

— Você pode ir embora, por favor? — Ela abre a porta.

— Foi um erro — digo. — Sei que você nunca me trairia.

— Por favor, vá embora. Estou cansada. Quero ficar sozinha. E amanhã, vou encontrar outro cara idiota e preciso estar em minha melhor forma.

— Tessa, por favor.

Mas há uma lágrima rolando pelo rosto dela, e não consigo dizer não.

Saio pela porta e desço os degraus. *Eu realmente estraguei tudo.*

# 44

## Tessa

Não vou chorar. Eu não choro. Não por causa de homens. Meu interior parece uma janela quebrada em um milhão de cacos de vidro afiados, agora me perfurando. Uma lágrima escorre. Eu a enxugo com as costas da mão. Que boba. Tonta estúpida. Eu sabia que não deveria me apaixonar por ele. Ele não poderia ter sido mais claro ao dizer que não queria namorar uma advogada workaholic. Ele não poderia ter sido mais claro ao dizer que tinha problemas de confiança, que estava confuso por causa da ex.

Fecho os olhos com força para impedir que as lágrimas caiam. Encosto minha cabeça contra a porta fria de metal de nosso apartamento.

Se alguém sabe que não deve namorar alguém que não está totalmente comprometido, essa pessoa sou eu. Eu mereço alguém que esteja totalmente comprometido. Alguém que saiba que eu nunca o trairia. *Não é assim que eu sou.* Se ele não confia em mim ou não sabe disso fundamentalmente, não há relacionamento.

Meu telefone toca. É Iris. Eu atendo.

— Posso ficar com vocês hoje à noite? — pergunta Iris. — Patrick e eu brigamos de novo, e não quero ficar no mesmo apartamento que ele.

— Claro. Zeke e eu terminamos. Podemos nos consolar — digo. — Miranda está na casa do William. Você pode ficar na cama dela.

— Ah, Tessa, sinto muito. E ele parecia ser um cara tão legal — diz ela. — Vou levar sorvete.

— O que aconteceu com o Patrick? — pergunto, enquanto Iris coloca três potes de sorvete na mesa entre nós. Abro o de menta com pedacinhos de chocolate e dou uma colherada generosa.

— Conta de você primeiro — diz Iris.

— Wyatt veio aqui, e Zeke nos viu pela janela e achou que eu estava voltando com ele.

— Ele sabe que Wyatt terminou com você?

— Valeu — digo.

— Desculpe. — Iris pega o pote de sorvete de chocolate com pedacinhos de chocolate e dá uma grande colherada. — Quero dizer, ele sabe que você *nunca mais* voltaria a ficar com Wyatt?

— Aparentemente não — digo. — O que aconteceu foi que Wyatt veio aqui se desculpar porque foi ele, o idiota, que contou ao Tom que sempre planejei ir para a AJGL. E Tom contou ao Jack. Então, foi uma bagunça. E ainda por cima, o Zeke achar que eu o trairia... como se eu fosse trair alguém. Sinto que ele nunca vai esquecer que menti para ele. Ou se recuperar do fato de sua ex-namorada tê-lo traído.

Iris franze a testa.

— Mas então, o que ele viu pela janela?

— Não sei. — Olho para as nossas cortinas azuis fechadas. — Acho que fui fechar as cortinas e o Wyatt me seguiu. Ele me lembrou da vez em que nos escondemos atrás delas enquanto brincávamos de esconde-esconde com os filhos de alguns amigos que estavam nos visitando. Ele estava tentando me convencer a não ficar brava com ele. E então acho que o Wyatt lutou comigo para fechar a cortina. Talvez isso tenha parecido muito ruim da rua? Não sei. — Dou outra grande colherada no sorvete. Sinto-me tão triste, e o frio do sorvete de menta com pedacinhos de chocolate não ajuda. *Como ele pode não saber que eu nunca o trairia?*

— Quero dizer, o cara foi traído e então ele vê você lutando com seu ex na janela, o que pode ter parecido algo amoroso visto da rua. Não é totalmente improvável — diz Iris. — Todos nós somos um pouco inseguros. O bom é que ele veio direto para cá para descobrir a verdade. Ele não desapareceu para ficar remoendo isso.

— Ele disse que foi só por um minuto, que sabe que eu nunca o trairia.

— Viu? Intelectualmente, ele sabe. Mas às vezes o que sabemos intelectualmente nem sempre se traduz em emoções. — Ela se aproxima e me abraça.

— O que aconteceu entre você e o Patrick? — pergunto.

Os ombros de Iris caem.

— Ele vai estar em turnê neste verão, então fez um cronograma de onde estará todos os fins de semana para que eu possa ir vê-lo, dizendo que pagaria metade. Ele até pesquisou voos. — Ela olha para mim, com os olhos tristes. — Mas eu não posso fazer isso. Muitas vezes tenho que trabalhar nos fins de semana. E então ele ficou chateado porque sempre coloco meu trabalho em primeiro lugar.

— Mas esse é o trabalho dele. Isso parece como Wyatt.

— Não é que eu não queira vê-lo por três meses. É muito tempo — diz Iris. — Mas ele também está certo ao dizer que aceitei que ele ficaria fora por três meses. Eu nem pensei em pesquisar voos para ele voltar para casa entre as paradas da turnê.

Coloquei meu braço ao redor de Iris.

— Sinto muito.

— Sinto muito também.

Nós nos abraçamos. Iris diz que devemos ter uma boa noite de sono e que tudo parecerá melhor pela manhã. Arrumei a cama de Miranda para ela e depois fui para o meu quarto.

Sinto-me um pouco melhor em relação ao Zeke. Fui muito brusca ao terminar com ele. Mas ainda não tenho certeza sobre alguém que duvida de mim. Entendo racionalmente o que Iris disse, mas emocionalmente... ainda estou desapontada. Fico me revirando na cama. É uma sorte eu ter folga amanhã, mesmo que seja para prender Jurgen.

Não consigo sair da cama. Vou dormir mais um pouco e depois vou me recompor para encontrar com o Golpista.

Miranda bate e abre a porta de correr.

— Você está bem? — pergunta ela.

— Tive dificuldade para dormir ontem à noite. Vou me levantar logo e me arrumar para encontrar com Jurgen.

— Você não precisa se encontrar com ele. Falei com as outras duas mulheres que a Iris encontrou, e ele aplicou o mesmo golpe em uma delas, então ela vai procurar a cópia do cheque. Mas seria legal conseguir um vídeo do Jurgen entregando o cheque fraudulento para você e confirmar que a caligrafia é a mesma. Se você estiver disposta. Mas sem pressão. — Miranda se senta na minha cama. — Quer conversar sobre o que aconteceu com o Zeke?

Puxo o edredom até o queixo.

— Não. — Então eu me sento. — Não se pode começar um relacionamento baseado em uma mentira. Isso nunca iria dar certo.

— Isso é absurdo, e você sabe disso — diz Miranda. — Nada é predeterminado. As pessoas cometem erros o tempo todo. O que importa é o que acontece depois. Você admitiu que cometeu um erro e prometeu melhorar. Você geralmente é sincera, então ele deveria ser capaz de superar isso.

— Ele não consegue. Talvez se a ex dele não tivesse mentido para ele. Mas ele realmente achou que eu estava traindo-o com o Wyatt.

— Isso é ridículo.

— Mas eu também cometi um erro. — Minha voz embarga. — Eu não deveria ter dito que tínhamos terminado porque ele duvidou por um segundo. Eu mesma duvidei por um segundo sobre ele com Paisley, também por causa do Wyatt ter me deixado.

*Mas, pensando bem, será que algum de nós deveria duvidar por um segundo?*

Sentada na cama, Miranda me dá um grande abraço.

— Você também precisa ser mais tolerante consigo mesma. Ontem foi um dia difícil para você.

— Foi realmente muito difícil. Mas sei que amor significa dar segundas chances... e terceiras chances. É um trabalho constante em andamento. — Prendo meu cabelo. — De certa forma, Tom me fez um favor. De qualquer forma, foi melhor eu ter contado à parceria antes do bônus.

— Mas o bônus é pelo trabalho passado.

— Fundamentalmente, é um incentivo para retenção. E é melhor eu sair do escritório de advocacia em bons termos. Especialmente porque quero manter a porta aberta para poder recrutar advogados para me ajudar em casos *pro bono*. Posso morar com meus pais. Vou sobreviver.

— Vamos dar um jeito para que você não precise morar com seus pais — diz Miranda. — E que eu não precise encontrar um estúdio em outro lugar.

Abracei Miranda. Sinto vontade de chorar.

— Tenho que dizer ao Zeke que não quero terminar. Mas ele saiu como se tivesse aceitado — digo.

As lágrimas escorrem. Miranda dá um tapinha nas minhas costas.

— Eu realmente gostei muito dele — sussurro.

*Mais do que isso... eu o amo.*

Respiro fundo. Gostaria de ter percebido isso antes de expulsá-lo ontem. Mais lágrimas escorrem pelo meu rosto.

— E ele te adora. Você deveria ver como ele olha para você. Não desista ainda. Pelo menos vá vê-lo pessoalmente e diga isso a ele. Você poderia preparar um relatório de investimento, como eu preparei aquele relatório contábil para o William.

Eu dou uma risada baixinha e enxugo as lágrimas dos olhos.

— Sou definitivamente uma iniciante em termos de relacionamentos, mas quero um investimento de longo prazo.

— Isso é bom. Você deveria colocar isso.

— Na verdade, eu gostaria de pintar. Isso me ajudou da última vez a expressar meus sentimentos. Vou seguir seu exemplo e compartilhar mais da minha vulnerabilidade.

— Isso é ótimo. — Miranda pula na cama. — Vou pegar as coisas, e você deveria tomar um banho.

Eu dou uma risada fraca.

— E não se preocupe. Eu vou me encontrar com o Jurgen.

# 45

## Zeke

Ando de um lado para o outro na sala do meu apartamento, com Brit me seguindo.

Pedaços de papel amassados estão espalhados pela minha mesa de jantar. Tentei ontem à noite escrever um pedido de desculpas ou uma explicação. Para expressar meus sentimentos por ela.

Lá fora, um caminhão de lixo faz barulho pelas ruas. Observo pela janela enquanto os sacos de lixo desaparecem, a calçada agora limpa, pronta para um novo dia e um novo começo.

Tudo aconteceu tão rápido. Mas será que Tessa realmente quer dizer que acabou? Que ela desistiu? Como ela pôde dizer isso?

Tenho certeza de que Tessa não quis dizer que nosso relacionamento acabou. Tenho que acreditar que não. Posso consertar isso. Eu nunca deveria ter insinuado que ela estava me traindo.

Tessa não trairia. Claro, ela mentiu sobre ser artista e não tem escrúpulos em usar alguns esquemas criativos, mas o objetivo deles é descobrir a verdade por trás. Ela é fundamentalmente honesta. Como quando ela disse: "gosto muito de você. Normalmente tento segurar um pouco do meu coração, mas não quero fazer isso aqui".

E ela ODEIA traição. Ela não aceitava muito a ideia do sr. Howard namorar outra mulher imediatamente após a morte da sra. Robinson.

Tenho que pedir desculpas novamente. Tessa nunca me trairia. Não quero terminar.

Meu telefone toca, e eu atendo. É o Ben.

— Parabéns! Acabei de ver o e-mail anunciando que você passará a se reportar diretamente ao Charles — diz Ben. — Estou muito feliz por você. Você merece.

— Obrigado — digo. Minha voz sai rouca.

— Está tudo bem? Você parece abalado. Você viu o pronunciamento, certo? Achou que não foi bom?

— Não. Sabia que tinha sido bom.

— Eu te acordei? — pergunta ele. — Você passou a noite comemorando?

— Não. — Minha garganta fecha. Eu respiro fundo. — Estraguei tudo com a Tessa. Acho que talvez a gente tenha terminado.

— O quê? Bem, faça o possível para convencê-la a aceitá-lo de volta. Peça desculpas e diga que você vai melhorar.

— Eu vou me comportar melhor.

— Não me diga isso, diga a ela. O que você está fazendo ao telefone comigo? Vá consertar o que você estragou. Não a perca. Ela é ótima para você.

— Você está certo. Falo com você mais tarde. — Desligo.

Tenho que me comportar melhor.

Tenho me contido. Tenho medo de dizer o quanto me importo com ela. Aquilo foi o meu medo falando. Meu medo de me machucar novamente.

Sento-me à mesa e pego outro pedaço de papel. Simples é melhor. Escrevo: *Eu te amo.*

Eu a amo. Recosto-me, meu corpo batendo no encosto da cadeira. *Eu amo Tessa.* É verdade. Eu achava que amava Paisley, mas não se compara ao que sinto por Tessa. Passo a mão pelo cabelo novamente. Brit resmunga.

— Estou tentando — digo.

Brit me traz sua bola e se deita aos meus pés, com o objeto tão amado entre as patas. Ela olha para mim com aquela expressão suplicante. Se ao menos eu pudesse guardar aquele olhar e levar para Tessa um bilhete dizendo "eu te amo".

Será que funcionaria? Provavelmente não, depois de ontem. Mas como dizer a ela?

O que ela provavelmente gostaria é de um tal golpista embrulhado para presente, mas isso não é exatamente viável. E eu não quero confessar meus sentimentos na frente de um cara idiota.

Ela vai se encontrar com Jurgen hoje. *Sozinha?* Não gosto da ideia de ela ir sozinha. O policial Johnson não deveria estar seguindo os dois? Talvez eu possa encontrá-la no apartamento dela e ir com ela como reforço.

Mas eu definitivamente estraguei tudo ontem. Não posso simplesmente ir até o apartamento dela sem um plano. Tudo bem. Foca no jogo.

Que tipo de pedido de casamento a Tessa gostaria? Eu poderia tentar preparar o jantar para ela, mas provavelmente envenenaria nós dois. *Um PowerPoint.*

Uma apresentação em PowerPoint sobre nós. Como ela contou àquela mãe no parque infantil. Só que do meu ponto de vista. Quando a vi pela primeira vez tentando pedir uma cerveja naquele bar.

Quando quis passar mais tempo com ela. Quando não queria que a noite acabasse.

Tenho que dizer a ela o que sinto.

# 46

## Tessa

Até agora, tudo bem. Consegui uma mesa com vista total para a câmera de segurança do café. Meus olhos estão inchados, mas isso deve ajudar na representação da artista sofredora. Também sinto que estou agindo em câmera lenta, com a maioria das minhas células cerebrais argumentando que cometi um grande erro ontem à noite. *E se Zeke não me aceitar de volta porque não o ouvi?* Por que eu tive que dizer que *não queria continuar aquilo?* E o mais importante, *e se Zeke não souber que eu nunca trairia alguém e que realmente terminamos?*

É o mesmo café no centro da cidade onde nos conhecemos. O lugar não está muito cheio, e Jurgen parece satisfeito com o quadro *Arrependimento*. Ele recoloca o plástico bolha ao redor da obra.

Não gosto de entregar *esse quadro*. Tenho orgulho da minha pintura. E ela faz parte do meu relacionamento com Zeke, mesmo que seja algo que pintei quando me arrependi de ter mentido para ele. Não é um mau presságio entregá-la a Jurgen?

Jurgen me entrega um envelope. Eu o abro e retiro um cheque. O cheque é de dois mil a mais do que o preço de venda.

*O golpe está rolando.*

Olho para ele.

— Este cheque é de quatro mil.

— É mesmo? — Ele examina o cheque que tirei do envelope. — Uau. É muito mais. Deixe-me ligar para ele.

— Tenho ligações internacionais gratuitas — digo. — Quer usar meu telefone? — Assim poderíamos rastrear para quem ele liga.

Ele faz uma pausa, olhando para mim. *Ele está desconfiado?*

— Tudo bem — diz ele. — Vou ligar para ele pelo WhatsApp.

Ele pega o telefone, clica em um aplicativo e coloca o telefone no ouvido.

— Alô — Jurgen fala em inglês muito lento. — O cheque é de quatro mil. Combinamos dois mil. Por que mais?

Ele repete a frase enquanto olha para mim, encolhendo os ombros.

Ele é um ótimo ator.

— Ah. Para o envio? E eu? Minha comissão? — pergunta Jurgen. — Você deveria ter enviado separadamente. Cheques separados. — Ele balança a cabeça e diz para mim: — Ele não entende. Eu disse para ele enviar cheques separados.

Ele ouve atentamente a pessoa que está ao telefone novamente.

— Tudo bem — diz Jurgen. — Ela pode depositar e me reembolsar. Está bem.

Eu balanço a cabeça.

— Você quer falar com ele? — Jurgen me entrega o telefone.

Uma torrente de palavras que parecem ser em letão sai do telefone. Jurgen definitivamente monta bem seus golpes. Tenho que admitir isso, de um mestre da dissimulação para outro.

O cara do outro lado da linha diz:

— Eu quero a pintura. — Mais algumas palavras que eu não entendo. — Para minha esposa. — Mais palavras desconhecidas. —

Envio um cheque para tudo. — E uma sequência fervorosa de algo que poderia ser em letão.

Não faço ideia do que ele está dizendo, mas ele parece absolutamente desesperado pela minha pintura.

Devolvo o telefone para Jurgen.

— Tudo bem.

— Você vai me pagar a diferença? — pergunta Jurgen.

Eu aceno com a cabeça.

Ele diz "obrigado" ao telefone e desliga.

— Ele quer uma foto do comprovante de envio antes de depositarmos o cheque. Você tem dinheiro?

— Só tenho mil — digo. — Posso pagar por *Venmo* ou PayPal. Ou pagar com cheque.

— Não tenho nenhum dos dois. Vamos ao banco? Um cheque vai demorar muito se ele quiser que eu envie hoje. O envio custa mil e quinhentos dólares. Se você me der isso em dinheiro, eu envio, tiro uma foto, envio para vocês dois, e você pode me pagar minha comissão depois, depois de depositar o cheque.

— Tudo bem. — Coloco o cheque no bolso e fecho o zíper. *Tenho o cheque.* — Não sei onde fica o Citibank mais próximo.

— Fica a apenas alguns quarteirões daqui. — Jurgen pega meu quadro. — A exposição de Misty Morano pode voltar a acontecer.

— Sério? — Franzo a testa. Isso é novidade. Sigo-o até a porta. Ele vira à esquerda.

— Eles queriam saber como você descreveria sua pincelada.

*Fique mais entusiasmada com a exposição de Misty Morano.* Estou lenta hoje.

— Minha pincelada? — pergunto. — Isso é ótimo sobre a exposição. Eles conseguiram financiamento?

Jurgen vira-se para mim.

— Sim. Como descreveria a sua pincelada?

*Droga.* Se ao menos eu tivesse prestado atenção naquela palestra.

— Definitivamente, não é uma técnica de hachura cruzada — digo. Não foi com isso que aquele cara ficou obcecado depois?

Não dormi nada ontem à noite. Definitivamente, não estou pronta para um interrogatório sobre pinceladas. Os olhos dele se estreitam. *Pense.*

— Eu diria que, em *Arrependimento*, definitivamente usei traços mais pesados para transmitir minhas emoções.

Ele acena com a cabeça. Sair do café e caminhar com Jurgen é estranho. Não sei explicar por quê. Mas é meio da tarde. O que eu quero fazer é verificar se o policial Johnson está nos seguindo.

Esse era o plano: o agente Johnson iria segui-lo quando ele saísse para ver se ele realmente enviava a pintura ou se embolsava o dinheiro. Porém, não ouso olhar em volta.

Saímos pela porta e descemos uma rua lateral, depois viramos em outra rua estreita, com Jurgen falando sem parar sobre a última exposição de arte que viu. Fazemos mais algumas curvas. Perdi a noção de onde estamos em meio às ruas entrecruzadas do West Village. Tento responder às perguntas dele sobre meu processo artístico e espero fazer sentido.

Hoje estou fora de mim. Meu corpo ainda está lento e meus olhos estão tão inchados de tanto chorar que até doem. *Isso parece um interrogatório.* Devo estar apenas cansada. Então ele vira em um beco estreito entre dois prédios. Eu paro.

— Você não é artista, é? — ele pergunta. Ele coloca minha pintura no chão.

— Aquele acordo com a Letônia não é verdadeiro? — pergunto estupidamente.

Ele agarra a gola da minha camisa com uma mão. O rosto dele está manchado de vermelho.

Eu congelo, chocada. *Merda.* Johnson deve estar por perto. A mão de Jurgen agarra meu bolso. Eu aperto meu bolso para que ele não consiga abrir o zíper, tentando empurrar sua mão. Ele é mais forte do que parece. É como lutar contra um polvo. Sua mão aperta meu colarinho.

— Você está grampeada? Você é uma policial disfarçada? — Ele rosna no meu ouvido.

Ele agarra minha mão. *Isso dói.*

Dou um joelhada em suas bolas. Jurgen se dobra de dor.

Johnson corre até nós, com Zeke atrás dele.

— Você está preso — diz Johnson, colocando-se entre Jurgen e eu. Fico ali em choque enquanto Johnson lê os direitos dele.

Não consigo parar de tremer. Johnson o prende por agressão. Entreguei o cheque falso ao parceiro do policial Johnson.

*Nós o pegamos. Nós prendemos o Golpista. Zeke está aqui.*

Zeke me abraça, e eu me sinto feliz por sentir sua força e seu calor.

— O que você está fazendo aqui? — pergunto a ele.

— Você disse que queria ser advogada para proteger você e outras pessoas — diz Zeke. — Mas você sempre se esquece de se proteger. Fiquei preocupado e achei que deveria vir. Mas tentei ficar bem atrás para que ele não me visse. É por isso que me atrasei. E porque achei que você poderia lidar com ele. Como você fez.

Meu corpo ainda está tremendo.

— Não quero terminar — diz Zeke.

— Eu também não — digo.

Zeke me abraça com força, e sinto meu corpo relaxar à medida que a adrenalina passa.

Jurgen é levado às pressas para um carro de patrulha que o aguarda, ele arranca em alta velocidade.

Zeke me solta, mas continua segurando minha mão enquanto nos viramos para o policial Johnson. Ele me entrega minha pintura.

— Sinto muito por isso — diz o policial Johnson. — Não avaliamos o risco como fisicamente perigoso.

Eu também não. Não confiava nele, mas não tinha sido paranoica o suficiente.

— Acho que falhei em todas as perguntas dele sobre arte — digo e me viro para Zeke. — Vamos para casa.

Aperto a mão de Zeke com mais força. Ele é o homem certo para mim. Preciso dizer isso a ele para que não se sinta magoado por causa das minhas dúvidas.

— Vou levá-los de volta ao seu apartamento e podemos conversar sobre o que aconteceu no caminho — diz o policial Johnson.

# 47

## Zeke

*Quando aquele cara agarrou Tessa, meu coração disparou.* Eu agarro a borda da bancada da cozinha do apartamento de Tessa.

Encho a chaleira elétrica com água. Ela foi tomar banho e se trocar. Disse que queria uma xícara de chá. Retiro a cópia impressa da minha apresentação em PowerPoint da mochila e a coloco sobre a mesa para mais tarde. Respiro fundo. *Estamos juntos novamente, mas ainda preciso dizer a ela o que sinto.* Volto para a cozinha e pego duas canecas da prateleira. Ela está bem? Devo ir ver como ela está? Ando de um lado para o outro no corredor estreito da cozinha.

Quando Tessa entra na sala, ainda parece pálida. A camisa preta e as calças de ioga que ela vestiu claramente não ajudam. Ela parece que está indo a um funeral.

— Desculpe — diz ela. Lágrimas brilham em seus olhos. — Eu nunca deveria ter dito que íamos terminar. Eu estava tão cansada ontem à noite.

— Desculpe-me novamente por ter pensado, mesmo que por um momento, que você estava voltando com o Wyatt. Sei que essa possibilidade nem passa pela sua cabeça — digo imediatamente. — Sou um idiota ciumento, mas vou tentar melhorar.

— Também sou uma tola ciumenta, então eu entendo.

— Você não deveria ser. Eu nunca vou voltar com Paisley. E posso passar essa oportunidade de investimento na Red Can para Ming ou um associado mais sênior que possa cuidar de tudo.

— Tudo bem. Vocês podem trabalhar juntos. Eu confio em você — diz ela. — Eu dei uma bronca em mim mesma ontem à noite e percebi que nós dois temos situações semelhantes com nossos ex-namorados, embora a sua tenha sido muito pior. Você não deveria ter ciúmes do Wyatt. Não tenho nenhum desejo de voltar a ficar com ele. *Nenhum.* Mas fiquei chateada porque você pensou que eu poderia trair você.

— Eu sei que você não me trairia. Foi um pensamento momentâneo e estúpido, e então percebi que precisava dizer que você é a única pessoa para mim. É por isso que eu estava fugindo.

— Então, se eu tivesse deixado você explicar, não teríamos passado por tudo isso ontem à noite? — pergunta ela.

— Talvez, mas a noite passada me deu tempo para pensar sobre nós.

— Isso é bom ou ruim?

— Que somos bons juntos. — Estendo a mão para abraçá-la. Ficamos assim por um momento, buscando força e conforto um no outro.

A chaleira apita. Afasto-me para fazer o chá, mas continuo segurando a mão dela. Não quero soltá-la. Pego minha caneca enquanto ela pega a dela, e nos dirigimos para a mesa da sala de jantar, ainda de mãos dadas. Apoiamo-nos na mesa.

Ela me conta tudo o que aconteceu ontem.

— Você conseguiu a transferência?

— Consegui a transferência. Não vou mais trabalhar com o Arthur. E isso se deve em grande parte ao seu trabalho na minha conta.

Nós dois colocamos nossas xícaras vazias sobre a mesa. Estendo a mão para puxá-la para perto de mim. Senti tanta falta de abraçá-la. Quando ela se encaixa nos meus braços e se aconchega no meu peito, uma felicidade calorosa me invade. Nunca mais vou deixá-la ir. Aperto-a com força.

Ela olha para mim. Eu a beijo, tentando transmitir o quanto a amo. Ela me beija de volta, e há uma energia desesperada em nosso beijo, como se ambos estivéssemos tentando garantir um ao outro que estamos de volta, que nunca mais vamos nos separar. Acaricio sua cabeça e minha mão passa pelo seu cabelo macio. *Nunca me cansarei dela.* Quando nos desequilibramos levemente, eu a pego e a coloco sobre a mesa. Mas, ao fazer isso, empurro para o lado meu PowerPoint para o lado. O papel rasga levemente.

Meu PowerPoint.

Ela coloca a mão sobre a mesa.

— O que é isso?

— Fiz um PowerPoint para expressar o quanto te amo.

— Repete isso. — Ela inclina a cabeça.

— Eu sei. Um PowerPoint é meio sem graça.

— Não. Não é isso. A segunda parte da frase.

Eu beijo sua bochecha.

— Estraguei tudo também. Eu te amo.

Ela sorri, e é como se ela brilhasse por dentro.

— Eu também te amo. — Ela me beija rapidamente nos lábios. — E não acho que um PowerPoint seja nada sem graça. — Ela se inclina para trás em meus braços. — Eu quero ver. Escrevi um pequeno "resumo jurídico" para você.

— Você escreveu?

— Sim. Com argumentos sobre porque funcionamos. Embora, fundamentalmente, eu queira dizer que você tem minha cabeça e meu coração.

Coloquei a mão dela sobre o meu coração. Ele está batendo tão rápido. Tenho certeza de que ela pode sentir.

— Você também tem tudo de mim.

— Mas ainda quero ver seu PowerPoint.

— Tudo bem. — Pego a mão dela e meu PowerPoint e a puxo para o sofá.

Sento-me e a puxo para o meu colo. Não vou deixá-la ir. Abro a primeira página. Tem uma foto do convite da galeria de arte e uma foto nossa. Ben tirou essa foto secretamente para me mostrar como eu parecia feliz conversando com ela. E é verdade.

— Eu me apaixonei por você naquele primeiro encontro — digo. Mostro uma foto do balanço e do café que visitamos no slide seguinte. — E me apaixonei perdidamente.

— Como você conseguiu a foto do balanço?

— Corri pela manhã e fui a todos os lugares que visitamos.

Viro a página. Este slide tem nossa troca de mensagens com nossos dois desenhos horríveis.

Ela ri.

— Eu coloquei isso no meu relatório também.

E então o próximo slide é uma foto das duas pinturas do leilão de arte.

— Foi aí que percebi que você poderia ser tudo o que eu procurava. Nós nos divertimos muito criando aquela pintura. Nós dois éramos péssimos, basicamente, mas, juntos, conseguimos — digo.

A página seguinte tem uma foto da pintura do MoMA chamada *Mentiras e outras verdades que me contaram*.

— A verdade sempre dava as caras. E eu fiquei muito preso à questão do artista/advogada.

— Ainda sinto muito por ter mentido para você. — Ela acaricia meu pescoço.

Viro para a página seguinte, com uma foto nossa na Cidade do México.

— Você é uma advogada incrível, e formamos uma equipe imbatível. Quero estar ao seu lado em sua carreira, e você já mostrou o quanto está ao meu lado na minha.

E, finalmente, há uma foto nossa no casamento, primeiro rindo e depois olhando um para o outro, com nossos corações nos olhos.

— Dylan me enviou essas fotos. Acho que seremos os próximos.

Ela me abraça com força.

— Adorei seu PowerPoint. É muito melhor do que meu resumo.

— Você ainda precisa compartilhar.

Ela se levanta e vai até o armário, onde pega uma sacola da *Fresh Direct*. Uma tela de pintura aparece. Ela fica na minha frente.

— Tem a certeza de que está bem depois de ele a ter agarrado? — pergunto. — O meu coração parou quando vi aquilo, e eu estava tão longe.

— Estou bem. Mais chocada. Não estou machucada.

Eu a puxo de volta para o meu colo.

— Você está muito longe. É bom ter uma namorada advogada guerreira. Mas ainda quero ver o resumo. Também fiz cartões de visita para você. — Entreguei a ela os cartões de visita de Tessa Jackowski, Investigadora Particular. Ela os aperta contra o peito.

Ela tira um pedaço de papel da bolsa enquanto esconde a tela:

> Argumento nº 1: Somos bons um para o outro e podemos trabalhar juntos, como comprovado pelo nosso trabalho conjunto em *Dálmatas Selvagens*, na investigação da *Comidas en Canasta* e na investigação do Howard.
>
> Argumento nº 2: EU TE AMO, com uma foto da nossa troca de mensagens com desenhos de um casal de bonecos de palito de pau de mãos dadas e um dálmata.
>
> Argumento nº 3: Também EU TE AMO. Abaixo, há a fotografia do mural AMOR É UMA ARTE que vimos na Cidade do México, de um casal de cabelos grisalhos e corcundos de mãos dadas.

— Mas, no final das contas, não consigo realmente argumentar porque devemos ficar juntos — diz ela. — Não se trata de lógica. Trata-se de emoção. Você tem que sentir.

Eu a beijo.

— Eu te amo.

— Talvez você devesse reservar seu julgamento até ver isso. — Ela revela a tela.

Uau.

Está horrível.

Pior ainda do que o que ela pintou no leilão. Há uma mancha preta, alguns corações vermelhos, duas figuras humanas de palito de pau de mãos dadas e outra mancha abaixo delas. Parece um boneco de neve rastejando. E depois há muitas salpicos de tinta.

— Tentei pintar outro para expressar o quanto te amo, mas, como você pode ver, não consigo criar sozinha. Somos melhores juntos.

— Por que há um boneco de neve rastejando? — pergunto.

— É a Brit. E os respingos de tinta representam *Dálmatas Selvagens.*"

— Ah.

— E o preto representa minha tristeza separada.

— Entendo. — Aceno com a cabeça. — Adorei. — Beijo-a novamente. Caímos no sofá, com o corpo dela debaixo do meu.

— Eu te amo — digo.

— Eu te amo — diz ela.

Afasto uma mecha de cabelo da testa dela enquanto ela me olha, com amor brilhando nos olhos. O rosto dela agora é tão querido.

Tessa é a pessoa certa para mim. Estou ansioso por uma vida inteira de aventuras com ela, embora talvez possamos negociar um pouco menos de encontros com homens suspeitos como o Golpista e o Howard.

Mas, se não for possível, estou disposto a pedir à Iris o nome daquela aula de autodefesa para poder aprimorar minhas habilidades em jiu-jitsu.

Ela puxa minha cabeça para baixo para outro beijo, e eu paro de pensar em qualquer outra coisa, exceto em Tessa e eu juntos.

# 48

## Epílogo — Três Semanas Depois

### Tessa

Caminhamos de mãos dadas pela Avenida Amsterdam a caminho da festa de verão do *Oasis Garden*. A rua está relativamente vazia a esta hora da manhã.

— Como foi a entrevista com a colega de quarto nessa manhã? — pergunta Zeke.

— Definitivamente é um não. — Eu estremeço.

Miranda e eu percebemos que poderíamos converter a sala de estar do nosso apartamento em um quarto e estúdio combinados para Miranda se construíssemos uma parede lá. Assim, poderíamos alugar o quarto dos fundos para uma terceira pessoa e ter mais renda. Alugar o apartamento inteiro e voltar para casa ainda é uma opção, mas isso significaria que Miranda teria que encontrar um estúdio, e eu realmente não quero morar com meus pais, então esperamos que isso dê certo. Mas primeiro, temos que encontrar uma colega de quarto adequada.

— Ela não gostou da arte da Miranda — digo.

— Ela disse isso? — Zeke franze a testa.

— Sim. Também não gostou do cheiro de tinta a óleo, então queria saber se aquele "odor" estaria presente.

Zeke bufa.

Encontramos Maddie ao virar a esquina. Assim que nos abraçamos para nos cumprimentar, o celular dela apita. Ela o verifica.

— É o Nick — diz Maddie. — Ele está estacionado em fila dupla do lado de fora do jardim e precisa de ajuda para descarregar o equipamento da banda.

Ao contrário do que Maddie esperava, seu vizinho astro do rock, Nick, não vai viajar para fazer uma turnê no verão. Ele vai passar o verão tocando em vários locais de Nova York. Mas isso significa que sua banda está livre para tocar aqui.

À nossa frente, há uma van branca estacionada em fila dupla. Emoldurado pelas portas abertas da van, um cara alto e de cabelos escuros levanta algo pesado, seus músculos salientes sob a camisa. Ele olha por cima do ombro quando nos aproximamos rapidamente.

— Ele é bonitão — digo para Maddie. Ela dá de ombros, mas definitivamente passa à nossa frente e chega primeiro até Nick.

Zeke olha para mim, um sorriso fácil curvando seus lábios.

— Não tão bonitão quanto você — digo.

Ele ri.

— Só você acha que eu sou bonitão como uma estrela do rock.

O rapaz entrega um estojo de guitarra da parte de trás do caminhão para Maddie, enquanto ela diz:

— Não vou deixá-lo cair, Nick. Tenha um pouco de fé.

Maddie caminha até mim, carregando dois estojos de guitarra.

— Essas guitarras são como bebês para ele — diz ela. — Ele disse que não confia em mim para carregá-las.

— Eu também ficaria preocupada se fosse ele, com medo de que você pudesse sabotá-lo; você reclama muito do jeito que ele toca — digo. — Mas ele deveria saber que você nunca faria isso.

— Ele deveria — diz Maddie. — E provavelmente começaria a tocar bateria, só para me torturar.

Zeke ajuda o baterista a carregar seu equipamento para o jardim para montar o palco improvisado.

Nick desce do caminhão. Ele está vestindo uma camiseta surrada e, quando levanta os braços para pegar os alto-falantes do colega de banda no caminhão, a camiseta sobe, revelando abdominais esculpidos. Maddie fica paralisada. Ela cora e bufa quando percebo que está olhando.

— Mais vale aproveitar a vista — diz Maddie. — Preciso de uma dose extra de adrenalina depois de passar metade da noite acordada ouvindo a sua última tentativa musical.

Eu levanto a sobrancelha.

Nick se aproxima, carregando um alto-falante.

— Nick, minha amiga Tessa — diz Maddie.

Nick coloca o alto-falante no chão e aperta minha mão.

— Lily está muito feliz por você ter aceitado tocar — digo.

— Não é como se ele tivesse feito isso por bondade — diz Maddie.

Ele bagunça o cabelo castanho dela.

— Sim, eu fiz isso.

— Então me devolva meus cupons.

— Não — ele diz, sorrindo, e tira do bolso de trás alguns cupons escritos à mão em pedaços de papel. — Estes valem seu peso em ouro.

Ele lê o texto em voz alta:

— Uma noite de canto e violão ilimitados com Nick. Sem reclamações de Maddie. Válido para agosto. — Ele dobra cuidadosamente os cupons e os guarda no bolso. — Gosto especialmente de mim mesmo como o boneco palito com essa boca circular e algumas notas saindo dela — diz ele. — Por que só em agosto?

— Porque posso ficar com a Iris. O namorado dela está em turnê.

Nick aperta o peito.

— Você é tão cruel. — Ele pega o alto-falante. — Prazer em conhecê-la. Preciso ajudar com o resto das coisas. Mas estamos muito animados com essa oportunidade. — Ele desaparece no jardim.

— Tem certeza de que não há nada entre vocês, porque...

— Ele é assim mesmo — diz Maddie. — É como se flertar estivesse nos genes de astro do rock dele.

— Ele não estava flertando comigo — digo.

— Ele não é idiota — diz Maddie. — A maneira como Zeke e você se olham... é bastante óbvio que vocês foram feitos um para o outro. Enfim, vamos pegar o resto das coisas antes que a van receba uma multa por estacionamento ilegal.

Levamos o equipamento da banda para o jardim.

Parece que a festa de verão já está a todo vapor. Árvores altas e frondosas sombreiam o caminho de cascalho, onde mesas compactas estão dispostas para as várias atividades. Atrás das mesas, flores roxas das árvores castas envolvem o observador em uma névoa suave, contrastando lindamente com as roseiras vermelho-rosadas.

Lily e Rupert estão organizando uma atividade em que os visitantes podem plantar sementes de cenoura ou couve em pequenos copos para levar para casa. Os amigos de Zeke, Brooke e Ben, estão ajudando na mesa de bebidas. Miranda está pintando o rosto de uma criança, e não há outras crianças na fila. William está sentado ao lado dela, ligeiramente inclinado em sua direção.

Taylor trouxe a sra. Humming, que está sentada com a sra. Potter, fundadora e codiretora do jardim.

Taylor e Iris estão fazendo uma demonstração de técnicas de autodefesa em outro canto do jardim. Cerca de vinte pessoas, de todas as idades, estão na fila na frente delas. Até agora, essa parece ser a atividade mais popular aqui, apesar das dúvidas de Lily.

Sinto um grande orgulho por fazer parte desta comunidade criada por este jardim.

Zeke solta minha mão para servir uma xícara de café para cada um de nós da garrafa térmica que está na mesa de piquenique ao lado.

— Eu estava pensando... — Zeke faz uma pausa.

Ele esfrega a nuca. *Ele está nervoso? O que ele poderia estar pensando para hesitar em me contar?*

Ele mantém meu olhar e continua:

— Que eu poderia ser seu terceiro colega de quarto, dividindo seu quarto e pagando aluguel, se isso funcionasse. O contrato do meu apartamento termina em setembro. Se Miranda não se importar. Não tenho certeza se você quer morar comigo o tempo todo. Vocês podem debater entre vocês. Se o seu prédio aceita cães também. Brit faz parte do pacote.

Eu o encaro, com o coração derretendo. Isso poderia ser perfeito.

— Tem certeza? — pergunto.

— Tenho certeza absoluta — diz Zeke. — Para mim, nem é uma questão. Mas acho que é uma questão para você e para a Miranda.

Ele olha nos meus olhos, com sinceridade, com muito amor e carinho brilhando neles.

— Sim — digo suavemente. E então, quando percebo o que ele acabou de sugerir, grito "sim" e pulo nos braços dele. Ele tropeça para trás. Meu corpo treme de felicidade. Parece que ele está me pedindo em casamento.

— Bem, isso é um sim. Sinto como se estivesse me declarando — ele diz com uma leve risada, enquanto me puxa para perto. — Acho que é um bom treino para quando eu realmente fizer isso.

Eu o abraço com força. Gostei disso por nem ser uma pergunta.

— Mas você não precisa perguntar à Miranda? — Ele olha para mim, alisando meu cabelo do rosto com ternura.

— Sim, mas Miranda e eu já discutimos ontem à noite que você seria o colega de quarto perfeito. Bem, você e William, mas William precisa do espaço extra para um escritório que o apartamento dele oferece. Vem! — Puxo Zeke até Miranda. — Miranda, Zeke sugeriu que ele morasse conosco!

Miranda olha para cima.

— Sim! — Ela está segurando um espelho para mostrar à menina que agora ela parece um leão, mas assim que a menina ruge e corre feliz para a mãe, Miranda pula e estende a mão. — Bem-vindo, novo colega de quarto.

— Então podemos manter a sala de estar e você pode ficar no seu quarto — digo. — Não que você fique muito lá, já que passa tanto tempo no apartamento do William.

— Não gosto de ficar separado dela. — William abraça Miranda por trás.

Zeke estende a mão para segurar a minha, com um sorriso rápido para mim. *Vamos morar juntos.* Simples assim. Agora é tão fácil.

— Devemos participar daquela aula de jiu-jitsu se você vai continuar com seu negócio de detetive particular? — pergunta Zeke.

— Você pode ir — diz Miranda. — Não temos nenhum cliente no momento, e William e eu podemos cuidar de tudo.

— Iris nos prometeu aulas particulares — digo, piscando para Zeke.

Os acordes da banda aquecendo soam ao fundo, enquanto Zeke pega minha mão e me puxa para um recanto isolado do jardim, onde as árvores altas criam um cantinho de privacidade.

— Posso ter a primeira dança? — pergunta ele.

Eu o beijo rapidamente nos lábios.

— Você pode ter todas as minhas danças, exceto aquelas que danço com minhas amigas.

Ele me puxa para seus braços, e vou de boa vontade, sentindo uma sensação de certeza. O cheiro de madressilva se mistura com o aroma de pinho e ar fresco de Zeke, e eu relaxo em seus braços. Ele me abraça com força.

— Eu te amo — diz ele.

Olho para ele.

— Eu te amo.

Os acordes da guitarra ressoam pelo parque, seguidos pela bateria, e então a voz de Nick, clara e envolvente, faz com que a multidão se cale. É uma balada lenta, e eu descanso minha cabeça no peito de Zeke enquanto nos balançamos ao som da música.

— Eles são bons — diz Zeke. — Você acha que eles aceitam pedidos de salsa?

Olho para ele e sorrio.

— Podemos perguntar. Maddie disse que eles aceitam pedidos.

— Acho que já recebi tudo o que pedi este ano: a transferência e, o mais importante, você — diz Zeke.

— Eu sei que eu recebi — digo.

Ele acaricia meu pescoço com o nariz.

Com cócegas, dou uma risadinha.

— Você sabe que, quando faz isso, não consigo me concentrar em nada além de você.

— Isso deveria me impedir? — pergunta Zeke, com o canto da boca se curvando para cima. Ele abaixa a cabeça para beijar meu pescoço novamente, e eu rio, encolhendo os ombros.

Então, rapidamente, beijo seus lábios em um movimento surpresa.

— Você está certa. Essa é uma ideia melhor — ele diz, e me beija, com as mãos emoldurando meu rosto.

Relaxo meu corpo contra o dele. Encontrei o amor que procurava. Nosso amor é uma arte própria, uma arte que temos o resto de nossas vidas para pintar.

# 49

# Epílogo — Aniversário de Seis Meses

## Tessa

— Está perto? — pergunto, tirando meu capacete de bicicleta e alisando meu cabelo. Nós pedalamos até o East Village para experimentar esse novo restaurante que o Ben recomendou.

— É na esquina — diz Zeke, entrelaçando os dedos nos meus. — Vem.

Caminhamos pela rua estreita e viramos a esquina para uma rua bastante familiar. Olho para Zeke.

— Olha! A galeria onde nos conhecemos. Devíamos ver se eles estão fazendo alguma exposição.

— Claro — diz Zeke.

As cortinas bloqueiam as janelas da frente.

— Está fechada — digo, um pouco desapontada. Teria sido tão perfeito visitar essa galeria novamente no nosso aniversário de seis meses. Mas Zeke se afastou. *Ele está verificando a porta para ver se está aberta?*

— O que você está fazendo? — pergunto, seguindo-o. Ele tirou um envelope, *e uma chave!*

— Eu aluguei.

— Você alugou a galeria inteira? — pergunto.

— Eles estão entre exposições, então me deram um desconto — diz ele. — Estava vazia, então ficaram felizes com o negócio.

— Mas por quê? — pergunto, virando-me para ele.

Zeke afasta os cabelos ondulados dos olhos. Seu olhar sobre o meu é tão intenso. Esse olhar de amor me conquista todas as vezes. Estendo a mão para segurar a dele. Ele aperta a minha, mas depois aperta com mais força. Eu retribuo o aperto de forma reconfortante.

— Para comemorar nosso aniversário de seis meses. — Ele morde o lábio enquanto empurra a porta para abri-la. Zeke acende a luz e eu exclamo um "oh".

Uma mesa para dois está no meio da galeria, com velas prontas para serem acesas. E há fotografias 20x25cm emolduradas na parede. As mais próximas de mim são as que eu incluí no meu briefing e que ele incluiu no PowerPoint dele daquela vez em que nos reconciliamos, mas nossas aventuras mais recentes também foram capturadas. Ele se esforçou muito para fazer isso. Meu coração bate forte com pequenos gritos de alegria. Eu fiz café da manhã na cama para ele, e depois fomos passear no Central Park com Brit para comemorar nosso aniversário, mas isso é um nível totalmente diferente de esforço.

Fico em frente à foto de nós jantando com Taylor e a sra. Humming. Isso se tornou um evento regular agora.

A nossa foto na festa de Halloween do mês passado, em que nos vestimos como obras de arte moderna, me faz sorrir. Nossa "arte" não ficou particularmente boa, porque criamos nossas próprias fantasias, mas nos divertimos muito pintando um ao outro. Eu coro.

Há uma foto minha no meu primeiro dia como advogada da AJGL e outra do Zeke no seu primeiro dia trabalhando exclusivamente para o Charles, como aquelas fotos do primeiro dia de aula.

Uma a uma, essas fotos marcam a história do nosso relacionamento.

Sinto-me atraída pela minha foto favorita, Zeke e eu olhando um para o outro com tanto amor nos olhos. Miranda tirou essa foto em um fim de semana de setembro em Fire Island com todos os nossos amigos.

Zeke está mexendo na cesta de piquenique ao lado da mesa de jantar coberta com uma toalha. Eu pulo até ele e o abraço por trás.

— O que você está fazendo aqui? — pergunto.

— Estou apenas tentando deixar tudo pronto — diz Zeke, enquanto mexe no botão superior da camisa e afrouxa a gola. Ele pega várias embalagens de comida, incluindo uma salada pronta, meu molho de vinagre balsâmico favorito e *dumplings*. Que delícia.

— Não acredito que você fez isso — digo. — Está perfeito.

Ele levanta a cabeça rapidamente.

— É mesmo?

Eu aceno com a cabeça.

— Perfeito. — Eu o beijo rapidamente nos lábios. — Precisa de ajuda?

— Não. — Ele engole em seco e eu vejo sua maçã de Adão se mover. Quero beijá-lo novamente, mas então ele esfrega as mãos nas calças e respira fundo.

*Por que ele está nervoso?*

Seu olhar finalmente encontra o meu, e seus olhos azuis e calorosos se suavizam.

— Sabe, Tessa, acho que não vou conseguir comer nada primeiro.

Ele se ajoelha.

Minha boca se abre, mas nenhum som sai.

Ele segura minha mão e olha para mim, com muito carinho e amor.

— Eu te amo — diz ele. — Você me faria muito feliz e me daria a honra de ser minha esposa? Quero compartilhar minha vida com você.

— Sim — digo. — Sim. — Eu meio que pulo, mas acaba sendo mais uma queda, em seus braços para abraçá-lo, derrubando-o.

— Opa — digo enquanto ficamos entrelaçados no chão.

Zeke ri e me beija.

— Isso resume bem o efeito que você tem sobre mim. Você me derrubou, mas enquanto estivermos entrelaçados, estou feliz.

*Estamos noivos!* Meu coração flutua de felicidade.

— Eu te amo — digo.

Ele alisa o cabelo do meu rosto e me beija novamente, um beijo mais profundo e desejável. Eu me entrego a esses sentimentos agitados.

— Eu te amo — ele diz, me dando outro beijo rápido e intenso.

Confio em Zeke para me pedir em casamento no lugar perfeito para nós, com nosso amor como arte.

FIM

Muito obrigada por ler! Se você gostou, deixe um comentário para que ***Amor é uma Arte*** possa encontrar outros fãs. Para conhecer a história de Miranda, leia *Meu Amor Travesso*: uma comédia romântica alegre, que atrai opostos e de queima lenta, ambientada na cidade de Nova York. Miranda Langbroek é uma artista emocional. William Haruki Matsumura é um contador reservado. Quando eles se unirem para descobrir quem roubou sua pintura, eles encontrarão o amor?

# 50

## Agradecimentos

Obrigada a todos os meus leitores. Fico muito feliz quando eles me dizem que gostaram dos meus livros.

Muito obrigada a Cristiane May Allgayer por traduzir meu segundo livro para o português brasileiro. Estou muito feliz por estarmos trabalhando juntas novamente.

Agradeço a Lauren Rochester (@coffeebooksandescape no Instagram) por sugerir *Strawbundle Food* como nome para a empresa de entrega de comida na Cidade do México. Que nome ótimo! Eu havia pedido sugestões em meu boletim informativo de 11 de outubro de 2022. Que referência fantástica à *Strawbundle Publishing*! E eu me diverti muito com isso. Como Zeke explica: "Chama-se *Comidas en Canasta*, ou Comida em Cesta de Palha ou *Strawbundle*, porque cada entrega vem em uma sacola plástica reutilizável, tecida à mão, para dar a sensação de um piquenique e ser ecologicamente consciente. Mas a cada cem pedidos, o cliente ganha uma sacola *Oaxacon*, de mercado, tecida, de vinil, feita por artesãos em Oaxaca para apoiar esses artistas." A *Comidas en Canasta* também usou um tema de palha em seu projeto de design de interiores.

Além disso, obrigada à Lin por pensar no nome *Vámonos!* para o aplicativo de comida falsa.

Sou muito grata aos leitores da minha *newsletter* por me ajudarem com nomes e ideias.

Agradeço à minha amiga Charlita M. pela frase: "É melhor que ele corra." Foi um jantar muito divertido.

Agradeço também à minha designer de capas, Lucy Murphy, da *Cover Ever After*. Adoro minhas capas.

Obrigada, como sempre, às minhas parceiras de crítica: Giulia Skye e Ellen Gilman. Fico sempre impressionada com a forma como elas identificam exatamente como melhorar a minha história. Também estou muito grata pela amizade delas. Adoro poder discutir os altos e baixos da publicação independente. Ellen até leu *Amor é uma Arte* duas vezes e, em ambas as vezes, encontrou ainda mais maneiras de melhorá-lo.

Agradeço também ao meu grupo de crítica da RWA-NYC (Ursula Renee, Laurel Anne Raven e Roma Cordon) por todas as suas observações perspicazes e a Diana Georgelos, que conheci através de um curso da WFWA Donald Maass, por criticar os primeiros dez capítulos.

Obrigada, como sempre, a Emily Poole, da *Midnight Owl Editing* (minha editora de desenvolvimento), Sharon Coleman, da *Twisted Metaphor* (minha editora de história), Brooke Crites (minha leitora alfa), Jenny Rarden, da *Stormy Edits* (minha editora de linha), e Joyce Mochrie, da *One Last Look* (minha editora de cópia e revisora), por tornarem minha história a melhor possível. Esta história passou por muitas revisões.

Muito obrigada à minha amiga Annette Vazquez e sua empresa de tradução, AV Translation Services, que sugeriram a tradução correta de Strawbundle Food (ou comida em cestas de palha) e revisaram meu espanhol.

Agradeço também ao meu leitor da Romantic Novelists' Association, que leu parte do meu livro (as primeiras cem páginas) em agosto de 2022 e me deu um feedback muito encorajador.

Agradeço a Gail Chianese, que criticou o primeiro capítulo original de *Amor é uma Arte* depois que eu ganhei o leilão de crítica da *Orange County Romance Writers*. Como resultado de sua crítica construtiva, reescrevi o primeiro capítulo completamente.

Agradeço também ao meu marido, que é meu editor final.

Além disso, abaixo há SPOILERS, pois falo sobre meu processo de escrita, então só leia isso depois de ter lido o livro.

Agradeço também aos membros das minhas duas turmas de roteiro da *Gotham* em 2021 por todos os seus comentários e críticas úteis. Escrevi um tratamento para *Amor é uma Arte* nessas aulas. Nesse tratamento, a revelação da mentira de Tessa foi o "momento sombrio da alma" quando eles se separaram. Mas, quando comecei a escrever o romance, não consegui manter a mentira por tanto tempo e percebi que talvez fosse melhor para ela contar a verdade mais cedo e enfrentar as consequências. E, de fato, no verão passado, em uma aula de conflito de Sarah MacLean, ela discutiu quantas vezes é melhor revelar a mentira mais cedo, porque as consequências fornecem muito material para trabalhar.

Ao pesquisar golpes perpetrados contra artistas, me deparei com um artigo *do New York Times* de 17 de março de 2023 que descrevia artistas sendo enganados por uma pessoa que procurava comprar uma pintura por e-mail. O artista então recebia um cheque de grande valor, que incluía o custo da pintura mais a taxa de envio. Os artistas eram então solicitados a encaminhar a taxa de envio por ordem de pagamento à pessoa que organizava o envio, apenas para descobrir mais tarde que o primeiro cheque era fraudulento. Usei isso como base para o golpe neste livro.

Obrigada a todos os meus amigos que me incentivam. Estou muito emocionada com todo o apoio de vocês.

E obrigada à minha família, que me incentiva e me atura quando desapareço para escrever no meu computador.

www.ingramcontent.com/pod-product-compliance
Lightning Source LLC
LaVergne TN
LVHW041056080826
845145LV00007B/1594
*9781958894248*